HEYNE <

Zum Buch

Andere Leute bezahlen ein Vermögen, um ein paar Tage jenseits des Polarkreises zu verbringen, die Wunder der Natur zu bestaunen und dafür, eine Nacht auf einem Bett aus Eisquadern zu liegen. Smilla allerdings hätte mehr Lust darauf, warm eingemummelt und auf Rentierfellen gebettet in einem der gläsernen Iglus zu liegen, die Sterne zu betrachten und hoffentlich sogar das Wunder der Polarlichter zu erleben. Bisher hatte es sich noch nicht gezeigt. Besonders romantisch stellte sie sich so eine Nacht mit dem richtigen Menschen an ihrer Seite vor. Das Bild des Rentierretters erschien vor ihrem geistigen Auge. Oje, der Mann ging ihr wirklich nicht mehr aus dem Kopf. Sollte sie sich ein Herz fassen und ihn ansprechen, um herauszufinden, wie es dem armen Rentier ging und ob er ihr immer noch grollte?

Zur Autorin

Anna Lindqvist liebt glitzernden Schnee, lichte Wälder und den eleganten Lauf der Rentiere im Herbst. Sie wuchs umgeben von Büchern auf, trinkt ihren Kaffee nach samischer Tradition mit Käse, grillt Würstchen in der Sauna und drückt sich gern um die Hausarbeit. Wenn Anna nicht gerade mit ihrem Mann Lauri romantische Geschichten webt, verbringt sie ihre Freizeit am liebsten mit Lesen, Dogdancing und Eisessen. In ihren Romanen verbindet Anna Lindqvist ihre Liebe zur Natur mit einem unerschütterlichen Glauben an ein Happy End. Mehr über die Autorin unter www.anna-lindqvist.eu und auf Instagram bei @annalindqvist.books.

Lieferbare Titel

Lichterzauber in Schweden
Schneeflockenträume in Schweden

ANNA
LINDQVIST

Schneeflockenträume in Schweden

ROMAN

WILHELM HEYNE VERLAG
MÜNCHEN

MIX
Papier | Fördert gute Waldnutzung
FSC® C014496

Penguin Random House Verlagsgruppe FSC® N001967

Originalausgabe 09/2025

Neumarkter Str. 28, 81673 München
produktsicherheit@penguinrandomhouse.de
(Vorstehende Angaben sind zugleich
Pflichtinformationen nach GPSR)

Redaktion: Catherine Beck
Umschlaggestaltung: t.mutzenbach design
unter Verwendung von © shutterstock
(Janos Levente, Inna Moreva, Dikris, Tartila,
Lyubov Zaytseva, RoseRodionova)
Satz: satz-bau Leingärtner, Nabburg
Druck und Bindung: GGP Media GmbH, Pößneck
Printed in Germany
ISBN: 978-3-453-44330-3

www.heyne.de

1. KAPITEL

Smilla

Die tief stehende Sonne warf lange Schatten über die weite, herbstliche Landschaft Nordschwedens. Noch lag kein Schnee, aber die Nächte waren bereits so eisig kalt, dass sie morgens die Scheiben ihres Autos freikratzen mussten. Smilla setzte ihre Sonnenbrille auf und blickte auf die schnurgerade Straße, die zwischen schlanken Birken nach Kiruna führte. Die nördlichste Stadt des Landes war geprägt vom Bergbau, der im Laufe der Jahrzehnte tiefe Spuren hinterlassen hatte.

Smillas Bruder Simon fuhr wie immer zu schnell. Sie fühlte sich nicht wohl damit, aber wenn sie jetzt etwas sagte, würde es ihn nur nerven, und wenn er genervt war, fuhr er noch schneller.

»Wir liegen gut in der Zeit, Simon.« Sie bemühte sich um einen heiteren Tonfall.

»Warum willst du *wirklich* hierbleiben?«, fragte Simon zum wiederholten Mal. Ihre Bemerkung überging er einfach. »Wir können die Anlagen doch auch digital überwachen.«

Smilla seufzte und hielt die Augen auf die Straße gerichtet. »Ich habe dir gesagt, dass ich den Fehler noch nicht gefunden habe. Er kann jederzeit wieder auftauchen und dem Eishotel

Probleme machen. Es ist besser, wenn ich in der Nähe bleibe, um schnell eingreifen zu können.« Sie wollte sich gar nicht vorstellen, was passierte, wenn die Kühlung der Halle noch mal ausfiel. »Hast du eigentlich eine Ahnung, was es für das Hotel bedeutet, wenn das alles schmilzt? Die können zumachen.«

»Das ist doch nicht der wahre Grund.« Simon schüttelte den Kopf. »Du hast deinen Job verloren, und jetzt versteckst du dich hier oben, statt in die Firma einzusteigen. Ich verstehe einfach nicht, warum.«

Smilla biss sich auf die Lippe und vermied es, seinem durchdringenden Blick zu begegnen. »Es ist kompliziert, Simon. Ich brauche einfach etwas Zeit für mich.«

Ein Konvoi großer Lastwagen kam ihnen entgegen, und Simon fuhr endlich langsamer. »Wie lange bist du jetzt arbeitslos?«

»Seit August«, sagte sie tonlos. Sie hatte zuletzt als Ingenieurin in einem Team Anlagen regenerativer Energiesysteme geplant und dabei das Glück gehabt, eng mit einer Kollegin aus der schwedischen Niederlassung in Malmö zusammenzuarbeiten. Die Entscheidung der Firma, den Deutschlandstandort bei Hamburg zu schließen, war für alle überraschend gekommen.

»Über drei Monate. Das sollte doch ausreichen, um zu entscheiden, ob du ins Geschäft einsteigst oder nicht. Wieso bist du eigentlich nach Rotfelden zurückgekommen, wenn du keine Lust hast, mit mir zu arbeiten?«

»Weil dir Mitarbeiter ausgefallen sind und du mich darum gebeten hast?«, fragte sie entnervt und fügte sanfter hinzu: »Das habe ich gern getan, Simon.« Sie wollte helfen, und als in ihrer

Abteilung jemand nach einer vorübergehenden Unterkunft für einen Expat aus Helsinki suchte, bot sie ihre Wohnung an und vermietete sie für ein Jahr an eine finnische Studentin. Die spontane Entscheidung bereute sie inzwischen, aber sie konnte die Frau auch nicht guten Gewissens wieder in den hamburgischen Wohnungsmarkt schicken. Der war schon für jemanden mit ihrem Einkommen schwierig, aber andere hatten kaum eine Chance, etwas Bezahlbares zu finden, das mit öffentlichen Verkehrsmitteln sicher zu erreichen war.

Simon fuhr sich durch die Haare. »Okay, du hast recht. Ich habe dich gebraucht und bin froh, dass du gleich gekommen bist. Aber gut, ich will dich nicht drängen. Ich hoffe nur, du weißt, was das Richtige ist.«

Eine bedrückende Stille breitete sich zwischen ihnen aus, während sie die letzten Kilometer zum Flughafen zurücklegten. Smilla spürte die Anspannung in der Luft. Sie wusste, dass Simon sich Sorgen machte, aber sie war noch nicht bereit, ihm den wahren Grund für ihre Zurückhaltung zu erklären.

»Ich sehe mal nach, ob der Flieger pünktlich ist.« Sie bückte sich, um das Smartphone aus der Handtasche zu nehmen, die zu ihren Füßen stand. Natürlich war das Ding wieder nirgends zu finden. Als sie es endlich in der Hand hielt und sich aufsetzte, stieß sie einen erschrockenen Warnruf aus. »Vorsicht! Da sind Rentiere.«

Simon bremste den Wagen etwas ab, um die fünf Rene die Fahrbahn kreuzen zu lassen. »Nun sieh dir das an, die Viecher latschen einfach auf unserer Spur weiter.« Er hupte. Als nichts geschah, setzte er zum Überholen an.

»Fahr doch langsam, wenn sich eines erschreckt …« Sie hatte

den Satz noch nicht beendet, als das hintere Tier plötzlich ausscherte. Simon fluchte und stieg in die Bremsen.

Es war kein starker Aufprall, aber das hässliche Geräusch, als der Wagen mit dem Ren kollidierte, würde sie bestimmt nie mehr vergessen. »Halt an, du hast es erwischt!«, rief sie und hatte die Tür schon aufgerissen, bevor sie ganz zum Stehen kamen.

»O nein, komm schnell, es ist verletzt. Was machen wir jetzt bloß?«

Ratlos sah sie sich um. Aus der Gegenrichtung näherte sich ein großer Wagen. Kurzerhand lief sie los, riss die Arme in die Luft und winkte. Der Fahrer reagierte umsichtig. Er schaltete die Warnblinker ein, rollte langsam heran und stieg fluchend aus. »*Vilken idiot!* Hast du deinen Führerschein in einer Cornflakes-Packung gefunden?« Sie hatte während ihrer Zeit in Malmö einige schwedische Schimpfwörter gelernt und war froh, dass ihr Bruder nichts davon verstand.

»Sehen Sie nicht, dass das Ren panisch ist? Gehen Sie aus dem Weg!«, rief der Mann ihnen mit zorniger Stimme auf Englisch zu.

»Können wir helfen?«, fragte Smilla auf Schwedisch und hob die Hände, um ihn zu beschwichtigen.

Er antwortete nicht, sondern holte ein Lasso hervor.

»Whoa! Vorsicht, Cowboy!« Simon packte sie am Arm, um sie beiseitezuziehen, als das Seil mit einem scharfen Zischen an ihr vorbeiflog und sich über dem Geweih des Rens zusammenzog, das benommen mit gesenktem Kopf dastand. Langsam und beruhigende Worte murmelnd, zog der Mann es näher und knotete das Lasso schließlich an die Offroad-Stoßstange seines SUV.

Inzwischen hatte ein Pick-up-Truck angehalten, aus dem drei Leute sprangen. Zwei Männer machten sich daran, die übrigen Tiere von der Straße zu jagen, eine junge Frau kam dem *Cowboy* zu Hilfe und hielt das Tier fest, damit er es untersuchen konnte.

Simon sah auf die Uhr. »Dann werden wir ja nicht mehr gebraucht. Komm, mein Flugzeug wartet nicht.«

Smilla blieb unentschlossen stehen. »Es tut mir so leid … Können wir irgendetwas tun?«

Der Ersthelfer ließ sich Zeit, den Körper und die Beine des Tieres abzutasten, bevor er den Kopf hob und sie finster anblickte. »Geben Sie diesen guten Leuten hier Ihre Adresse, und dann machen Sie die Straße frei.«

»Wofür?«, fragte Simon und zeigte auf ihren Leihwagen. »Es ist ja nichts passiert.«

»Ernsthaft? Was glauben Sie, wer den Sámi Entschädigung zahlt, wenn Sie eines ihrer Rentiere überfahren?«

Simon wollte etwas entgegnen, aber Smilla legte ihm eine Hand auf den Arm. »Ich mach das schon«, sagte sie.

Wortlos ging er zum Auto zurück.

»Ist es sehr schwer verletzt? Es tut mir wirklich leid«, sagte sie noch einmal und streckte die Hand aus, um über das dichte Fell des Rens zu streicheln, das jetzt ganz ruhig dastand, zog sie aber schnell wieder zurück.

Der Blick des Mannes verlor an Härte. »Gebrochen scheint nichts zu sein. Wir nehmen es mit und beobachten es eine Weile.«

Mit einem zittrigen Lächeln bedankte sie sich und ging mit der Frau ein Stück beiseite, um das Tier nicht noch mehr zu beunruhigen. Smilla reichte ihr einen Hotel-Flyer, bevor sie ihre Mobilnummer in das Handy tippte, das diese ihr hinhielt. »Ich bin Smilla Rankin und arbeite im Igloo Resort in Alitjávri. Jedenfalls, bis es richtig kalt wird«, sagte sie.

»Okay.« Die Frau nickte. »Es sind Wildtiere, wissen Sie. Die Rene sind hier zu Hause, man muss sie mit Respekt behandeln.«

»Das verstehe ich. Sie sind …« Smilla suchte nach den passenden Worten. »Sie sind magisch.« Verlegen drehte sie sich um und eilte zum Wagen, aus dem Simon bereits ungeduldig Zeichen machte.

Als sie langsam an der Unfallstelle vorbeifuhren, sah der Ersthelfer auf, und ihre Blicke trafen sich. Sie glaubte, so etwas wie Verwunderung in seinem Gesicht zu lesen. Für einen winzigen Augenblick wünschte sich Smilla, ihm unter günstigeren Bedingungen begegnet zu sein.

2. KAPITEL

Smilla

Als sie am Flughafen ankamen, umarmte sie ihren Bruder fest. »Pass auf dich auf und grüß alle von mir«, sagte sie und versuchte, ihre Gefühle zu verbergen.

»Das werde ich. Und denk daran, wir sind immer für dich da.« Simon erwiderte die Umarmung und ging dann schnell Richtung Abflughalle.

Smilla sah ihm nach, bis er in der Menge verschwand, und ließ sich dann schwer seufzend gegen den Leihwagen sinken. Der Regen hatte aufgehört, und die Sonne kämpfte sich wieder durch die Wolken. Sie genoss den Moment der Ruhe, bevor sie sich ins Auto setzte, um nach Alitjávri zurückzufahren.

Simon war nicht immer so gewesen. Ja, er fuhr gern schnell und suchte das Risiko, aber er liebte Tiere, und bisher hatte sie ihn niemals rücksichtslos im Umgang mit ihnen erlebt.

Obwohl sie fast gleich alt waren, waren sie keine leiblichen Geschwister, sondern nur entfernte Verwandte. Als das Jugendamt entschied, sie im Alter von acht Jahren aus dem Haushalt ihrer Mutter zu nehmen, hatten die Widmanns sie vor dem

Heim bewahrt. Sie schenkten ihr ein sicheres Zuhause und nahmen sie in ihre Familie auf wie ein eigenes Kind.

Simon, der eine Klasse über ihr war, half Smilla geduldig dabei, ihre schulischen Defizite aufzuholen. Er machte Abitur und studierte. Sie schloss die Schule mit der mittleren Reife ab und machte eine Ausbildung zur Mechatronikerin für Kältetechnik im Betrieb der Pflegeeltern und entschied sich, danach Green Engineering zu studieren.

Ihre Pflegefamilie war wenig begeistert, als sie einen Job in Norddeutschland annahm. Eine Zeit lang hatte es so ausgesehen, als würde sie gemeinsam mit Simon eines Tages das Familienunternehmen im Schwarzwald übernehmen. Beruflich wäre es eine vernünftige Entscheidung gewesen, doch Smilla zog es in den Norden – dorthin, wo das Land weit und das Meer zum Greifen nah war. Rotfelden, tief im Tal und umgeben von dunklen Wäldern, hatte sie immer als beengend empfunden. Simon wusste das, sie hatten früher häufig darüber gesprochen. Dennoch drängte er darauf, dass sie in die Firma einstieg, in der er mittlerweile die betriebswirtschaftlichen Abläufe leitete.

Während ihrer gemeinsamen Reise nach Schweden, um die Klima- und Kühlanlage des Igloo Resorts zu überprüfen, versuchte er erneut, sie umzustimmen. Er hatte große Pläne für das traditionsreiche Familienunternehmen und es in KraftVolt Elektrotechnik umbenannt – das klinge moderner, hatte er gemeint. Smilla war sich nicht sicher, ob ein neuer Name allein die Firma in eine neue Ära führen würde.

»Papa will ohnehin kürzertreten. Ich brauche jemanden mit Praxiserfahrung, auf den ich mich verlassen kann«, hatte er gesagt.

Sein Angebot war attraktiv, doch Smilla schwankte mehr denn je, ob sie in der Firma glücklich werden würde. Die Pflegeeltern hatten sich auseinandergelebt, und seit seiner Hochzeit hatte auch Simon sich verändert. Smilla zweifelte nicht daran, dass er seine Frau liebte – doch ihre Mutter kam überhaupt nicht mit ihr zurecht, und auch sie selbst fand den Umgang mit ihr schwierig. Es war ein Fehler gewesen, die Hamburger Wohnung zu kündigen, dachte sie. Durch ihre vorübergehende Rückkehr nach Baden-Württemberg hatte sie Hoffnungen geweckt, die sie womöglich nicht erfüllen würde. Aber sie hatte versprochen, über Simons Angebot nachzudenken, und dafür brauchte sie Abstand.

Ganz gleich, wie sie sich entschied, das Wohlergehen der Firma und ihrer Angestellten lag ihr am Herzen. Nicht auszudenken, was passierte, wenn die imposanten Eisskulpturen, die jedes Jahr von Künstlern und Bildhauerinnen aus aller Welt neu erschaffen wurden, wegen eines Defekts dahinschmolzen. Natürlich gab es für solche Fälle eine Versicherung, aber ihr Ruf würde darunter leiden, und das wäre langfristig womöglich ein größerer Schaden als eventuelle Regressforderungen des Hotels. Sollte ein technischer Fehler dazu führen, dass die gesamte aus Eis erbaute Anlage wegtaute, würde die Hauptsaison buchstäblich ins Wasser fallen. Und das, hatte sie Simon erklärt, könnte sehr gut passieren, wenn niemand rechtzeitig vor Ort wäre, der sich mit der sensiblen Technik auskannte. Ein Flug von Süddeutschland bis in den arktischen Norden Schwedens dauerte zu lange, und teuer waren kurzfristige Buchungen obendrein. Letzteres hatte ihn schließlich überzeugt.

Auf dem Weg zurück zum Eishotel entschied sich Smilla, einen Abstecher nach Kiruna zu machen, um die dortigen Einkaufsmöglichkeiten zu erkunden. Die Stadt war im Umbruch. Viele Gebäude waren neu, da die alten Häuser wegen des Bergbaus umgesiedelt oder an anderer Stelle wieder aufgebaut werden mussten. Smilla hatte darüber gelesen, und die Veränderungen interessierten sie.

In der vollkommen neu errichteten Innenstadt fand sie ein Café, das großstädtischen Charme verströmte. Die modernen Möbel und die geschäftige Atmosphäre erinnerten sie an die Cafés in Hamburg, wo sie oft ihre freien Stunden verbracht hatte. Sie bestellte einen Cappuccino und nahm Platz an einem Fenster, durch das sie das Durcheinander von bunten Jacken und Regenschirmen auf der Straße beobachten konnte. Ein Bild, das sie zur Genüge aus Hamburg kannte. Für einen winzigen Augenblick fühlte sie sich wie ein Teil dieser Welt.

Auf dem Tisch vor ihr lag eine Zeitung. Neugierig nahm sie sie zur Hand und blätterte durch die Seiten, bis ein Artikel über die Umsiedlung Kirunas ihre Aufmerksamkeit fesselte. Die gesamte Stadt wurde wegen des fortschreitenden Eisenerzabbaus verlegt. Es war ein gewaltiges Unterfangen, das nicht nur die physische Struktur der Stadt, sondern auch deren sozialen und kulturellen Zusammenhalt veränderte. Smilla las von den immensen Herausforderungen und dem Widerstand der Bewohner, die ihre Heimat aufgeben mussten, aber auch von der Hoffnung und den Chancen, die in der neu erbauten Stadt lagen.

Während sie die Zeitung zur Seite legte, ließ sie den Blick über die gegenüberliegenden Häuser und die Geschäfte darin schweifen. Die Architekten hatten sich offensichtlich bemüht, eine Mischung aus alten und neuen Stilen zu kreieren und Büro- oder Geschäftshäuser mit Wohnhäusern zu verbinden. Sie entdeckte sogar Balkone und fragte sich schmunzelnd, wie viele Tage im Jahr man die hier im hohen Norden nutzen konnte. Sie lehnte sich zurück und dachte, dass diese Widersprüchlichkeit eine Spannung erzeugte, die sie auch in ihrem Inneren spürte. War sie wie Kiruna im Umbruch, auf der Suche nach einer neuen Identität?

Die Worte des Artikels hallten in ihr nach. Sie konnte die Traurigkeit derjenigen nachempfinden, die ihr Zuhause verloren, und gleichzeitig die Hoffnung spüren, die in einem Neuanfang lag.

Smilla nahm einen Schluck von ihrem Cappuccino, während sie weiter die Stadt und ihre Menschen beobachtete. Sie fragte sich, ob sie wie Kiruna den Mut finden würde, sich neu zu definieren und das Beste aus den Veränderungen zu machen, die auf sie zukamen.

Nachdem sie ihre Einkäufe erledigt hatte, machte sich Smilla auf den Weg zum Igloo Resort in Alitjávri. Sie kehrte nicht mehr in die gemütliche und modern eingerichtete Ferienwohnung zurück, in der sie mit ihrem Bruder gewohnt hatte. Ihre Sachen befanden sich im Hotel. Die Wohnung wäre auf Dauer zu teuer, und das Management hatte ihr eine Unterkunft auf dem Hotelgelände angeboten.

Inzwischen war es dunkel geworden, als sie das Igloo Resort erreichte. Tagsüber gefielen ihr die eingeschossigen Hauptgebäude mit ihrem modernen Design aus viel Holz und Glas nicht besonders, obwohl sich die Planer offensichtlich Mühe gegeben hatten, sie in die karge Landschaft einzufügen. Aber heute Abend war sie beeindruckt von der Schönheit und dem Zauber der Beleuchtung. Glitzernde Lichter schufen eine magische Atmosphäre.

Jetzt fehlt nur noch der Schnee, dachte sie. Die Ruhe und die Nähe zur Natur gaben ihr ein Gefühl von Frieden, das sie in den letzten Monaten vermisst hatte.

Das holzverkleidete Empfangsgebäude war warm erleuchtet und wirkte mit seinen großen Fenstern, als schwebe es in der Dunkelheit. Innen war es gemütlich und modern, mit weichen Sesseln und einem knisternden Kaminfeuer. Smilla erlaubte sich einen Moment, um die behagliche Atmosphäre zu genießen.

An der Rezeption des Hotels erfuhr sie, dass es eine Änderung gegeben hatte. »Ich bedauere die Unannehmlichkeiten, aber Ihre ursprünglich geplante Unterkunft ist momentan nicht verfügbar«, erklärte der Rezeptionist höflich. »Wir müssen Sie bitten, vorübergehend mit zwei weiblichen Saisonkräften zusammenzuwohnen.«

»Wie lange, glauben Sie, wird das dauern?«

Er warf einen Blick auf den Bildschirm, tippte ein paar Mal, dann hob er kurz den Kopf. »Nicht lange, die Handwerker sind guter Dinge, schnell fertig zu werden. Wir geben Ihnen Bescheid, sobald etwas frei ist.«

»Das wäre nett.« Sie unterdrückte ein Seufzen und nahm den Schlüssel entgegen. Einen flüchtigen Moment lang fragte sie sich, ob es nicht klüger gewesen wäre, in der Ferienwohnung zu bleiben, die sie bis zu Simons Abreise bewohnt hatten. Doch kaum gedacht, schüttelte sie innerlich den Kopf über sich selbst. Seit wann war sie sich zu fein, eine Unterkunft mit anderen zu teilen?

Smilla folgte den Anweisungen auf einer Karte, die sie zur Orientierung erhalten hatte, und machte sich auf den Weg zu ihrer neuen Unterkunft. Schon von außen wirkte das dunkle Holzhaus im Vergleich zum luxuriösen Rezeptionsgebäude schlicht und unauffällig. Drinnen bestätigte sich ihr erster Eindruck. Das kleine Haus war in die Jahre gekommen und schlicht eingerichtet. Die Wände kahl, die Möbel alt und abgenutzt. Das Gemeinschaftsbad war winzig, und die kleine Küchenzeile bot kaum Platz zum Kochen.

Doch für ein paar Tage würde es schon gehen, dachte sie sich. Ihre neuen Mitbewohnerinnen hatten sich im Schlafzimmer eingerichtet, und ihr blieb nur ein ausklappbares Sofa unter dem Fenster und wenig Platz im Bad. Die beiden Frauen waren nicht da.

Smilla packte das Nötigste aus, bemüht, der neuen Situation etwas Positives abzugewinnen. Vielleicht war diese unerwartete Wendung gar nicht so schlecht. Sie hatte die Möglichkeit, Menschen kennenzulernen und ihre Komfortzone zu verlassen. Außerdem wollte sie die freie Zeit nutzen, um die Landschaft zu erkunden, bevor der Schnee alles unter sich begrub. Innerlich hatte sie sich auf einen längeren Aufenthalt eingestellt. Der Fehler in der Klima- und Kühlanlage trat spontan auf, und trotz umfangreicher Prüfung war sie nicht dahintergekommen, was das Abschalten ausgelöst hatte. Sie hoffte, Hinweise zu finden, sobald sich der Vorfall erneut ereignete, und das konnte dauern.

Sie kochte sich einen Tee und setzte sich mit den Sandwiches, die sie aus Kiruna mitgebracht hatte, auf ihr Bett.

»Na, Paddington, ich schätze, das ist das Abenteuer, von dem wir immer geträumt haben, oder?« Sie stupste den geliebten Teddybären an, der sie seit ihrem Einzug bei den Widmanns durch alle Höhen und Tiefen des Lebens begleitet hatte.

Paddington war ein Geschenk von Simons Oma. Anfangs hatte Smilla das Gesicht verzogen und den Bären kaum beachtet, fühlte sie sich doch längst dem Stofftieralter entwachsen. Doch eines Tages hatte sie zufällig gehört, wie Oma Widmann Simons Cousinen eine Geschichte vorlas. Fasziniert hatte sie sich dazugesetzt und der Erzählung gelauscht, die von einem kleinen Bären erzählte, der allein zur Reise seines Lebens aufbricht und als blinder Passagier nach England reist.

Smilla hatte sich genauso verloren gefühlt wie Paddington, als er mit einem kleinen Koffer und Marmeladengläsern an dem geschäftigen Londoner Bahnhof ankam, nach dem er benannt worden war. Smilla trug zwar kein Schild mit der Aufschrift »Bitte kümmern Sie sich um diesen Bären!«, doch die Widmanns hatten sie ebenso liebevoll aufgenommen, und dafür war sie dankbar.

Später, als sie ins Bett ging, nahm sie Paddington in den Arm und dachte darüber nach, wie sich ihr Leben entwickeln könnte. Die Firma im Schwarzwald bedeutete eine gewisse Sicherheit, und die war ihr wichtig. Aber die familiäre Situation war alles andere als ideal, das hatte sie während der letzten drei Monate erlebt. Vorher war ihr nicht aufgefallen, wie sehr der Ehrgeiz ihrer Schwägerin das Betriebsklima und sogar die Stimmung in der Familie beeinflusste. Hier in Schweden hatte sie sich mit

Simon eine Ferienwohnung geteilt, und er hatte wie ausgewechselt gewirkt, entspannter. Sie hatten gekocht, gelacht und zusammengearbeitet wie früher.

Ich sollte mit Mama darüber reden, dachte Smilla und drehte sich auf die Seite. Dunkelheit und die Stille der nordischen Nacht umgaben sie, während sie langsam in den Schlaf glitt.

3. KAPITEL

Smilla

Es war dunkel, als Smilla durch das leise Getuschel ihrer Mitbewohnerinnen geweckt wurde. Der Duft von Kaffee stieg ihr in die Nase. Sie zog die Decke über den Kopf und versuchte, noch ein paar Minuten Ruhe zu finden, aber schließlich seufzte sie, setzte sich auf und streckte sich. Der Raum war kalt, und sie spürte den frostigen Hauch der frühen Morgenstunden.

»Tut mir leid«, flüsterte eine der beiden. »Wir wollten dich nicht wecken.« Wie Gespenster huschten sie durch das Halbdunkel, nur beleuchtet von einer kleinen Lampe an der Küchenzeile.

»Schon gut«, murmelte Smilla und versuchte ein Lächeln. »Ich muss sowieso aufstehen.« Das stimmte zwar nicht, aber wenn sie noch länger auf diesem unbequemen Sofa lag, bekäme sie womöglich Rückenschmerzen. »Ich bin Smilla«, stellte sie sich vor.

»Hej, ich bin Lisa«, sagte die Frau mit einem schwer einzuordnenden Akzent. »Meine Schwester Bine arbeitet in der Küche und ich im Housekeeping. Unsere Chefin hat gesagt, das ist hier nur für ein paar Tage.« Sie machte eine Geste, die Smillas Schlafsituation einschloss.

Für die jungen Frauen war es bestimmt auch nicht schön, dass sie in ihrer Wohnküche kampierte. »Es tut mir leid …«, setzte sie an.

Lisa schüttelte den Kopf. »Ach, das ist doch kein Problem. Wenn die Eiskünstler kommen, müssen wir immer ein wenig zusammenrücken.« Sie lächelte. »Was machst du hier?«

»Kühlung und Heizung.« Unwillkürlich musste Smilla grinsen. »Ich bin sozusagen fürs Indoor-Wetter des Igloo Resorts zuständig.«

Bine kam hinzu und lachte. »Mit einer Wettergöttin habe ich auch noch nie zusammengewohnt. Ich hoffe, du beschwörst kein Gewitter herauf.«

»Niemals dort, wo ich schlafe«, sagte sie und dachte erleichtert, dass es nicht schwierig sein würde, für eine Weile mit diesen netten Frauen zusammenzuwohnen.

Nachdem die beiden die Unterkunft verlassen hatten, stand Smilla auf, duschte und zog sich an. Obwohl sie die Heizung voll aufgedreht hatte, blieb es kalt. Etwas Warmes zu trinken, würde helfen, dachte sie, brühte einen Tee auf und rührte sich ein Instant-Porridge an, das sie gestern in einem Supermarkt in Kiruna entdeckt hatte.

Während sie frühstückte, wich die Dunkelheit langsam dem fahlen Licht des Vormittags. Die Tage hier waren deutlich kürzer als zu Hause in Deutschland, und der Wetterbericht sagte für die kommenden Tage sinkende Temperaturen bis unter null Grad voraus. Deshalb hatte sie sich gestern in Kiruna spontan entschlossen, eine lange Winterjacke zu kaufen, in die man bei

Frost eine zweite Jacke einknöpfen konnte und damit bis -35 Grad schön warm blieb. Jedenfalls hatte es die Verkäuferin so formuliert. Ein gutes Argument für den Aufenthalt nördlich des Polarkreises, fand Smilla. Mindestens so gut wie der Preisnachlass, den sie erhalten hatte, weil das Innenfutter eingerissen war. Nichts, was selbst Smilla nicht mit wenigen Stichen reparieren konnte. Zu ihrem größten Bedauern konzentrierte sich ihr handwerkliches Geschick eher auf den Umgang mit Rohrzange oder Schwingschleifer als auf ihre Fähigkeiten in der Haushaltsführung. Nähen und Kochen gehörten ohne Zweifel nicht zu ihren Stärken.

Draußen empfing sie feuchtkalte Luft, aber sie empfand die Stille des Vormittags als angenehm. Ihr erster Weg führte sie in die Werkhalle, wo das im Frühjahr geerntete Eis und der Schnee aufbewahrt wurden. Die riesigen Eisblöcke türmten sich zu imposanten Stapeln auf, und der Raum strahlte eine faszinierende Atmosphäre aus. Nachdem sie hier alles überprüft hatte, ging sie ins Nebengebäude zur Technikzentrale, um dort die Kühlanlage des 69 °N Hotels zu kontrollieren. Das 69 °N war der Bereich des Igloo Resorts, der so gut wie das ganze Jahr über geöffnet hatte. Der Name sei vom Dreiländereck rund einhundert Kilometer weiter nördlich inspiriert, an dem Finnland, Norwegen und Schweden zusammenstießen. Die Speisekarte des gleichnamigen Restaurants – nicht aus Eis – spiegele die kulinarischen Spezialitäten der drei Länder wider, hieß es im Prospekt. Smilla fand das charmant ausgedacht, aber sie musste beim Betrachten der Luftaufnahme an einen Donut denken, denn in der Mitte befand sich ein Open-Air-Space mit Hot-Tub, einem sprudelnden Wasserbad, das an natürlich heiße

Quellen erinnerte, in denen sie während einer Reise nach Island begeistert gebadet hatte. Sie war fasziniert von Geothermie und Vulkanen, die Reise hätte wunderbar sein können. Doch sie hatte sich ständig mit ihrem damaligen Freund gestritten, dem der eisige Wind zu ungemütlich und die Landschaft zu karg gewesen war.

Smilla schob die unerfreuliche Erinnerung an das Ende dieser Beziehung beiseite und zog ihren Laptop aus seiner Hülle. Mit geübten Handgriffen schloss sie ihn an die Kühlanlage an und führte auch hier eine schnelle Diagnose durch. Keine Fehler – ein gutes Zeichen. Doch die detaillierteren Funktions- und Fehleranalysen würden mehr Zeit in Anspruch nehmen. In der Ferienwohnung hätte sie einen komfortablen Arbeitsplatz gehabt, aber leider nicht in der Hütte, die sie mit den anderen Frauen teilte. Sie brauchte nicht viel, um ungestört arbeiten zu können. In ihrer derzeitigen Bleibe gab es jedoch nicht mal einen Tisch, das war alles andere als komfortabel.

Auf dem Rückweg machte sie einen Umweg über die Rezeption und staunte nicht schlecht über den Trubel, der heute dort herrschte. Hier würde sie keinen ruhigen Platz finden.

»Hallo, Smilla.«

»Hej, Carl«, begrüßte sie den Facilitymanager der Anlage freudig. Er war etwa in ihrem Alter und ihr Ansprechpartner in allen Angelegenheiten rund um die Haustechnik. »Schön, dass ich dich hier treffe. Wie läuft's?«, fragte er, und seinem Lächeln nach zu urteilen, war das keine höfliche Floskel – er freute sich tatsächlich, sie zu sehen. Carl war nicht nur umgänglich und sympathisch, er sah auch ziemlich gut aus.

»Bestens, danke. Ich habe gerade die Kühlanlage überprüft.

Keine Probleme, aber ich möchte noch ein paar detaillierte Analysen durchführen.«

Er wollte antworten, doch sein Handy klingelte. Das Telefonat war kurz, Carl sah auf die Uhr und sagte: »Mein Termin verschiebt sich. Weißt du was, das wollte ich sowieso noch machen – hast du Lust auf eine kleine Tour durchs Resort?«

Bisher kannte sie nur die Eishallen von innen. Begeistert nickte Smilla. »Sehr gern!«

Anders als erwartet, gingen sie nicht zu Fuß. Carl öffnete ihr die Tür zu einem Fahrzeug, das für Touren auf dem Gelände verwendet wurde, um das Gepäck der Gäste zu transportieren. »Viele buchen eine Übernachtung im Eishotel und verbringen vor- oder nachher einige Tage in unseren Chalets und neuerdings auch in den gläsernen Iglus«, sagte er und fuhr los.

»Davon, in so einem zu übernachten, träume ich schon lange«, gestand sie und dachte dabei erneut an die Islandreise mit ihrem letzten Freund, der sich geweigert hatte, in einem *Glaskasten* zu schlafen.

Ans Schlafen hatte sie bei der Buchung nicht gedacht. Sie hatte sich einen romantischen Abend unter endlosem Sternenhimmel vorgestellt und auf Polarlichter gehofft. Stattdessen waren sie in ein stickiges Zimmer umquartiert worden, weil ihr Ex einen riesigen Aufriss gemacht hatte. Das Geld für die teure Buchung hatte sie nicht zurückbekommen. Nach ihrer Rückkehr hatte sie sich von ihm getrennt.

Was für ein Blödmann!, dachte Smilla.

»Es ist fantastisch«, sagte Carl, der nichts von ihren Gedanken ahnte. »Perfekt für ein paar romantische Tage in Sápmi. Lappland sagt ihr wahrscheinlich.« Er warf ihr einen Blick zu, den sie nicht so recht zu deuten vermochte. Flirtete er etwa mit ihr?

Warum nicht?, dachte sie und schenkte ihm ein warmes Lächeln.

Carl räusperte sich. »Am Anfang wurde das Hotel jeden Winter neu errichtet. Nach und nach sind feste Gebäude hinzugekommen. Die Rezeption mit der Verwaltung, das Restaurant gleich nebenan und die ersten Bungalows. Der Wellnessbereich mit dem Spa wurde vor zwei Jahren gebaut, als klar war, dass die Gäste auch gern ihre Sommerferien bei uns verbringen. Ein temporäres Eishotel wird aber auch jetzt noch errichtet, einfach weil die Nachfrage so groß ist. Das öffnet je nach Witterung meist Anfang Dezember. Das andere ist bis auf wenige Wochen ganzjährig geöffnet, ebenso wie die meisten Ferienhäuschen. Im Sommer wird die Kühlung mit Solar betrieben …« Er lachte verlegen. »Aber das weißt du ja. Dort links siehst du die neuen Chalets, weiter hinten stehen noch ein paar ältere, die demnächst renoviert werden. Wo bist du eigentlich untergebracht?« Sie erzählte es ihm und erwähnte den fehlenden Tisch. Er schüttelte den Kopf. »Das muss ein Versehen sein, ich kümmere mich darum. Wenn du bis dahin einen ruhigen Ort zum Arbeiten brauchst, gehst du am besten ins Koka Kafé. Das ist die Kantine für die Saisonkräfte. Aber auch ein Café, das an den Wochenenden abends zur Bar wird. Die beste Kneipe in Alitjávri«, fügte er mit einem Augenzwinkern hinzu.

»Und womöglich die einzige?« Sie lachte. »Aber Kiruna ist ja nicht aus der Welt.«

»Stimmt. Obwohl die Pendelei manchmal nervt.«

»Dann wohnst du nicht hier?«, fragte sie erstaunt.

»Nein, meine Firma betreut neben dem Igloo Resort weitere Objekte in der Stadt. Aber ich bin in Björkholmen aufgewachsen, das ist nicht weit von hier.«

»Für Kinder muss es fantastisch sein, auf dem Land groß zu werden.« Sie dachte an ihre eigene Kindheit in Bremen und wie heilsam der Umzug damals in ihre Pflegefamilie gewesen war, die in einem Dorf am Rande des Schwarzwalds lebte. Aber Kiruna war ganz bestimmt nicht mit der problematischen Wohngegend in ihrer Geburtsstadt Bremen zu vergleichen, in der sie ihre frühe Kindheit verbracht hatte.

»Wir hatten Spaß. Aber als wir älter wurden, wollten alle nur weg. Ich war einige Jahre in Shanghai, eine ganz andere Welt.«

»Das glaube ich. Und weshalb bist du zurückgekommen?«

»Ich konnte den Lärm nicht mehr ertragen«, sagte er und stellte den Motor ab. »Siehst du den Steg, der dort vorn in den See führt? Daran sind im Sommer acht auf Pontons schwimmende Iglus befestigt. Das Gebäude dort ist Sauna und Badehaus, in dem sich auch die Toiletten befinden.«

»Wahnsinn! Das ist ja Glamping auf dem Wasser!« Smilla war begeistert.

»Glamping? Wie in Glamour und Camping?« Er schmunzelte. »Tja, unseren Gästen soll es an nichts fehlen, aber ich zeige dir jetzt das heimliche Herzstück der Anlage. Es liegt ein wenig verborgen.« Er wendete und bog ein Stück weiter oben in einen schmalen Weg ein, der unvermittelt vor einem Tor endete. »Siehst du dort hinten das flache Gebäude? Das ist das Koka Kafé.«

Smilla fragte sich, ob er recht hatte und sie da in Ruhe würde arbeiten können. »Das klingt gut. Ich sehe es mir gleich mal an.«

Carl sah auf die Uhr. »Ich würde dich ja gern zur fika einladen, aber ich muss zurück. Vielleicht können wir das ein anderes Mal nachholen?« Hoffnungsvoll sah er sie an.

»Gern. Danke für die Tour!« Sie verabschiedete sich und stieg aus.

Das Koka Kafé gefiel ihr auf den ersten Blick. Der rustikale Stil einer Berghütte, aber zeitgemäß gestaltet, ließ vermuten, dass hier vor nicht allzu langer Zeit renoviert worden war. Das Gebäude war in zwei Hauptbereiche unterteilt. Im lichtdurchfluteten Restaurant der Kantine standen Leute am Büfett an, etwa die Hälfte der Plätze war besetzt. Durch große Fenster sah man über eine Terrasse direkt auf den See hinaus, im Sommer musste es wunderschön sein, dort draußen zu sitzen. Sie wusste, dass es drüben im Hauptgebäude des Resorts auch eine Kantine gab. Darin hatte sie mit Simon gegessen, aber diese hier war behaglicher. Die andere Seite vom Koka war gemütlicher eingerichtet, mit Sitzecken, in die man sich zurückziehen konnte, und warmem Licht. Ruhige Musik trug zu dem entspannten Ambiente bei. Hinter dem langen Tresen aus hellem, poliertem Holz, der an den Abenden als Bar fungierte, stand eine junge Frau. Sie nickte ihr freundlich zu und lud sie mit einer Geste ein, sich selbst einen Platz auszusuchen.

Smilla erwiderte den Gruß, setzte sich an einen der Tische und holte ihren Laptop heraus. Es dauerte nicht lange, bis sie in ihrer Arbeit versunken war.

»Hej, ich will nicht stören, aber kann ich dir etwas bringen?«

Überrascht sah sie auf. »Du störst doch nicht. Könnte ich bitte einen Cappuccino bekommen?«

»Gern. Gehörst du zur Künstlertruppe? Ich habe gehört, heute sind einige angekommen.«

Sie zeigte auf den Laptop. »Ich bin wegen der Kühlanlagen hier. Eine läuft nicht ganz rund, und ich versuche herauszufinden, woran das liegt.«

»Dann bist du Smilla. Carl hat von dir erzählt. Hat man dir gesagt, wie es hier mit dem Essen läuft?«

Sie zog eine Karte hervor, die sie bei ihrer Ankunft bekommen hatte. »Ich bezahle hiermit, richtig?«

»Genau. Du hältst sie drüben im Restaurant einfach vors Lesegerät und bedienst dich am Büfett, Softdrinks bekommt man damit auch. Hier im Café kannst du ebenfalls über die Hauskarte zahlen, das wird dann monatlich oder bei der Abreise abgerechnet, oder ganz normal mit der Kreditkarte.«

»Danke sehr, das wusste ich noch nicht. Ich werde vermutlich in den nächsten Tagen öfter hier abhängen, wenn das okay ist. Meine Unterkunft ist ein bisschen spartanisch und zum Arbeiten nicht so toll geeignet.«

»Oje, das tut mir leid. Hier bist du immer willkommen«, sagte sie und reichte ihr die Hand. »Ich bin Siri – nur nicht so folgsam wie ein Homepod.« Sie lachte. »Eigentlich arbeite ich drüben im Spa und helfe nur abends manchmal mit. Mein Bruder führt hier den Laden, aber er ist gerade auf Reisen, und ich vertrete ihn. Jetzt hole ich dir aber erstmal deinen Kaffee.«

Siri eilte davon, und sie sah ihr lächelnd hinterher. Mit lustig wippenden Zöpfen und den bunten Klamotten sah sie ein bisschen wie eine blonde Pippi Langstrumpf aus. Smilla mochte sie auf Anhieb.

Die Stunden vergingen schnell, während sie sich in ihre Arbeit vertiefte. Die Geräusche des Cafés, das Klirren von Geschirr und das Murmeln der Gespräche im Hintergrund, waren beruhigend und halfen ihr, sich zu konzentrieren.

Am Abend ging sie hinüber ins Restaurant, um sich etwas zu essen vom Büfett zu holen. Als sie an ihren Platz zurückkehrte, war die Musik lauter geworden, und an der Bar drängten sich die Gäste. Eine Gruppe Männer fiel ihr auf, einer kam ihr sogar bekannt vor. Sie war ein bisschen kurzsichtig, deshalb kniff sie die Augen zusammen, um besser sehen zu können, ohne ihre Brille hervorholen zu müssen. Tatsächlich! Da stand der Mann, der am Vortag das verletzte Rentier versorgt hatte. Er schien sportlich zu sein und wirkte auf eine raue Art anziehend, das war ihr gestern schon aufgefallen. Sein Look gefiel ihr, lässig gekleidet, jedoch nicht nachlässig. Der Dreitagebart würde beim Küssen kratzen, aber wenn ein Mann gut küsste … Als ihr bewusst wurde, in welche Richtung sich ihre Gedanken bewegten, spürte sie ihre Wangen heiß werden.

Smilla wollte beiseite sehen, da trafen sich ihre Blicke. Er schien sie zu erkennen. Ihr Herz machte einen kleinen Sprung, doch seine Miene war kühl. Er wirkte nicht begeistert von ihrer Anwesenheit und wandte sich ab, um den Mann neben ihm etwas zu fragen. Der drehte sich um und schenkte ihr ein warmes Lächeln. Carl. Verlegen hob sie die Hand zum Gruß und griff nach ihrer Handtasche. Was musste er von ihr denken, dass sie immer noch hier war?

4. KAPITEL

Finn

Finn stand im fahlen Morgenlicht und betrachtete das Rentier, das gierig an den Flechten zupfte, die er ihm hinhielt, während er ihm behutsam über die Flanken strich. Er hatte die Verletzung am Vortag versorgt und war erleichtert, dass es nur einen nicht allzu tiefen Schnitt an der Schulter davongetragen hatte. Dennoch war sein Ärger über die Touristen, die den Unfall verursacht hatten, nicht verflogen. Die Frau hatte sich zwar besorgt gezeigt, aber der ganze Vorfall war unnötig gewesen.

Gustav trat zu ihm ans Gatter. »Hej, Doc. Checkst du Sohkar? Sie ist eins von Julias Lieblingsrentieren, weißt du.«

Seine Frau, die gemeinsam mit ihm den Hof in Björkholmen betrieb, trat zu ihnen. »Sohkar ist mein Baby«, sagte sie lächelnd. »Wir haben sie mit der Flasche aufziehen müssen. Vielleicht sollten wir sie einfach nicht mehr da draußen herumlaufen lassen, das war nämlich schon der zweite Unfall, den sie hatte. Sie kommt doch wieder in Ordnung?«

»Na klar. Die Kleine ist zäh. Aber vielleicht wirklich zu zutraulich. Ich glaube, du hast recht, sie ist hier am Haus besser aufgehoben«, sagte er und streichelte dem Tier über den Rücken.

Julias Mann kannte er nur flüchtig, er war erst vor wenigen Jahren aus der Gegend von Arjeplog hergezogen, um die Herde eines entfernten Verwandten zu übernehmen. Gustav war mindestens fünfzehn Jahre älter als er selbst und redete wenig. Julia war Anfang dreißig, Krankenschwester in der Gemeinde Alitjávri und kümmerte sich um die älteren Bewohner der Umgebung. Das nächste medizinische Zentrum befand sich in Kiruna, bei medizinischen Notfällen wurde meist sie zuerst gerufen. Trotz ihrer zwei kleinen Kinder und einer weiteren Schwangerschaft fand sie immer Zeit für ihre Tiere.

»Danke für deine Hilfe«, sagte sie.

»Kein Problem. Wir müssen jetzt los, aber wenn noch was sein sollte, ruf mich an.« Finn nickte ihr zu und machte sich gemeinsam mit Gustav auf den Weg zum Eishotel. Um diese Jahreszeit wurde dort jede Hand für die Neugestaltung der eisigen Zimmer gebraucht, und die meisten Aushilfen kamen wie Gustav und er aus der näheren Umgebung.

Heute Vormittag war eine Besprechung anberaumt, in der sie über die Arbeitsabläufe informiert wurden. Sie würden viel zu tun haben, um die Neugestaltung des 69 °N rechtzeitig fertigzustellen. Letztes Jahr hatte er eine Künstlerin unterstützt, die aus ihrem Gastraum eine eisige Unterwasserlandschaft gezaubert hatte, und er war gespannt, was dieses Jahr bringen würde. Er mochte die internationale Atmosphäre während dieser intensiven Zeit der Um- und Neugestaltung, außerdem gab es gutes Geld. Diesmal würde er mit einem Kanadier zusammenarbeiten. Der sollte, wie die meisten Eisbildhauer, im

Laufe der nächsten Woche ankommen, mehr wusste er noch nicht. Vielleicht würde er später bei den Vorbereitungen zum Aufbau des temporären Eishotels helfen. Die Lager waren voll von kristallklaren Eisblöcken, die während des vergangenen Winters im See herangewachsen waren. Dazu kam ein Schnee-Eis-Gemisch, für die Wände des temporären Eishotels, das mit Schneekanonen am Ende eine dicke Isolierschicht bekam. Obwohl es um diese Zeit schon kalt genug sein sollte, das Gebäude zu errichten, waren die Temperaturen dieses Jahr tagsüber noch mild. Das sollte sich in den nächsten Tagen ändern, sagte Gustav, als sie gemeinsam vom Parkplatz zum Meeting gingen. »Ich kann den Schnee riechen. Es wird ein guter Winter«, behauptete er, und Finn zweifelte nicht an seinen Worten. Seine Großmutter Anna hatte das Gleiche gesagt. Die beiden waren Sámi und mit der wilden Natur aufgewachsen. Wenn sich jemand mit Schnee auskannte, dann sie.

Am Abend traf er Carl im Koka Kafé. Sie hatten sich eine Weile nicht gesehen und sich deshalb mit Freunden zum Wochenendbier verabredet. Finn lehnte an der Bar, während sich das Gespräch der anderen Männer um Eishockey drehte. Einer von ihnen spielte in der Mannschaft von Kiruna und berichtete begeistert von einem Auswärtsspiel. Finn hatte nichts gegen den Sport, aber die Details interessierten ihn nur mäßig. Gelangweilt ließ er seinen Blick durch den Raum schweifen.

Da sah er die Frau, die den Wildunfall verursacht hatte, und runzelte die Stirn. Hatte sie nicht gesagt, sie sei mit ihrem Mann auf dem Weg zum Flughafen? Wie auch immer, Finn konnte nicht begreifen, wie jemand so rücksichtslos an einer Gruppe

Rentiere vorbeirasen konnte. Jeder wusste, dass Rene unberechenbar waren. Was war so schlimm daran, für einen kurzen Augenblick den Fuß vom Gas zu nehmen?

Er nahm einen Schluck von seinem Bier und sah erneut zu ihr hinüber, als sich ihre Blicke trafen. Sie blickte schnell auf ihren Teller und machte ein Gesicht, als sei sie bei etwas Peinlichem ertappt worden. Finn war sich sicher, dass sie ihn wiedererkannt hatte. Bei der Vorstellung, sie könnte ihn mehr als nur beiläufig gemustert haben, musste er grinsen. Aber vielleicht war ihr der gestrige Vorfall auch einfach nur unangenehm. Sie hatte sich mehrfach entschuldigt und wirkte ehrlich besorgt. Ihr Mann hingegen hatte es eilig gehabt, zum Flughafen zu kommen, und interessierte sich nur dafür, ob sein Leihwagen unbeschädigt geblieben war. Was für ein Idiot! Finn hatte sich nicht weiter um ihn gekümmert und angenommen, die beiden nie wiederzusehen. Wenigstens hatte sie Julia ihre Telefonnummer gegeben. Aber was machte sie jetzt hier im Koka?

Wenn es jemand wusste, dann Carl. Er legte seinem Freund die Hand auf den Arm und fragte leise: »Die Frau dort drüben mit dem grauen Islandpullover – weißt du, wer das ist?«

Carl sah sich unauffällig um, und seine Augen begannen zu leuchten. »Das ist Smilla. Sie ist für die Kühlung zuständig.« Er bemerkte Finns verwirrten Blick und fügte hinzu: »Die Technik der Halle, in der wir die Eisquader den Sommer über aufbewahren, hatte kürzlich einen Aussetzer, irgendwas mit dem Steuerungssystem. Sie arbeitet für die deutschen Klimatechniker, die uns die Anlage vor zwei Jahren errichtet haben. Jetzt läuft alles wieder rund, aber Smilla hat angeboten zu bleiben, um sicherzugehen, dass jemand vor Ort ist, falls der Softwarefehler noch mal auftritt. Das ist ziemlich nett von ihr – soweit ich es verstanden habe, hat sie sich eine Auszeit dafür genommen. Ich finde es deshalb echt unverschämt, dass die Geschäftsleitung sie mit zwei Saisonkräften in einer der alten Hütten untergebracht hat. Morgen kümmere ich mich darum, dass sie während ihres Aufenthalts vernünftig wohnt.«

Finn hob eine Augenbraue. »Viel Glück dabei, vermutlich sind die guten Häuser längst alle an die Eiskünstler und ihre Teams vergeben.«

Carl zuckte mit den Schultern. »Wenn die Kühlung ausfällt oder womöglich das Heizungssystem, läuft ohne sie nichts mehr, bis es richtig kalt ist. Du weißt selbst, wie lange es dauert, Handwerker hierherzulocken.« Der Handwerkermangel gehörte zu seinen Lieblingsthemen.

Finn nickte nachdenklich. Während Carl weiterredete, sah er nochmals zu ihr hinüber, und seine Gedanken schweiften ab. Blonde Haare, ein schmales Gesicht – sie war keine klassische Schönheit, aber irgendetwas an der Frau hatte sein Interesse geweckt. Vielleicht waren es die großen, dunklen Augen, in denen ein melancholischer Ausdruck lag.

»Willst du was von ihr?« Carls kühler Ton ließ ihn zusammenfahren.

»Nein! Um Himmels willen. Ich war nur neugierig. Ihr Mann hat gestern eines von Julias Rentieren angefahren.«

»Ach, verflucht! Ist es …«

»Alles okay, denke ich. Es hat eine kleine Wunde und vielleicht ein paar blaue Flecken, aber sonst ist es mit einem Riesenschreck davongekommen. Vielleicht lernt es daraus«, fügte er grinsend hinzu.

Carl lachte. »Unwahrscheinlich.« Beide wussten, dass sich die Rentiere besonders im Winter gern auf den geräumten Straßen aufhielten. Einmal, weil sie leichter vorankamen als im tiefen Schnee, und dann wegen des Salzes, das sich im Laufe des Winters dort sammelte. Selbst im Sommer war es nicht unüblich, sie mitten auf der Fahrbahn anzutreffen.

Als Finn wieder zu Smilla blickte, war ihr Platz leer, aber er entdeckte sie am Ausgang. Sie hielt ihre Jacke in der Hand und sprach mit Siri, der Schwester des Inhabers. Ihre Gestik, ihr Lächeln – alles an ihr löste etwas in ihm aus, das er nicht genau benennen konnte.

»Finn? Bist du noch bei mir?«, fragte Carl und stieß ihn leicht an.

»Ja, klar. Noch ein Bier?« Er machte dem Barkeeper ein Zeichen. Wenn Smilla beruflich in der großen Eishalle zu tun hatte, würde sie ihm schon bald wieder über den Weg laufen.

Als Finn im letzten Winter bei der alljährlichen Neugestaltung der Zimmer des 69 °N Hotels geholfen hatte, war das eine faszinierende Erfahrung gewesen, die in ihm eine unerwartete Leidenschaft geweckt hatte. Die internationale Atmosphäre während der Umbauarbeiten, die Eisbildhauer aus aller Welt anzog, gefiel ihm, und er hatte seine Freude daran entdeckt, kreativ mit Eis zu arbeiten. Zwar sah er sich selbst nicht als Künstler, aber das Arbeiten mit dem kalten Material bereitete ihm großen Spaß.

Am nächsten Tag beim Morgenmeeting, in dem die Aufgaben verteilt wurden, war er jedoch unkonzentriert. Warum ging sie ihm nicht mehr aus dem Kopf? Seit gestern hatte er öfter, als ihm lieb war, an Smilla denken müssen. Es tat ihm leid, dass er sich ihr gegenüber so unhöflich verhalten hatte. Vielleicht sollte er sie darauf ansprechen und sich entschuldigen.

»Finn, was meinst du?«, fragte einer der Organisatoren und riss ihn damit aus seinen Überlegungen.

»Sorry, was war die Frage?«, antwortete er und spürte, wie ihm die Hitze ins Gesicht stieg.

»Ob du heute Nachmittag beim Ausräumen der Eis-Apartments im 69 °N helfen kannst«, wiederholte der Mann ungeduldig.

»Ja, natürlich. Kein Problem«, sagte Finn und zwang sich, den Rest der Besprechung aufmerksam zu verfolgen, obwohl seine Gedanken immer wieder zu ihr zurückwanderten.

Müde und hungrig nach einem langen Tag, hatte er am Abend keine Lust, nach Björkholmen zu fahren und sich etwas zu kochen. Er wohnte im Haus seiner Großmutter, und die würde so spät schon im Bett liegen. Sie hatte einen leichten Schlaf, und er wollte sie nicht stören. Deshalb entschied er sich, wie die meisten Saisonarbeiter in der Kantine des Koka zu essen.

Als Finn das flache Gebäude betrat, empfing ihn eine angenehme Wärme. Sobald die Sonne sank, fielen die Temperaturen deutlich, und er rieb die kalten Hände aneinander. Da sah er sie. Smilla saß im Café, das abends zur Bar wurde, auf dem gleichen Platz wie gestern und unterhielt sich mit Siri. Ihr Lachen klang so fröhlich, dass Finn unwillkürlich schmunzeln musste.

Er ging zur Theke und bestellte einen Kaffee. Während er darauf wartete, beobachtete er sie aus dem Augenwinkel. Sie schien völlig entspannt und glücklich, und auf einmal wünschte er sich, sie besser kennenzulernen. Sollte er hinübergehen und ihr sagen, dass es dem Rentier gut ging? Bevor er sich entschieden hatte, ob das nicht doch ein bisschen plump war, winkte ihm eine Mitarbeiterin des Resorts zu und kam herüber.

»Hej, Finn. Du machst dich ja in letzter Zeit so rar«, sagte Gunilla mit einem Augenaufschlag, und sie hatte nicht unrecht damit. Er ging ihr aus dem Weg.

»Viel zu tun. Du weißt ja, wie das ist ...«, sagte er und dachte im selben Augenblick, dass sie eine Erklärung für seine Zurückhaltung verdiente, auch wenn er letzten Sommer nicht der Einzige gewesen war, der mit ihr geschlafen hatte. Er war von Anfang an offen damit gewesen, dass er keine Beziehung suchte. Sie hatte nur gelacht. »Glaubst du, ich etwa?« Die Worte klangen ihm noch in den Ohren. »Gunilla, ich will ehrlich sein ...«, sagte er und hoffte, die richtigen Worte zu finden, um sie nicht zu verletzen. Doch da meldete sich sein Handy. Mit einem letzten Blick auf Smilla zog er es aus der Hosentasche, nickte Gunilla zu und ging nach draußen, um das Gespräch anzunehmen.

»Hej, Finn. Wir haben ein Problem mit einem Hund«, sagte Einar Kito am anderen Ende der Leitung. »Kannst du kommen?« Die Kito-Brüder betrieben eine Schlittenhundefarm etwa zwanzig Kilometer von Alltjávri entfernt. Finn hielt nichts davon, Touristen mit Hunden durch die winterliche Landschaft fahren zu lassen. Dafür gab es eine Menge Gründe, aber wenn ein Tier in Not war, half er, ganz gleich, was er von den Besitzern dachte.

»Ich bin unterwegs«, antwortete er knapp und eilte zu seinem Wagen.

Am nächsten Morgen war er früh auf der Eisbaustelle. Erst viel später, zur Fika, tauchte die aufgehende Sonne alles in ein magisches Licht. Inzwischen glaubte er selbst schon, den kommenden Schnee riechen zu können. Doch das war bestimmt nur Illusion. Als Junge hatte er zwar die Sommerferien bei seiner Großmutter in Alitjávri verbracht und sich dabei mit Carl und anderen Kindern angefreundet, aber im Winter war er selten hier gewesen. Solche Fähigkeiten erlernten die Einheimischen durch das Leben mit der Natur und den Jahreszeiten, vererbbar waren sie gewiss nicht, und er war ja auch nur zur Hälfte Sámi. Wenn überhaupt, denn sein Vater hatte nie etwas mit der Kultur seiner Vorfahren zu tun haben wollen, war nach dem Studium in Malmö geblieben und danach seltener in den Norden gefahren als Finn.

Julia und ihr Mann Gustav jedenfalls hatten recht behalten – die Temperaturen sanken weiter, und das Team arbeitete zügig daran, die Zimmer mit dem Material für die neuen Kunstwerke auszustatten, damit alles bereit war, wenn die Eisbildhauer und Skulpteure anreisten. Einiges würde zwar in der Werkhalle gefertigt werden, aber die größeren Elemente entstanden direkt vor Ort in den jeweiligen Räumen. Der Transport war riskant, denn Eis brach sogar leichter als Glas. Die poröse Kristallstruktur macht es anfällig für Spannungen und Rissausbreitung, besonders bei niedrigen Temperaturen.

Finn warf sich mit neuer Energie in die Arbeit und stellte fest, dass ihm die körperliche Anstrengung gefehlt hatte.

Als er am Abend durch die kalte, klare Nacht nach Björkholmen fuhr, funkelten die Sterne am Himmel, und er fühlte sich nach langer Zeit das erste Mal hoffnungsvoll und optimistisch.

5. KAPITEL

Smilla

Nach ihrem überstürzten Aufbruch aus dem Koka dachte Smilla unentwegt an den Mann, der das verletzte Rentier versorgt hatte. Sie konnte sich nicht erklären, warum er sie so beschäftigte. Seine ruhige, entschlossene Art ließ sie nicht los. Er hatte sie wiedererkannt, da war sie sich sicher, aber er schien sie für den Unfall verantwortlich zu machen, jedenfalls entnahm sie das den kühlen Blicken, die er ihr zugeworfen hatte.

Auch den nächsten Tag verbrachte sie überwiegend im Café, um in Ruhe zu arbeiten. Simon hatte ihr die Anfrage eines großen Kunden zu einer neuen Klimaanlage geschickt, mit deren Entwicklung sie sich befasste. Damit kam sie voran, mit der Fehleranalyse nicht so sehr. Weshalb sich die Installation hier im Hotel einfach ausgeschaltet hatte, wusste sie bislang nicht. So eine Fehlersuche war überwiegend Fleißarbeit und würde Zeit erfordern. Nach dem dritten Kaffee, den sie nur noch aus Höflichkeit bestellte, dachte sie, dass es eine blöde Idee gewesen war, das Ferienapartment zu kündigen, in dem sie die drei Tage mit Simon gewohnt hatte. Schließlich kam die Firma für die Miete auf und nicht er persönlich.

Abends setzte sich Siri zu ihr. »Sag mal, sei mir nicht böse, aber hast du kein Zuhause?«

Smilla musste lachen. »Es hat den Anschein, oder?« Sie erklärte ihre Wohnsituation.

»Liebe Güte. So ähnlich habe ich einen ganzen Sommer in Stockholm gewohnt, weil ich nach der Ausbildung unbedingt in einem angesagten Kosmetik-Studio arbeiten wollte und dafür natürlich kein Geld bekommen habe.«

»Ernsthaft? Das ist ja schrecklich.«

Siri verdrehte die Augen. »Ich musste in ein öffentliches Schwimmbad gehen, wenn ich mich duschen wollte. Und natürlich war es ein besonders heißer Sommer.«

»Natürlich. Das Butterbrot fällt auch immer auf die gebutterte Seite, wenn es dir aus der Hand rutscht.«

»Murphy's Law«, bestätigte Siri lachend. »Dieser Murphy begleitet mich schon mein ganzes Leben mit seinem blöden Gesetz.«

»Wem sagst du das!« Sie gaben sich ein High five und lachten fröhlich.

Schließlich schüttelte Siri den Kopf. »Und da kann man gar nichts machen? Mit deinem Zimmer, meine ich.«

»An der Rezeption hat man mir gesagt, dass alle Ferienhäuser belegt sind, aber Carl hat versprochen, sich darum zu kümmern. Sonst muss ich mir außerhalb etwas mieten. Meine beiden Mitbewohnerinnen sind nett, aber vermutlich gehe ich ihnen schon bald auf die Nerven. Oder dir«, fügte sie hinzu.

»Ach, Unsinn. Von mir aus kannst du hier den ganzen Winter verbringen, aber Carl findet bestimmt eine Lösung«, sagte Siri tröstend und zeigte auf den Laptop. »Darf ich fragen, woran du arbeitest?«

Smilla erzählte von ihrem Auftrag.

»Das klingt sehr verantwortungsvoll. Aber du solltest nicht die ganze Zeit hier drinnen sitzen. Willst du die Gelegenheit nicht nutzen, um ein bisschen von der Landschaft zu sehen? Wenn erst mal Schnee liegt, ist alles anders. Allerdings kann man dann Rentier- oder Hundeschlitten fahren und Ausflüge mit dem Schneemobil machen. Das bringt Spaß!« Sie stand auf und holte einen Prospekt hinter der Theke hervor. »In Björkholmen gibt es einen Ferienhof, bei dem man super Exkursionen buchen kann. Sobald das Hotel wieder öffnet, kannst du natürlich auch von hier aus an Touren teilnehmen, aber Julia verdient mehr daran, wenn man bei ihr bucht. Wir kennen uns vom Fly Bungee«, sagte sie und klang dabei irgendwie erwartungsvoll.

»Das habe ich im Frühjahr versucht, aber ich hing meistens in der Luft«, sagte Smilla amüsiert. Sie probierte gern Neues aus, aber dieses Fitness- und Tanztraining, bei dem man an elastischen Seilen befestigt war, hatte ihr nicht besonders gefallen.

»Dann hat man es dir nicht richtig gezeigt.« Siri musterte sie kurz. »Du siehst nicht so aus, als wäre dir Sport vollkommen fremd.«

»Stimmt. Aber für alles, was mit Tanzen zu tun hat, bin ich nicht besonders begabt.«

»Das musst du auch nicht sein. Fly Bungee schont die Gelenke und wird neuerdings im Spa für die Gäste angeboten. Weil es sonst in Alitjávri nichts gibt, dürfen die Einheimischen den Fitnessbereich dienstags und donnerstags zwischen sieben Uhr und halb neun gegen eine Gebühr benutzen. Zufällig bin ich die Lehrerin«, sagte sie mit einem Grinsen. »Du musst es noch mal probieren. Das macht echt Spaß und verwandelt jede Frau in Supergirl.«

»Wirklich? Dann darf ich es mir nicht entgehen lassen«, sagte Smilla, und sie lachten gemeinsam.

Als sie dabei zur Bar blickte, sah sie ihn. Er stand an den Tresen gelehnt, neben sich eine Frau. Doch dann schien er einen Anruf zu bekommen. Mit einem grimmigen Blick aufs Handy sagte er ein paar Worte zu seiner Begleitung und verließ das Café. Ein Hauch von Enttäuschung legte sich über ihr Herz, und sie lehnte sich seufzend zurück.

»Du siehst aus, als hätte dir gerade jemand den letzten Keks weggegessen«, sagte Siri mit einem wissenden Lächeln und stand auf. »Ich muss weiterarbeiten.«

Smilla bedankte sich für den Ausflugstipp und nahm sich vor, am nächsten Tag nach Björkholmen zu fahren. Währenddessen ließ ihr eine Frage keine Ruhe: War die Frau an Finns Seite seine Freundin? Mehrfach hatte sie ihn im Gespräch berührt, eine Geste, die Vertrautheit ausstrahlte.

Nachdenklich verabschiedete sie sich von Siri, sammelte ihre Sachen ein. Auf dem Weg zu ihrer Unterkunft hoffte sie, dass die beiden Schwestern noch nicht zurück waren – sie wollte den Abend in Ruhe ausklingen lassen.

Am nächsten Morgen bereitete sie sich ein Frühstück zu, nachdem ihre Mitbewohnerinnen zur Arbeit gegangen waren. Dabei stellte sie fest, dass ihre Vorräte bald zu Ende gingen. Montag würde sie in Kiruna einkaufen müssen. Nach dem

Frühstück legte sie ihr Bettzeug zusammen, spülte das Geschirr ab und zog sich warm an.

Es wurde gerade hell, als sie das Haus verließ. Die Sonne ging inzwischen erst nach neun Uhr auf und bereits gegen halb zwei langsam wieder unter. Sie beschloss, in Zukunft das Tageslicht zu nutzen und rauszugehen, solange es möglich war. Das Wetter heute versprach herrlich zu werden. Die Luft war klar und so kalt, dass ihr Atem kleine Wölkchen bildete. Auf den Zweigen der Bäume glitzerte Raureif.

Der Weg nach Björkholmen war ausgeschildert, und Smilla genoss die Fahrt auf der schmalen Straße durch die karge Natur. Der Hof von Siris Freundin war leicht zu finden. An der Zufahrt stand ein großes Schild, das für Rentierausflüge und Sámi-Abende warb. Doch als sie ankam, stellte sie fest, dass niemand da war.

So ein Pech! Statt jedoch umzukehren, entschied sie sich, am Ufer des kleinen Sees, der an die Siedlung grenzte, spazieren zu gehen.

Die Wasseroberfläche war mit einer dünnen Eisschicht bedeckt, und eine merkwürdige Vorfreude überkam sie. Nun wurde es wirklich Winter. Wie lange hatte sie schon keinen richtigen Schnee mit knackiger Kälte und Sonnenschein mehr erlebt? Andere Leute bezahlten ein Vermögen, um ein paar Tage jenseits des Polarkreises zu verbringen, die Wunder der Natur zu bestaunen und wahnsinnigerweise sogar dafür, eine Nacht auf einem Bett aus Eisquadern zu liegen – von Schlafen konnte dabei vermutlich keine Rede sein. Das war ein bisschen verrückt, aber bestimmt ein unvergessliches Erlebnis. Smilla allerdings hätte mehr Lust darauf, warm eingemummelt und auf Rentierfellen gebettet in einem der gläsernen Iglus zu liegen, die Sterne zu betrachten und hoffentlich sogar das Wunder der Polarlichter zu erleben. Bisher hatte es sich noch nicht gezeigt. Besonders romantisch stellte sie sich so eine Nacht mit dem richtigen Menschen an ihrer Seite vor. Das Bild des Rentierretters erschien vor ihrem geistigen Auge. Oje, der Mann ging ihr wirklich nicht mehr aus dem Kopf. Sollte sie sich ein Herz fassen und ihn ansprechen, um herauszufinden, wie es dem armen Rentier ging und ob er ihr immer noch grollte?

Sie vergrub die Hände in den tiefen Taschen ihrer Jacke und spazierte weiter, bis sie an einem hübschen Haus vorbeikam. Um es näher zu betrachten, blieb sie stehen. Die Holzverkleidung war in einem hellen Blaugrau gestrichen, die Veranda sah wie neu aus, das Dach ebenfalls, und in den weiß gerahmten Sprossenfenstern standen Kerzenleuchter. Die schwedische Tradition, am Abend Lichter auf die Fensterbank zu stellen, gefiel ihr. Das alles wirkte so einladend und gemütlich, dass sie sich wünschte, eines Tages in einem solchen Haus zu wohnen.

Eben wollte sie sich abwenden, da öffnete sich die Tür. Eine alte Frau trat heraus und winkte sie zu sich. »Willst du zu meinem Enkel?«, fragte sie freundlich.

Smilla war zunächst überrascht, ließ sich aber von der warmen Herzlichkeit anziehen, die die Frau ausstrahlte. »Ähm, nein, ich gehe nur spazieren.«

»Ach, Kindchen. Du siehst ja ganz verfroren aus. Komm, ich habe Kaffee aufgebrüht. Trink eine Tasse mit mir, bitte schön.« Sie setzte ein trauriges Gesicht auf, aber in ihren Augenwinkeln blitzte der Schalk.

Obwohl sie sich ausgetrickst fühlte, sagte Smilla belustigt: »Niemand sollte seinen Kaffee allein trinken.«

Die Frau stellte sich als Anna vor und führte sie ins Haus. Das Innere war genauso bezaubernd wie das Äußere, liebevoll eingerichtet und voller Wärme. Smilla setzte sich an den Küchentisch und nahm dankbar eine Tasse Kaffee entgegen.

»Mein Enkel hat dieses Haus Stück für Stück umgebaut«, erzählte Anna stolz und zeigte auf die aufgearbeiteten Küchenmöbel. Der Stil war ein charmanter Mix aus schwedischer Funktionalität und einer cozy Cottage-Küche mit heiteren Farbakzenten, die bestimmt gute Laune machten, wenn man hier an dunklen Wintertagen kochte oder in der Sitzecke in dem gemütlichen Ohrensessel saß. Ihr hatte schon das gepflegte Äußere des Hauses gut gefallen, hier könnte sie es auch gut aushalten.

Der Mann hätte das Zeug dazu, einen Homestyling-Account auf Social Media zu betreiben, dachte sie amüsiert und wollte gerade fragen, was Annas Enkel denn beruflich machte, als die alte Dame begeistert fortfuhr: »Die untere Etage ist fertig, und jetzt habe ich ein großes Bad und muss nicht mehr die Treppe hinaufsteigen, um in mein Schlafzimmer zu gelangen.« Sie begann zu erzählen, wie es früher hier ausgesehen hatte, und Smilla hörte ihr gespannt zu, bis es an der Tür klopfte. Sie dachte schon, dass dieser Enkel hereinkommen und sie achtkantig vor die Tür setzen würde, doch stattdessen trat die Frau ein, der das verletzte Ren gehörte. In der Hand trug sie eine Kühltasche, ging zur Spüle und stellte sie darauf ab.

»Hallo, Anna, ich habe dir *gurpi* mitgebracht und eine Suppe, die du dir später heiß machen kannst.« Dabei musterte sie Smilla.

»Julia, die gute Seele«, stellte Anna sie vor. »Das ist Smilla. Siri hat ihr deinen Hof empfohlen.«

Julia lächelte verhalten und räumte die Tasche aus, bevor sie sich einen Kaffee nahm und sich zu ihnen setzte. »Wir kennen uns schon«, sagte sie zu Anna. Wo sie sich begegnet waren, erwähnte sie dankenswerterweise nicht. An Smilla gewandt fuhr sie fort: »Ich dachte, ihr wolltet zum Flughafen.«

»Simon, also mein Bruder, er ist zurückgeflogen. Aber wie ich gesagt habe, ich bin noch eine Weile im Eishotel tätig. Wie geht es deinem Rentier?«

Julias Gesicht wurde weicher. »Sohkar ist in Ordnung. Der Schnitt an ihrer Schulter verheilt gut.«

»Dem Himmel sei Dank! Das tut mir alles so leid. Wir waren bestimmt zu schnell, aber es ist plötzlich ausgeschert …« Sie schluckte. Das Tier hatte einen Namen! Smilla wusste, wie man sich fühlte, wenn ein Haustier verletzt wurde. Auf dem Weg zur Schule hatte sie zusehen müssen, wie die junge Katze der Widmanns angefahren und dabei verwundet worden war. Smilla hatte sie in einen Schal gewickelt und in die Tierarztpraxis gebracht. Sie konnte sich noch genau an die sorgenvolle Zeit erinnern, die sie durchgemacht hatte, bis das Kätzchen wieder gesund war. »Es gibt keine Entschuldigung dafür«, sagte sie leise.

»Ach, mach dir keine Gedanken. Beim nächsten Mal, wenn du Tiere auf der Straße siehst, wirst du vorsichtiger sein. Einen Elch möchte man nämlich nicht plötzlich auf der Kühlerhaube sitzen haben.« Sie lachte. »Weißt du was, ich schicke dir eine Telefonnummer aufs Handy, die kannst du anrufen und Rene melden, die auf der Straße herumspazieren. Irgendjemand wird rausfahren und sie weitertreiben.« Sie tippte etwas in ihr Smartphone, und die Nachricht kam bei Smilla an.

»Danke, das mache ich auf jeden Fall! Woher wusstest du, dass es eure Tiere waren?«

»Das erkenne ich an den Ohrkerben. Jede Familie hat da ein eigenes Zeichen. Aber Sohkar trägt auch ein Halsband. Sie ist ein Flaschenkind, und ich würde sie überall wiedererkennen.«

Anna hatte ihnen still zugehört. Jetzt strahlte sie und legte ihr eine runzelige Hand auf den Arm. »Smilla ist Finns Freundin!«

Sie spürte, wie ihr die Röte ins Gesicht stieg. »Ich glaube, da liegt ein Missverständnis vor«, sagte sie schnell.

Julia lachte fröhlich und stand auf. »Ich muss zurück. Du kannst Sohkar gern besuchen, wenn du magst.«

»Geh ruhig mit Julia. Ich werde mich ein bisschen ausruhen«, sagte Anna und leerte ihre Kaffeetasse.

Sie trugen das Geschirr zur Spüle und verabschiedeten sich.

Draußen schlug ihnen eisige Luft entgegen, und Smilla war froh, eine Mütze aufgesetzt zu haben. Sie zog ihren Schal höher. Die Schwedin neben ihr schien sich nichts aus dem kalten Wind zu machen, der den Geruch von Moosen und einem letzten Hauch von Herbst mit sich trug.

Gemeinsam liefen sie zu Julias Hof. Smilla wusste nicht, was sie von der Behauptung der alten Dame halten sollte, aber sie musste das klarstellen. »Die Sache mit der *Freundin* … Ich kenne diesen Finn gar nicht.«

Julia schüttelte den Kopf. »Wenn Anna das sagt, dann wird es wohl so sein. Du weißt es nur noch nicht.« Sie zwinkerte ihr zu. »Finn ist unser Tierarzt. Ein netter Typ, auch wenn er manchmal etwas grummelig wirkt.«

Smilla fühlte sich peinlich berührt, konnte aber das Lachen nicht zurückhalten. »Na, dann werde ich die Dinge mal auf mich zukommen lassen«, sagte sie. »Aber das Schicksal muss sich beeilen, so lange bleibe ich vielleicht nicht mehr hier.« Jetzt, da es kalt wurde, wäre es nicht mehr so schlimm, wenn die Anlage noch einmal ausfallen würde. Jedenfalls hätte Simon dann genügend Zeit, einen Techniker heraufzuschicken.

»Bevor du abreist, musst du aber unbedingt eine Schlittenfahrt mitmachen. Es ist wunderschön da draußen, und Spaß macht es auch«, sagte Julia voller Begeisterung. »Und wenn du dich für das Leben der Sámi interessierst, komm doch zum nächsten *Feuerabend* in unser *lávvu*. Die Termine findest du online. Wir essen zusammen und erzählen über das Leben mit den Renen, wie es heute ist und wie es früher war. Bis dahin empfehle ich dir das Samegarden Museum in Kiruna. Es ist zwar viel kleiner als das in Jokkmokk, aber man sollte es trotzdem unbedingt besuchen.« Sie öffnete das Eingangstor zu ihrem Hof. »Weißt du, wir sind nicht nur Landschaft, Outdoor-Spaß und Folklore. Wir Sámi kämpfen ums Überleben und um den Erhalt unserer Sprache, der Traditionen – und das kann nur gelingen, wenn wir den Menschen vermitteln können, wie wichtig es uns ist, im Einklang mit der Natur zu leben.« Sie lächelte verlegen, als wollte sie sich für die leidenschaftlichen Worte entschuldigen.

»Du hast recht, ich weiß so gut wie nichts darüber. Das wird sich ändern, versprochen.«

Julia nickte. »Es ist lieb von Siri, dass sie dich an uns verwiesen hat. Schlittentouren bieten wir allerdings momentan nicht an. Wir bereiten uns aber schon auf die Saison vor.« Sie zeigte in den Himmel. »Die wichtigste Zeit beginnt, wenn das Eishotel aufgebaut ist.« Sie hatten ein Gatter erreicht, und Julia stieß einen Pfiff aus, woraufhin drei Rentiere angetrabt kamen.

Smilla erkannte Sohkar an der Zeichnung ihres Gesichts und streichelte glücklich ihre weiche Nase. Als sie sich verabschiedete und den Rückweg antrat, spürte sie eine seltsame Mischung aus Verlegenheit und Neugier.

Dann war Finn also der missmutige Typ, der Julias Rentier verarztet hatte?, dachte sie. Wie auch immer seine Großmutter auf die Idee gekommen sein mochte, sie wären befreundet, eines war offensichtlich: Wenn der Mann für die Einrichtung des Hauses zuständig war, besaß er einen exzellenten Geschmack.

6. KAPITEL

Smilla

Zurück im Igloo-Hotel begann Smilla mit ihrem täglichen Rundgang durch die Kühlanlagen. Sie überprüfte die Temperatur und andere technische Daten, um sicherzugehen, dass alles einwandfrei funktionierte. Das Summen der Maschinen hatte eine beruhigende Wirkung auf sie, während sie über das Gespräch mit Anna und Julia nachdachte. Wer war dieser Finn, und wieso hatte Anna behauptet, sie seien befreundet?

Sie hatte gerade ihr Laptop an die Anlage im 69 °N angeschlossen, als Carl anrief und sie in sein Büro bat. Smilla schloss den Technikraum ab und machte sich auf den Weg. Carl begrüßte sie mit einem breiten Lächeln und stand von seinem Platz hinter dem Schreibtisch auf.

»Ich habe gute Nachrichten für dich«, sagte er und reichte ihr einen Schlüssel. »Du kannst gleich einziehen.« Er tippte auf den Quartierplan, der an der Wand hing. »Hier ist die Nummer 62, genau zwischen der Rezeption und dem Koka. Du kannst deinen Wagen hinter dem Haus parken, wenn du möchtest.«

Smilla nahm den Schlüssel entgegen, an dem ein Anhänger in der Form eines Elchs hing. »Das ist fantastisch! Vielen Dank!«

»Ich habe dir ja versprochen, dass ich mich drum kümmere. Es gibt für alles eine Lösung, wenn man nur will. Das Haus ist ganz neu, du bist die erste Bewohnerin. Ich hoffe, du fühlst dich wohl darin.«

»Ich kann es kaum erwarten, es zu sehen. Danke sehr. Du hast mir damit einen großen Gefallen getan!«

»Kein Problem. Es freut mich, dass ich helfen konnte«, sagte Carl.

Er ist wirklich nett, dachte sie und fiel ihm spontan um den Hals. In diesem Augenblick öffnete sich die Tür, und Finn trat ein. Smillas Herz machte einen Sprung. Sein freundlicher Gesichtsausdruck verschwand, als er sie sah. Unsicherheit breitete sich in ihr aus. War er noch sauer auf sie? Hastig löste sie sich von Carl und trat einen Schritt zurück.

»Danke noch mal. Du hast mir einen großen Gefallen getan!«

»Kein Problem. Es freut mich, dass ich helfen konnte. Und falls du irgendetwas brauchst, lass es mich wissen.«

»Mache ich«, sagte sie und verabschiedete sich, ihre Stimme klang kratzig. Ohne den Tierarzt anzusehen, ging sie schnell an ihm vorbei.

Am liebsten wäre sie sofort zu ihrer Unterkunft gegangen, doch das kam nicht in Frage. Zuerst hatte sie ihren Job zu erledigen. Gewissenhaft beendete sie die Prüfroutine, und erst als sie sicher war, dass die Haustechnik einwandfrei funktionierte, eilte sie in ihre vorübergehende Bleibe, um die Sachen für den Umzug zusammenzusammeln und ins Auto zu packen.

Das Haus Nummer 62 war leicht zu finden und eine angenehme Überraschung. Mit einem weit vorgezogenen Dach erinnerte es auf den ersten Blick an ein Chalet in den Alpen. Doch als sie in Richtung Eingang ging, veränderte es sich und sah aus, als wäre es am First entlang in der Mitte durchgesägt worden. Die ungewöhnliche Architektur ließ bestimmt viel Licht hineinfallen, und sie konnte es nicht erwarten, das Innere zu sehen.

Sie schloss die Haustür auf und wurde von einem angenehmen Duft empfangen. Es roch neu, ein bisschen nach Weihnachten und frisch gesägten Hölzern. Die Einrichtung war rustikal und schlicht gehalten – ganz anders als Annas Wohnküche, der man ansah, dass darin gelebt wurde, aber auf seine Weise ebenfalls einladend: ein Ort zum Wohlfühlen. Nicht dass sie selbst so gewohnt hätte, jedenfalls nicht in der Stadt, aber für ein Chalet war es ausgesprochen passend eingerichtet. Die schräg einfallenden Strahlen der schon wieder untergehenden Sonne tauchten den großen Raum in ein warmes Licht, das sie willkommen hieß.

Diese kurzen Tage sind gewöhnungsbedürftig, dachte sie und zog die Schuhe aus, bevor sie ihr Gepäck abstellte, das wegen der Einkäufe in Kiruna an Simons Abflugtag deutlich umfangreicher geworden war. Aber sie hatte ja anfangs nicht mit einem längeren Aufenthalt rechnen können, beruhigte sie ihr Gewissen und sah sich weiter um. Die Einrichtung war überschaubar. Es gab eine Küchenzeile mit Esstisch, ein gemütliches Sofa, von dem aus man hinaus in die Natur und in den Himmel blicken konnte, und ein riesiges Bett, auf dem Rentierfelle lagen. Die bodentiefen Fenster würden sich in den langen hellen Sommernächten mit breiten Jalousien verdunkeln lassen. Unter dem Ofen war Holz aufgestapelt, und daneben führte eine Tür ins Bad. Das war geräumig und hatte sogar eine verglaste Saunakammer für zwei Personen.

Smilla konnte ihre Begeisterung kaum zügeln. Sie steckte ihr Smartphone in die Musikanlage und führte einen kleinen Tanz zu ihrem Lieblingssong auf, wobei sie vor Freude lachte. Das war ein Ort, an dem sie sich wohlfühlen und zur Ruhe kommen konnte. Sie stellte sich vor, wie sie die Abende hier verbringen würde: Nach einem Ausflug in die eisigen Weiten oder einem Spaziergang am See würde sie sich in die Sauna setzen und die Wärme genießen, bis jede Anspannung aus ihrem Körper verschwunden wäre. Danach würde sie sich Abendessen kochen, obwohl sie weder gut noch gern kochte. Aber hier, in dieser gemütlichen Atmosphäre, könnte ihr sogar das Freude bereiten. Und falls nicht, würde sie einfach etwas Leckeres im Koka kaufen und es hierher mitnehmen. Sie freute sich schon auf ein entspanntes Frühstück mit Blick in eine winterliche Landschaft. Julia hatte gesagt, dass es in den kommenden Tagen schneien würde, und sie glaubte ihr mehr als dem Wetterbericht, der davon noch nichts verlauten ließ. Abends konnte sie sich mit einer Tasse Tee aufs Sofa setzen, in eine Decke gehüllt, und ihr Notizbuch hervorholen. Smilla liebte es, mit der Hand zu schreiben und ihre Gedanken und Erlebnisse niederzulegen. Schon als Kind hatte sie Tagebuch geführt und es mit kleinen Zeichnungen verziert. Das hatte ihr damals geholfen, ihre Gefühle zu ordnen und sich weniger allein zu fühlen, besonders in Momenten der Traurigkeit oder Einsamkeit, von denen es in der Kindheit viele gegeben hatte. Nun, heute war es nicht anders.

Smilla schüttelte die Erinnerung ab und machte ein paar Fotos, bevor sie zum Handy griff und eine Nachricht an ihre Hamburger Freundin Louisa schickte:

Smilla: Lou, ich bin eben in
mein Studio gezogen – riesige
Fenster, ein Wahnsinnsblick! 😍
Noch kein Schnee,
aber der soll bald kommen.

Louisa: Klingt traumhaft!
Schick mir ein Foto!

Smilla: Kommt sofort! 📸✨

Louisa: Omg, Smilla,
das sieht aus
wie aus einem skandinavischen
Wohnmagazin! 😍
Ich bin offiziell neidisch.

Smilla: Haha, zu Recht!
Ich bin jetzt schon verliebt
in diesen Ort.

Louisa: Dann genieß es!
Und vor allem:
Nutze die Zeit für dich.
Du bist direkt von
der Kündigung wieder
ins Familiengeschäft gestürzt.
Vielleicht ist das jetzt die
Chance, mal durchzuatmen?

Smilla: Ja, ich weiß … aber es fühlt sich komisch an, nichts zu tun. Als würde ich Zeit verschwenden.

Louisa: Unsinn! Du sammelst Eindrücke, erlebst was Neues – das ist mindestens genauso wichtig wie arbeiten.

Smilla: Du hast ja recht.

Louisa: Sehr gut. Ich will Rentierfotos sehen und Schnee.

Smilla: Versprochen!

Louisa: Deal!
Jetzt genieß dein Studio und den Wahnsinns-Ausblick! 😘

Smilla: Mach ich. Bis bald! ♥

Beschwingt von Louisas aufmunternden Worten zog sich Smilla die neue Winterjacke an, um im Koka Mittag zu essen.

Auf den ersten Blick schien es keinen freien Platz zu geben, doch als sie genauer hinsah, entdeckte sie ein Paar, das in aller Ruhe die Jacken überstreifte und den Tisch räumte. Sie ging darauf zu, und kaum hatte sie sich genähert, erschien eine

Servicemitarbeiterin, die mit routiniertem Schwung das benutzte Geschirr abtrug und den Tisch frisch eindeckte.

Smilla bedankte sich und hängte ihre Jacke über die Stuhllehne, bevor sie zum Büfett ging, wo heute ein regionales Sonntagsessen angeboten wurde: Geschnetzeltes vom Ren mit gebratenen Karotten in Blaubeersauce und Kartoffelpüree und vorweg eine Lachssuppe. Es klang gewöhnungsbedürftig, duftete aber herrlich.

Während ihres Aufenthalts in Malmö hatte sie nur einmal Rentierfleisch gegessen, und das war abscheulich gewesen. Siri hatte aber erzählt, dass sie im Süden niemals Ren aß, weil es ihr nicht schmeckte. Deshalb beschloss Smilla, ihr Glück noch einmal zu probieren, und entschied sich gegen die vegetarische Alternative. Sie wurde nicht enttäuscht. Es erinnerte an Wild, und die gebratenen Karotten waren ebenfalls eine angenehme Überraschung.

Ihr Tisch stand direkt vor den Terrassenfenstern, und während sie aß, tauchte draußen ein kleiner Hund auf. Das dichte Fell war braun-weiß gezeichnet, und mit seinen kurzen Schlappohren sah er niedlich aus. Smilla mochte Hunde und hätte sich gern einen angeschafft, aber in ihrer Firma war es nicht gestattet gewesen, sein Haustier mitzubringen, und so ein Tier stundenlang allein zu lassen, hätte sie nicht übers Herz gebracht. Vor der Rückkehr nach Rotfelden war sie regelmäßig mit Bommel, dem Pudelmix ihrer Nachbarin, an der Elbe spazieren gegangen, weil die alte Dame nicht mehr gut zu Fuß war. Der Kleine draußen erinnerte sie ein wenig an ihn, und für einen Moment fragte sie sich, wie es ihm wohl erging – und seiner Besitzerin. Vielleicht sollte sie einfach mal anrufen und sich danach erkundigen.

»Hej, ist hier noch frei?«

Die dunkle Stimme ließ Smilla aufblicken. Vor ihr stand der Mann, der sie neuerdings bis in ihre Träume verfolgte – und heute sogar bis in Carls Büro. Er hielt eine Kaffeetasse in der Hand und wartete auf ihre Erlaubnis, sich zu setzen. Sie nickte leicht und deutete auf den freien Platz gegenüber.

»Smilla, richtig?«, begann er.

»Ja, genau«, antwortete sie vorsichtig. »Und du bist, äh, Finn?«

»Genau. Ich wollte mich entschuldigen.«

»Wofür?«, fragte sie misstrauisch.

»Du weißt schon … ich war wegen des Unfalls vielleicht zu hart.« Er ließ etwas in seinen Kaffee plumpsen und rührte ihn um. »Rentiere haben hier eine besondere Bedeutung, und es hätte schlimm ausgehen können, auch für euch.«

Smilla spürte, wie ihre Anspannung nachließ. »Ich verstehe. Wie gesagt, es tut mir leid, was passiert ist. Simon … er fährt manchmal zu schnell, und er hatte es eilig, zum Flughafen zu kommen.«

Das ist keine gute Begründung, dachte sie, und die Miene ihres Gegenübers bestätigte ihren Verdacht. Schnell redete sie weiter: »Ich bin froh, dass du so schnell zur Stelle warst. Nachdem der Unfall geschehen ist, wusste ich nicht, wie ich hätte helfen können.«

Finn sah sie eine Weile an, bevor er antwortete: »Es ist gut, dass du helfen wolltest. Hier oben in Sápmi, in dieser Gegend, fühlen sich die Menschen sehr verbunden mit den Renen. Das ist eine jahrhundertealte Tradition.«

Smilla nickte, obwohl sie nicht genau verstand, was er damit meinte. »Ich mag Tiere auch sehr gern.«

Eine kurze Stille trat ein, bevor Finn das Wort erneut ergriff. »Ich habe gehört, du bleibst für eine Weile hier, um die Kühlanlage zu überwachen?«

Smilla wiederholte das Argument, dass eine Anreise aus Deutschland im Notfall zu lange dauern könnte, und verschwieg, dass sie die Gelegenheit nutzen wollte, um darüber nachzudenken, was sie von ihrer Zukunft erwartete. »Ich hoffe herauszufinden, woran es liegt, dass sich die Anlage manchmal spontan ausschaltet. Ich tippe auf irgendein Bauteil, das querschießt, aber noch habe ich nichts gefunden.«

Finn nickte, als wüsste er, wovon sie sprach, und lehnte sich zurück. »Gut. Es ist wichtig, dass alles reibungslos läuft. Besonders jetzt, wo die Künstler ihre Arbeiten beginnen.« Die Andeutung eines Lächelns beschleunigte ihren Puls. Er war wirklich ein ausgesprochen attraktiver Mann.

Sie riss sich zusammen und fragte das Erstbeste, was ihr einfiel: »Was machst du hier oben? Ich meine, außer Rentiere zu retten.« Die harsche Frage milderte sie mit einem Lächeln ab.

»Im Sommer begleite ich Wanderungen, und jetzt bin ich gerade *Mädchen für alles* in Sachen Eis.«

Das klang für sie nach einem ziemlich relaxten Arbeitsalltag, und Smilla erkundigte sich, ob er in Alitjávri aufgewachsen sei.

»Mein Vater kommt von hier, ich bin in Malmö geboren und aufgewachsen, aber die Sommer habe ich als Kind häufig hier ganz in der Nähe verbracht. Seitdem gehört Carl zu meinen engsten Freunden«, fügte er hinzu.

»Malmö, wirklich? Da hat meine alte Firma eine Niederlassung, ich war oft dort.«

»Deshalb sprichst du so gut Schwedisch«, sagte er mit einem Lächeln, und sie glaubte ihm, dass sein Kompliment ernst gemeint war.

»Das habe ich schon vorher gelernt.« Sie zögerte kurz, erzählte dann aber doch nicht, dass ihr leiblicher Vater Schwede gewesen war. Das Thema war ihr für ein erstes Gespräch zu privat. Smilla überspielte ihr Zögern mit einem Lachen. »Es war definitiv eine gute Sache, eure Sprache auch im Alltag anwenden und vertiefen zu können.«

Finn sah sie an, als hätte er verstanden, dass es etwas gab, über das sie nicht reden wollte, und fragte ebenso heiter: »Wie hat dir die Stadt gefallen?«

»Für mich waren die Aufenthalte eine wunderbare Erfahrung. Ich finde, es ist eine besondere Stadt mit einer vielfältigen Kulturszene und ruhige Ecken, aber leider hat sie auch ein paar wirklich unschöne Probleme.«

Er sagte nichts dazu. Sicher wusste er, dass sie auf die Bandenkriminalität anspielte. Sie nahm ihm sein Schweigen nicht übel. Wer freute sich schon, wenn jemand seine Heimat kritisierte?

Dennoch plauderten sie über Malmö, Finn erzählte von seinen Lieblingsplätzen, und Smilla erinnerte sich an ihre Zeit dort.

Schließlich sah er auf die Uhr. »Vielleicht sollten wir noch einmal von vorn anfangen. Was meinst du?«, fragte er und deutete eine Verbeugung an. »Angenehm, ich bin Finn aus Malmö und wohne in Björkholmen.« Er wirkte angespannt.

Smilla unterdrückte ein Kichern. »Smilla aus …« Sie überlegte kurz. »Aus Rotfelden und zuletzt aus Hamburg. Deutschland also. Es freut mich, dich kennenzulernen.«

Finns Blick wurde weicher. »Freut mich auch, dich kennenzulernen, Smilla. Ich hoffe, dein Aufenthalt wird gut verlaufen.«

»Bestimmt wird er das«, antwortete sie und spürte, wie ein Gefühl von Optimismus in ihr aufstieg.

Er holte ein Dessert für sie beide und erklärte, wie die nächsten Wochen ablaufen würden.

»Das *Igloo* hat als saisonales Eishotel angefangen …«

»Carl hat mir erzählt, dass es jeden Winter neu errichtet wurde. Das ist ja ein riesiger Aufwand!«, sagte sie.

»Aber er lohnt sich. Ein temporäres Hotel wird weiterhin errichtet. Es öffnet Anfang Dezember. In dem anderen werden einmal im Jahr die Räume umgestaltet. In dieser Zeit bleibt die gesamte Anlage geschlossen, deshalb müssen wir uns mit den Arbeiten auch so beeilen. Danach beginnt die Wintersaison mit einem großen Fest am See und dem jährlichen Skulpturenwettbewerb.«

»Aus Eis?« Das klang faszinierend. Sie hatte einen Beitrag darüber gelesen, wie die besten Eisbildhauer der Welt zusammenkamen und märchenhafte Figuren aus dem flüchtigen Material herstellten.

Finn nickte. »Wir sind natürlich nicht mit diesem Eis- und Schneefest in China zu vergleichen, aber es kommen großartige Künstlerinnen und Bildhauer nach Alitjávri. Viele bewerben sich für die Neugestaltung der Hotelräume und bleiben danach gleich hier.«

»Dann bekomme ich ja auf jeden Fall etwas davon mit, auch wenn ich wahrscheinlich zum Festival nicht mehr hier sein werde.« Auf einmal hatte sie noch weniger Lust, so bald abzureisen und sich den Problemen zu stellen, die zu Hause in Deutschland auf sie warteten.

Finn, der nichts von ihren Gedanken ahnte, sprach weiter: »Der Aufbau des temporären Hotels ist etwas entspannter – sofern das Wetter mitspielt. Es ist unzuverlässig geworden.«

»Du meinst, es wird nicht mehr so kalt wie früher?«

»Das eigentlich nicht, besonders Anfang des Jahres haben wir durchaus Temperaturen um die minus dreißig Grad, aber zwischendurch gibt es immer öfter Zeiten, in denen es taut. Das ist schlecht fürs Geschäft, noch schlimmer ist es für die Rentiere.« Er runzelte die Stirn und wechselte das Thema. »Weißt du schon, wie lange du bleiben wirst?«

»Nicht genau, aber jedenfalls so lange, bis ich den Fehler gefunden habe. Heute bin ich in eine neue Unterkunft umgezogen. Die ist so schön, dass ich den ganzen Winter darin verbringen könnte!« Sie musste unwillkürlich lächeln. Der Gedanke war verlockend, und da sie zu Hause ihre Wohnung untervermietet hatte, war das nicht einmal vollkommen ausgeschlossen. »Es ist ein ganz neues Chalet mit großen Fenstern. Darin lässt es sich bestimmt auch mit wenig Tageslicht gut aushalten. Morgen werde ich erst mal meine Vorräte aufstocken. Hast du eine Ahnung, wo ich das am besten tun kann?«

»Der nächste Supermarkt ist in Kiruna.« Er zögerte kurz. »Wenn du willst, können wir gemeinsam fahren, ich habe auch einige Besorgungen zu machen.« Erwartungsvoll sah er sie an.

Finn war ihr sympathisch, und er wirkte offen und freundlich. Etwas, das sie bei ihrer ersten Begegnung nicht gedacht hätte.

Warum eigentlich nicht, dachte Smilla. »Okay. Das wäre bestimmt hilfreich, mit den hiesigen Spezialitäten kenne ich mich überhaupt nicht aus.«

»Davon wirst du dort nicht allzu viele bekommen, aber ansonsten haben sie eine riesige Auswahl.«

Sie verabredeten sich für sieben Uhr. Mittags waren sie beide für Arbeiten im 69 °N eingeteilt. Smilla erklärte ihm, wo ihr Chalet zu finden war, und Finn versprach, sie abzuholen. Schließlich brachen sie auf. Er musste weiterarbeiten, und sie kehrte in ihr Haus zurück.

Erst später, als sie mit einer Tasse Tee am Küchentisch saß, um die Ereignisse der letzten Tage in ihrem Tagebuch zu notieren, wurde ihr bewusst, dass sie vergessen hatte, ihm von der heutigen Begegnung mit seiner Großmutter und Julia erzählen. Das musste sie unbedingt bald nachholen.

7. KAPITEL

Finn

Sie ist nett. Nein, mehr als das. Smillas Lächeln stellte merkwürdige Dinge mit ihm an. Klug war sie obendrein und schön. Am nächsten Morgen ertappte er sich bei der Vorstellung, wie sie mit offenen Haaren aussähe. Als seine Fantasie eine eindeutig erotische Richtung einschlug, riss er sich zusammen.

Eins nach dem anderen, ich habe sie gerade erst kennengelernt, dachte er und versuchte, die Bilder aus seinem Kopf zu verdrängen. Zuallererst musste er sich um den Hund der Kito-Brüder kümmern. Es war ein Wunder, dass sie ihn überhaupt dafür kommen ließen. Viele der Tiere, die im Winter Tag für Tag Touristen durch den Schnee zogen, verschwanden am Ende der Saison, hatte ihm Julia erzählt. Finn ahnte, was mit ihnen geschah, wenn die Besitzer weder willens noch finanziell in der Lage waren, sie den Sommer über durchzufüttern. Ein ausgebildeter Gråhund allerdings war ein wichtiger Helfer bei der Elchjagd. Deshalb lebte die erkrankte Hündin im Haus, und die Kitos waren bereit, gutes Geld in ihre Genesung zu investieren.

Sein Termin mit den Kito-Brüdern hatte länger gedauert

als erwartet. Der Elchhund hatte eine Infektion, die mehr Aufmerksamkeit verlangte, als er ursprünglich vermutet hatte, und deshalb kam er eine Viertelstunde zu spät zu seiner Verabredung mit Smilla. Er musste sich beherrschen, um nicht zu schnell den schmalen Weg bis zu Smillas neuer Unterkunft zu fahren, wo sie sicher schon ungeduldig auf ihn wartete. Dummerweise hatten sie gestern keine Telefonnummern ausgetauscht, sodass er sie auch nicht anrufen konnte.

Er bog um die Ecke des Hauses und sah Smilla im Schein einer Laterne an ihrem Wagen lehnen, völlig entspannt. Ihre Gelassenheit überraschte ihn.

Isabelle wäre jetzt schon ausgeflippt, dachte er mit einem Hauch von schlechtem Gewissen. Doch es gelang ihm schnell, dieses düstere Gefühl zu verbannen. Das war nicht immer so gewesen, aber inzwischen hatte er gelernt, die Vergangenheit zu akzeptieren und die Erinnerung an alles, was damals geschehen war, ruhen zu lassen. Finn war noch nicht so weit, große Pläne für seine Zukunft zu machen. Aber für eine Einkaufsfahrt kriege ich das schon hin, dachte er selbstironisch.

»Tut mir leid, dass ich zu spät bin«, sagte er und stieg aus.

Smilla lächelte. »Kein Problem. Ich genieße es, mal keinen Zeitdruck zu haben. Ich bin nur schon ans Auto gegangen, um andere Schuhe anzuziehen.« Sie verzog das Gesicht. »Keine so brillante Idee bei Minusgraden. Jetzt habe ich eiskalte Füße.«

»Ich mache gleich die Heizung an«, sagte er, öffnete die Tür und ließ sie einsteigen, bevor er selbst wieder auf der Fahrerseite Platz nahm. »Mein Vorschlag wäre, dass wir zum Coop-Shopping-Center in Kiruna fahren.«

»Gern. Ich kenne mich ja nicht aus, aber viele Alternativen

wird es hier sowieso nicht geben, schätze ich. Jedenfalls sagt das *Mrs. Google.*«

»Da hat sie leider recht. Aber die Auswahl dort ist gigantisch. Wenn du nicht gerade sehr ausgefallene Wünsche hast, solltest du alles finden, was du brauchst.«

Die Fahrt war angenehm, und kurz vor Kiruna bescherte ihnen die aufgehende Sonne einen fantastischen Tagesbeginn. Smilla war so begeistert, dass er unterwegs anhielt, damit sie Fotos machen konnte. Bevor sie wieder einstiegen, zeigte sie auf einen der Schneeleitstäbe am Straßenrand. »Was hat es eigentlich mit diesen schwarzen Plastiktüten auf sich, die an den Pfosten hängen?«

»Wenn ein Tier auf der Straße verletzt oder getötet wird, markiert man die Stelle häufig mit solchen Tüten, um darauf hinzuweisen, dass es entfernt oder das Gebiet kontrolliert werden muss. In manchen Fällen nutzen auch Förster oder Straßenarbeiter ähnliche Markierungen, um auf Arbeiten oder Probleme in der Nähe hinzuweisen.«

»Es hält die Rentiere vielleicht auch ab, auf die Straße zu laufen.«

»Schön wär's. Die sind ziemlich eigensinnig, Elche auch – nur sehr viel größer.«

Es dauerte nicht lange, bis er von der Hauptstraße abbog und auf einen Parkplatz fuhr, von dem man mehrere Geschäfte erreichte. Ein typisches Vorstadt-Einkaufsareal, wie es sie in fast allen Ländern gab, die sie kannte.

Im Eingang des Shopping-Centers wurden Schals, warme Handschuhe und unterschiedliche Kopfbedeckungen angeboten. Smilla probierte eine flauschige weiße Mütze aus eindeutig synthetischem Fell auf. Sie sah süß damit aus, aber Finn war skeptisch. »Die steht dir gut. Ich fürchte nur, besonders warm wird sie nicht sein, wenn der Winter kommt. In Alitjávri wohnt eine Schneiderin, die auch Kunsthandwerk und Kleidung verkauft. Bei ihr gibt es echte Fellmützen, die deine Ohren bei minus dreißig Grad nicht einfrieren lassen.«

Smilla setzte die Mütze wieder ab. »Echtes Fell? Ich weiß nicht, in Deutschland könnte ich sie nicht tragen, ohne mit irgendwem Ärger zu bekommen.«

»Du meinst wegen der furchtbaren Haltungsbedingungen? Das verstehe ich. Aber in unserem Laden kannst du dir sicher sein, dass die Felle ausschließlich von Renen oder wild lebenden Tieren aus der Region stammen. Unsere Tradition besagt, dass es ein Geben und Nehmen zwischen Mensch und Tier gibt. Wir sind alle Teil eines Ganzen, Fragmente der gleichen Natur, wenn du so willst.«

Smilla sah ihn aufmerksam an. »Darüber würde ich später gern mehr erfahren. Aber jetzt sollten wir erst mal einkaufen. Das Thema ist zu wichtig, um es zwischen Pudelmützen und Käse zu besprechen.«

»Sicher.« Er machte sich eine Notiz auf seinem Einkaufszettel und sah auf. »Wenn dich das Thema wirklich interessiert, kann ich dich mit einer guten Freundin bekannt machen, sie kennt die alten Traditionen und lebt sie zum Teil auch noch mit ihrer Familie.«

Smilla sah aus, als wollte sie etwas dazu sagen, aber da standen sie schon zwischen den ersten Regalen. »Ich hatte ganz vergessen, wie riesig die Supermärkte in Schweden sind«, sagte sie und griff nach einem Glas mit Schokoladenkugeln.

»Salzkaramell-Lakritz. Das habe ich schon ewig nicht mehr gegessen.«

»Du magst Lakritze?« Er verzog das Gesicht. »Das Zeug kann ich nicht ausstehen.«

»Dann bist du kein richtiger Skandinavier!« Sie lachte frech und stürmte weiter. Vor einem Regal, auf dem Tuben mit unterschiedlichen Sorten Brotaufstrich aufgereiht waren, blieb sie stehen. »Hier brauche ich deinen Rat. Welche sind die besten?«

»Das ist Geschmacksache, würde ich sagen.« Er griff nach einer Tube mit Lachscreme. »Aber mit dieser Firma kann man nichts falsch machen. Sie produzieren nachhaltig, und eigentlich schmeckt jede Sorte.«

»In Deutschland gibt es das kaum, und wenn, dann sicher nicht mit dieser großen Auswahl.«

Finn beobachtete sie und wunderte sich ein wenig, dass sie überwiegend nach Fertiggerichten griff. »Du kochst nicht gern, oder?«

Smilla zuckte mit den Schultern. »Nicht wirklich. Meine Kochkünste sind nicht gerade …« Sie unterbrach sich und zeigte lachend auf eine sorgfältig verpackte große Fisch-Gemüse-Torte. »Im ersten Augenblick habe ich mich gefragt, weshalb hier Sahnetorten zwischen dem gekühlten Fisch stehen!«

»Das wäre eine schöne Überraschung auf einer nachmittäglichen Kaffeetafel«, sagte er amüsiert. »Diese *Torten* sind wirklich lecker, aber eher etwas für eine größere Runde. Was hältst du von Senapssill? Der Senfhering ist richtig gut.«

Ihr Einkauf blieb unterhaltsam, und Finn konnte sich nicht erinnern, wann es ihm das letzte Mal so viel Spaß gemacht hatte, durch einen Supermarkt zu streifen. Smilla fragte ihn nach dem Sámi-Museum, und er gab zu, dass er selbst noch nicht dort gewesen war, aber das Museum in Jokkmokk kannte er. »Es ist absolut sehenswert, und den Markt in Jokkmokk sollte man eigentlich nicht verpassen. Es ist schade, dass du im Februar schon wieder in Deutschland sein wirst.«

Smilla stimmte zu, und ihm wurde bewusst, dass ihre gemeinsame Zeit begrenzt war. Er nahm sich vor, ihr einen Aufenthalt zu ermöglichen, an den sie sich mit Freude erinnern würde – auch an ihn.

Ganz besonders an mich, dachte Finn belustigt. Als er vor der Rückfahrt nach Alitjávri tankte, entging ihm nicht, dass sie ihn vom Beifahrersitz aus interessiert beobachtete. Das machte ihm Mut, mit ihr zu flirten.

»Wir haben noch Zeit, ich könnte dir den Laden, von dem ich dir erzählt habe, gleich zeigen, wenn du möchtest. Ich will nebenan sowieso noch etwas besorgen«, sagte er, kurz bevor sie Alitjávri erreichten. Als Smilla zustimmte, passierte er die Abfahrt zum Hotel und hielt schließlich vor dem Gemeindezentrum. Sie stiegen aus, und er beobachtete, wie Smilla sich umblickte. Viel war hier außer der alten Schule und weit auseinanderliegenden Häusern nicht zu sehen, aber sie ging auf den großen Stein in der Mitte des Platzes zu. Wahrscheinlich, um die Inschrift zu lesen.

»Hier stand eine Kirche?«, fragte sie.

Er war ihr gefolgt. »Sie ist vor vier Jahren abgebrannt. Es war eine Holzkirche, mindestens dreihundert Jahre alt. Die Gemeinde sammelt Geld, um sie wieder aufzubauen, aber das kann noch dauern.«

»Schade. In so kleinen Ortschaften sind Kirchen ja häufig ein zentraler Treffpunkt.«

»Dafür haben wir das *Församlingshem.*« Er zeigte auf das gelb gestrichene Gebäude hinter sich. »Früher befand sich darin die Grundschule, jetzt dient es als Gemeinschaftshaus für Versammlungen oder kleine Feiern. Außerdem betreiben einige Freiwillige darin die Zweigstelle der Bibliothek. Das rote Gebäude nebenan gehört zum Hof von Kåre und ihrem Mann. Sie schneidert traditionelle Kleidung der Sámi und verkauft alles, was dazugehört. Früher haben das die Hausfrauen gemacht, aber viele beherrschen die alten Traditionen nicht mehr oder haben schlicht keine Zeit dafür. Ich glaube, der Laden läuft ganz gut. Im Sommer kommen viele Urlauber zum Wandern nach Alitjávri oder für Bootsausflüge. Andenken kann man zwar auch im Shop des Eishotels kaufen, aber den bestückt sie ebenfalls«, fügte er hinzu. »Ihr Mann handelt mit Futtermitteln, Werkzeug und so weiter. Sie haben ein paar Rentiere, aber nicht viele, soweit ich weiß.« Während er das erzählte, waren sie zum Laden hinübergegangen. Das Geschäft öffnete erst am Nachmittag, und Smilla zeigte auf ein buntes Schild.

»Was steht da?«

»*Sámi Duodji* heißt Samisches Kunsthandwerk«, sagte er und musste zugeben, dass er keine der samischen Sprachen beherrschte. »Nur ein paar Redewendungen, die man so aufschnappt. Leider.«

»Da, wo ich ursprünglich herkomme, wird auf dem Land teilweise noch Platt gesprochen. Das ist eine niederdeutsche Sprache. Leider kann ich die auch nur ein bisschen verstehen, aber wenn ich versuche, sie zu sprechen, komme ich mir komisch vor.«

»Es ist ein Verlust, wenn so alte Sprachen verschwinden. Aber sie waren einfach zu lange geächtet, und die Kinder durften sie in den Schulen nicht sprechen. Damit wurde den Sámi ein wichtiger Teil ihrer Kultur genommen. Es gibt so viele Wörter für die Natur – sie alle gehen verloren, wenn die indigenen Sprachen vergessen werden.«

»Aber man kann sie doch aufschreiben, Wörterbücher erstellen …« Smilla unterbrach sich selbst. »Du hast recht, wenn diese Wörter nicht mehr benutzt werden, verlieren sie ihre Bedeutung.« Sie sah ihn traurig an.

Das war eine sensible Sichtweise, die ihn beeindruckte. Sofort hatte er das Gefühl, sie trösten zu müssen, und bereute es, das Thema angeschnitten zu haben. »Da drüben ist unsere neueste Errungenschaft«, sagte er deshalb betont heiter und zeigte auf einen flachen Bau mit großen Glasflächen. Der Boden rundherum war noch nicht befestigt, die Pflastersteine lagen in zwei großen Stapeln daneben, aber unter dem Vordach stand eine Bank und davor das neue Schild der Bushaltestelle. »Ein Selbstbedienungsladen mit einer großen Auswahl an regionalen Artikeln. Komm, ich zeige dir, wie es funktioniert. Es ist total einfach.«

Man konnte mit einer App bezahlen oder direkt mit der Kreditkarte. Er entsperrte die Eingangstür, und Smilla folgte ihm hinein.

Sie sah sich um und wirkte beeindruckt. »Das ist eine wunderbare Idee, und die Auswahl ist nicht schlecht.«

Finn nahm ein Paket Kaffee-Käse aus einem der gläsernen

Kühlschränke und scannte es ein. »Brauchst du noch etwas? Fleisch für ein leckeres *Poronkäristys* vielleicht?«

»Du willst mich auf den Arm nehmen«, sagte sie belustigt. »Selbst wenn ich wüsste, was das ist, könnte ich es garantiert nicht zubereiten.«

Unglaublich, dass sie nicht kochte. Kein Mensch konnte doch ständig ins Restaurant gehen oder sich von Fertigmahlzeiten ernähren. »Das ist finnisches Rentiergeschnetzeltes. Du hast es gestern Mittag gegessen.«

»Oh, das war gut!«

»Wenn du willst, zeige ich dir, wie man es zubereitet.«

Smilla legte den Kopf schräg, als müsste sie überlegen, was sie darauf antworten sollte, und er erwischte sich dabei, wie er den Atem anhielt. War das nicht schon beinahe ein Date?

»Klar, sehr gern. Aber mach dir nicht zu viel Hoffnung, dass ich tiefstapele. In der Küche habe ich wirklich zwei linke Hände.« Sie lachte herausfordernd und ein bisschen verlegen.

Im Igloo Resort angekommen, half er ihr, die Lebensmittel ins Haus zu tragen. Er hatte es bereits vermutet, nun sah er, dass das Chalet, in das sie gezogen war, seinem Freund Carl gehörte. Der wohnte zwar in Kiruna, aber als Facilitymanager stand ihm eine angemessene Unterkunft auf dem Gelände zur Verfügung. Finn erinnerte sich daran, wie er im September davon geschwärmt hatte. Das Gebäude war in Fertigbauweise erstellt worden und ein Test für zukünftige Gästehäuser.

Smilla schien nichts davon zu wissen. Sie wusste nicht mal, wie hoch ihre Miete sein sollte. Wie er seinen Freund kannte, würde der ihr wenig oder sogar überhaupt nichts berechnen.

Carl war ein feiner Kerl, und er mochte Smilla offenbar. Unerwartet versetzte ihm dieser Gedanke einen Stich. Carl hatte Siri. Alle Gäste im Koka Kafé wussten es, sie wartete schon eine halbe Ewigkeit darauf, dass er sich endlich dazu durchrang, seine Gefühle zuzugeben. Jeder außer ihrem Bruder und Carl. Smilla dagegen würde nicht lange bleiben, das war klar, und sie sollte sich auf keinen Fall unvermittelt zwischen zwei konkurrierenden Freunden wiederfinden.

»Möchtest du zur Fika reinkommen?«, fragte sie und unterbrach damit seine unerfreulichen Gedanken.

Unbedingt!, dachte er erfreut und folgte ihr ins Haus, das nur aus dem Eingangsbereich und einem hohen, großzügig gestalteten Raum zu bestehen schien, der von der beeindruckenden Fensterfront dominiert wurde. Carl hatte ihm begeistert von dem speziellen Isolierglas erzählt, das für eine Forschungsstation in der Arktis entwickelt und hier verbaut worden war. Smilla bot ihm einen Platz am Küchentisch an und verräumte die Einkäufe, während der Wasserkessel zu brummen begann. »Es stimmt nicht, dass ich nie koche. Ich mache den besten Kaffee der nördlichen Hemisphäre«, sagte sie und drückte ihm eine elegante Kaffeemühle aus Edelstahl in die Hand.

Er musste lachen und drehte an der Kurbel. »Wenn das so ist, bin ich bereit, hart dafür zu arbeiten.«

»Ich liebe das Geräusch brechender Kaffeebohnen, und den Duft erst«, sagte sie und öffnete den Kühlschrank. »Hast du Hunger?«

Er hätte gern mehr Zeit mit ihr verbracht, aber nach einem Blick auf die Uhr schüttelte er den Kopf. »Ich muss leider gleich los.«

»Ohne Frühstück?« Auf der Rückfahrt hatten sie sich ein Sandwich geteilt, aber das zählte für sie offensichtlich nicht. »Dann holen wir das aber bald nach«, sagte sie.

Erfreut stimmte er zu. Seine Fantasie schlug eine unerwünschte Richtung ein. *Nach einer gemeinsamen Nacht?* Um nichts Unbedachtes zu sagen, beobachtete er schweigend, wie sie den Kaffee zubereitete, eine Zimtschnecke in mundgerechte Stücke schnitt und den Teller mit zwei Bechern auf den Tisch stellte.

»Alles in Ordnung?«, fragte sie und setzte sich.

»Entschuldige, ich hätte nicht gedacht, dass man vom Fenster aus den See sehen kann. Ich mag es hier.«

»Ich auch.« Sie trank einen Schluck und sah ihm dabei über den Rand ihrer Tasse an. »Danke für den schönen Ausflug.«

Finn spürte, wie sich ein Kribbeln in seinem Bauch ausbreitete. »Das war doch nur eine Einkaufstour in den Supermarkt«, sagte er verlegen und öffnete die Packung, die er eben gekauft hatte, um ein Stück Käse in seine Tasse fallen zu lassen. Sofort schmolz der weiche Würfel und färbte den Kaffee heller.

»Was ist das?« Smilla zeigte auf seine Tasse.

»Rentier-Milch. Oder genauer gesagt Käse, aber er schmeckt sehr cremig und süß.« Er hielt ihr die Packung hin. »Möchtest du mal probieren?«

»Lieber nicht«, sagte sie abwehrend.

»Du kannst einen Schluck aus meiner Tasse nehmen, ich habe noch nichts getrunken.«

Nach kurzem Zögern nahm sie das Angebot an, nippte an seiner Tasse und fuhr sich anschließend mit der Zungenspitze über die Lippen.

»Das schmeckt gut!«, sagte sie. Er bot ihr die Packung erneut an, und sie ließ ein Stück Käse in ihren Becher plumpsen. Fasziniert sah er zu, wie sie konzentriert und mit leichter Hand darin rührte, bevor sie einen Schluck trank und die Augen genießerisch schloss. Ihr Hals bewegte sich, während sie schluckte. Die Eleganz ihrer Bewegung, die etwas Vertrautes und dennoch Unerreichbares ausstrahlte, faszinierte ihn. Er konnte den Blick nicht abwenden. Ihm wurde heiß, und schließlich sah er doch beiseite, um nach einer *kanelbulle* zu greifen.

»Finn?« Sie sah ihn mit bernsteinfarbenen Augen an.

»Mhm?«

»Ich bin froh, dass das Rentier in Ordnung ist.«

Er seufzte. »Ich auch. Es ist Julias Lieblingsren, und sie wäre sehr traurig gewesen, wenn sie es hätte töten müssen.«

Smilla wurde blass. »Das hätte sie selbst getan?«

»Natürlich. So viel Wertschätzung hat es mindestens verdient.«

Sie sah einen Augenblick nachdenklich aus dem Fenster, und er sorgte sich bereits, etwas Falsches gesagt zu haben, doch dann nickte sie. »Du hast recht. Es ist eine Frage des Respekts vor einem Mitgeschöpf – und es ist eine besondere Form von Liebe.«

8. KAPITEL

Finn

Smilla bot ihm an, sich in ihrem Bad für die Arbeit im Eishotel umzuziehen, und das nahm er gern an. »Wir können zusammen rübergehen, ich habe in der Kühlhalle zu tun«, sagte sie.

Während er seine Arbeitsklamotten aus dem Auto holte, hatte sie die Gelegenheit genutzt, ihren grauen Islandpulli gegen einen alten Fleecetroyer zu tauschen. Der schwarzen Cargohose, die sie jetzt trug, sah man an, dass sie viele Stunden auf Baustellen und in der Waschmaschine verbracht hatte.

Als Finn die Tür zum Bad hinter sich schloss, war er sofort eingehüllt von einem Duft, der ihn an eine frische Meeresbrise, an Blumen und heiße Sommer erinnerte. Er musste schlucken. Manchmal fehlte ihm die Hitze Arabiens, wo er zuletzt gelebt hatte. Aber in diesem Augenblick fehlte ihm etwas ganz anderes …

Eilig zog er sich um und verließ den verführerischen Raum mit einem sehnsüchtigen Blick auf die kleine Saunakabine beinahe fluchtartig – nur um auf ein wohlgerundetes Hinterteil zu sehen, das sie ihm arglos präsentierte, während sie am Eingang ihre Arbeitsschuhe anzog.

»Das ging ja schnell«, sagte sie und richtete sich wieder auf. Aus dem fest geflochtenen Knoten an ihrem Hinterkopf hatten sich einige vorwitzige Haarsträhnen befreit und fielen weich über ihre Wangen. Hastig griff er nach seiner Jacke und sagte ruppiger, als es gemeint war: »Lass uns losgehen, ich bin spät dran.«

Vor dem 69 °N begegnete ihnen Carl, der Finn mit einem rätselhaften Blick musterte, bevor er sich an Smilla wandte. »Wie gefällt dir das Chalet?«

»Es ist …«

Carls Handy klingelte, und mit einer entschuldigenden Geste beantwortete er den Anruf. Der Ausdruck auf seinem Gesicht verfinsterte sich rasch, was darauf schließen ließ, dass er eine unerfreuliche Nachricht erhalten hatte. Mit einem leisen Fluch steckte Carl das Smartphone zurück in die Tasche. »Entschuldigt. Das war die Elektrofirma. Der Mitarbeiter, der schon gestern nicht aufgetaucht ist, scheint verschollen zu sein. Es sieht nicht danach aus, als könnten sie schnell Ersatz schicken. Wir brauchen in den nächsten Tagen aber jeden Mann für die Kapelle und alles andere im 69 °N. Vom Neubau des temporären Winterhotels ganz zu schweigen. Bevor wir damit beginnen können, muss noch viel vorbereitet werden.«

»Kann ich helfen?«, fragte Smilla.

Finn beobachtete, wie sich Carls Miene veränderte. Am liebsten hätte er ihn gewarnt, jetzt nichts Dummes zu sagen und Smilla zu verletzen. Nach seinem Geschmack hatte der Freund ein recht konservatives Frauenbild.

»Ich will nicht unhöflich sein, aber das ist was für Handwerker. Du magst Ingenieurin sein …«

Finn seufzte innerlich und schüttelte warnend den Kopf. Carl reagierte nicht. Zwar akzeptierte er offensichtlich, dass sich eine Frau um die Technik der Kühlanlage kümmerte, doch traute er ihr handwerklich nicht viel zu.

Smilla hatte das längst bemerkt. Ihre Miene zeigte eine Spur von Ärger und Belustigung, als sie ihm betont freundlich antwortete: »Vor meinem Studium habe ich eine Ausbildung zur Mechatronikerin absolviert. Die macht mich nicht zur Elektrikerin, aber Leitungen verlegen und Anschlüsse setzen, das habe ich schon vorher im Betrieb meiner Eltern gelernt.«

Carl wirkte unentschlossen, dann bemerkte er endlich Finns warnende Miene und räusperte sich. »Es ist so, wir brauchen Fachpersonal. Wegen der Versicherung und so«, fügte er lahm hinzu, als ihm endlich bewusst wurde, wie unhöflich er klang.

Smilla hatte nichts von ihrem kleinen Austausch bemerkt und nickte verständnisvoll. »Für Deutschland besitze ich alle erforderlichen Qualifikationen. Wenn du willst, schicke ich dir die Unterlagen gleich auf dein Handy, sie sind auf Englisch«, fügte sie hinzu.

Finn musste ein Grinsen unterdrücken und wandte sich ab. Es amüsierte ihn, wie Carl nach Worten suchte.

»Ich glaube dir, dass du weißt, was du tust. Wenn du nichts dagegen hast, würde ich die Papiere trotzdem gern sehen, damit wir den Rahmen der gesetzlichen Vorschriften nicht überschreiten.«

Es gab keinen Grund für ihn, weiter zuzuhören. »Ich bin dann mal weg«, sagte er und gab Smilla hinter Carls Rücken ein *Daumen hoch*, das sie mit einem belustigten Zwinkern quittierte.

Er hätte gern erfahren, wie das Gespräch ausgehen würde,

aber es gab eine Menge zu tun, und so machte er sich an die Arbeit.

Smilla ging ihm dabei nicht aus dem Kopf. Er meinte, noch immer ihren Duft in der Nase zu haben. Doch er bemühte sich, konzentriert zu bleiben, denn es war nicht einfach, die mächtigen Eisklötze unbeschadet zu transportieren, die in den nächsten Tagen zu einem grün leuchtenden Drachen werden sollten.

»Hej, Finn!« Die Leiterin des Organisationsteams sah herein. »Wie läuft's?«

»Hej, Astrid. Ich bin hier gleich fertig.« Er sah auf und bemerkte Smilla neben seiner Chefin. Sie trug nun Sicherheitskleidung wie er selbst, hatte ihre Ohrringe und den kleinen Brillanten herausgenommen, der ihre Nase schmückte. Die Haare bedeckte eine eng anliegende Mütze unter ihrem riesig wirkenden Helm, aber er fand sie hinreißend.

Astrid lächelte ihm zu. »Carl sagt, dass ihr euch kennt. Deshalb dachte ich, du könntest Smilla einarbeiten, die Pläne zeigen und erklären, wo und wie die Leitungen zu verlegen sind. Am liebsten wäre es mir, wenn du sie zu Thyge begleitest, damit er ihr passendes Werkzeug gibt.«

Er wusste, was Astrid ihm sagen wollte. Thyge hatte ein Problem mit Frauen, aber großen Respekt vor Autoritäten. Und Finn wusste, wie man solche Typen zu nehmen hatte.

»Dann bringen wir das am besten gleich hinter uns«, sagte er.

»Wenn es Fragen gibt, ruf mich an.« Astrid verabschiedete sich.

Smilla sah ihr nach, bis sie um eine Ecke verschwunden war, dann drehte sie sich schwungvoll zu ihm um. »Habe ich das richtig verstanden? Du bist jetzt mein Schutzengel für den Fall, dass dieser Thyge emotional wird?« Sie hatte offenbar schon von dessen Ruf erfahren.

»Genau so«, sagte er und fuhr beruhigend fort: »Er versteht sein Handwerk, aber zu behaupten, Thyge wäre nur ein bisschen speziell, wäre eine Untertreibung. Das Beste ist, du tust so, als könntest du kaum Schwedisch, und überlässt mir das Reden.« Finn hatte Widerstand erwartet, aber sie zuckte mit den Schultern.

»Von mir aus. Ich bin nicht hier, um Sturköpfe zu missionieren«, sagte sie, und es war klar, dass sie solche Situationen nicht zum ersten Mal erlebte. Doch gleich darauf erhellte sich ihre Miene. »Er wird schon sehen, was er davon hat, mich zu unterschätzen.« Sie zwinkerte ihm zu.

Finn legte ihr kurz die Hand auf die Schulter, und dann gingen sie Seite an Seite zum Technikbüro.

Thyge war nicht da, an seiner Stelle empfing sie sein Assistent Sven, und der wusste bereits Bescheid. »Hier habe ich eine Werkzeugtasche für dich«, sagte er und faltete Pläne auf dem Schreibtisch auseinander. Das Gespräch verlagerte sich schnell ins Englische, da Smillas schwedisches Vokabular für die technischen Details nicht ausreichte.

Finn hörte genug von ihrem Austausch, um zu erkennen, dass Smilla genau wusste, wovon Sven sprach. Sie sah einen Augenblick auf den Plan, stellte einige Fragen und erklärte anschließend präzise, welche Leitungen wohin verlegt werden mussten. Die respektvolle Anerkennung in den Augen des Elektrikers, der Thyge vertrat, war unübersehbar.

Während des gesamten Arbeitstages versuchte Finn, sich auf seine eigenen Aufgaben zu konzentrieren, doch seine

Gedanken kehrten immer wieder zu Smilla zurück. Er sah gelegentlich bei ihr vorbei und war beeindruckt, wie nahtlos sie sich in das Team einfügte.

Nach Feierabend verließen sie gemeinsam das 69 °N. Smilla sah müde, aber zufrieden aus. »Danke für deine Hilfe heute«, sagte sie und lächelte.

»Gern geschehen«, erwiderte Finn. »Du hast sie alle beeindruckt.« Ihn ebenfalls, aber das behielt er für sich. Er wollte keinesfalls den Eindruck erwecken, als hätte er ihr diese professionelle Leistung nicht zugetraut.

»Es war ein guter Tag«, stimmte Smilla zu und sah ihm direkt in die Augen. »Lass uns Handynummern austauschen. Es könnte nützlich sein, falls wir uns noch mal koordinieren müssen.«

Finns Herz machte einen kleinen Sprung. »Ja, klar.«

Sie reichte ihm ihr Smartphone, und er gab seine Nummer ein. Smilla tippte schnell etwas ein, und gleich darauf vibrierte sein Handy. Sie verabschiedeten sich, und Finn fuhr mit einem zuversichtlichen Gefühl nach Hause.

Dort wartete seine Großmutter bereits auf ihn. Als er auf Socken die Küche betrat, sah er sie in ihrem bequemen Sessel sitzen, den er für sie am Fenster aufgestellt hatte. Mit einer Tasse Kaffee in der Hand blickte sie ihm mit einem wissenden Lächeln entgegen. »Du siehst aus, als hättest du einen guten Tag gehabt.«

»Ja, das hatte ich. Er war anstrengend, aber – sehr besonders.«

»Gut. Ich habe deine Lieblingssuppe gekocht«, sagte Anna und deutete auf einen Topf auf dem Herd.

»Danke, Oma.« Er küsste sie auf die Wange und räumte die Einkäufe vom Morgen in die Speisekammer. Ein Vorteil der eisigen Winter in Sápmi war, dass die Lebensmittel auch im Auto nicht so schnell verdarben. Das war zu seiner Zeit in Abu Dhabi anders gewesen, wo er in einer Tierklinik gearbeitet hatte. Wie so vieles. Er schüttelte die Erinnerungen ab und machte sich die Suppe warm. Während er den Tisch deckte, wanderten seine Gedanken immer wieder zu Smilla zurück. Ihre Art, wie sie sich in die Arbeit gestürzt hatte, ihre Entschlossenheit und ihr Lachen – all das hatte ihn mehr beeindruckt, als er zugeben wollte.

Nach dem Abendessen räumte er die Küche auf und ging hinauf in sein Zimmer. Es war klein und spärlich eingerichtet, aber für den Moment war es, wie schon in der Kindheit, sein Rückzugsort. Er wusch sich, legte sich ins Bett und starrte an die Decke. Smilla ließ ihn nicht los. Es war lange her, dass ihn jemand so gefesselt hatte.

Mit einem letzten Gedanken an ihr Lächeln und der Gewissheit, sie morgen wiederzusehen, schloss er die Augen und ließ sich vom Schlaf davontragen.

9. KAPITEL

Smilla

Die leise Weckermelodie ihres Smartphones weckte Smilla. Eine künstliche Morgensonne tauchte das Zimmer in warmes goldenes Licht und täuschte perfekt einen frühen Sommermorgen vor, obwohl draußen hinter den Jalousien noch tiefe Dunkelheit herrschte. Welch ein Luxus. Sie schaltete den Wecker aus, streckte sich wohlig, genoss die Ruhe und dachte an den gestrigen Tag.

Der Ausflug mit Finn hatte Spaß gemacht. Sie konnte sich nicht erinnern, wann sie in einem Supermarkt zuletzt so viel gelacht hatte. Seine amüsanten Bemerkungen hatten die alltägliche Beschäftigung des Einkaufens plötzlich aufregend gemacht. Besonders der Moment, als sie die Fisch-Gemüse-Torte beinahe mit einem Kuchen verwechselt hätte, hatte sie beide zum Lachen gebracht.

Er war so anders, als sie bei der ersten Begegnung gedacht hatte. Damals war er ihr unhöflich und abweisend erschienen, doch jetzt war er aufmerksam und freundlich, wie jemand, der wirklich zuhörte und sich kümmerte. Die Art, wie er sich bewegte, so selbstsicher und ruhig, zog sie ebenfalls an. Der Mann war sexy, und er wusste, welche Wirkung er auf Frauen wie Smilla hatte, da war sie sich sicher. Aber die Arroganz, die damit häufig einherging, fehlte bei ihm. Er benahm sich einfach nur wie jemand, der sich in seiner Haut wohlfühlte und wusste, was er vom Leben erwartete.

Sie fühlte sich mehr zu ihm hingezogen, als nach so kurzer Zeit klug war. Das war ihr bewusst, aber bei der Vorstellung, ihn bald wiederzusehen, breitete sich ein warmes Kribbeln in ihr aus. Vielleicht lag es an diesem Ort, vielleicht an der Art, wie er sie ansah – aber es war mehr als bloße Sympathie.

Während sie frühstückte – es war immer noch dunkel draußen –, bekam sie einen Anruf von der Planungsabteilung und erfuhr, dass sie später beginnen musste. Es machte ihr nichts aus, erst so kurzfristig davon erfahren zu haben – sie hätte sonst sicher länger im Bett gelegen. Es war eine günstige Gelegenheit, zur Fly-Bungee-Stunde zu gehen, die heute Morgen stattfinden sollte. Sie suchte Siris Telefonnummer heraus, und keine Viertelstunde später war sie auf dem Weg zum Spa des Igloo Resorts.

Als sie ankam, traf sie auf ein halbes Dutzend Frauen. Astrid aus dem Orga-Team, die mit ihrer ruhigen Art sofort eine angenehme Atmosphäre verbreitete, war dabei, eine Frau von der Rezeption, deren Namen Smilla vergessen hatte, und Kåre, die sich als die Schneiderin aus dem Sámi-Laden vorstellte. Sofort dachte sie an das Sámi Duodji am Dorfplatz, in das sie unbedingt gehen wollte, um sich die handgemachten Mützen anzusehen, von denen Finn gesprochen hatte. Sie war gespannt, was sie dort sonst noch entdecken würde, und freute sich darauf, mehr über die örtliche Kultur zu erfahren. Vielleicht sollte sie Kåre gleich ansprechen. Die Schneiderin musste ungefähr in ihrem Alter sein, Siri schätzte sie ein paar Jahre jünger.

»Na, bereit für dein erstes Fly Bungee?«, fragte Astrid und grinste.

»Auf jeden Fall, ich hoffe nur, ich mache mich nicht zum Affen«, antwortete Smilla mit einem Lachen.

»Keine Sorge, wir sind alle schon mal hingefallen«, beruhigte Kåre sie. »Und es macht auch nichts, wenn du die Schritte nicht gleich hinbekommst.«

Smilla hatte für ihre ursprüngliche Reise nach Alitjávri keine Sportsachen eingepackt, aber Siri lieh ihr eine Leggings, die sie nun schnell anzog, bevor sie zu den Gummibändern ging, die von der Decke hingen. Siri half ihr, sich das Geschirr umzuschnallen, und stellte sicher, dass alles richtig saß. »Okay, Smilla, das Wichtigste ist, dass du dich entspannst und einfach Spaß hast. Das Bungee hilft dir, die Bewegungen zu unterstützen.«

Die Stunde begann mit unkomplizierten Übungen, um sich aufzuwärmen und an die Gummibänder zu gewöhnen. Smilla fühlte sich anfangs etwas unbeholfen, aber die elastischen Bänder gaben ihr bald ein Gefühl von Leichtigkeit. Es war, als ob sie plötzlich die Schwerkraft überwinden konnte. Sie lachte, als sie sprang und leicht wieder auf dem Boden landete. »Das ist ja großartig!«

Astrid grinste. »Warte, bis wir anfangen zu tanzen.«

Siri startete einen fröhlichen Pop-Song und machte ihr die ersten Schritte vor, während die anderen schon eine Choreografie sprangen oder tanzten. Bei ihnen sah es fließend und leicht aus, aber Smilla merkte schnell, dass sie einiges an Koordination verlangte. Doch allmählich wurde sie besser, obwohl nicht alles elegant aussah, wenn sie in die großen Spiegel blickte, um ihre Bewegungen zu kontrollieren.

»Schwing die Arme etwas mehr! Und denk daran, die Knie leicht gebeugt zu halten«, rief Siri ihr zu.

Smilla bemühte sich, den Rat zu befolgen, aber als sie einen besonders enthusiastischen Schwung machte, katapultierte das Gummiband sie anschließend zu stark nach hinten, und sie landete mit einem überraschten Quietschen auf dem Boden. Alle lachten, auch Smilla selbst.

»Mach dir nichts draus, wir fallen alle mal hin«, meinte Astrid fröhlich.

»Okay, noch mal von vorn«, sagte Smilla entschlossen und zog sich wieder hoch. Sie war begeistert, wie schnell sie sich an die Bewegungen gewöhnte und wie viel Freude es ihr bereitete. Siri hatte recht behalten. Dass Smillas erster Versuch mit Bungee-Fitness misslungen war, musste an der ziemlich übel gelaunten Trainerin gelegen haben. Damals hatte sie sich so angebunden extrem unwohl gefühlt, heute gaben ihr die elastischen Bänder das Gefühl, beinahe schwerelos zu sein, und sie genoss die Freiheit, die sie dabei empfand. Es war, als ob sie tanzen und fliegen gleichzeitig könnte.

Siri führte sie durch verschiedene Choreografien, und obwohl Smilla nicht jede Bewegung fehlerlos hinbekam, war sie stolz auf ihre Fortschritte. Und vor allem hatte sie Spaß – viel mehr, als sie erwartet hatte.

»Du machst das super«, lobte Siri sie, als sie eine komplizierte Figur versuchte.

»Du übertreibst, aber ich hätte nie gedacht, dass es so lustig sein würde.«

»Das liegt daran, dass du dich darauf eingelassen hast«, sagte Kåre. »Viele Leute trauen sich nicht, etwas Neues auszuprobieren.«

Smilla nickte und fühlte sich bestärkt. Es tat gut, Teil dieser fröhlichen Gruppe zu sein und zusammen etwas zu machen, das ihnen allen Freude bereitete. Die Musik, die Bewegung und das gemeinsame Lachen schufen eine entspannte und heitere Atmosphäre.

Am Ende der Stunde waren sie alle ziemlich außer Atem. Smilla schnallte sich aus dem Harness und setzte sich auf den Boden, um sich zu dehnen. Die anderen Frauen taten es ihr gleich, und sie tauschten sich dabei über die besten Momente der Stunde aus.

»Das war wieder super«, sagte die Frau von der Rezeption. »Ich freue mich schon auf nächste Woche.«

»Es tut gut, sich auf diese Art auszupowern und dabei einfach nur Spaß zu haben«, stimmte Kåre zu.

Siri wandte sich an Smilla. »Also, was sagst du? Bist du nächste Woche wieder dabei?«

»Auf jeden Fall. Das war echt klasse.«

Die anderen applaudierten, und Smilla fühlte sich glücklich und akzeptiert.

Als sie gemeinsam mit Siri das Spa verließ, war sie voller Energie und bester Laune, obwohl der Weg zurück in Richtung Koka immer noch von zahllosen Laternen beleuchtet war, die warme Lichtpunkte ins fahle Morgengrau tupften. Bald würde es hier nicht mehr richtig hell werden.

»Danke«, sagte sie leise. »Das war wirklich schön.«

»Gern geschehen.« Siri legte ihr einen Arm um ihre Schultern. »Ich freue mich, dass du gekommen bist.«

Eine Stunde später stand sie mit der Lichtdesignerin in der Kapelle des 69 °N und ließ sich erklären, welche Lichteffekte für den eindrucksvollen Raum geplant waren. Die Frau tippte auf den Plan, den sie auf einem Eisblock ausgebreitet hatte. »Die meisten Anschlüsse sind bereits vorhanden, nur für den neuen Altar müssen wir uns etwas einfallen lassen. Aber zuerst wollen wir die drei neuen kleinen Kristallleuchter in der Eisbar aufhängen. Ville wird dir dabei helfen, die Dinger sehen putzig aus, aber sie sind wirklich schwer.«

»In Ordnung. Sind sie schon hier?« Sie folgte ihr aus der Eiskathedrale in die nicht weniger imposante Halle hinaus.

»Er ist gerade unterwegs, um sie abzuholen. Komm, lass uns jemanden suchen, der das Gerüst verschiebt.« Sie telefonierte, und kurz darauf erschien Finn mit einem zweiten Mann, um ihnen zu helfen.

»Hej«, begrüßte er sie. »Ich dachte schon, du kommst heute nicht.«

Während sie sich die Handschuhe anzog, sagte sie: »Ich wurde nicht gebraucht und habe stattdessen mit Siri Sport gemacht.«

In seinen Augen tanzte Belustigung. »Sag nicht, sie hat dich zu dieser Gummihopserei überredet!«

»Doch. Und es war toll, du solltest es auch mal probieren«, sagte sie und stemmte sich gegen das Gerüst. »Den ersten Kronleuchter hängen wir da vorn auf. Seht ihr den Haken unter der Decke? Da müssen wir hin.«

Sie hatten das Gerüst gerade richtig positioniert, als Ville mit dem Vorderlader kam, auf dessen Schaufel die Leuchter lagen. Finn bot an, ihm beim Tragen zu helfen. Smilla stieg hinterher, und nachdem die beiden das eiserne Gestell an den Haken in der Decke gehängt hatten, kletterte sie auf das Geländer, um an das Kabel zu kommen, das sie mit dem vormontierten Anschluss verbinden musste. Dabei rutschte sie mit einem Fuß auf dem frostigen Eisen ab und konnte sich eben noch an dem Pfosten festhalten, der übers Geländer hinausragte.

»O wow, das ist gefährlich!« Finn hatte sie blitzschnell festgehalten.

»Nichts passiert«, sagte sie lässig. Obwohl ihr der Schreck ganz schön in die Glieder gefahren war, streckte sie sich, um den Leuchter anzuschließen. Finn hielt sie weiter fest. Doch erst als sie Anstalten machte, wieder herunterzusteigen, wurde ihr bewusst, wie nahe sie sich gekommen waren.

»Danke«, hauchte sie und sah zu ihm auf. Er hielt sie immer noch fest, und sie glaubte, dass Knistern zwischen ihnen förmlich zu hören. Sie wollte etwas sagen, hatte aber vergessen, was es war. Er senkte den Kopf, den Blick auf ihre Lippen geheftet, und es dämmerte ihr, dass er sie küssen würde, wenn sie jetzt nichts unternahm.

»Nicht euer Ernst«, sagte Ville. Er war ein kräftiger tätowierter Typ, in dessen Bart Eiskristalle glitzerten, während er wenig erfolgreich versuchte, ein Lachen zu unterdrücken. »Ich glaube, da unten werden gerade Wetten abgeschlossen.«

Nicht ohne Bedauern drehte sie sich aus Finns Umarmung und kletterte behände die Leiter hinunter. »Der zweite Leuchter hängt direkt über der Eisbar«, sagte sie und fühlte sich atemlos.

»Wir müssen aufpassen, mit dem Gerüst nicht an die Deko zu stoßen.«

Dieses Mal lief alles glatt, und sie verschoben das Gerüst zur nächsten Position. Als Ville den dritten Leuchter hinauftragen wollte, passierte es. Weit oben auf der Leiter rutschte er plötzlich ab. Entsetzt beobachtete Smilla von unten, wie Ville ins Wanken geriet und Finn, der bereits oben auf dem Gerüst stand, nach dem glitzernden Ungetüm griff. Trotz seiner schnellen Reaktion war er zu weit entfernt, um es zu erreichen.

Mit einem lauten Knall schlug der Leuchter nach bestimmt vier Metern freiem Fall auf dem Boden auf. Die Eiskristalle zersprangen in tausend Stücke und flogen durch die Luft. Einige Splitter trafen Smilla. Dank ihrer dicken Kleidung und des Schutzhelms blieb sie unverletzt, und auch Ville war es gelungen, sein Gleichgewicht wiederzuerlangen. Eilig stieg er die Leiter herunter, und Finn folgte ihm.

Seine Sorge war ihm deutlich ins Gesicht geschrieben. »Ist dir was passiert?«

Sie klopfte auf ihren Helm. »Alles in Ordnung, das Ding hat mich gut geschützt.«

Die beiden Männer wirkten erleichtert. »Das hätte auch schiefgehen können«, sagte einer der Arbeiter, die, angelockt von dem Klirren, herbeigeeilt waren.

Astrid kam hinzu. »Verflixt! Jetzt müssen wir den ganzen Kronleuchter neu anfertigen.«

Finn ging vor den Überresten in die Hocke und zog einen der Kristalle heraus. »Einige haben überlebt.« Er stand wieder auf und schlug Ville freundschaftlich auf den Rücken. »Hast du schon mal Eis geschnitzt?«

Der junge Mann schüttelte den Kopf.

»Kein Problem, ich zeige dir, wie es geht. Die Kristalle sind eine gute Übung.«

»Wenn du es mir auch beibringst, dann kann ich nachher mithelfen«, sagte Smilla und sah Astrid fragend an, die ihr Tablet konsultierte und zustimmend nickte. »Das ist wirklich nett von dir. Du kannst gleich damit anfangen. Für heute habe ich hier nichts mehr für dich auf dem Plan stehen.« Sie zwinkerte ihr zu, und Smilla war sich fast sicher, dass sie soeben einige ihrer Aufgaben an Kollegen delegiert hatte.

10. KAPITEL

Smilla

Die Mittagspause des folgenden Tages verbrachte sie zusammen mit Finn in der Kantine. Siri hatte sich mit einem großen Kaffeebecher zu ihnen gesetzt. »Und? Hast du dich schon eingelebt?«

»Eigentlich schon, aber man kommt ganz schön durcheinander, wenn es dauernd dunkel ist. Geht die Sonne im Dezember hier oben wirklich nicht mehr auf?« Smilla rollte sich Spaghetti auf die Gabel.

Siri nickte. »Genau, aber durch den Schnee, das Mondlicht und diese kurze *Blaue Stunde* bleibt es nie komplett dunkel.«

»Blaue Stunde?« Smilla hob eine Augenbraue. »Klingt danach, als wäre das eine Erfindung gewiefter Barkeeperinnen, um die Geschäfte anzukurbeln.«

Siri kicherte. »Stimmt. Aber der Name täuscht. Wenn die Sonne knapp unterhalb des Horizonts steht und der Himmel sternklar ist, leuchtet er darüber tiefblau. An solchen Tagen schimmern die schneebedeckten Berge im indirekten Licht, als erröteten sie in einem zarten Pink.«

»Die Blaue Stunde ist eine magische, beinahe schon beunruhigende Zeit«, stimmte Finn zu und bedachte Smilla mit einem rätselhaften Blick, als wollte er von ihr hören, dass sie bleiben würde, um dieses Phänomen mit eigenen Augen zu betrachten.

Doch das bildete sie sich bestimmt nur ein, weil sie versucht war, genau das zu versprechen. »Das muss echt schön aussehen«, sagte sie verträumt. »Und die Nordlichter? Hast du die oft gesehen?«

Siri winkte ab. »Na klar. Meine Uroma hat immer die Gardinen zugezogen, wenn sie kamen. Aber ich finde sie total schön. Es gibt Leute, die behaupten, sie wären magisch, und wer sie einmal gesehen hat, vergisst das nie.« Siri blickte sie an. »Wie lange bleibst du eigentlich hier?«

»Wenn es nach mir ginge …«, sagte sie unsicher. Weshalb fiel es ihr so schwer, sich festzulegen? Sie hatte etwas Geld zurückgelegt. Nichts hielt sie davon ab, so lange hierzubleiben, wie sie wollte. Außer Simon, der schon einige Male angerufen hatte und wissen wollte, wann sie ihren *Urlaub* zu beenden gedachte. Urlaub, das bedeutete wohl, dass er ihr nichts für ihre Arbeit bezahlen wollte. Sie räusperte sich und sagte: »Dabei fällt mir ein, ich muss mich noch erkundigen, was das Chalet an Miete kostet.«

Finn und Siri wechselten einen Blick, der sie verwirrte, aber bevor Smilla nachfragen konnte, sagte Siri: »Wie war das denn nun mit dem Kronleuchter? Hängt er inzwischen?«

»Seit gestern Abend. Wir haben das 69 °N als Letzte verlassen, und ohne Finn würde er bestimmt jetzt noch nicht hängen.«

»Es war schon eine Herausforderung, das riesige Ding so schnell wieder zusammenzubauen«, sagte er und nahm einen großen Schluck von seinem Kaffee. »Die Kristalle müssen exakt die gleiche Größe haben, damit sich das Licht genauso bricht und die Wände zum Glitzern bringt.«

Siri beugte sich vor. »Ich habe gehört, dass du das richtig gut kannst. Wirst du dich für nächstes Jahr bewerben?«

»Himmel, nein! Das Eisschnitzen macht mir Spaß, aber ich bin kein Künstler.«

Smilla stieß ihn leicht mit dem Ellbogen an. »Bist du doch.« Und zu Siri gewandt sagte sie: »Ich war sehr beeindruckt. Finn hat uns gezeigt, wie man die Eisstücke schnitzt.«

»Du hast schnell gelernt. Nicht jeder hat ein so gutes Händchen dafür.«

»Du meinst doch nicht etwa Ville?« Sie kicherte, und Finn erzählte, wie der Kollege seine Kristalle immer so lange bearbeitet hatte, bis sie zerbrachen.

Nach der Mittagspause kehrten sie an ihren heutigen Arbeitsplatz in einem der Luxuszimmer des 69 °N zurück. Brady, der kanadische Eiskünstler, den sie heute unterstützen sollten, war bereits da und erklärte ihnen, was es mit dem Werkzeug auf sich hatte, das er benutzen würde. In flachen Holzkästen lagen Schnitzmesser in verschiedenen Größen, er zeigte ihnen Fräsen, auf die man verschiedene Messer stecken konnte, und Bürsten, mit denen er den Oberflächen ganz zum Schluss ein seidenmattes Finish verleihen wollte. »Ich verwende eine Akku-Kettensäge, eine handgefertigte Eissäge aus Japan, und diese hier ist eigentlich für Bonsai-Bäume gedacht.« Er hielt eine Säge mit feinen Zähnchen hoch.

Anschließend zeichnete Brady den Entwurf eines liegenden Drachen auf einen großen Eisblock, und ehe Smilla ahnte, was er vorhatte, drückte er ihr die Kettensäge in die Hand. »Hier an der Ecke kannst du ausprobieren, wie das Sägen funktioniert.« Er nickte Finn zu, damit er Smilla beim ersten Versuch dirigieren konnte. Der stellte sich neben sie und zeigte ihr, wie man das Gerät startete. »Pass auf, dass du die Säge nicht verkantest. Du hast ja gestern gesehen, Eis ist empfindlicher, als es aussieht. Es schneidet sich besser als Holz, aber es splittert viel schneller.«

Zu ihrer Überraschung glitt das Sägeblatt nahezu ohne Druck durchs kristallklare Eis, fast so, als wäre es Butter. Die Säge spritzte Eispartikel in ihr Gesicht, die sich in den Augenbrauen festsetzten. Sie ahnte, dass es anstrengend sein würde, die Säge lange genug zu halten, um die groben Formen der Skulptur herauszuarbeiten. Nachdem sie eine Ecke von dem großen Quader abgetrennt hatte, schaltete sie die Säge wieder aus und gab sie an Finn weiter. »Das ging ganz leicht«, sagte sie verwundert.

Brady grinste. »Sag ich doch, es ist ein Kinderspiel.« Er bat Finn, die groben Konturen auszusägen, während er in die Werkhalle gehen würde, um dort kleine Teile zu fertigen.

Smilla beobachtete eine Weile fasziniert, wie Finn erst mit der Kettensäge arbeitete und später die Eissäge zur Hand nahm, bevor sie sich ihrer eigentlichen Aufgabe widmete und die Stromanschlüsse im Bad kontrollierte. Dieses Zimmer musste zu den teuersten gehören. Es war größer als die anderen, und durch eine Schleuse gelangte man ins eigene Bad. Die Räume im temporären Eishotel würden weit weniger opulent ausgestattet sein, hatte sie gehört. Dort nutzten die Gäste ein gemeinsames Waschhaus und die Toiletten darin, auch nachts. Sie empfand es als große Ehre, sich ausgerechnet um die Luxussuite kümmern zu dürfen, und obendrein schien Brady auch noch sehr nett zu sein.

Er übernahm später die feinen Arbeiten, während sie Finn half, Stacheln an ein kleines Ungeheuer zu kleben, das in der Ecke saß und sehnsüchtig zum Bett hinübersah.

Smilla war beeindruckt von dem Geschick, mit dem Brady den Drachen formte. Er hatte ihn so positioniert, dass man später glauben musste, mit ihm im Bett zu liegen. Als ihr das klar wurde, sagte sie: »Mit so einem niedlichen Drachen würde ich jederzeit mein Schlafzimmer teilen.«

Die Männer lachten, und dann wurde sie fortgerufen, weil man sie in der Kapelle brauchte.

Das Lächeln, das Brady dem Ungeheuer ins Gesicht gezaubert hatte, begleitete sie durch den Nachmittag und machte es ihr leichter, später über die dämlichen Kommentare des Chefs der Elektriker-Crew hinwegzuhören, der an allem, was sie tat, etwas auszusetzen hatte. Als am Abend das Licht in einer Hälfte des 69 °N ausfiel, schickte er sie mit einer gemurmelten Beleidigung weg.

Smilla hatte Erfahrung mit solchen Typen – das blieb nicht aus, wenn sich Frauen in typischen Männerberufen bewährten. Deshalb war sie Finns Rat gefolgt und hatte einfach so getan, als verstünde sie nicht viel Schwedisch. Ganz falsch war das auch nicht. Dieser Thyge jedenfalls war schwierig zu verstehen.

Soll er mich ruhig für blöd halten, dachte sie. Dabei hätte sie dem Mann sagen können, was den Kurzschluss ausgelöst, und dass er ihn selbst verursacht hatte. Bei Arbeiten an einem der großen Schaltschränke hatte er die Markierungen verwechselt. Das kam vor. Da die meisten bereits im Feierabend waren und nur noch wenige Eisskulpteure und Künstlerinnen im Schein ihrer Stirnlampen weiterarbeiteten, sagte sie nichts. Stattdessen machte sie sich auf den Weg, um nachzusehen, ob im Drachenzimmer alles in Ordnung war. Hier gab es auch keinen Strom, und im Licht der Stirnlampen wirkte der Raum gespenstisch.

»Thyge hat den Fehler bestimmt gleich gefunden. Er hat ihn ja selbst verursacht«, sagte sie und ging vorsichtig, um nicht auszurutschen, zu Finn.

Der lachte leise und legte ihr kurz den Arm um die Schulter. »Der Drache ist fertig, wir wollten gerade seine Beleuchtung ausprobieren. Jetzt müssen wir warten.«

Sie hatte LED-Leuchten in den Sockel eingearbeitet und war mindestens genauso gespannt, wie die Skulptur aussehen würde, wenn sie eingeschaltet war.

Brady kam zu ihnen, zog die Handschuhe aus und rieb seine Hände aneinander. »Habt ihr gehört, was letztes Jahr in Alaska passiert ist?«, fragte er, offensichtlich bemüht, die Zeit bis zur Rückkehr des Stroms zu überbrücken.

»Nein, erzähl mal«, sagte Finn neugierig.

»In Fairbanks findet ein riesiger Eis-Skulpturen-Wettbewerb mit unglaublich vielen Teams statt«, begann Brady. »Einer der weltweit besten Künstler hatte eine meisterhafte Skulptur geschaffen, eine komplizierte Brücke aus Eis mit filigranen Details, über die Gestalten der nordischen Mythologien spazierten, um eine Art Arche Noah zu besteigen. Die Jury und das Publikum waren begeistert. Doch dann kam unerwartet ein

Wetterumschwung, es begann zu tauen, und die Veranstalter beschlossen, Fotos machen zu lassen, bevor die Kunstwerke schmelzen würden. Der Designer wollte dafür noch letzte Verbesserungen vornehmen, aber die Statik war schon beeinträchtigt. Plötzlich brach die ganze Brücke zusammen, und der Mann wurde von *Gungnir*, Odins Speer, durchbohrt. Er hat es nicht überlebt.«

Smilla schauderte. »Das klingt schrecklich.«

Brady nickte ernst. »Ja, es war ein großer Schock für uns alle. Es hat uns daran erinnert, wie vergänglich unsere Kunst ist und wie vorsichtig wir sein müssen.«

»Aber das hält niemanden davon ab, weiterzumachen, oder?«, fragte Finn und sah zu dem Drachen, der auf Smilla wirkte, als warte er im Halbdunkel auf seine Erweckung.

Brady lächelte. »Nein, das tut es nicht. Im Gegenteil, es spornt uns an, noch besser zu werden und die Schönheit der Vergänglichkeit zu feiern.«

Smilla, die in ihrem Beruf selten Gelegenheit hatte, solcherart kreativ zu arbeiten, bewunderte diese Leidenschaft und die Hingabe, mit der die Künstlerinnen und Künstler im Eishotel arbeiteten. Es fühlte sich gut an, Teil dieses kreativen Prozesses zu sein, auch wenn ihre eigenen Fähigkeiten bescheiden waren, jedenfalls was das Schnitzen von Eis betraf.

Während sie auf die Rückkehr des Stroms warteten, trockneten sie die Werkzeuge und legten sie zurück in ihre Kästen. Plötzlich hörten sie in der Ferne einen Ruf, und gleich darauf glommen die Lichter in den Wänden um sie herum, und der Drache erwachte in einer glitzernd grünen Farbexplosion zum Leben. Die Augen funkelten sie orangefarben und tiefrot an, und hätte er dabei nicht freundlich gelächelt, sie hätte sich bestimmt ein wenig gefürchtet, so lebensecht wirkte er.

»O Brady, das ist wunderschön geworden!«, rief sie aus. »Wie schade, dass seine Tage gezählt sind. Diese Eiskunst hat in ihrer Vergänglichkeit etwas Romantisches. Man steckt so viel Energie hinein, und irgendwann zerfließt es einfach.«

Finn stand ganz nahe bei ihr und sagte leise: »Schönheit ist eine Illusion. Was bleibt, ist die Liebe zu allem, was uns berührt. Das wirklich Schöne ist, dass wir für diese Kunst etwas von der Natur ausleihen und es später unbeschädigt zurückgeben. Das Wasser des Sees und aus den Flüssen macht hier nur eine Pause im Hotel, so wie die Gäste – von denen wir uns manchmal wünschten, dass sie einen kleineren ökologischen Fußabdruck hinterließen, als sie es jetzt noch tun.«

Smilla nickte nachdenklich, als Brady hinzufügte: »So sehe ich es auch. Alles ist vergänglich, und doch ist vieles so unendlich wertvoll in dem Moment, in dem es existiert.«

11. KAPITEL

Smilla

Die Arbeiten im 69 °N neigten sich dem Ende zu, und das neu erbaute Eishotel direkt daneben wuchs auch langsam heran. Das Igloo Resort würde am Wochenende öffnen, und Siri hatte erzählt, es sei ab nächster Woche bis in den Januar ausgebucht. Ab Ende November, so hoffte man, würden die Gäste dann endlich auch im temporären Eishotel übernachten können.

Der verschollene Elektriker war wieder aufgetaucht, und Smilla wurde jetzt nur noch als Springerin gebraucht, falls jemand ausfiel. Die Frage nach den Mietkosten für ihr Chalet hatte die Frau in der Personalabteilung auch nicht beantworten können. Sie hatte versprochen, sich danach zu erkundigen, und gesagt, sie solle sich keine Gedanken machen, es wäre kein Haus, in dem normalerweise zahlende Gäste wohnten.

Smilla musste also nur noch manchmal arbeiten und nutzte die freie Zeit, um mit Freunden zu telefonieren. Darunter Florian, ein ehemaliger Kollege und inzwischen guter Freund, mit dem sie über die spontanen Ausfallerscheinungen der

Kühlanlage sprechen wollte, die nach Simons Abreise allerdings nicht mehr aufgetaucht waren. Er gab ihr ein paar Tipps, wonach sie suchen könnte, und Smilla bedankte sich.

»Hast du einen neuen Job?«

»Noch nicht.« Sie erzählte ihm von ihrem Dilemma. »Mein Bruder ruft dauernd an und will, dass ich zurückkomme.«

»Lass dir Zeit, Smilla. Wenn du mich fragst, hast du, seit ich dich kenne, noch nie so relaxt geklungen wie heute. Vielleicht hast du Sámi-Gene und gehörst dorthin.« Florian war einer der wenigen Menschen aus ihrem Freundeskreis, der ihre Familiengeschichte kannte.

»Wer weiß«, sagte sie lachend. »An die Dunkelheit habe ich mich tatsächlich beinahe gewöhnt. In zwei Wochen geht die Sonne überhaupt nicht mehr auf.«

»Das klingt irgendwie – hygge.«

»Sie nennen das hier anders. *Mysig*, glaube ich«, sagte sie.

»Wie in Müßiggang?«

Sie konnte ihn lächeln hören.

»Hör mal, damit du nicht einrostest, wie wäre es, wenn du mir bei einem Projekt hilfst?«

»Du wohnst doch jetzt in Portugal.«

»Habt ihr da oben kein Internet?«, fragte er amüsiert.

»Doch, natürlich.« Es war sogar schneller als die Verbindung, die sie in ihrer Wohnung in Hamburg gehabt hatte.

»Wir sind gerade dabei, einen großen Auftrag an Land zu ziehen, und wenn das klappt, könnte ich deine Expertise im Team gebrauchen. Ein Projektvertrag, aber ich bin sicher, das ist erst der Anfang. Der Kunde sitzt bei dir nebenan, in Tromsø. Na, was sagst du?«

Ihr Herz schlug schneller. Daran, in Zukunft frei für jemanden zu arbeiten, hatte sie noch gar nicht gedacht. »Das klingt interessant«, sagte sie dennoch zurückhaltend. Große Projekte wurden ausgeschrieben, und es gab bestimmt viele Mitbewerber, obwohl die neue Firma, für die Florian jetzt tätig war, einen guten Ruf hatte. Am Ende spielten immer die Kosten eine wichtige Rolle. »Sag mir Bescheid, wenn es so weit ist.«

»Dann kann ich auf dich zählen?«

»Auf jeden Fall.« Sie hatte immer gern mit ihm zusammengearbeitet.

»Gut. Das freut mich sehr, Smilla! Und jetzt noch einen ungefragten Rat: Vergiss Schwaben. Du bist eine Nordseepflanze mit dem Herz einer Polarwölfin. Die stecken dich da in der Provinz nur in den Zoo! Denk an meine Worte und sei ein gutes Mädchen.«

Smilla schloss kurz die Augen. Er war wirklich der Einzige, der so mit ihr reden konnte. Sie versprach, gründlich nachzudenken, bevor sie eine Entscheidung traf. Dann verabschiedeten sie sich. Mit ihm zu sprechen, hatte ihr unerwartet gutgetan. Sie sollte ihm die Daumen drücken, dass er den Auftrag erhielt.

Nach dem Telefonat zog Smilla ihre dicke Jacke an, schlang sich einen warmen Schal um den Hals und setzte ihre Strickmütze auf, um bei der draußen herrschenden Temperatur von minus fünfzehn Grad nicht auf der Stelle steif zu frieren.

Die kalte Luft füllte ihre Lunge, als sie das Haus verließ. Sie genoss die frische Brise, die ihre Wangen leicht rötete, und die friedliche Stille, die nur durch das Knirschen ihrer Schritte im Schnee unterbrochen wurde.

Von wegen Polarwölfin, dachte sie belustigt und schlug den Weg in Richtung der ehemaligen Kirche ein. So dunkel, wie es die Tabellen mit Sonnenauf- und -untergangszeiten vermuten ließen, war es gar nicht. Auf dem Gelände des Igloo Resorts glommen zahllose Lampen entlang der Wege, und außerhalb reflektierte die hauchzarte Schneedecke das schwache Sonnenlicht immerhin so ausreichend, dass es erst am späteren Nachmittag wieder richtig dunkel wurde und man von *Nacht* sprechen konnte.

Als sie die Tür des Ladens Sámi Duodji öffnete, klingelte eine kleine Glocke, und Káre schaute von ihrer Nähmaschine auf. »Hej, Smilla! Schön, dich zu sehen.«

»Hej, Káre!« Smilla lächelte und trat ein. Die Wärme des Ladens umhüllte sie sofort. »Ich bin auf der Suche nach einer Wintermütze. Finn hat mir erzählt, dass du hier eine große Auswahl hast.«

»Das ist ja nett von ihm«, sagte die Schneiderin und sah sie neugierig an. »Natürlich! Komm, ich zeige dir unsere Auswahl.« Sie führte Smilla zu einem Regal, das voller handgemachter Mützen war. Schnell sah sie, dass jede einzelne ein kleines Kunstwerk war, sorgfältig gehäkelt oder gestrickt, mit verschiedenen Mustern und Farben.

Eine hellgraue Mütze aus ungewöhnlich dickem Garn fiel ihr sofort ins Auge. Highlight waren die kleinen Ohren, die etwas dunkler abgesetzt waren und auf den ersten Blick beinahe echt wirkten. Sie hob die Mütze an. »Die hier ist wirklich süß.«

»Zudem hat sie innere Werte«, sagte Káre und zeigte auf das graue Fellfutter. »Wenn du etwas wirklich Warmes haben möchtest, dann ist diese hier genau das Richtige für dich.«

»Meinst du? Ich bin eigentlich aus dem Alter für Öhrchenmützen raus.«

»Ach, Unsinn! Setz dich darüber hinweg. Mode ist das, was dir gefällt und dich glücklich macht. Außerdem sind das eindeutig die Ohren einer Wölfin, die sind nicht niedlich, sondern respekteinflößend«, fügte sie schmunzelnd hinzu.

Eigentlich hat sie recht, dachte Smilla. Außerdem würde sie diese Kopfbedeckung auch zu Hause tragen können, ohne angefeindet zu werden. Sie setzte sich die Mütze auf, zog sie ein wenig zurecht und betrachtete sich im Spiegel. Durch das Fellfutter war sie voluminöser als gedacht, sie rahmte ihr Gesicht weich ein, was die hohen Wangenknochen betonte. Die vorn angebrachten Bänder erinnerten an dünne Zöpfe mit dicken Pompons am Ende, aber konnten auch unter dem Kinn verknotet werden, was bei heftigem Nordseewind an der heimischen Küste ein Vorteil sein würde.

Wolfsohren hin oder her, sie fühlte sich schön mit dieser Mütze, und angenehm warm war sie auch.

»Das Fell stammt ganz sicher nicht aus irgendeiner Zuchtstation?«

Kåre sah sie entsetzt an. »Auf keinen Fall! Ich kenne die Frau, die sie häkelt, sie würde solche Felle niemals anrühren.«

»Ich nehme sie«, sagte Smilla entschlossen und überlegte, was Finn wohl dazu sagen würde.

»Gute Wahl.« Kåre lächelte und zeigte ihr dann seidene Handschuhe, die man unter den Fäustlingen tragen konnte. »Die halten deine Hände noch mal besonders warm.«

Smilla nahm auch die Handschuhe. »Danke für den Tipp. Ich bekomme tatsächlich immer total schnell kalte Finger.«

Auf dem Weg zur Kasse entdeckte sie eine Vitrine mit Schmuck. »Sind die schön!« Sie zeigte auf eine Sammlung von Armbändern.

»Zinnstickerei ist eine alte samische Handwerkstechnik«, erklärte die Schneiderin. »Es gibt solche Armbänder inzwischen ganz bunt und in vielen Geschäften zu kaufen, aber diese werden traditionell aus pflanzlich gegerbtem Rentierleder und Zinndraht mit einem Silberanteil hergestellt. Der Verschluss besteht aus geschnitztem Rentierhorn.«

Andächtig nahm Smilla das Armband in blassem Rosé in die Hand, das Kåre ihr reichte. »Es sieht zauberhaft aus«, sagte sie sehnsüchtig. Die Mütze würde schon ein gewaltiges Loch in ihr Budget reißen. Nicht, dass sie es nicht wert war, aber es wäre leichtsinnig, noch mehr Geld auszugeben.

»Ich weiß, sie sind nicht ganz billig«, sagte Kåre verständnisvoll und schob den Ärmel ihres Pullovers höher, bis ein blaugraues breites Armband sichtbar wurde. »Das hat mir mein Mann zum zehnten Hochzeitstag geschenkt. Das Leder dunkelt mit der Zeit ein wenig nach, aber ich finde die Zinndrahtarmbänder sogar schöner, je älter sie sind.«

»Du hast recht, es sieht wunderschön aus.«

Mit einem letzten bedauernden Blick auf die silbernen Ohrringe in einer zweiten Vitrine wandte sich Smilla ab. »Wahrscheinlich werde ich spätestens beim nächsten Besuch schwach, aber man braucht ja etwas zum Vorfreuen.« Sie zeigte auf die Schneiderpuppe, auf der ein farbenfrohes Kleid dekoriert war. »Ich werde definitiv wiederkommen.«

»Die Kleider sind handgenäht und deshalb etwas teurer, das Material ist allerdings auch erstklassig.«

»Hast du sie geschneidert?«

»Ich bin mit meinen Aufträgen schon ausgelastet, aber sie stammen auch aus Jokkmokk, eine Freundin von mir hat dort eine Werkstatt. Du solltest unbedingt zum Wintermarkt dort hinfahren.«

»Das werde ich tun – wenn ich dann noch hier sein sollte.«

Káre hatte den sehnsüchtigen Unterton sicher nicht überhört, denn sie sagte munter: »Ach, man weiß nie, was die Zukunft einem bringt. Habe ich nicht recht?«

»Das ist wohl wahr. Aber in naher Zukunft sehen wir uns doch hoffentlich beim Fliegen wieder?«

»Na klar! Ich liebe diese Gummibänder!«

Sie verabschiedeten sich, und Smilla ging zum SB-Pavillon hinüber, um Käse für den Kaffee zu kaufen. Sie musste ein bisschen suchen und fand schließlich die letzte Packung. Offenbar war er ein echter Verkaufsschlager. Beim Anblick des Käses stellte sie sich vor, wie Finn sie im Haus besuchte und sie gemeinsam auf dem Sofa saßen, vielleicht sogar miteinander lachten und scherzten. Ihr Herz machte einen kleinen Sprung bei der Erinnerung daran, wie er sie auf dem Gerüst im Eishotel festgehalten hatte. Die Situation war nicht ungefährlich gewesen, aber in seinen Armen hatte sie sich vollkommen sicher gefühlt, als verbände sie ein geheimnisvoller Zauber miteinander. An jenem Tag hätte er sie geküsst, davon war sie überzeugt, und sie fand es mächtig schade, dass ihnen Ville dazwischengekommen war. Aber es würde andere Gelegenheiten geben – und wenn nicht, dann mussten sie eben dafür sorgen. Mit einem Lächeln nahm sie eine Tiefkühlpizza aus dem Gefrierschrank und machte sich auf den Rückweg.

Unterwegs hielt sie nach dem kleinen Hund Ausschau, den sie zuvor an der Bushaltestelle gesehen hatte, aber er war verschwunden. Es begann zu schneien, und Smilla fühlte sich plötzlich so unbändig frei und beschwingt, dass sie sich im Kreis drehte und in den grauen Himmel hinaufschaute. Sie ließ die Schneeflocken auf ihr Gesicht fallen und tanzte durch den Schnee. Dabei lachte sie erfüllt vom glücklichen Gefühl der Freiheit.

Doch bald landete sie wieder auf dem Boden der Realität. Die Zeit in Alitjávri verging so schnell. Wäre sie vernünftig, würde sie zurückfliegen. Aber sie wollte nicht vernünftig sein, sie wollte keine Entscheidungen treffen. Sie wollte sich endlich einmal, das erste Mal in ihrem Leben, einfach nur treiben lassen.

12. KAPITEL

Finn

Erschöpft strich sich Finn mit dem Handrücken die Haare aus dem Gesicht und richtete sich auf. »Ich kann nichts mehr tun, du bist dran«, sagte er grimmig. Während sich Julia zu dem Tier hinabbeugte, dachte er darüber nach, was geschehen war. Gustav beaufsichtigte mit seinen Cousins die Herde, als die Nachricht kam, ein ganzes Rudel Rentiere versperrte die Straße bei Östra Rautasälven. Julia rief ihn an, und Finn fuhr mit ihr raus. Das hätte er auch getan, wenn sie sich nicht so liebevoll um seine Großmutter kümmern würde. Hier half man sich gegenseitig, das war selbstverständlich. Dieser Zusammenhalt war einer der Gründe, weshalb er letztes Jahr hergekommen und bis heute geblieben war. Und Anna natürlich. Er war entsetzt gewesen, unter welchen Bedingungen seine Großmutter gewohnt hatte. Seit dem Tod ihres zweiten Mannes war im Haus offensichtlich nicht mehr renoviert worden, und was ihm als Kind und Teenager abenteuerlich vorgekommen war, erkannte er nun als Zeichen von Armut. Finn verstand nicht, weshalb Tante Margret nie etwas gesagt hatte. Das Verhältnis zwischen ihr und der Familie war mit *angespannt* zweifellos freundlich beschrieben, aber ihr Bruder und damit Finns Vater wäre wohlhabend genug gewesen, um zu verhindern, dass das Haus seiner Kindheit verfiel.

Ausdruckslos sah er zu, wie Julia ein Messer zückte, dem schwer verletzten Tier über die Stirn strich und es mit einem gezielten Stich erlöste. Die anderen Rentiere standen am Hang über der Straße im Schneegestöber. Im Schein des zuckenden Blaulichts wirkten sie wie eine gespenstisch schweigende Gruppe von Gaffern im Blitzlichtgewitter. Das fast erwachsene Kalb, das er zuvor untersucht hatte, war mit dem Schrecken davongekommen. Es hatte sich schnell erholt und stand nun unentschlossen ein wenig abseits. Es kam ihm vor, als zögerte es, sich den anderen anzuschließen und die Rentierkuh, die sehr gut seine Mutter gewesen sein konnte, zurückzulassen. Der Gedanke schnürte ihm den Hals zu.

»Komm, wir müssen sie von der Straße bringen«, sagte er schließlich und griff nach den Hinterbeinen, während Julia am Geweih zog. Es war schweißtreibend, ein geschätzt mindestens hundert Kilo schweres, lebloses Tier zu bewegen, auch wenn der frisch gefallene Schnee auf dem frostigen Untergrund ihnen half.

»Was ist mit dem Vieh, tot?« Der Polizist stellte sich breitbeinig daneben und sah angewidert erst auf das blutige Verkehrsopfer, danach Finn direkt ins Gesicht. »Deins?«, fragte er im typischen Tonfall der Region Skåne, ganz im Südwesten des Landes.

Ein Zugereister, dachte er. Das konnte kompliziert werden. Er riss sich zusammen. »Verflucht kalt hier oben, was?«, fragte er mit demselben Akzent, der ein wenig an Dänisch erinnerte und mit dem er aufgewachsen war. Finn rieb sich die Hände, obwohl die Kälte, die ihm zu schaffen machte, sich eher in seinem Inneren ausbreitete. Er zwang sich zu einem kumpelhaften Grinsen.

Der Beamte entspannte sich. »Scheiß Schnee!«, pflichtete er ihm bei. »Die Leute sagen, die Herde ist ganz plötzlich aufgetaucht. Der Fahrer hat noch versucht zu bremsen …«

»Sind sie schwer verletzt?«, fragte Finn.

»Nicht schlimm, aber der Arzt nimmt sie mit ins Krankenhaus. Der Abschleppwagen ist unterwegs, um die Karre hier von der Straße zu schaffen.« Er zeigte noch mal auf das Tier. »Was ist damit?«

»Nicht unsers.« Er zuckte mit der Schulter.

Julia wandte sich ab und ging zu ihrem Wagen. Das Rentier gehörte ihr nicht, aber mit Sicherheit wusste sie, wessen Ohrmarke es trug. Schnell sprach er weiter: »Wir haben vorhin zufällig gehört, dass sich eine Herde auf die Straße verirrt hat, und wollten helfen. Leider sind wir zu spät gekommen.« Er machte eine Geste, die die gesamte Szene umfasste. Die Lichter von Polizeifahrzeug und Krankenwagen, in dem die beiden Insassen des Pkws versorgt wurden, der mit der Herde kollidiert war und nun blinkend am Straßenrand stand, ebenso wie Julias Pick-up und sein Auto.

»Ja, Scheiße, dann fühlt sich wieder niemand verantwortlich, das Zeug wegzuschaffen.«

»Wir können es mitnehmen, wenn du willst. Ich brauche dafür dann nur eine Bescheinigung.«

Er hatte keine Lust, von der nächsten Streife wegen Wilderei angehalten zu werden. So was kam vor, und man hatte dann alle Mühe, um zu beweisen, dass man das Tier nur hatte in Sicherheit bringen wollen, bevor ihm jemand die Ohren abschnitt und die Besitzer keine Entschädigung bekamen.

»Ja, kein Problem.« Der Mann wirkte erleichtert. »Mein Kollege bringt dir gleich den Wisch.« Er streckte seine Hand aus, und Finn schlug ein. »Danke, Mann! *Hej, då.*«

»Klar, man sieht sich. Dann aber zu einem netteren Anlass«, sagte er freundlich und sah dem Polizisten hinterher, der etwas in sein Funkgerät raunzte. Kurz darauf kam der Kollege und gab ihm einen Zettel mit der Beauftragung, den Kadaver von der Straße zu entfernen, und der Bescheinigung, dass das Tier bei einem Autounfall tödlich verletzt worden war. »Hej, Finn. Wie geht's meiner Schwester?«

»Siri geht es gut, denke ich. Du solltest dich öfter mal sehen lassen.«

»Wir haben viel zu tun und – entschuldige, der Chef ist neu. Er kommt direkt von der Schwedischen Riviera. Falsterbo«, fügte er erklärend hinzu. »Hat sich eben aber mächtig gefreut, hier einen Leidensgenossen anzutreffen.«

»Dann wollen wir ihn mal in dem Glauben lassen«, sagte Finn mit einem Grinsen.

»Alles klar, wir sehen uns.« Der junge Polizist hob grüßend eine Hand in Richtung Julia und joggte davon.

»Wer oder was ist Falsterbo?«, fragte sie, als er außer Hörweite war.

»Eine Halbinsel ganz im Süden, an der Ostsee. Mit bunten Strandhäuschen und sehr viel Sonne.«

»Na, der wird die nächsten Monate Spaß haben.« Sie grinste, wurde aber schnell wieder ernst und wickelte das Lasso ab. »Ich habe mit Jan telefoniert. Er kommt gleich und lädt sein Rentier auf. Die Kleine fange ich mal lieber ein. Ich habe Sorge, dass sie sonst nicht durch den Winter kommt.« Sie schwang ihr Lasso. Er half, das widerstrebende Jungtier festzuhalten, bis wenig später der Eigentümer kam und es in seinen Anhänger verlud. Danach hoben sie das tote Muttertier zu dritt auf die Ladefläche seines Wagens, und Finn gab ihm die Bescheinigung des Polizisten.

»Danke, Leute. Ich muss zurück ins Krankenhaus, meine Frau bekommt jede Minute unser erstes Kind!« Er winkte ihnen zu und fuhr davon.

»Ich habe ihm angeboten, dass wir das für ihn erledigen. Aber so ist er, die Rentiere kommen immer vor allem anderen«, sagte Julia und ging zu ihrem Auto. »Kommst du noch auf einen Glögg vorbei?«

»Danke, heute nicht.«

»Smilla?«, fragte sie mit einer hochgezogenen Augenbraue.

»Kann schon sein. Wie kommst du darauf?«

»Anna. Sie hat es *gesehen.*«

Ernsthaft? Er lächelte müde. »Meine Großmutter ist alt und manchmal ein bisschen …« Er machte eine Geste, die ausdrücken sollte, dass Anna Jokinen gelegentlich nicht mehr ganz klar im Kopf war. Aber das stimmte nicht. Jedenfalls nicht, wenn es um ihre *Eingebungen* ging. Da war sie immer hellsichtig gewesen, und das hatte sich bis zum heutigen Tag nicht geändert. Ihm wurde warm.

Was, wenn sie recht hat? Er verzog das Gesicht. »Ich fahre bis Alitjávri hinter dir her. Ruf mich an, wenn irgendwas sein sollte.« Finn stieg ebenfalls in seinen Wagen und ließ ihn an. »Und – Julia?«

»Ja?« Sie hielt mitten in der Bewegung inne.

»Du bist die beste Lassowerferin, die ich kenne.«

Sie lachte laut auf. »Und wie viele kennst du?«

»Du würdest dich wundern.« Er tippte sich an die nicht vorhandene Hutkrempe und schloss die Autotür.

Während er dem Schein ihrer Rücklichter folgte, dachte er darüber nach, was sie beide verband. Im zurückliegenden Jahr waren sie zu echten Freunden geworden. Zuerst war er nur dankbar gewesen, dass sich Julia zuverlässig um Anna kümmerte, wenn er mit Kunden manchmal mehrere Tage auf Wanderung war.

Doch mit der Zeit wuchs sein Respekt vor dem, was sie leistete. Gustav war die meiste Zeit des Jahres mit den Rentieren unterwegs. Sie managte den Hof mit Schlittenfahrten, organisierte Sámi-Abende und vermietete Gästezimmer. Daneben kümmerte sie sich um ihre beiden kleinen Kinder und war halbtags für die medizinische Erstversorgung in der Nachbarschaft zuständig. Als ob es so etwas wie *halbtags* dabei gäbe. Für die vier Stunden am Tag wurde sie bezahlt, doch sie war rund um die Uhr ansprechbar – wenn sie nicht gerade im Wochenbett lag.

Es hatte Streit gegeben zwischen Gustav und ihm, als der sagte: »Julia ist eine Sámi. Sie wusste, was das bedeutet, als wir geheiratet haben.«

Julia hatte ihn danach gebeten, es gut sein zu lassen. Gustav, sagte sie, sei die einzige Chance gewesen, die Herde ihrer Familie zu erhalten. Drei der vier Schwestern – eine war damals bereits verheiratet – hatten ausgelost.

»Und du hast verloren?«, fragte er.

»Nein, ich habe gewonnen. Den Hof, die Rentiere, das Leben, auf das meine Eltern mich vorbereitet haben. Ich hätte den Hof auch allein weitergeführt, aber so ist es einfacher. Außerdem helfen meine Schwestern, wo sie können.«

Das stimmte zwar. Eine von ihnen wohnte ebenfalls auf dem Hof und arbeitete mit. Die Älteste, eine Lehrerin, kam so oft es ging aus Kiruna, um zu helfen, und die vierte Schwester hatte einen gut bezahlten Job im Management der Erzmine. Sie kam selten, aber er wusste, dass sie Julia finanziell großzügig unterstützte.

Trotz alledem war Julia manchmal erschöpft und mutlos. Letztes Jahr während der Rentierscheidung hatte er sie weinend in Annas Küche gefunden. Seine Großmutter hatte ihm zugenickt und war in ihr Schlafzimmer verschwunden. Die halbe Nacht hörte er ihr zu. Irgendwann waren sie Arm in Arm auf dem Küchensofa eingeschlafen. Anna, die es in Sachen ehelicher Treue genau nahm, machte ihnen morgens wortlos Frühstück und hatte die Sache nie mehr erwähnt. Aber Finn war noch ein paarmal bei Julia gewesen, um sie zu trösten. Er war kein Mönch, und sie war attraktiv. Dennoch hatten sie nie miteinander geschlafen, sich nicht einmal geküsst. Aber sie hatten sich gegenseitig die Wärme geschenkt, die sie gebraucht hatten.

Er hupte, als sie auf den Weg nach Björkholmen abbog. Sie ließ als Antwort kurz die Warnblinkanlage aufflammen, dann fuhr er weiter zum Koka.

13. KAPITEL

Smilla

Als Smilla an diesem Nachmittag ins Koka ging, war dort nicht viel los. Die Geschäftsleitung hatte für alle Künstlerinnen und ihre männlichen Kollegen einen *Sámi-Tag* mit Schlittenfahrten und einem landestypischen Büfett organisiert.

Die Saisonkräfte blieben meistens in der Hauptkantine unter sich, die sich an das große Restaurant anschloss. Aber einige wenige Leute aus der Umgebung hatten sich in der gemütlichen Café-Bar eingefunden, darunter die Schneiderin Kåre und ihr Mann.

In der Küche, das konnte man trotz der dezenten Hintergrundmusik gelegentlich hören, herrschte geschäftiges Treiben. Die Vorbereitungen für die große Abschlussfeier waren in vollem Gange.

Smilla sah sich um und bemerkte Carl an einem der Tische. Sie lächelte und ging zu ihm. »Hej, Carl. Wir haben uns ja eine Weile nicht gesehen. Wie geht's?«, fragte sie, während sie ihre Jacke ablegte.

Carl sah von seiner Zeitung auf und erwiderte ihr Lächeln. »Setz dich doch. Wie läuft die Arbeit?«

»Gut. Wobei ich jetzt nicht mehr so viel zu tun habe. Wir sind fast fertig, das Eishotel sieht fantastisch aus. Ich freue mich schon auf die große Abschlussparty.« Sie machte es sich auf der Bank neben ihm bequem.

Er faltete die Zeitung zusammen. »Das ist jedes Jahr ein ziemlich wildes Fest«, sagte er. »Aber weshalb hast du nichts mehr zu tun? Es gibt doch dieses Problem mit den Wärmepumpen der Glas-Iglus.«

»Davon weiß ich nichts. Thyge hat gesagt, sie würden mich nicht mehr brauchen.«

Er runzelte die Stirn. »Verstehe. Möchtest du etwas trinken?«

Sie zögerte. In Schweden war es nicht üblich, unter der Woche alkoholische Getränke zu sich zu nehmen. Es wurde nicht weniger konsumiert als in vielen anderen Ländern, aber das konzentrierte sich in der Regel auf die Abende am Wochenende.

»Um ehrlich zu sein, hätte ich Lust auf einen trockenen, wohltemperierten Rotwein«, sagte sie.

»Das habe ich gehört«, sagte Siri, die in diesem Augenblick vorbeikam. »Wir Schweden haben ein ziemlich puritanisches Verhältnis zum Genuss. Lass dich davon nicht beirren. Am Wochenende nachzutanken, was man unter der Woche durchaus kultiviert zu sich nehmen kann, ist auch keine Lösung.«

»Du übertreibst! Wir genießen den Augenblick – nur eben nicht an Wochentagen«, sagte Carl amüsiert. »Ich nehme das Gleiche wie Smilla.«

Siri grinste und eilte zur Bar.

»Gefällt dir das Chalet nicht?«, fragte er.

»Wieso? Es ist zauberhaft. Ich könnte den ganzen Winter …«

Sie verstummte, als Siri eine Flasche Wein und zwei Gläser brachte.

Carl lächelte. »Du bist ein Engel, weißt du das, Siri?«

»Ich habe davon gehört. Aber weißt du was? Als Teufelin hätte ich garantiert mehr Spaß.«

Sein Lächeln erstarb. Siri warf ihm einen finsteren Blick zu und eilte davon. Smilla enthielt sich eines Kommentars, hatte keine Ahnung, was da zwischen den beiden lief. Vielleicht würde sie Siri danach fragen, Carl bestimmt nicht.

Er schenkte ihr ein, und sie erkundigte sich nach seiner Zeit in Shanghai. Das war offenbar ein wichtiges Thema für ihn, jedenfalls erzählte er bereitwillig und ausführlich. Zwischendurch kam Siri vorbei und erkundigte sich ziemlich kühl danach, ob sie weitere Wünsche hätten. Smilla hätte wetten können, dass sie eifersüchtig war. Carl jedoch schien nichts davon zu bemerken.

Als er Wein nachschenkte, fragte sie: »Du fährst aber heute nicht mehr nach Kiruna?«

Er schüttelte den Kopf. »Der Wetterbericht hat schweren Schneefall vorhergesagt, und ich habe morgen sowieso früh im Eishotel zu tun und übernachte bei meiner Schwester. Sie wohnt nicht weit von hier, in Björkholmen.«

»Da sind auch Finn und Julia zu Hause«, sagte sie überrascht.

»Du kennst Julia?«

»Kennen wäre übertrieben. Wir sind uns begegnet. Ich gehe gern spazieren«, fügte sie erklärend hinzu. »Siri hat mir ihren Hof empfohlen, wenn ich Ausflüge machen möchte.«

»Bei Julia bist du gut aufgehoben. Ihre Touren sind nachhaltig …«

Die Tür ging auf, und Finn kam herein. Er brachte einen Schwung Kälte mit und wirkte erschöpft. Als Smilla sah, dass Blut an seinem Gesicht klebte, sprang sie auf und eilte zu ihm. »Ist dir was passiert?«

»Mir nicht«, antwortete Finn leise und sah sie fragend an.

»Du hast Blut auf der Wange.«

»Ach, verdammt!« Er eilte in Richtung der Toiletten davon.

Ratlos sah ihm Smilla hinterher. Dann setzte sie sich und wartete auf seine Rückkehr. Was war bloß passiert? Siri hatte Finns Zustand auch bemerkt, und als er zu ihnen an den Tisch kam, bot sie ihm eine heiße Schokolade an. Er schenkte ihr ein müdes Lächeln, als er wenig später die Tasse entgegennahm.

»Das wird dir guttun.«

Smilla konnte den Rum riechen und beobachtete, wie Finn einen tiefen Schluck nahm und seufzte. »Danke, das ist genau das, was ich jetzt brauche.«

Sie fragte noch mal: »Was ist passiert?«

Er trank einen weiteren Schluck und sah sie an. »Ein Unfall auf der E10 nach Kiruna. Die Sicht ist schlecht und die Straße unter dem Schnee gefroren. Zum Glück sind die Leute nicht schwer verletzt. Das Rentier …« Er verstummte.

»Scheiße«, sagte Carl, und Siri fuhr sich mit der Hand übers Gesicht. Erst in diesem Augenblick bekam sie eine Ahnung davon, wie tief der Schmerz für Finn sein mochte. Was es zu Hause als Wildunfall nur in die Zeitung schaffte, wenn dabei auch Menschen ernsthaft zu Schaden kamen, bedeutete in Sápmi etwas vollkommen anderes. Der Tod eines Rens fühlte sich für die Sámi offenbar beinahe so an, als hätten sie einen Freund verloren.

Sie wusste nicht, was sie sagen sollte, und griff nach seiner Hand. Finn sah sie an. Er sagte nichts, aber er entzog sich ihr auch nicht.

Nach einer Weile unterbrach Carl dieses schweigende Einverständnis. »Komm, lass uns gehen, Kumpel. Sonst ist der Weg nach Björkholmen dicht, und wir müssen hier an der Bar übernachten.« Er wies auf die Fenster. Draußen war der Schneefall noch dichter geworden.

Finns Grinsen war ein bisschen verrutscht, aber er wirkte, als hätte er sich erholt. »Yep«, entgegnete er und stand auf, ohne Smillas Hand loszulassen. Er hauchte einen Kuss darauf, sah ihr in die Augen und sagte leise: »Danke!«

Sie schloss als Zeichen des Einverständnisses kurz die Augen. Die Wärme seiner Berührung zu verlieren, traf sie wie ein Schock.

Nachdem Finn und Carl gegangen waren, setzte sich Siri zu ihr. »Ihr beiden seid süß miteinander. Weißt du, ich war ganz schön eifersüchtig, als du in Carls Haus eingezogen bist.«

»Wieso Carls Haus?«, fragte sie verwirrt, doch dann begriff sie. Deshalb hatte die Mitarbeiterin im Personalbüro nicht gewusst, was sie als Miete zahlen sollte, und gesagt, Feriengäste würden darin nicht wohnen. »Sag nicht, es gehört ihm!«

»Das wusstest du nicht?« Siri sah sie ungläubig an und erzählte dann, dass das Haus von der gleichen Firma aufgestellt worden war, die die Glas-Iglus geliefert hatte. »Die Häuser werden in einer riesigen Halle gebaut und hier nur noch angeschlossen. Die Geschäftsleitung des Eishotels hat zwei Prototypen aufstellen lassen, um zu testen, wie nachhaltig sie sind und wie man darin wohnt. Carl hat besonders um diese Jahreszeit viel hier zu tun, und deshalb sollte er darin wohnen.«

»Und nicht bei seiner Schwester«, ergänzte sie. »Puh! Das habe ich wirklich nicht gewusst. Ich muss mit ihm reden.«

»Aber wieso denn? Es ist doch egal, wer darin probewohnt. Schlimmstenfalls musst du am Ende einen Fragebogen ausfüllen.«

»Ich rede mit ihm. Jetzt verstehe ich auch, weshalb mir niemand sagt, wie hoch die Miete ist«, sagte sie nachdenklich. »Aber deshalb warst du doch nicht eifersüchtig, stimmt's?«

»Ich dachte, du und er …« Siri sah zu Boden. »Ich liebe ihn«, gestand sie. »Schon seit Jahren. Aber er beachtet mich einfach nicht.«

»Was für ein Idiot! Entschuldige, aber du bist eine großartige Frau …« Sie stutzte. »Weißt du, ehrlich gesagt dachte ich, zwischen euch wäre etwas. Er sieht dich manchmal so an, wenn du es nicht bemerkst. Ich weiß nicht, als wärst du ihm auch nicht egal. Vielleicht solltest du ihn einfach mal darauf ansprechen?«

»Das ist Mihkkus Schuld«, sagte Siri finster. »Mein großer Bruder will nicht, dass ich mich mit Carl einlasse. Die beiden sind ziemlich gut befreundet, und er denkt, Carl ist zu umtriebig und zu alt für mich. Aber ich bin doch keine sechzehn mehr. Damals hat er uns beim Küssen erwischt und einen riesigen Aufstand gemacht.«

»Wie alt bist du jetzt?«, fragte Smilla neugierig.

»Fünfundzwanzig«, antwortete Siri. »Er mag ja damals recht gehabt haben. Ich hatte von nichts eine Ahnung und war bis über beide Ohren in Carl verknallt. Wenn Mihkku nicht dazwischengegangen wäre … Vielleicht hätte ich es später bereut. Aber jetzt bin ich erwachsen und weiß, was ich will.«

Smilla nickte. »Ich verstehe. Und was denkst du, wie Carl darüber denkt?«

»Er behandelt mich, als wäre ich seine kleine Schwester. Aber ich glaube, er hält sich zurück, weil ihm die Freundschaft zu meinem Bruder wichtiger ist als ich.« Sie trank einen Schluck Wasser und wirkte auf einmal sehr entschlossen. »Ich werde kämpfen. Zwischen dir und Finn, das ist etwas ganz Besonderes, und das wäre es mit Carl und mir auch!«

»Jetzt fängst du auch noch damit an.« Smilla erzählte Siri von Annas Prophezeiung und Julias Kommentar.

»Siehst du!«, rief Siri und lachte. »So was in der Art hat Anna auch mal zu mir gesagt. Ich müsse Geduld haben, die Zeit würde kommen. Ich finde, sie ist jetzt da! Bei euch funktioniert es ja auch.«

»Siri, bei uns läuft gar nichts. Ich gebe zu, Finn gefällt mir. Aber wir haben uns ja noch nicht mal geküsst«, fügte sie frustriert hinzu, als sie an den aufregenden Augenblick beim Aufhängen der Kristallleuchter dachte, wo es so ausgesehen hatte, als wollte er sie küssen. Vielleicht hatte Siri recht, und es wurde Zeit, einfach selbst die Initiative zu ergreifen. Sie musste lächeln. »Weißt du was, lass es uns herausfinden. Morgen Abend bei der Party ist eine hervorragende Gelegenheit dazu!«

Sie gaben sich ein High five. »Lass uns auf Männerjagd gehen!«, sagte Siri lachend, und Smilla murmelte »Halali!«

14. KAPITEL

Smilla

Smilla schob die Tür des Fly-Bungee-Studios auf und trat ein. Sie fühlte sich erfrischt und voller Energie, bereit für die sportliche Aktivität, die sie so sehr liebte. Auf dem Weg hierher war sie dem Hund begegnet, der ihr schon öfter aufgefallen war. Heute wirkte er besonders traurig, und ohne lange zu überlegen, schenkte sie ihm das Sandwich, das sie eigentlich nach dem Sport essen wollte. Der Hund nahm es dankbar an und schlang es hastig herunter. Smilla fragte sich, wie man sein Tier bei diesen winterlichen Temperaturen allein herumstromern lassen konnte.

»Komm doch mal näher«, lockte sie leise. Zögerlich und mit langem Hals näherte er sich. Als sie die Hand ausstreckte, um ihn zu streicheln, wollte er sich aber nicht anfassen lassen. Er machte kehrt und verschwand zwischen den Gästehütten.

Die Stunde begann mit einem lockeren Aufwärmen. Smilla kam dieses Mal schon viel besser damit zurecht, die Kraft des elastischen Bands, das an ihrem Harness befestigt war, einzuschätzen und für sich zu nutzen. Die anderen Frauen ermutigten sich gegenseitig, verschiedene Übungen auszuprobieren, die Siri ihnen vorstellte, und zum Schluss arbeiteten sie gemeinsam an ihrer Choreografie. Smilla fühlte sich leicht und frei, als ob alle Sorgen von ihr abgefallen wären. Die Gemeinschaft hier war besonders; man unterstützte sich und hatte Spaß zusammen.

Nach dem Training ging Smilla mit Káre und Siri in die Sauna. Dort trafen sie zwei der Künstlerinnen, die heute ihren letzten Tag im Eishotel wohnten. Sie erzählten begeistert vom vergangenen Abend, den sie alle gemeinsam in einem Lávvu, dem typischen Zelt der Sámi, verbracht hatten. Das Essen sei fantastisch gewesen und die Erzählungen über die samische Kultur sehr beeindruckend.

Smilla hörte aufmerksam zu, und Siri sagte ihr, dass Julia ebenfalls solche Abende im Lávvu veranstaltete. Káre erzählte, dass ihre Großeltern die meiste Zeit des Jahres mit den Renen unterwegs gewesen waren. »Wir haben noch ein paar Tiere in der Herde unserer Familie. Aber im Grunde kann man kaum noch von der Arbeit als Rentierhirte leben. Die allermeisten machen es nur noch nebenberuflich.«

Siri stimmte ihr zu. »Wie Julia und Gustav. Er verbringt zwar die meiste Zeit draußen bei der Herde, aber Julia schuftet wahnsinnig hart, um den Hof zu erhalten.«

Káre nickte nur und schloss die Augen. »Ich hoffe, sie kommt heute Abend zum Fest. Ein bisschen Spaß hat sie sich wirklich verdient.«

Die Hitze war wohltuend und ließ die Anstrengungen des Trainings dahinschmelzen. Die weiteren Gespräche kreisten um die bevorstehende Party, die die Hotelleitung für alle Künstlerinnen und Helfer ausrichtete. Dabei aßen sie Mini-Wraps aus der Küche des Koka Kafí, die Siri mitgebracht hatte.

»Ich habe vorhin den Hund wiedergesehen, der neulich auf der Terrasse vor dem Koka saß«, sagte sie. »Er wirkte verwahrlost und hat mein Sandwich in Sekundenschnelle heruntergewürgt. Ich wüsste gern, wer sein Tier bei dieser Kälte draußen herumstreunen lässt.«

»Wie sieht er denn aus?«, fragte Káre.

»Sein Fell ist braun mit schwarzen Sprenkeln. Er ist etwa so groß wie ein Cocker Spaniel, hat aber viel kleinere Ohren, die so niedlich abgeknickt sind.«

»Warum fragst du nicht …«, setzte Siri an, als die Tür aufging und zwei weitere Frauen hereinkamen. »Allmählich wird es eng. Ich gehe raus. Kommt ihr mit?«

Gemeinsam stürzten sie sich in den Schnee. Smilla quietschte, die Kälte war wie ein Schock für ihr gesamtes System, aber sie fühlte sich lebendig und glücklich. »Das war großartig«, sagte sie, als sie sich nach einer kurzen Ruhepause anzogen. »Wisst ihr, was schade ist? Für das Fest habe ich nichts Passendes zum Anziehen.«

»Dir haben doch die Kleider aus Jokkmokk neulich so gut gefallen. Ich könnte dir eins von meinen leihen. Es ist mir zu eng geworden«, sagte Kare mit einem bewundernden Blick auf Smillas Figur. »Dir müsste es eigentlich perfekt passen.«

»Wirklich? Das wäre fantastisch!«

»Ich nehme dich mit in den Laden. Wir probieren es an und schauen, ob es dir passt.«

»Sehr gern!«

Sie fuhren zusammen zu Káres Geschäft. Während die Schneiderin rüber in ihre Wohnung ging, um das Kleid zu holen, betrachtete Smilla erneut die Armbänder und den Silberschmuck.

»Das ist es«, sagte Káre, als sie mit dem Kleid zurückkehrte. »Was sagst du?«

»Es ist wunderschön!« Smilla war begeistert von dem dezenten Blumenmuster auf schwarzgrundigem Stoff. Schnell zog sie es an und drehte sich vor dem Spiegel. An den Schultern saß es wie angegossen, die langen schmalen Ärmel passten prima, und der glockige Rock schwang bei jeder Bewegung mit. Káre begutachtete sie kritisch. »Hier ist es ein bisschen weit.« Sie zupfte an der Taille. »Eigentlich trägt man diese Kleider knielang, aber du bist doch ein ganzes Stück größer als ich«, sagte sie und stellte sich neben sie vor den Spiegel. »Wenn du es haben möchtest, nähe ich es dir enger.« Sie griff nach einem Nadelkissen und begann, die Nähte abzustecken. »Das ist schnell gemacht, nur an der Länge kann ich nichts ändern.«

»Das macht nichts«, sagte Smilla strahlend. »Ich würde es auch ohne die Änderungen anziehen, wenn du es mir leihst. Ich finde es unheimlich schön.«

»Natürlich muss das geändert werden. Ich bin schließlich Schneiderin und habe einen Ruf zu verlieren.« Káre zwinkerte ihr zu. »Nein, im Ernst. Das ist schnell gemacht.«

»Passende Schuhe kann ich dir leihen«, sagte Siri, die inzwischen zu ihnen gestoßen war. Sie hatten sich neulich über Schuhtrends unterhalten und dabei festgestellt, dass sie die gleiche Größe hatten. »Ich bringe sie dir mit, wenn ich nachher zurückfahre.«

Glücklich umarmte sie die beiden. »Ihr seid wunderbar. Danke schön.«

Siri blieb bei Káre, um ihr die Haare nachzufärben, und Smilla machte sich auf den Heimweg. Als sie um die Hausecke ihres Chalets bog, wäre sie beinahe mit Finn zusammengestoßen. »Hej, was für eine Überraschung. Komm doch rein«, sagte sie und öffnete die Tür.

Er trat ein, machte aber keine Anstalten, seine schweren Winterstiefel auszuziehen. Smilla zog sich selbst dicke Socken über die Füße und bot ihm etwas zu trinken an.

Er lehnte ab. »Ich muss gleich weiter«, sagte er. »Ich wollte dich fragen, ob du mich begleiten …« Verlegen räusperte er sich. »Oder vielmehr, ob ich dich … O Mann! Ist das schwierig.« Er fuhr sich mit einer Hand durch das dichte, dunkle Haar. »Wollen wir gemeinsam zum Fest gehen?«

Smilla blinzelte überrascht und spürte, wie sich ihre Wangen erwärmten. Die Frage war süß und herrlich altmodisch. Sie hatte keine Worte für die Freude, die sie in diesem Moment empfand.

Finns erwartungsvolles Lächeln erstarb. »Oder bin ich schon zu spät? Ich bin zu spät«, sagte er resigniert.

»Nein!«, rief Smilla und fiel ihm spontan um den Hals, und er erwiderte ihre Umarmung.

Für einen kurzen Augenblick vergaßen sie die Welt um sich herum, bis sich Finn behutsam von ihr löste. »Ich muss wirklich los, aber ich hole dich nachher ab. Ist acht Uhr okay?«

Jederzeit, dachte sie mit einem seligen Lächeln und sagte: »Acht ist perfekt. Ich freue mich.«

»Ich auch, Smilla.« Seine Stimme klang dunkel und verheißungsvoll, aber er wandte sich zum Gehen.

Beseelt schloss sie die Tür hinter ihm und lehnte sich dagegen. Wie verlegen er gewesen war! Sie lächelte immer noch, als sie eine halbe Stunde später die Pizza aus dem Ofen nahm und sich an den Küchentisch setzte. Sie hatte ein Date! Das war doch eins? Anschließend wusch sie sich die Haare. Siri hatte angeboten, ihr die Spitzen zu schneiden, und das war dringend nötig.

Als Siri nachmittags kam, brachte sie das geänderte Kleid und die versprochenen Schuhe mit und nahm sofort ihre Arbeit als Stylistin auf, wie sie es nannte und dabei mit den Fingern Anführungszeichen in die Luft malte.

»Kåre sagt, du sollst das Kleid gleich noch mal anprobieren, um sicher zu sein, dass es jetzt passt. Aber das wird es. Sie ist wirklich eine hervorragende Schneiderin.«

Sie zog sich aus und streifte das Kleid über. Siri half ihr, den Reißverschluss zu schließen. »Wow! Es steht dir ausgezeichnet. Aber bei deiner Figur könntest du auch einen Kartoffelsack tragen und gut darin aussehen«, sagte Siri.

Es passte wie angegossen und betonte ihre Kurven, ohne dabei vordergründig sexy zu wirken. »Ich kann nicht glauben, wie gut das aussieht.« Sie sollte doch öfter Kleider tragen. Das hatte sie sich in den letzten Jahren abgewöhnt und hätte nicht mehr sagen können, warum.

»Und jetzt zu deinen Haaren«, sagte Siri und betrachtete Smillas lange, glänzende Haare bewundernd. »Trägst du sie eigentlich manchmal offen?«

»Nie«, sagte sie sofort. »Das ist mir zu unpraktisch.« Sie hatte sogar darüber nachgedacht, die Haare abzuschneiden. Vielleicht für einen guten Zweck zu spenden. Als sie das sagte, lächelte Siri. »Das kann man machen, aber im Augenblick hat es den *guten Zweck*, einen gewissen Finn Jokinen anzulocken.«

Sie musste lachen. »Er war hier.«

»Finn? Wirklich? Was wollte er?«

Sie erzählte, dass er gekommen war, um sie zu bitten, ihn zum Fest zu begleiten.

»O mein Gott! Ist das romantisch. Ich sage es ja, Anna irrt sich nie. Außer bei mir«, fügte sie ernüchtert hinzu.

»Ach, Unsinn. Das wird schon noch. Carl muss einfach nur seine Ängste überwinden.«

»Ängste?« Siri bekam große Augen. »So habe ich das noch nicht gesehen. Du hast recht, ich werde ihn therapieren.« Sie kicherten gemeinsam. Als Siri wieder zu Luft kam, sagte sie: »Wenn du sie nicht offen tragen möchtest, dann habe ich eine Idee.« Sie machte sich an die Arbeit, schnitt zuerst die Haarspitzen, rieb anschließend irgendetwas Wohlriechendes hinein und kreierte zum Schluss eine Hochsteckfrisur mit eingeflochtenen Bändern in den Farben des Kleides. Die hatte nichts mehr gemein mit dem unordentlichen Knoten, den Smilla sonst trug, und umrahmte weich ihr Gesicht.

Smilla betrachtete das Ergebnis im Spiegel und war begeistert. »Es ist wunderschön, Siri. Vielen Dank!«

»Ich bin noch nicht ganz fertig. Das Make-up überlasse ich dir, aber die Nägel können auf keinen Fall so bleiben.«

»Handwerkerinnenhände.« Sie zuckte mit den Schultern. »Sie haben ein bisschen gelitten, du hast recht. Und dazu die Kälte.«

»Das bekommen wir hin. Wofür habe ich sonst mein mobiles Nagelstudio mitgebracht?« Siri griff nach dem Koffer und nahm eine Menge Utensilien raus, mit denen sie in der folgenden halben Stunde Wunder vollbrachte. »Ich habe noch etwas für dich.« Sie öffnete eine kleine Schachtel, in der lange silberne

Ohrringe lagen, ähnlich denen, die Smilla in Kåres Laden bewundert hatte.

»Wenn du magst, leihe ich sie dir. Sie passen zum Kleid und zu deiner Frisur.«

»Himmel, sind die schön. Aber die sind doch viel zu wertvoll, wenn ich einen verliere …«

»Ach, das ist nur Modeschmuck. Ich fand sie nur damals so süß, weil sie dem original Sámischmuck erstaunlich ähneln. Ich trage später ähnliche, die habe ich von meiner Mutter geerbt.«

Smilla konnte nicht widerstehen, als sie sah, wie gut ihr die Ohrringe standen, und bedankte sich mit einer herzlichen Umarmung.

Als Siri gegangen war, legte sie ein leichtes Make-up auf. Fast hätte sie ihr Schminktäschchen nicht eingesteckt, jetzt war sie froh, es getan zu haben. Besonders der kussfeste Lippenstift würde heute eine wichtige Rolle spielen, wenn es nach ihr ging. In letzter Zeit hatte sie keine Gelegenheit gehabt, auszuprobieren, ob er so gut war, wie ihre Freundinnen behaupteten, aber sie hoffte, es heute herauszufinden. Smilla lächelte ihr Spiegelbild an und sagte eindringlich: »Ich bin schön und begehrenswert!« Danach streckte sie sich die Zunge heraus und lachte. Sie hatte sich schon lange nicht mehr so auf eine Party gefreut wie heute.

Um Punkt acht Uhr klopfte es. Smilla hatte Finn bereits erwartet, sie warf schnell den Mantel über und trat hinaus, das Herz klopfend vor Aufregung.

Seine Augen weiteten sich, als er sie sah. »Du siehst unglaublich aus«, sagte er leise.

»Danke«, antwortete Smilla und dachte, dass das Beste ja

noch unter ihrem langen Steppmantel verborgen war. Sie griff nach dem Beutel mit Siris Schuhen und schloss die Haustür ab.

Es schneite gerade nicht, und das war gut, denn die Frisur hätte unter einer Mütze nicht überlebt. Ihre Schritte knarrten, als sie Seite an Seite den kürzlich geräumten Weg zum Koka Kafé gingen. Der Schnee lag inzwischen kniehoch und reflektierte das warme Licht der Fackeln, die vor dem Eingang brannten.

»Das sieht zauberhaft aus, richtig romantisch.«

»Es ist eine Tradition, Gäste damit willkommen zu heißen«, sagte Finn, sah dabei aber sie an. »Komm, lass uns hineingehen. Es fängt schon wieder zu schneien an.«

Eine dicke Flocke landete auf ihrer Nasenspitze, und sie musste lachen, weil es kitzelte. »Ja, sonst ist der Lack ab, bevor das Fest beginnt.«

Er fiel ein und öffnete ihr die Tür. »Das wollen wir auf keinen Fall riskieren.« Seine dunkle Stimme weckte in ihr eine Seite, die sie schon lange nicht mehr gespürt hatte.

15. KAPITEL

Finn

Als Smilla ihm die Tür geöffnet hatte, trug sie bereits ihren Mantel. Kurz fragte er sich, ob er zu spät wäre, aber dann fragte er sich etwas ganz anderes. Wie hatte es ihm entgehen können, dass sie nicht nur hübsch, sondern eine echte Schönheit war? Irgendwas an ihrer Frisur sah anders aus, und diese vollen Lippen luden dazu ein, geküsst zu werden. Aber zum einen war das hier ihr erstes Date, und zum anderen hätte er womöglich nicht mehr aufhören können, wenn er erst mal mit dem Küssen begann. Wie sie wohl küsste? Als er sie neulich im Foyer des 69 °N im Arm gehalten hatte, war er versucht gewesen, es herauszufinden, aber dieser trottelige Ville hatte ihm die Tour vermasselt. Heute würde er sich nur von einem Menschen auf diesem Planeten davon abhalten lassen, die verpasste Gelegenheit nachzuholen, und das war Smilla selbst. Aber nicht jetzt. Eine Frau, die sich für eine Party hübsch machte, würde es nicht schätzen, wenn ein Kerl wie er ihr schon vorher die Frisur verwüstete. Was hatte sie nur angestellt, dass sie plötzlich so zerbrechlich und geradezu elfenhaft aussah?

Er räusperte sich und brachte doch nur ein kaum hörbares »Du siehst unglaublich aus!« heraus. Er hatte auch schon raffiniertere Komplimente gemacht. Der Abend hatte gerade erst begonnen, aber das Lächeln, das sie ihm für diese einfallslose Bemerkung schenkte, war verheißungsvoll.

Im Koka angekommen, half er Smilla aus dem langen Steppmantel, und ihn erwartete die zweite Überraschung. Er konnte sich nicht erinnern, sie bisher in einem Kleid gesehen zu haben, und das war eine verdammte Schande. Dieses schien wie für sie gemacht zu sein. Es erinnerte an die Sámi-Tracht, auch wenn es modern war, und die silbernen Ohrringe unterstrichen diesen Eindruck. Als sie sich bückte, um die mitgebrachten Schuhe anzuziehen, hatte er das spontane Bedürfnis, sie vor allen Blicken abzuschirmen. Erleichtert, dass der Augenblick schnell vorüber war, gab er ihre Schuhbeutel mit den Mänteln ab, steckte die Garderobenmarke ein und begleitete sie ins stimmungsvoll geschmückte Koka Kafé. Die Adventszeit war nicht mehr weit, Lichterketten erleuchteten diesen Raum und die Kantine, ein fröhliches Stimmengewirr und Musik erfüllten die Luft.

Die Künstlerinnen und Künstler, die Mitarbeiter des Resorts und Einheimische, die beim Bau des temporären Eishotels mitarbeiteten, waren gekommen, um gemeinsam zu feiern. Finn spürte einen Anflug von Stolz, als er Smillas Hand nahm. Es sollte jeder sehen, dass er mit ihr hier war.

Die Schneiderin aus Alitjávri winkte ihnen zu, und Smilla sagte, sie hätte einen Tisch für sie freigehalten. Das war ein Glück, denn alle Stehtische in der Bar waren bereits besetzt, und er war hungrig, nachdem er den ganzen Tag unterwegs gewesen war, um auf irgendwelchen Höfen Tiere zu verarzten.

Bei diesem Wetter kamen die Vets aus Kiruna so gut wie nicht mehr in ihre Gegend.

»Carl ist sicher auch gleich da, und Siri habe ich vorhin schon irgendwo herumwuseln sehen.«

»Ich dachte, sie müsste nicht arbeiten?«, fragte Smilla.

»Offiziell nicht. Aber so ist sie eben.« Káre winkte jemandem zu, und als sich Finn umsah, kam Carl zu ihnen an den Tisch. Er begrüßte alle. Nur ihm warf er einen ziemlich kühlen Blick zu. Finn hob eine Augenbraue und sah ihn herausfordernd an. Carl blickte beiseite und bekam einen Hustenanfall, während Smilla und Káre zu kichern begannen. Schnell wurde ihm klar, was oder besser wer seinen Freund aus dem Takt gebracht hatte. Siri. Er hätte Mihkkus kleine Schwester beinahe nicht wiedererkannt. Zu glänzenden Lackleggings und schwindelerregend hohen Absätzen trug sie einen silberfarbenen Pulli. Er war lang genug, um nur erahnen zu lassen, wo ihre endlosen Beine endeten, und wirkte auf den ersten Blick weich und kuschelig. Oben jedoch war er so weit ausgeschnitten, dass er ihr über eine Schulter hinabrutschte und neben viel Haut und einem Tattoo den breiten Träger eines schwarzen Hemds oder Bustiers zeigte. Das allein hätte den Beschützerinstinkt ihres Bruders schon bis zum Anschlag getrieben, aber dass sie ihre gestern noch langen Haare heute fransig kurz und blutrot gefärbt trug, setzte der ungeheuer provokanten Erscheinung die Krone auf.

Siri kam an den Tisch und begrüßte sie mit Namen, nur Carl bedachte sie lediglich mit einem kurzen Kopfnicken. »Ich sitze dort drüben«, sagte sie zu Káre und zeigte in den Raum der Kantine, von wo einige Leute neugierig herübersahen. Ein

Mann winkte sie zu sich, und als Finn genauer hinsah, erkannte er Brady. Siri warf dem kanadischen Künstler eine Kusshand zu, lehnte sich zu Smilla herüber und sagte etwas, das wie *Halali* klang.

Smilla lachte und murmelte auf Deutsch *Waidmanns Heil*, als Siri mit einem bemerkenswerten Hüftschwung an Bradys Tisch zurückkehrte, als täte sie den ganzen Tag nichts anderes, als über Laufstege zu schweben. Ein Blick in Carls Gesicht genügte, um zu sehen, dass er aufgewühlt war. Wenn sein Freund allerdings vorhatte, Smilla weiter so grimmig anzustarren, als wäre sie für Siris Provokation verantwortlich, dann würde *er* ein Problem bekommen.

»Ich werde mal sehen, was das Büffet zu bieten hat«, sagte er zu Smilla.

»Ich komme mit. Wahrscheinlich kenne ich nicht mal die Hälfte der Gerichte, die angeboten werden.«

Das Büfett war reichhaltig, und erfreut stellte er fest, dass Smilla nicht zu den Frauen gehörte, die sich den ganzen Abend mit dem Sezieren von Rohkost beschäftigten.

Als sie an den Tisch zurückgingen, war Carl verschwunden, während Kåre wenig später mit zwei gut gefüllten Tellern zurückkehrte. Ihr Mann redete nicht viel, aber er hatte einen ordentlichen Appetit.

»Es schmeckt alles so köstlich, ich wünschte, ich könnte noch mehr essen.«

»Wollen wir uns ein wenig umsehen, möchtest du etwas trinken?«, fragte er, und Smilla zeigte auf eine zweite Bar.

»Ich glaube, es ist Zeit für einen Cocktail. Was meinst du?« Sie hakte sich bei ihm unter.

»Prima Idee.« Die unerwartete Nähe brachte ihn etwas aus dem Konzept.

So kann es weitergehen, dachte er erfreut und genoss die Blicke, als sie langsam hinüberschlenderten. In Alitjávri gab es selten eine Gelegenheit, Sachen zu tragen, die früher für ihn selbstverständlich gewesen waren. Weil Mode ihn nicht besonders interessierte, hatte er damals meist in einem Laden eingekauft, in dem man seinen Geschmack kannte und ihn gut beriet. Finn trug gern eher sportliche Kleidung, aber in gedeckten Farben. Heute Abend hatte er sich für eine dunkle Hose mit schwarzem Hemd entschieden, dazu eine anthrazitfarbene Weste mit Einstecktuch. Den Look rundeten der schlichte Gürtel und ein paar handgenähte Schuhe ab. Einen solchen Luxus würde er sich in Zukunft nicht mehr so häufig wie in den zurückliegenden Jahren leisten. Das Haus hatte ihn einiges gekostet, und sein immer noch komfortables finanzielles Polster, das er sich erarbeitet hatte, war gewinnbringend angelegt. Aber gute Materialien hatten eine lange Lebensdauer, und in Jeans und Hoodie fühlte er sich ohnehin ebenso wohl. Finn hielt sich nicht für einen eitlen Menschen, aber er war doch einigermaßen zufrieden mit seinem Aussehen und tat einiges dafür, fit zu bleiben. Dazu gehörte auch, dass er meistens auf Alkoholisches verzichtete, aber heute war ein besonderer Tag, und so bestellte er sich einen Cocktail. Smilla wünschte sich einen Snowstorm Punch. »Passend zum Wetter«, sagte sie und wies zu den Fenstern, vor denen die Schneeflocken tanzten.

Interessiert sah Finn zu, wie der Barkeeper einen Haselnusslikör mit Rum, Kokosmilch, Zucker und Limettensaft mischte und anschließend in ein mittelhohes Glas auf Eis abseihte.

Danach bereitete er den Sápmi Coffee Martini zu. Smilla ließ ihn von ihrem Drink kosten, und das war so freundschaftlich, aber auch eine Spur intim, dass man denken konnte, sie würden sich schon ewig kennen.

»Was ist denn das ›Sápmi‹ daran?«, fragte sie und nahm einen kleinen Schluck aus seiner Martinischale.

»Der Käse«, sagte er und konnte ihr gerade noch das Glas aus der Hand nehmen, bevor sie einen Hustenanfall bekam.

»Das ist nicht dein Ernst! Meinst du nicht, ihr übertreibt es ein bisschen mit diesem Kaffee-Käse-Kult?« Ihre Stimme klang erstickt, und er musste lachen.

»Der Drink heißt nur hier im Koka so. Du wirst es vielleicht nicht glauben, aber ich habe ihn zuerst in einer Bar in Bilbao getrunken.«

»Er wurde in Portland erfunden«, mischte sich der Barkeeper ein. »Ich habe das Rezept mit dem Parmesankäse online entdeckt und gehofft, dass es der Renner drüben in der Eisbar wird.«

»Hat es funktioniert? Wenn man nicht weiß, was drin ist, schmeckt es erstaunlich gut.« Smilla tupfte sich mit der Serviette die Lippen trocken, und Finn war einen winzigen Augenblick abgelenkt.

»Das ist das Problem. Die meisten Leute sind nicht so mutig wie dein Freund.« Er grinste und wandte sich einer neuen Kundin zu.

Dein Freund. Der Gedanke gefiel ihm, und Smilla hatte nicht widersprochen. Sie erkundigte sich nach seinem Aufenthalt in Bilbao, und er erzählte ihr, dass er das dortige Guggenheim-Museum besucht hätte. Sie unterhielten sich eine Weile über

Kunst und attraktive Urlaubsorte, wobei sich herausstellte, dass sie beide noch vor einigen Jahren die Wochenenden gern in wechselnden europäischen Städten verbracht hatten, das Fliegen inzwischen aber lieber vermieden.

»Ich bin froh, schon einiges gesehen zu haben.« Smilla stockte kurz, bevor sie sagte: »Mir scheint, Carl hat ein Problem.« Sie wies dezent in die Richtung einer Säule, an die gelehnt sein Freund missmutig auf die Feiernden blickte.

»Was immer ihr ausgeheckt habt, es macht ihm zu schaffen«, stimmte er zu.

»Was meinst du?« Sie sah ihn einen Augenblick lang mit gerunzelter Stirn an, um dann in schallendes Gelächter auszubrechen, das einige Umstehende dazu veranlasste, sich nach ihnen umzusehen.

Er musste grinsen. »Nun, ich hatte an die rätselhafte Metamorphose gedacht, die Siri offensichtlich während der letzten vierundzwanzig Stunden durchlaufen hat. Wenn ich mich recht erinnere, sah sie gestern noch ganz anders aus.«

»Eigentlich nicht. Nur die Frisur ist neu. Nun ja, der Look … Aber die Sachen hat sie während ihrer Ausbildung in Stockholm gekauft. So groß kann die Veränderung doch nicht sein.« Sie knuffte ihn in die Seite. »Außer für deinen Freund natürlich. Der hält sie immer noch für ein kleines Mädchen.«

Aha, daher wehte der Wind. »Und sie will ihm zeigen, dass er sich irrt?«

»Natürlich irrt er sich. Sie ist seit zehn Jahren in ihn verliebt, und erzähl mir nicht, dass er nicht auch etwas für sie übrig hat!«

Finn seufzte. »Doch, das hat er. Aber ihr Bruder hat irgendwann gedroht, ihm die Freundschaft aufzukündigen, wenn er nicht die Finger von ihr lässt. Ich war nicht dabei, aber sie sollen sich so heftig geprügelt haben, dass beide ins Krankenhaus mussten.«

»Ihr spinnt ja!«

»Hej«, sagte er mit gespielter Empörung. »Ich war nicht beteiligt!«

Brady gesellte sich zu ihnen, in der Hand hielt er lässig ein Whisky-Glas. »Sie ist der Hammer, oder? Ist der Typ da an der Säule ihr Freund?«

»Ja«, brummte Finn, während Smilla im gleichen Moment Nein sagte.

»Na, dann werde ich sie am besten selbst fragen.« Brady wandte sich ab und durchquerte den Raum mit dem wiegenden Gang eines Cowboys, der sein Ziel genau vor Augen hatte.

»Mein Lieblingslied! Komm, wir tanzen.« Smilla nahm ihm das Glas aus der Hand und zerrte ihn auf die Tanzfläche.

Er hätte lieber am Rand gestanden und zugesehen, wie sie sich zur Musik bewegte und der weit schwingende Rock mehr von ihren Beinen zeigte, als sie möglicherweise ahnte. Aber nun gab es kein Zurück. Was blieb ihm anderes übrig, als in ihrer Nähe zu bleiben, wenn er nicht wollte, dass sie einem Glücksritter wie diesem Brady in die Hände fiel?

Das Tanzen machte ihm überraschend großen Spaß. Er seufzte innerlich. Schon viel zu lange hatte er Partys wie diese und andere Feste gemieden.

Irgendwann hatte er aber genug, und er beugte sich vor, um zu fragen, ob sie etwas trinken wollte. Sie bat um einen Gin Tonic, und weil die Musik laut war, bedeutete er ihr, dass er sie an der Bar treffen würde. Sie nickte und tanzte weiter, wobei sie versuchte, sich mit zwei Frauen zu unterhalten, die er als Eiskünstlerinnen wiedererkannte.

Er machte einen Abstecher in die Waschräume, und als er aus der Herrentoilette kam, wartete Gunilla auf ihn.

»Hej, Tiger«, sagte sie, schmiegte sich an ihn und raunte ihm zu, dass sie ihn vermisst hätte. »Ich hätte Bock auf einen Quickie, was sagst du?« Ihre Hand glitt über seinen Bauch hinab.

Finn stöhnte innerlich auf. Gunilla arbeitete im Sekretariat des Hotels. Sie waren beide Singles und hatten im Sommer ein paar Mal Sex miteinander gehabt. *Fuckbuddies* nannte sie ihr Verhältnis, und das traf es genau. Er blieb nie über Nacht. Sie hatten eine klare Absprache, und es war ihm egal gewesen, dass sie gelegentlich mit anderen Männern durch die Betten rollte.

Wenn er ehrlich war, hatte er nicht mehr an sie gedacht, seit er Smilla kennengelernt hatte. Gunillas direkte Art hatte ihn anfangs angezogen, doch ihr Hang zum Ordinären verlor über die Zeit seinen Reiz. Nachdem sie im Herbst mit Carl geschlafen hatte, ging er ihr aus dem Weg. Er teilte Bettgefährtinnen nicht mit seinen Freunden. Ausdrücklich beendet hatte er das komfortable Arrangement allerdings nicht. Jetzt kam sie ihm aber höchst ungelegen, und er schob sie von sich. »Lass das bitte.«

»Ach, ist es wegen der kleinen Elektrikerin? Komm schon, was hat *die* dir denn zu bieten?«

Etwas, das du nicht hast, dachte er und kam sich schäbig vor, als er sagte: »Gunilla, lass es gut sein. Wir hatten Spaß. *Keine Verpflichtungen, keine Versprechen.* Deine Worte. Damit ist es jetzt vorbei.«

Sie funkelte ihn wütend an und stemmte die Hände in die Taille. »Da habe ich ja wohl auch noch ein Wörtchen mitzureden.«

Zwei Männer drängten sich feixend an ihnen vorbei, er wollte lieber nicht wissen, wie viel sie von dem Streit mitgehört hatten.

»Bitte mach hier keine Szene. Wir hatten unsere Abmachungen. Dir dürfte nicht entgangen sein, dass wir uns seit drei Monaten nicht mehr getroffen haben. Ich dachte, es sei klar, was das bedeutet. Aber wenn du willst, sage ich es dir noch einmal zum Mitschreiben: Wir werden uns nicht mehr sehen, hast du das verstanden?«

»Das wird dir leidtun. Wenn die Schlampe abgereist ist …«

»Vorsicht!«, sagte er scharf.

Sie zuckte zurück und verzog das Gesicht, als wollte sie weinen.

»Gunilla, versteh doch …«, versuchte er es sanfter. Hätte er geahnt, dass sie Gefühle für ihn hatte, hätte er sich nie mit ihr eingelassen.

Sie gab ihm einen Stoß und fauchte: »Du bist ein Schwein, Finn Jokinen!«

»Ja, das bin ich dann wohl«, sagte er resigniert und wandte sich ab.

Als er die Bar erreichte, war Smilla schon dort und sah ihn fragend an. Einen schrecklichen Augenblick lang fragte er sich: Hatte sie etwas von dem Streit mitbekommen?

16. KAPITEL

Smilla

Als die Musik ruhiger wurde und sich andere zu Paaren zusammenfanden, verließ Smilla die Tanzfläche. Ihr war warm geworden, und durstig steuerte sie auf die Cocktailbar zu, an der sie mit Finn verabredet war. Dort angekommen, konnte sie ihn jedoch nirgends entdecken, stieß aber stattdessen auf Siri.

»Smilla, komm hierher«, rief sie und winkte ihr zu.

»Hej, wie läuft die Party für dich?«, fragte Smilla und lehnte sich gegen den Tresen.

»Großartig! Carl hasst mich. Nicht zwingend das Gefühl, das ich hervorrufen wollte, aber immerhin überhaupt eins«, sagte die Freundin sarkastisch, leerte ihr Glas und winkte den Mann hinter der Bar heran. »Was willst du trinken?«

»Gin Tonic und für Finn einen – Rentierkaffee?« Angestrengt überlegte sie, wie dessen Drink geheißen hatte.

»Das war ein Sápmi Coffee Martini, aber normalerweise trinkt er lieber einen Moscow Mule«, sagte der Barkeeper, der ihren letzten Satz gehört haben musste.

»Wow, hast du aber ein gutes Gedächtnis!«

»Das gehört zum Job. Im Laufe des Abends vergessen manche Gäste, was sie bestellt haben. Bei einem so heißen Mann wie deinem würde ich das sowieso nicht vergessen.«

Smilla grinste. »Die Betonung liegt auf *meinem*. Nur gucken …!«

Feixend legte er sich die Hand aufs Herz. »Bei meiner Ehre!«

Siri lachte. »Edi ist glücklich verheiratet und treu. Habe ich recht?«

»Bei dir könnte ich heute glatt schwach werden, Princess«, sagte Edi, während er ein Highball-Glas mit Eis füllte, Tonic Water hineingoss und einen gehörigen Schuss Gin dazugab. Anschließend mixte er gekonnt Finns Drink, garnierte ihn mit Gurke und frischer Minze und schob ihr beide Cocktails zu.

»Kann ich noch ein Glas Wasser haben?«

»Nicht nur schön, sondern auch klug«, sagte Edi und stellte eine Wasserflasche dazu. Smilla zahlte. »Die Stimmung ist fantastisch, und ich glaube, jeder genießt es in vollen Zügen.«

»Diese Eiskünstler wissen, wie man feiert.« Siri hatte ins Englische gewechselt und stupste Brady an, der neben ihr aufgetaucht war. »Ihr könnt echt feiern!«

»Was glaubst du, weshalb wir diesen Job machen?«, fragte er amüsiert und küsste ihre Schulter.

Siris Augen wurden schmal. »Mir ist heiß.« Sie zog sich ihren Pullover über den Kopf. Darunter trug sie ein eng anliegendes schwarzes Ripp-Top, das zwei Finger breit über dem Hosenbund endete und keinen Zweifel daran ließ, dass sie es sich leisten konnte, auf einen BH zu verzichten.

»Du willst es aber wirklich wissen«, sagte Smilla beeindruckt und trank einen großen Schluck. Sie war sich nicht sicher, ob Siris Strategie aufgehen würde. Bisher hatte Carl ihr Treiben nur mit finsterer Miene beobachtet, und wenn er nicht bald etwas unternahm, würde sie womöglich mit Brady im Bett landen. Nicht, dass der Kanadier unattraktiv gewesen wäre. Im Gegenteil. Aber mit ihm anzubändeln, konnte ja nicht ihr Plan sein.

Die Rezeptionistin aus der Bungee-Gruppe kam mit einer Freundin hinzu und pfiff bei Siris Anblick durch die Zähne. »Du siehst scharf aus«, sagte sie anerkennend.

Während sie plauderten, entdeckte Smilla Finn auf der anderen Seite des Saals. Er sprach mit jemandem, der von dicht gedrängt stehenden Gästen verdeckt wurde, und wirkte verärgert. Im ersten Moment dachte sie, er würde mit Carl streiten. Doch dann trat die andere Person vor. Sie war definitiv weiblich, trug ihre langen dunklen Haare offen und kam ihr bekannt vor. Aus der Bungee-Gruppe war sie nicht, aber sie arbeitete im Igloo Resort, da war sich Smilla sicher.

»Mit wem redet er da?«, sagte sie mehr zu sich selbst, aber Siri hatte sie gehört.

»Wer?«

»Finn. Ich dachte, ich hätte ihn gerade gesehen, wie er mit einer dunkelhaarigen Frau streitet, aber vielleicht habe ich mich auch getäuscht.«

Siri legte eine Hand auf Smillas Arm. »Mach dir keine Sorgen. Dein Liebster hat heute nur Augen für dich.«

»Er ist nicht mein …«

»Na dann eben dein Mann. Findest du nicht auch, dass wir aus dem Alter raus sind, von *Boyfriend* zu sprechen?«

»Auch so weit würde ich nicht gehen.« Smilla musste lachen. »Aber ich habe definitiv Interesse, wenn du das wissen willst.«

In diesem Moment trat Finn neben sie, legte ihr einen Arm um die Taille und zog sie zu sich heran. Smillas Puls drehte durch. *Mein Mann*, dachte sie, hört sich gar nicht so übel an. »Ich habe schon bestellt.« Sie reichte ihm sein Glas. »Noch mal das Gleiche für dich. Das war doch okay?«

»Sicher, danke.« Finn trank einen Schluck und hustete. »Der Barkeeper war aber großzügig mit dem Wodka.«

Siri kicherte erneut, leerte ihr Glas und drehte sich in Bradys Armen, um ihn zu küssen.

Sie spürte, wie Finn erstarrte. »Komm, lass uns woanders hingehen«, raunte er ihr zu. Sie nahmen ihre Gläser und suchten sich einen freien Tisch nahe der Tanzfläche. »Es geht mich nichts an, was sie tut. Aber Carl ist mein Freund«, versuchte er, den hastigen Rückzug zu erklären.

»Keine Sorge, ich verstehe dich. Eigentlich mag ich Carl, aber er ist ein Idiot, sie mit seinem Verhalten in die Arme eines anderen zu treiben. Und ehrlich? Brady hat es auch nicht verdient, dafür benutzt zu werden.«

Finn legte den Kopf schräg. »Ich glaube nicht, dass er es so sehen würde. Siri ist eine attraktive Frau und wenn die beiden zusammen Spaß haben wollen, warum nicht? Nur ist er bald wieder weg, und sie bleibt hier. Mit oder ohne Carl.«

Spaß war das Stichwort, sie nahm seine Hand. »Komm, lass uns tanzen!« Er hatte recht, es ging sie nichts an.

Die Stimmung wurde immer ausgelassener, und die Musik der Band heizte den Gästen ordentlich ein. Smilla zog ihn auf die Tanzfläche, und es dauerte nicht lange, bis sie mit dem Rhythmus der Musik verschmolzen. Sie fühlte sich leicht und frei in ihrem Körper. Dabei war ihr durchaus bewusst, dass er die Augen nicht von ihr abwenden konnte. Es war, als wären sie allein im Raum, trotz der vielen Menschen um sie herum. Ihre Blicke trafen sich immer wieder, und jedes Mal war es, als sprühten die Funken heißer.

Während eines langsamen Lieds zog Finn sie näher zu sich, legte seine Hände sanft auf ihre Taille, und sie schlang ihre Arme um seinen Nacken. Die Welt um sie herum verschwamm, sie schloss die Augen, und für einen Moment schien es, als gäbe es nur sie beide, die Wärme ihrer Körper, den Duft ihrer Haut.

»Ich würde dich gern küssen«, raunte er ihr zu. Smilla sah ihn an und nickte. Als sie seinen Mund auf ihren Lippen spürte, schmiegte sie sich enger an ihn. Der Kuss war zärtlich, tastend, und sie genoss es, wie er um sie warb.

Auf einmal erklang fröhliche Rock 'n' Roll-Musik, und mehrere Paare, darunter Káre und ihr Mann, stürmten die Tanzfläche.

Die Tänzerinnen und Tänzer wirbelten und drehten sich mit einer Energie, die sofort auf das Publikum übersprang. Die Partygäste klatschten im Rhythmus der Musik, Káre lachte, als ihr Mann sie in die Luft warf und wieder auffing. Finn und Smilla sahen begeistert zu, wie die beiden eine eindrucksvolle Einlage zeigten, voller Akrobatik und Lebensfreude. Káres Rock schwang im Takt der Musik, und ihr Mann führte sie mit einer unerwarteten Leichtigkeit.

Nach dem Auftritt erntete die Gruppe begeisterten Applaus, der noch anhielt, als wieder ruhigere Musik gespielt wurde.

Finn drückte Smillas Hand und zog sie zurück auf die Tanzfläche.

Bald darauf erschien Carl wieder. »Ich fahre«, sagte er und warf Finn einen fragenden Blick zu.

»Ich genieße meinen freien Abend.«

»Okay, dann viel Spaß noch.« Carl nickte ihnen zu, sein Lächeln wirkte erschöpft, bevor er sich umdrehte und verschwand.

Smilla erinnerte sich an Siris Plan, ihn mit ihrem gewagten Outfit aus der Fassung zu bringen. Anfangs hatte sie die Idee noch amüsant gefunden, doch nach Finns Erzählungen glaubte sie nicht mehr, dass provokantes Verhalten das Richtige war. Ihre Gedanken wurden von der Ankündigung unterbrochen, dass sie nun eine besondere Performance erwartete.

Sie versammelten sich um eine improvisierte Bühne, auf der ein Eisblock stand, dessen grobe Umrisse nicht erahnen ließen, was daraus werden sollte. Brady, der sich mit Siri zu ihnen gesellt hatte, sagte: »In jedem Stein verbirgt sich eine Skulptur. Unsere Aufgabe ist es, sie zu befreien. Sota ist darin einer der Besten.«

Smilla war sich nicht sicher, ob sich das auch auf gefrorenes Wasser übertragen ließ. Dennoch beobachtete sie fasziniert, wie der japanische Künstler mit präzisen Bewegungen das Eis bearbeitete, und schnell wurde offensichtlich, dass er einen kleinen Greif schuf, dessen wesentlich größeren Bruder sie in einer der neu gestalteten Gästesuiten im 69 °N bewundert hatte. Anders als bei den Skulpteuren in den vergangenen Wochen arbeitete er gegen die Zeit. Hier gab es keine Kühlung, und während er das Kunstwerk formte, begann es bereits zu schmelzen, was dem ganzen Prozess eine eindrucksvolle Dramatik verlieh. Ehrfürchtig beobachtete sie, wie das Eis unter den geschickten Händen des Künstlers Form annahm, während unendlich langsam ein Tropfen nach dem anderen vom Schnabel des Greifs zu Boden fiel. Diese flüchtige Schönheit, die im Moment lebte und gleichzeitig verging, erinnerte sie daran, wie vergänglich das Leben war. Es nicht zu genießen, wenn sich die Gelegenheit bot, schien ihr auf einmal unverzeihlich.

Nach der Performance schlug die Stimmung hohe Wellen. Es wurde gelacht, getrunken und getanzt. Die intensive Zusammenarbeit hatte sie alle eng miteinander verbunden, und die Freude über das gemeinsam Geschaffene war geradezu greifbar. Die meisten Künstlerinnen und Künstler wollten in den folgenden Tagen abreisen, dafür würden andere kommen, um am temporären Eishotel zu arbeiten. Später am Abend, als die Ersten sich verabschiedeten, lagen sich viele in den Armen, einige weinten. Smilla war berührt von diesem Teamgeist und musste selbst schlucken, obwohl sie nur ein kleines Rädchen in dieser Gemeinschaft auf Zeit gewesen war.

»Sieh mal, ist das nicht Carl?« Sie waren zur Cocktailbar zurückgekehrt, und der Barkeeper Edi hatte einen Saft für Finn und Tonic für sie mit wenig Gin gemixt. Der Schnee draußen fiel immer dichter.

Finn winkte Carl heran. »Du wolltest doch nach Hause. Was ist los?«

»Die Straße nach Björkholmen ist dicht. Meinem Schwager ist der Trecker verreckt, und jetzt müssen wir auf den Schneepflug morgen früh warten«, sagte er missmutig.

»Du kannst bei uns schlafen.« Siri tauchte wie aus dem Nichts – und ohne Brady – neben ihnen auf.

Carl sah sie finster an. »Auf keinen Fall.«

Finn verdrehte die Augen und seufzte. Während er ein Gähnen unterdrückte, nahm er seinen Freund beiseite, und was auch immer er zu ihm gesagt haben mochte, danach sah Carl Siri einen Augenblick lang wortlos an und sagte dann: »Auf dem Sofa.«

»Natürlich, wo denn sonst?« Leiser fügte sie hinzu: »Bilde dir bloß nichts ein.«

Die beiden verschwanden. Smilla sah ihnen hinterher, dachte an die verpassten Gelegenheiten in ihrem Leben und fasste sich ein Herz. »Wenn er nicht nach Björkholmen durchkommt, sitzt du auch fest, schätze ich. Du kannst auf meinem Sofa schlafen. Oder vielmehr auf Carls. Das Haus gehört ja ihm.« Sie musste kichern, die Cocktails waren ihr ein bisschen zu Kopf gestiegen. »Es ist also vollkommen in Ordnung, dass ein Mann im Haus seines Freundes übernachtet.«

»Bist du sicher?«

Er sieht müde aus, dachte sie und nahm ihn bei der Hand. »Natürlich. Hätte ich es sonst angeboten?« In der Garderobe wechselten sie die Schuhe, und Finn half ihr in den Mantel. Die Fackeln draußen waren erloschen. Doch zu ihrer Erleichterung war der Weg zurück ins Resort zwar vom Schnee bedeckt, aber beleuchtet. Dicke Flocken fielen dicht wie ein weißer Vorhang, und man konnte nicht weiter als zwanzig Meter sehen. Kein Wunder, dass Carl wieder umgedreht war. Trotz des Schneetreibens fühlte sich die Luft wärmer an als am frühen Abend. Möglicherweise lag es an den Drinks, dass sie die Kälte kaum spürte.

Das Thermometer neben dem Eingang zu ihrem Chalet zeigte minus fünf Grad. Das mochte hier nicht viel sein, aber es würde ausreichen, um zu erfrieren, sollte man da draußen auf einer einsamen Straße mit dem Auto liegenbleiben. Eine Gänsehaut lief ihr über den Rücken, und sie beeilte sich, die Haustür aufzuschließen. Sofort schlug ihr wohlige Wärme entgegen, und sie setzte sich auf die Bank neben der Garderobe, um ihre Stiefel auszuziehen. Das Haus wurde mit einer Fußbodenheizung erwärmt, und das war definitiv ein Vorteil, wenn man der schwedischen Tradition folgte und auf Socken übers Parkett schlitterte. Sie musste kichern, und ihr wurde bewusst, dass sie nicht mehr ganz nüchtern war. Am Küchentresen drehte sie sich nach Finn um, der ihr langsamer folgte. »Möchtest du etwas Warmes trinken?«

»Ein Tee wäre schön«, sagte er und blieb unentschlossen stehen.

»Setz dich bitte. Du weißt doch, ich kann Kaffee kochen und Tee.«

Er gab ihr einen Kuss auf die Wange und ließ sich aufs Sofa fallen, während sie zum Handy griff, um ihre Playlist mit leiser entspannender Musik aufzurufen. In der offenen Küche schaltete sie gleich darauf den Wasserkocher ein, bereitete ein Teetablett vor und eilte anschließend ins Bad.

Während sie ihre Hände wusch, blickte ihr im Spiegel eine Frau entgegen, der anzusehen war, dass sie einen glücklichen Abend verbracht hatte, ein wenig beschwipst war, aber nicht zu sehr, um nicht erwartungsvoll einer aufregenden Nacht entgegenzusehen. Eilig spülte sie ihren Mund aus, sprühte sich einen Hauch ihres Eau de Toilette in den Nacken und verließ das Bad.

Der Wasserkocher brodelte, und sie goss Tee auf. Als sie das Sofa vor den hohen Fenstern erreichte, musste sie lächeln. Finn war eingeschlafen. Behutsam stellte sie das Tablett ab und nahm die Wolldecke vom Sessel, um sie über ihm auszubreiten. Diese Nähe fühlte sich so natürlich an, als wäre es das Selbstverständlichste der Welt. Er seufzte und kuschelte sich tiefer in die Kissen. Im Schlaf sah er jünger aus. Fasziniert betrachtete sie die ungewöhnlich langen Wimpern, die wie kleine Fächer auf der Haut ruhten. Sein Gesicht, das im Schlaf so friedlich wirkte, seine ruhigen Atemzüge – alles an ihm ließ ihr Herz schneller schlagen. Sie wusste, dass dieser Abend ein besonderer war, und sie wollte jeden Augenblick davon in ihrer Erinnerung bewahren. Schließlich wandte sie sich ab, nahm die Teebeutel aus den Tassen und trug ihre eigene hinüber in den Schlafbereich.

Smilla zog sich im Bad aus, schlüpfte unter die warme Decke des für sie allein zu großen Betts und fuhr das Licht herunter, bis der Raum nur noch vom blassen Schein der Laternen weiter unten am Weg erleuchtet wurde.

Sie stupste ihren Teddy an. »Das war ein schöner Abend, Paddington.« Andere mochten es kindisch finden, aber mit ihm zu reden, war zu einer liebgewonnenen Marotte geworden, auf die sie nicht mehr verzichten wollte. Warum auch? Es gab ja niemanden, mit dem sie das Bett teilte – außer eben Paddington. Sie trank einen Schluck Tee, lehnte sich zurück und ließ die Ereignisse des Abends noch einmal Revue passieren. Die Freunde, das Tanzen, die intensiven Gespräche – all das hatte ihr gutgetan. Und Finn, der so überraschend und doch so passend in ihr Leben getreten war, hatte diesen Abend für sie unvergesslich gemacht.

Mit einem glücklichen Lächeln schloss sie die Augen, während draußen der Schnee leise fiel und die Welt in ein winterliches Märchenland verwandelte.

17. KAPITEL

Finn

Ein Klirren weckte ihn, gefolgt von etwas, das wie ein verhaltener Fluch klang. Sein Kopf dröhnte, und in seinem linken Ohr zischte es leise, aber unüberhörbar. Der nächste Gedanke war: *Durst.*

Finn hatte lange keinen Kater mehr gehabt, doch er kannte die Symptome. Das Eisfest im Koka. Smilla! Die Erinnerungen an die vergangene Nacht weckten ein Gefühl tiefer Zufriedenheit in ihm. Hatten sie …? Nein, daran würde er sich erinnern, aber miteinander gelacht hatten sie, sich berührt und getanzt. Finn verzog das Gesicht. Er tanzte nicht. Und doch war das Gefühl, sie im Arm zu halten und zu küssen, sehr lebendig. Was das Küssen betraf, konnte es durchaus auch ein Wunschtraum gewesen sein. Aber ein ausgesprochen realistischer und erregender. Er berührte seine Lippen mit den Fingerspitzen. O ja, sie hatte ihn geküsst – und wie!

Zufriedenheit breitete sich in ihm aus, und er öffnete vorsichtig die Augen. Ja, das war ihr Chalet, und wie vermutet, lag er leider nicht in Smillas Bett, sondern auf ihrem Sofa. Angezogen. Bis auf die Schuhe. Langsam setzte er sich auf.

In seinem Kopf steckte ein Presslufthammer. *Verflixte Cocktails!*

Leises Klappern klang herüber, und der Duft von Kaffee stieg ihm in die Nase. Finn rieb sich die Augen und schob die Wolldecke beiseite, unter der er, alles in allem, nicht schlecht geschlafen hatte. Behutsam drehte er den Kopf und sah zur Küche hinüber. Smilla blickte auf. »Oh, du bist wach! Guten Morgen.«

Himmel, dieses Lächeln würde jeden Tagesbeginn zu einem guten machen, egal, was der Tag sonst noch bringen mochte. *»God morgon …«* Das *Baby*, das ihm auf der Zunge lag, schluckte er hinunter. Sie schien ihm die Sorte Frau zu sein, die solche Koseworte nicht schätzte.

Smilla kam mit einem Wasserglas in der einen Hand und einem Becher in der anderen hinter dem Küchenblock hervor. Sie war barfuß, die Fußbodenheizung machte es möglich, trug Sweatpants und ein kurzes T-Shirt, ihre blonden Haare hatte sie locker hochgebunden.

»Hej«, sagte sie leise und reichte ihm das Glas, in dem es heftig sprudelte. »Hier, nimm das. Es wird dir helfen.«

Finn nahm es dankbar entgegen. »Danke«, murmelte er und trank es in einem Zug leer. Der bittere Geschmack der Tablette mischte sich mit dem kühlen Nass, während er versuchte, seine Gedanken zu ordnen. Smilla setzte sich ihm gegenüber und schenkte ihm ein aufmunterndes Lächeln.

»Wie fühlst du dich?«

»Wie nach dem Zusammenstoß mit einem riesigen Elch.« Seine Stimme klang belegt. Er rieb sich den Nacken und sah sie verlegen an. »Das war möglicherweise ein Drink zu viel. Tut mir leid.«

»Muss es nicht. Ich habe mich ähnlich gefühlt – vor der ersten Tasse Kaffee.« Mit einem verschmitzten Gesichtsausdruck reichte sie ihm einen Becher. »Deine Stimme klingt heute Morgen sehr sexy.«

»Sonst etwa nicht?«, versuchte er zu scherzen.

Sie tat, als müsste sie über die Frage nachdenken. »Eigentlich finde ich alles an dir sexy, was ich bisher gesehen habe«, sagte sie, und ihre eisblauen Augen funkelten vergnügt.

Beinahe hätte er sich am Kaffee verschluckt und war dankbar, dass sie weitersprach. »Ich habe dir Handtücher bereitgelegt. Im Bad steht ein Körbchen mit Duschgel und so weiter. Es ist alles unbenutzt, das war schon hier, als ich eingezogen bin.«

»Danke. Ich denke, eine Dusche wäre nach der Party angebracht. Womöglich hilft mir kaltes Wasser, alle meine Sinne wiederzuerlangen.«

»Viel Glück damit. Ich mache uns derweil Frühstück. Bist du eher der Typ *Kaffee-Croissant* oder *Eier-und-Speck*?«

»Alles?«, fragte er hoffnungsvoll.

Sie lachte. »Ich werde sehen, was ich tun kann.«

Im Bad empfing ihn ein Duft, der sofort seinen Puls in die Höhe trieb, weil er ihn daran erinnerte, wie es sich anfühlte, Smilla im Arm zu halten. Wie würde es erst sein, diesen anbetungswürdigen Körper …? Er riss sich zusammen, zog die von der Nacht auf dem Sofa zerknitterten Sachen aus, drehte das Wasser auf und genoss den heißen Regen der Dusche, bis seine Lebensgeister allmählich zu sich kamen. Für einen winzigen Augenblick war er versucht, ihr Duschgel zu verwenden, aber dann griff er doch nach der *männlichen* Sorte, die erfrischend auf der Haut prickelte und zu seiner Erleichterung neutral roch.

Mit geputzten Zähnen blickte er schließlich in den Spiegel. Die feuchten Haare ringelten sich bis in den Nacken und sahen fast schwarz aus. Sein Gesicht wirkte deutlich weniger müde als vor zehn Minuten, und nach kurzem Zögern verzichtete er auf die Rasur. Jemand hatte mal gesagt, er sähe aus wie ein Pirat, wenn er in diesem Zustand aus dem Wasser stieg, und das war als Kompliment gemeint gewesen. Es gab Schlechteres. Er grinste testweise sein Spiegelbild an, doch das schien zu sagen: *Übertreib es nicht! Heute Morgen siehst du bestenfalls aus wie ein ziemlich angeschlagener Hilfsmatrose.*

Finn zog seine Hose an, griff nach dem Hemd und verzog das Gesicht. *Frisch* war etwas anderes. Auf den Handtüchern hatte ein Hoodie gelegen, er faltete ihn auseinander und stellte fest, dass er groß genug aussah, um ihm passen zu können. Ob er Smillas Bruder gehörte? *Was soll's? Besser als ein verschwitztes Hemd*, dachte er und streifte ihn über. Der Stoff fühlte sich erstaunlich weich an und roch frisch.

Er verließ das Bad, stopfte die schmutzige Wäsche an der Garderobe in seine Jackentasche, und während er zu Smilla ging, nahm er das Bild in sich auf, das sich ihm bot. Sie saß im Schneidersitz auf einem bequem aussehenden Stuhl am Frühstückstisch, die Hände um eine riesengroße Tasse gelegt, und sah ihm entgegen. Der Tisch war gedeckt, eine Kerze brannte. Sie hatte die Jalousien hochgefahren. Es schneite nicht mehr, und die winterliche Landschaft erstreckte sich bis hinunter zum zugefrorenen See. Die Doppelhäuser des Resorts wirkten klein unter der dicken Schneedecke, und obwohl er sicher war, dass die Wege bereits geräumt worden waren und die ersten Gäste nicht mehr fern, wirkte die Hotelanlage noch unberührt, still und friedlich.

Er setzte sich, und Smilla schenkte ihm Kaffee ein. Sie hatte ihn beim Wort genommen und alles aufgefahren, was ihre Vorräte hergaben.

»Ein englisches Frühstück?«, fragte er überrascht.

»Ich dachte, etwas Herzhaftes wäre nicht verkehrt. Mir ist ein wenig flau im Magen. Womöglich waren die Cocktails doch ein bisschen süß.«

»Daran wird es liegen«, stimmte er lachend zu und machte sich über die Eier mit Speck und Bohnen her.

»Finn, darf ich dich etwas fragen?«

Er nickte, und sie fuhr fort: »Bist du – monogam oder …?«

Er war nicht sicher, ob er die Frage richtig verstanden hatte. Aber dann erkannte er die Unsicherheit in ihrem Blick und begriff, worauf sie hinauswollte. »Wenn es etwas Ernstes ist, dann bin ich es.« Er hielt ihren Blick fest, um die Aufrichtigkeit seiner Worte zu betonen.

»Das ist gut zu wissen«, sagte sie und stand auf.

Er griff nach ihrer Hand. »Und du? Wie hältst du es damit?« Es war zu früh für ein solches Gespräch, aber wenn sie es nun schon führten, dann wollte er auch erfahren, wie sie dazu stand.

In diesem Augenblick summte ihr Telefon auf dem Tisch, und das Display zeigte einen Namen: Simon.

Ist das nicht der Typ, der das Ren umgefahren hat?

Smilla runzelte die Stirn, machte aber keine Anstalten, nach dem Handy zu greifen.

»Willst du nicht drangehen?«

Es war ihr anzusehen, dass sie sich unbehaglich fühlte, als sie schließlich doch aufs Display tippte. »Ja?«

»Was machst du da eigentlich, Smilla? Treibst du es mit diesem Rentier-Freak?«, schrie Simon durchs Telefon.

Finn, dessen Großmutter mütterlicherseits Deutsch gesprochen und ihn überredet hatte, Kurse in der Schule zu belegen, konnte die aufgebrachte Stimme hören, auch wenn er nicht alles verstand. Der Mann sprach einen Dialekt, dennoch war es eindeutig, worum es ging.

»Verflucht, wofür haben wir dir die teure Ausbildung bezahlt, wenn du bei der ersten Gelegenheit deinen Job hinschmeißt, um dich irgendeinem Proll an den Hals zu werfen.«

Ihre Stimme klang müde, als hätten sie dieses Gespräch schon mehrfach geführt. »Simon, bitte …« Sie ging ein paar Schritte in den Raum hinein. »Nein, das ist nicht der Grund!«

Finn fühlte, wie die Wut in ihm aufstieg, als er Smillas Schmerz sah. Er wollte etwas sagen, sie verteidigen, aber er wusste, dass es ihre Auseinandersetzung war. Und doch hätte er ihr am liebsten das Telefon aus der Hand genommen und dem Kerl gesagt, er solle sie in Ruhe lassen. Aber was, wenn das ihr Freund war oder, noch schlimmer, ihr Ehemann?

»Ich bin dir überhaupt nichts schuldig!«

Finn beobachtete, wie sich Smillas Gesichtsausdruck veränderte. Tränen schimmerten in ihren Augen, als sie zum Tisch zurückkam und entschieden sagte: »Mir ist die Person wichtig, nicht ihr gesellschaftlicher Status oder der Beruf.« Sie lauschte einen Augenblick, dann fauchte sie aufgebracht: »Erzähl ihnen, was du willst. Ich brauche Zeit, und die nehme ich mir, okay?«

Damit legte sie auf und wischte sich Tränen aus den Augen.

»Jetzt ist es wohl ein bisschen spät, um dir zu gestehen, dass ich etwas Deutsch spreche?«, sagte Finn sanft, stand auf und ging zu ihr.

Smilla schaute auf, überrascht und verlegen zugleich. »Du hast gehört, was er gesagt hat?«

Er nickte und hob die Hand, um sie vom Sprechen abzuhalten. »Ich weiß nicht, wer dieser Simon ist, aber ich weiß, dass ich dauernd an dich denke. Dass ich mich danach sehne, dich in die Arme zu nehmen, dich zu küssen ... So, jetzt ist es raus!«

Für einen Moment sahen sie sich nur an, dann neigte sich Smilla vor. Ihre Lippen trafen sich in einem sanften, aber intensiven Kuss. Es war, als würden all ihre Gefühle darin verschmelzen. Er hielt sie ganz leicht, unsicher, ob er das Richtige tat. Aber als sie sich von ihm löste, war das Gefühl, etwas Kostbares verloren zu haben, nahezu überwältigend.

»Oh!« Smillas Mund war leicht geöffnet, sie fuhr sich mit einer Fingerspitze über die Lippen.

Finn zog sie näher zu sich. Bevor er sie erneut küssen konnte, legte sie die Handfläche auf seine Brust und schob ihn ein Stück von sich. »Um deine Frage zu beantworten: Ich bin für Ehrlichkeit. Vorher. Also nicht wie in: *Schatz, ich habe es mit deiner besten Freundin getan.*« Ihre Stimme klang heiser.

Mit gesenktem Blick nickte er. Sie sollte nicht den Schmerz in seinen Augen sehen. Warum tat es immer noch so weh, hintergangen worden zu sein? Finn atmete langsam aus. »Wer ist Simon?«

»Wieso?« Überrascht sah sie ihn an, dann dämmerte es in ihrem schönen Gesicht. »Simon ist mein Bruder. Also, nicht wirklich. Er ist der Sohn meiner Pflegefamilie, wir sind im gleichen Alter und waren enge Freunde.«

»Das klang aber eben anders«, entfuhr es ihm. »Entschuldige, es geht mich nichts an.«

»Doch, Finn«, sagte sie. »Es geht dich etwas an. Wenn du verstanden hast, was er gesagt hat …«

»Nicht alles.« Aber genug, um zu wissen, dass sie recht hatte.

»Er will, dass ich in die Firma unserer Eltern einsteige. Alle wollen das, mit Ausnahme seiner Frau.«

»Und deshalb zögerst du?«

»Nein, nicht wegen Nicole. Es ist kompliziert. Können wir ein andermal darüber sprechen, bitte?«

Das mussten sie sogar, denn in diesem Augenblick erklang dieser besondere Ton auf seiner Smartwatch, der ihm signalisierte, dass Anna die Sicherheitszone verlassen hatte. Die hatte er eingerichtet, um zu erfahren, falls die alte Dame davonspazierte, ohne jemandem Bescheid zu geben. Letzten Sommer war sie zum Blaubeerpflücken gegangen und hatte den Weg zurück nicht mehr gefunden. Das wäre ihr früher nicht passiert, aber gelegentlich vergaß sie Dinge oder manchmal auch einfach nur die Zeit. Jetzt war sie auf dem Weg zu Julias Hof. Im Prinzip kein Problem – wäre Julia nicht mit den Kindern in Kiruna, um dort den Geburtstag ihrer großen Schwester zu feiern.

»Meine Großmutter … Ich muss los. Aber ich komme zurück. Wenn du willst – und Appetit auf ein besonderes Abendessen hast.«

»Finn …«, begann sie und schob eine vorwitzige Haarsträhne hinters Ohr. »Mir ist heute nicht so nach Ausgehen.«

»Deshalb dachte ich, wir bleiben hier und kochen. Was meinst du?«

Ein Lächeln erschien auf ihrem Gesicht. »Du kochst?«

»Wenn du den Tisch deckst«, sagte er und gab ihr einen Kuss auf die Wange. »Ich freue mich drauf!«

18. KAPITEL

Smilla

Kaum war Finn zur Tür hinaus, klingelte Smillas Telefon erneut. Es war Siri. »Hast du Lust, schwimmen zu gehen?«, fragte sie fröhlich.

»Klingt nach einer guten Idee.« Sie verabredeten, dass Siri vorbeikommen und sie gemeinsam auf die andere Seite des Igloo Resorts gehen wollten. Wenig später stand ihre neue Freundin vor der Tür. »Entschuldige, dürfte ich kurz dein Bad benutzen?«

Selbstverständlich hatte Smilla nichts dagegen einzuwenden, aber sie war ein bisschen überrascht, als Siri wenig später feixend die Tür hinter sich zuzog.

»Ist er eingezogen?«

»Wie kommst du darauf?«

»Zwei Zahnbürsten …« Siri betonte jede Silbe, als wollte sie sichergehen, dass Smilla sie verstand, und fügte hinzu: »Doppelt Shampoo und Duschgel.«

»Das ist die Standardausstattung für Ferienhäuser. Offensichtlich habe ich mit Handtüchern für zwei und Toilettenpapier auch davon ein Set erhalten.«

»Aha«, sagte Siri und zog ihre Augenbrauen hoch. »Aber es sieht doch schon sehr vertraut aus.«

»Es ist … kompliziert«, murmelte Smilla. »Lass uns schwimmen gehen.«

Der kleine Pool war an diesem Tag für sie freigegeben, da die ersten Gäste nach der kurzen Betriebspause für die Umbauarbeiten heute im Laufe des Tages anreisten und nicht damit zu rechnen war, dass sie sich zuallererst ins Schwimmbad stürzen würden. Smilla und Siri waren begeistert, das Becken fast für sich allein zu haben. Vor der Hauptsaison war dies vielleicht die einzige Gelegenheit, zu schwimmen. Das warme Wasser entspannte ihre Muskeln, und das Blubbern der Gegenstromanlage beruhigte ihre Gedanken.

»Wie ist es mit Carl gelaufen?« Smilla hielt sich am Beckenrand fest, um sich von einem Wasserstrahl den Rücken massieren zu lassen.

»Nichts. Nada. Nothing.«

»Das ist nicht dein Ernst! Was hat er getan?«

»Erst hat er mir Vorhaltungen wegen meines Aussehens gemacht, und dann hat er sich hingelegt und so getan, als würde er schlafen.«

»Das tut mir leid«, sagte Smilla mitfühlend.

Siri schwamm ein paar Züge, bevor sie sich wieder zu Smilla drehte. »Und bei dir und Finn?«

»Es war eine ruhige Nacht«, antwortete Smilla feixend. Doch dann erzählte sie von dem Anruf ihres Bruders. »Simon macht sich immer Sorgen um mich.«

»Manchmal können Brüder wirklich anstrengend sein«, meinte Siri. »Aber das bedeutet nur, dass er dich liebt.«

»Das sehe ich nicht so«, sagte Smilla leise. »Ich habe ihm erklärt, dass mein Leben momentan kompliziert ist und ich Abstand brauche, um eine so schwerwiegende Entscheidung zu treffen, ob ich die Firma unserer Eltern mit ihm gemeinsam leiten werde.«

Siri zog eine Augenbraue hoch. »Erzähl mir mehr.«

Smilla seufzte. »Simon mischt sich ständig in mein Privatleben ein und macht mir Vorwürfe. Das ist doch keine Basis für eine Zusammenarbeit. Außerdem fühle ich mich im Norden wohler. Ich liebe das Meer, die Weite und die Freiheit, bis an den Horizont zu sehen. Dass es mir allerdings so weit nördlich gefallen würde, und das ohne Meer und Tageslicht, das hätte ich nicht gedacht.«

»Wir tanken das Licht im Sommer«, sagte Siri.

Smilla schmunzelte. »Ich kann mir vorstellen, dass es nicht weniger anstrengend ist, wenn die Sonne überhaupt nicht mehr untergeht.«

»Dafür gibt es Gardinen. Ich finde, du solltest das tun, was dich glücklich macht. Hör nicht auf ihn.«

»Wenn ich nur wüsste, was mich glücklich macht.«

»Oder wer? Ich würde auf Finn tippen. Ihr strahlt eine ganz besondere Harmonie aus. Das ist etwas Ernstes, glaube mir.«

»Was mir die Entscheidung auch nicht leichter macht.«

»Wer sagt, dass die Liebe einfach ist?«

Smilla tauchte kurz unter, dann fasste sie sich ein Herz. »Diese Frau, mit der er neulich im Koka war …«

»Gunilla? Ich wette, sie hat ihm aufgelauert. Ich weiß nicht, was sie für ein Problem hat, aber ich könnte wetten, sie würde sogar versuchen, den Yeti zu verführen. Vergiss sie. Finn ist an dir interessiert.«

»Lebt der Yeti nicht im Himalaya?«

Siri kicherte. »Ich sage ja, Gunilla ist eine sehr verzweifelte Person.«

Das klang ein bisschen fies, aber Smilla musste ebenfalls lachen. Erleichterung breitete sich in ihr aus.

Eine Weile schwammen sie schweigend nebeneinander her, genossen die Bewegung und das warme Wasser. Schließlich verließen sie das Becken und setzten sich in den Ruhebereich.

»Und was hast du jetzt mit Carl vor?«, fragte Smilla, als sie sich auf die weiche Liege fallen ließen.

Siri seufzte. »Es ist so frustrierend. Er behandelt mich immer noch wie ein kleines Mädchen. Und wenn er mal ehrlich ist, scheint er Angst zu haben, was andere über uns denken könnten.«

»Vielleicht braucht er einfach mehr Zeit, um zu erkennen, dass du längst erwachsen bist«, schlug Smilla vor. Gesehen hatte er es jetzt.

»Vielleicht«, sagte Siri nachdenklich. »Aber ich weiß nicht, wie lange ich noch warten will.«

»Verständlich«, meinte Smilla. »Trotzdem: Gib die Hoffnung nicht auf. Manchmal brauchen Männer einfach etwas länger.«

Zurück zu Hause setzte sich Smilla mit einem Buch aufs Sofa, aber sie konnte sich nicht auf die Geschichte konzentrieren. Ihre Gedanken schweiften immer wieder ab. Als ihr Telefon erneut klingelte, griff sie danach, dankbar für die Ablenkung. Es war ihre Freundin Louisa aus Hamburg.

»Wie läuft es in Schweden und in Schwaben?«, fragte Louisa.

Smilla seufzte. »Simon will, dass ich zurückkomme und in

die Firma einsteige, aber ich habe hier jemanden kennengelernt …« Dann erzählte sie von dem Anruf ihres Bruders, den Finn mitgehört hatte. »Es war megapeinlich.«

»Das kann ich mir vorstellen. Ich hätte nicht gedacht, dass Simon solche Standesdünkel hat.« Sie kannte ihren Bruder schon einige Jahre. Früher war er häufiger in Hamburg zu Besuch gewesen, und Smilla hatte schon geglaubt, dass zwischen ihm und Louisa etwas laufen würde. Aber dann hatte er Nicole kennengelernt und sie nach nicht mal einem Jahr geheiratet.

»Wie seid ihr euch denn begegnet?«

»Finn hat hier beim Bau des Eishotels mitgearbeitet. Ich übrigens auch. Als Elektrikerin«, fügte sie lachend hinzu.

»Wirklich? Dann hast du schon einen Job?«

»Das war nur vorübergehend. Jetzt ist das Wintereishotel fast fertig, und es werden nicht mehr so viele Hilfskräfte gebraucht.«

»Und dieser Finn, was hat er gemacht? Ist er Künstler?«

»Ich finde, dass er Talent hat. Wir haben zusammen einen Kronleuchter aus Eis gebaut. Aber er ist anderer Meinung. Im Sommer begleitet er Wanderungen als so eine Art Scout durch die Tundra oder Taiga. Ich verwechsele das immer.«

»Mit Bäumen ist es Taiga, ein russisches Wort. Ich merke mir das immer an dem ›i‹, es sieht ein bisschen wie ein Bäumchen aus.«

»Das ist ja mal eine Eselsbrücke!«

Sie lachten gemeinsam, bis Louisa fragte: »Dann ist er ein Aussteiger?«

»Irgendwie schon. Er arbeitet als Tierarzt, aber hat keine eigene Praxis, mehr so auf Abruf, glaube ich. Wir haben nicht darüber gesprochen. Ich hätte es Simon nicht erzählen sollen. Er hat natürlich gleich die falschen Schlüsse gezogen und denkt, Finn will an mein Geld.«

»Was für Geld?«

Smilla musste erneut lachen. »Das frage ich mich auch. Weißt du, wir lernen uns gerade erst kennen, wir haben ja noch nicht mal …«

»Dann ist es nur ein Flirt?«

»Keine Ahnung, aber ich genieße jede Minute mit ihm, er tut mir gut. Simon hat keine Ahnung, wovon er redet.«

»Verstehe«, sagte ihre Freundin. »Ist es nicht das Wichtigste, dass man miteinander glücklich ist?«

»So weit würde ich jetzt nicht gehen, aber … vielleicht doch«, sagte Smilla überrascht. Sie *war* glücklich. »Ach, Louisa, ich vermisse euch alle, aber gerade fühlt es sich hier richtig an.« Und dann senkte sie die Stimme, obwohl sie allein war. »Er kommt nachher, und wir kochen zusammen …« Louisas Lachen unterbrach sie. »Ja, ich weiß, ich kann nicht mal Kartoffeln schälen, ohne mich dabei zu schneiden.« Sie kicherte. »Er kocht. Ich decke den Tisch. Seine Worte.«

»Das klingt sympathisch. Hast du ein Bild von diesem Traummann?«, frage Louisa belustigt.

»Warte mal …« Smilla scrollte durch ihre Fotos. Es gab ein Bild, auf dem sie alle gemeinsam vor dem 69 °N standen, aber Siri hatte neulich im Koka ein paar Aufnahmen gemacht – eigentlich um ein aktuelles Bild von Carl zu haben –, und darauf war auch Finn zu sehen. Smilla schickte es ihrer Freundin und fuhr erschrocken zurück, als die loskreischte.

»Er sieht aus, als wäre er David Gandys kleiner Bruder!«

Louisa hatte früher gemodelt und arbeitete inzwischen als Bookerin in einer renommierten Agentur, sie kannte eine Menge attraktiver Männer, vermutlich auch diesen David.

»Tatsächlich?«

»Du weißt nicht, wer das ist. Stimmt's?« Louisa lachte. »Ist ja auch egal. Dein Mann sieht jedenfalls verboten gut aus. Wie groß ist er?«

»Louisa! Ich glaube nicht, dass er für dich arbeiten wird.«

»Woher willst du das wissen? Mit dem Aussehen kann er eine Menge Geld verdienen. Tu mir einen Gefallen und mach ein paar Fotos von ihm und frag ihn, ob er mich mal anruft, okay?«

»Das mache ich ganz bestimmt nicht.«

»Wir werden sehen. Viel Spaß mit deinem Date! Ich muss los, wir reden später weiter. Und denk an die Fotos«, sagte Louisa lachend und beendete das Telefonat. Wenige Sekunden später signalisierte Smillas Handy eine Nachricht, und als sie sie öffnete, lächelte ihr ein verwegen aussehender Mann vom Cover einer britischen Hochglanzmodezeitschrift entgegen. Das war offenbar dieser David irgendwas. Er sah wirklich wie eine ältere Version von Finn aus. Ihr Herz schlug schneller, als sie an ihn dachte, und sie sah an sich hinunter. In Sweatpants und ihrem Lieblingsstrickpulli, der nach jeder Wäsche größer zu werden schien, konnte sie ihn unmöglich empfangen. Es war Zeit, sich auf den Abend vorzubereiten.

19. KAPITEL

Smilla

Als es an der Tür klingelte, warf sie einen letzten prüfenden Blick in den Spiegel neben der Garderobe. Am Nachmittag hatte sie alles aus ihrem Schrank anprobiert – viel war das nicht, trotz der Einkäufe in Kiruna. Schließlich entschied sie sich für eine helle Lounge-Hose mit weiten Beinen und die dazu passende Strickjacke mit den drei großen Holzknöpfen. Sie war kuschelig, hüftlang und verbarg, dass das schlichte Hemdchen darunter gerade mal bis zum Hosenbund reichte.

Sie holte tief Luft und öffnete die Tür. »Hej, Finn«, begrüßte sie ihn und hatte das Gefühl, dabei zu klingen, als wäre sie soeben eine längere Strecke gejoggt.

»Smilla!« Sein Blick glitt über ihre Figur, und sie überlegte schon, ob sie nicht etwas Schickeres hätte anziehen sollen, als er sagte: »Du siehst toll aus!«

Du auch, dachte sie, wagte aber nicht, es auszusprechen. Louisa hatte recht. Mit seinen vom Wind zerzausten Haaren und dem kantigen Gesicht besaß er vielleicht wirklich Modelqualitäten. »Wie groß bist du?«

»Was?« Überrascht sah er sie an, doch dann schlich sich ein

Lächeln in seine Augenwinkel. »Gibt es irgendwelche Standards, von denen ich nichts weiß?«

Verlegen zog sie ihn herein. »Komm schon, es ist eisig da draußen.«

Na großartig!, dachte sie. *Meine Umgangsformen waren schon mal besser.*

Finn zog die Winterstiefel aus und hängte seine Jacke auf, ohne sie aus den Augen zu lassen. »Hast du Hunger?«

»Ein wenig«, antwortete sie leise, trat vor Verlegenheit glühend den Rückzug an und floh regelrecht in die Küche. Dort atmete sie tief durch, und es gelang ihr, sich nach dem Befinden seiner Großmutter zu erkundigen, ohne dass die Stimme ihre Aufregung verriet.

»Alles in Ordnung. Sie ist fit für ihr Alter, nur manchmal …« Er zuckte mit den Schultern. »Bestimmt mache ich mir zu viele Gedanken.«

»Kann man das überhaupt, wenn es um die Sicherheit eines geliebten Menschen geht?«

Finn sah sie einen Augenblick lang schweigend an. »Wahrscheinlich schon, aber es ändert nichts, oder?«

Sie nickte und fragte: »Was kochen wir – Was kochst *du* heute?«

»Nichts Kompliziertes.« Er griff in den großen Korb, den er mitgebracht hatte, und nahm einen Beutel mit Gewürzdosen heraus. »Es gibt gebackenen Blumenkohl mit Reis, Hummus und Pfefferminz-Joghurt-Sauce.«

Sie schluckte. Hummus mochte sie nicht allzu sehr, aber sie wollte ihm die Freude nicht verderben. »Ich dachte, du kochst etwas typisch Schwedisches.«

Finn schüttelte den Kopf. »Das überlasse ich lieber meiner Großmutter.« Er öffnete die Küchenschränke und nahm Schüsseln, Teller und Kochgeschirr heraus.

»Kann ich dir helfen?«

»Beim Kochen?« Er grinste herausfordernd und schüttelte den Kopf. »Gegen ein Glas Wein hätte ich aber nichts einzuwenden.«

»Gern, wenn es den Koch bei Laune hält … Weiß?«, fragte sie, und als er nickte, nahm Smilla eine Flasche trockenen Languedoc und Wasser aus dem Kühlschrank, schenkte ein und reichte Finn ein Glas.

Er nahm es mit einem hinreißenden Lächeln entgegen. »Danke für die Einladung, Smilla.«

»Danke fürs Kochen«, erwiderte sie, und sie stießen an.

Schon bald erfüllte der Duft von Pfefferminz und gerösteten Gewürzen die Küche, und sie dachte, es wäre womöglich doch ganz schön, wenigstens gelegentlich selbst zu kochen. Als Schülerin und später in der Ausbildung hatte sie so sehr versucht zu beweisen, dass sie mindestens so lässig und kompetent sein konnte wie die Jungs, dass sie nie auf die Idee gekommen wäre, sich an Küchenarbeiten zu beteiligen. Wie Bruder und Vater hatte sie sich an den Tisch gesetzt und gegessen, ohne sich Gedanken darüber zu machen, wie viel Arbeit und Liebe zu den Lebensmitteln, die man verarbeitete, erforderlich war, um ein schmackhaftes Essen zuzubereiten.

Während Smilla den Tisch deckte, beobachtete sie Finn aus den Augenwinkeln. Seine Hände bewegten sich geschickt und mit einer Selbstverständlichkeit, die sie faszinierte. Als sie nach einer benutzten Schüssel griff, um sie auszuspülen, streiften ihre Finger seine Hand. Ein Kribbeln lief durch ihren Arm, und sie spürte, wie ihr Herz schneller schlug.

»Tut mir leid«, murmelte sie und zog ihre Hand zurück.

»Was?«, fragte er leise und hielt ihren Blick fest. Smilla hätte sich in seinen Augen verlieren können. Verlegen griff sie nach ihrem Glas und setzte sich auf einen hohen Stuhl vor dem Küchentresen, während Finn sich umdrehte und die Ofentür öffnete, um nachzusehen, ob der Blumenkohl schon gar war.

»Weshalb hast du dich für dieses Gericht entschieden?«, fragte sie, als er die Pfefferminzblättchen abspülte, um sie klein zu schneiden.

»Es ist unkompliziert, und ich hatte alle Zutaten zu Hause.« Er sah auf. »Ich mag die mediterran-orientalische Küche und habe mir das Kochen selbst beigebracht. Es macht Spaß, abends nach Hause zu kommen und gemeinsam …« Er verstummte.

Es war offensichtlich, dass er nichts weiter dazu sagen wollte, und Smilla nahm an, dass er dort mit einer Frau zusammengelebt hatte.

Warum auch nicht?, dachte sie, und um keine unangenehme Gesprächspause aufkommen zu lassen, sagte sie: »Das Essen mag ich auch, aber auf Dauer wäre mir die Gegend zu heiß.«

»Stimmt, es ist überhaupt eine ganz andere Welt. Aber schon ein Umzug von Malmö nach Kopenhagen kann Überraschendes mit sich bringen. Wir und die Dänen mögen Nachbarn sein, trotzdem hat jedes Land so seine Eigenheiten.«

Sie lachte. »Wem sagst du das? Die ersten Jahre meines Lebens habe ich in Bremen gewohnt, und wir waren an den Wochenenden meist am Meer. Der Schwarzwald war ein ziemlicher Schock. Das ist eine Gegend im Süden Deutschlands, und man spricht dort einen Dialekt, der nicht immer leicht zu verstehen ist.« Smilla schenkte sich Wasser nach.

»Das stelle ich mir schwierig vor, besonders für ein Kind. Als ich die Sommerferien in Alitjávri verbracht habe, gab es auch immer wieder Situationen, in denen meine Freunde samisch miteinander gesprochen haben. Ich verstehe zwar einiges, aber irgendwie hat man sich doch manchmal ausgeschlossen gefühlt.«

Obwohl Smilla mit den meisten Kindern gut ausgekommen war, kannte sie das Gefühl. Ohne Simons Hilfe wäre es noch schwieriger gewesen, Anschluss zu finden. Besonders anfangs hatten ihre Mitschülerinnen sie für hochnäsig gehalten, weil sie Hochdeutsch sprach. Inzwischen beherrschte sie den Dialekt einigermaßen, obwohl die Alteingesessenen sie immer noch als *Neigschmeckte*, als eine, die von anderswo zugezogen war, bezeichneten. Ebenso erging es Finn vermutlich auch.

»Aber jetzt seid ihr Freunde, oder?«

»Die besten«, sagte er mit einem Lächeln und füllte Reis und Hummus in Schüsseln, die sie zum Tisch trug. Schließlich setzten sie sich.

»Das duftet ganz fantastisch.« Smilla probierte vom gerösteten Blumenkohl, den er mit irgendeiner Marinade bestrichen hatte, und verdrehte beinahe die Augen. »Köstlich!«

»Ich bin gespannt, ob dir der Hummus schmeckt«, sagte Finn.

Smilla zögerte kurz, dann nahm sie einen Bissen. Der Geschmack explodierte auf ihrer Zunge – cremig, leicht nussig, mit einer feinen Zitronennote. »Wow, das ist unglaublich. Ich muss gestehen, eigentlich mag ich Hummus nicht besonders, aber dieser hier schmeckt ganz anders.«

Er lächelte. »Wahrscheinlich hast du bisher nur die Supermarktversion probiert. Selbst gemacht ist immer besser.«

Während sie aßen, fragte sie Finn nach seinen Auslandsaufenthalten. Seine Augen leuchteten, als er von fernen Orten sprach, von Abenteuern und Begegnungen. Smilla lauschte fasziniert und stellte sich vor, wie es wäre, an seiner Seite die Welt zu entdecken.

»Es klingt, als wärst du lieber unterwegs, als hier in Alitjávri festzusitzen«, sagte sie und versuchte, ihre Stimme beiläufig klingen zu lassen.

Er trank einen Schluck, stellte das Glas sorgfältig ab und sah sie an. »Smilla, ich will ehrlich sein. Hinter mir liegt eine schwierige Beziehung. Ich bin letztes Jahr hergekommen, um ... Wie soll ich sagen? *Meine Wunden zu lecken* wäre vielleicht eine passende Umschreibung. Ich habe mich hier oben in Sápmi immer wohlgefühlt. Die Freiheit, die Landschaft und auch die Traditionen. Als ich herkam, war ich nicht darauf gefasst, in welchem Zustand sich das Haus meiner Großmutter befand. Weder meine Tante Margret, die nicht weit entfernt lebt, noch meinen Vater schien es zu interessieren, dass ihre Mutter in einem baufälligen Haus lebte, ohne fließend Wasser und eine vernünftige Heizung im Winter.«

Smilla griff nach seiner Hand. »Deshalb bist du geblieben und hast ihr Haus renoviert«, sagte sie voller Mitgefühl.

»Woher …?« Seine Lippen wurden schmal. Er entzog sich ihrer Berührung und lehnte sich zurück. Sein Misstrauen war geradezu greifbar.

»Lass es mich erklären. Eigentlich wollte ich zu Julia, sie war nicht da, und ich bin ein bisschen am Ufer des Sees entlangspaziert. Da lag noch kein Schnee. Ich bin an eurem Haus vorbeigekommen und fand es so hübsch, dass ich …« Sie unterbrach sich und sah auf ihre Hände. Es war nicht der richtige Moment, davon zu sprechen, dass sie sich gewünscht hatte, selbst irgendwann mit ihrer Familie in einem solchen Haus zu leben. »Ich stand vor dem Haus herum, und deine Großmutter hat mich hereingebeten.« Sie verschwieg, dass Anna sie später als seine Freundin vorgestellt hatte, und fuhr fort: »Sie ist sehr stolz auf dich.« Fasziniert beobachtete sie, wie sich sein Adamsapfel bewegte, als müsse er irgendetwas herunterschlucken.

Finns Gesichtsausdruck wurde weicher. »Anna ist ein ganz besonderer Mensch für mich. Sie hat mich immer unterstützt. Jetzt, da sie älter wird, versuche ich, für sie da zu sein. Der Umbau des Hauses macht gute Fortschritte, und sie hat es verdient, ein Leben in Würde zu führen.«

Smilla lächelte. »Sie ist eine liebenswerte Frau.«

»Ich habe ihr von dir erzählt und mich darüber gewundert, wie wichtig es ihr war, dass du sie besuchst. Jetzt verstehe ich …«

»Bist du mir böse?«

»Aber nein! Warum sollte ich?« Nun war er es, der nach ihrer Hand griff. »Smilla, ich mag dich, ich mag dich sogar sehr. Aber ich bin das, was man *damaged goods* nennt, mit mir klarzukommen, ist nicht immer einfach. Das solltest du wissen.«

Smilla war keine Draufgängerin, aber wenn ihr ein Mann so gefiel wie Finn, lief sie auch nicht davon. Nicht, dass das besonders häufig vorkam. Meistens hatte sie kein Interesse, ihre Freundinnen hielten sie für kapriziös. »Manche Leute finden mich auch kompliziert. Damit passen wir doch ganz gut zusammen, oder nicht?« Sie grinste herausfordernd und stand auf, um den Tisch abzuräumen. »Lass uns ein andermal darüber reden. Heute ist mir nach Küssen. Was hältst du davon?«

Es stellte sich heraus, dass er eine ganze Menge davon hielt. Als sie die Spülmaschine schloss, spürte sie plötzlich Finns Hände an ihrer Taille. Sie drehte sich um und sah in seine Augen, die vor Verlangen glänzten.

»Finn …« Ihre Stimme war kaum mehr als ein Flüstern.

Er zog sie näher zu sich, sein Atem warm auf ihrer Haut. Bevor sie etwas sagen konnte, senkte er den Kopf und küsste sie ungestüm. Seine Lippen waren weich und fordernd zugleich, und Smilla erwiderte den Kuss mit all der Leidenschaft, die sie für ihn empfand. Trotz aller Zärtlichkeit spürte sie, dass die Erwähnung seiner Vergangenheit etwas Düsteres in ihm freigelassen hatte. Sie wollte aber ihr erstes gemeinsames Mal spielerisch heiter und unbelastet in Erinnerung behalten. Ohne nachzudenken, entwand sie sich seiner Umarmung. »Fang mich, wenn du kannst.«

Sie lief los, und Finn lachte auf, bevor er ihr folgte. Er erwischte sie schließlich im Flur und drückte sie gegen die Wand. Seine muskulösen Arme hielten sie gefangen. Ihr Herz schlug wild, und für einen kurzen Augenblick dachte Smilla, sie hätte einen Fehler gemacht, so voller ungezügelter Emotionen war der Blick, mit dem er sie ansah, als wollte er sich jeden Millimeter ihres Gesichts einprägen.

»Ich will dich, Smilla«, flüsterte er heiser.

Sie nickte, unfähig zu sprechen, legte ihre Hand in seinen Nacken und zog ihn in einen weiteren, tiefen Kuss. Ihre Körper schienen zu verschmelzen, und ihr entschlüpfte ein Laut, der an das Fauchen eines Kätzchens erinnerte, als er sich von ihr löste.

Finn lachte wissend, und seine tiefe Stimme jagte ihr wohlige Schauer durch den Körper.

»Jetzt?«, fragte er, und sie nickte, unfähig zu sprechen. Er umfasste ihre Taille und warf sie sich über die Schulter, als wöge sie nichts, trug sie ungeachtet ihres empörten Protests zum Bett. Dass er ihren Widerstand nicht ernst nahm, konnte daran liegen, dass sie lachen musste.

»Hör auf zu strampeln, sonst muss ich dich leider fallen lassen!«

»Untersteh dich, Grobian, und nimm deine Hände von meinem Hintern!«

»Wirklich?«, fragte er belustigt.

»Ja! Nein. Nun lass mich endlich runter, ich bekomme gleich Schnappatmung!«

Behutsam legte er sie ab.

»Zieh dich aus!«, verlangte sie, und er lachte unverschämt.

»Du willst also erst das ganze Paket sehen, bevor du dich entscheidest?« Er schien sich keine Gedanken zu machen, dass sie enttäuscht sein könnte, und *wow!* dafür gab es auch keinen Grund. Sein Körper war in Topform. Dass er breite Schultern hatte, war auch so nicht zu übersehen, aber das Sixpack war definitiv ein Bonus und … Sie hielt kurz den Atem an, bevor sie ihn bei der Hand ergriff und zu sich ins Bett zog.

Die Welt draußen löste sich in einem Wirbel von Schneeflocken auf. Es gab nur noch sie beide, ihre Leidenschaft und das Verlangen, das sie wie ein Sturm mit sich riss.

20. KAPITEL

Finn

Am nächsten Morgen weckte ihn der Duft von Kaffee und geröstetem Brot. Er öffnete die Augen und sah Smilla in der Küche hantieren. Sie trug ein hellblaues weites Herrenhemd, das viel von ihren Beinen sehen ließ, und dazu dicke Socken. Leider erfüllte sich seine Hoffnung nicht, dass das ihre einzige Bekleidung sein könnte. Unter dem Hemd bedeckten Pyjama-Shorts und ein sportliches Bustier ihren anbetungswürdigen Körper. Sie sah sauber, unberührbar und zum Anbeißen aus. Er hätte sie jetzt lieber neben sich im Bett gehabt – oder unter sich. Finn stöhnte, als er daran dachte, was sie letzte Nacht miteinander angestellt hatten. Smilla hatte einen Hunger in ihm geweckt, den nur sie würde stillen können, da war er sich in diesem Augenblick ganz sicher.

Ich bin verloren! Er ließ sich in die Kissen sinken und lachte leise. Es gab Schlimmeres im Leben, als sich nach einer sinnlichen Gefährtin zu sehnen. Zumindest, wenn diese zu ihm ans Bett trat, als ahnte sie seine Gedanken.

Smilla stellte einen Becher Kaffee auf den Nachttisch und setzte sich auf die Bettkante. »Guten Morgen«, sagte sie und beugte sich vor.

»Mhm! Du riechst gut.« Er vergrub das Gesicht in ihrem Haar. Es war ein besonderer Duft, der ihn an einen Sommertag am Strand erinnerte, sonnig und glücklich mit Salz auf der Haut und einem Hauch von Sonnencreme in der Luft. Ihre Küsse schmeckten nach bitterem Kaffee und warmem Gebäck. Er war im Himmel.

Finn trank seinen Kaffee im Stehen. Nach einer fantastischen Nacht und diesem harmonischen Morgen fühlte er sich auf eine fast vergessene Weise erschöpft und gleichzeitig voller Energie. Natürlich waren sie spät dran, aber das war es wert. Finn grinste.

Was für eine Frau!, dachte er, als er Smilla in den Wagen half. Gestern hatten sie besprochen, gemeinsam nach Kiruna zu fahren. Finn war mit dem Leiter der Tierarztpraxis verabredet, Smilla wollte einige Besorgungen erledigen. Mittags würden sie sich in einem Bistro in der neuen City treffen und auf dem Rückweg am Supermarkt vorbeifahren.

Die Fahrt gen Süden verlief ereignislos, die Straße war geräumt. Smilla sang fröhlich Lieder mit, die im Radio liefen, und er ließ sich von ihrer Lebensfreude anstecken.

In Kiruna setzte er sie in der neuen Innenstadt ab und sah ihr einen Augenblick lang nach, wie sie die Straße entlangschlenderte. Anschließend fuhr er weiter zu seinem Kollegen.

Dort wurde er herzlich begrüßt, und nachdem er in der Praxisapotheke seine Vorräte aufgefüllt hatte, führte ihn eine Mitarbeiterin ins Büro. »Micael ist gleich da«, sagte sie und bot ihm einen Kaffee an, den er dankend ablehnte.

Mit verschränkten Armen sah er gedankenverloren aus dem Fenster. Draußen glitzerte der Schnee, als wären Tausende kleine Sterne auf dem Boden verteilt. Mit einem Blick auf die große Wanduhr vergewisserte er sich, dass noch Zeit war.

Schließlich kam Micael herein, schüttelte den Schnee von den Stiefeln und setzte sich mit einem Seufzen ihm gegenüber.

Sie begrüßten sich, und Finn sagte: »Es wird nicht leichter, oder? Die langen Fahrten, die unvorhersehbaren Wetterbedingungen … Manchmal frage ich mich, wie lange wir die Versorgung noch aufrechterhalten können.«

Micael nickte langsam und rieb sich die Hände, um sie zu wärmen. »Ohne dich sähe es rund um Alitjávri jetzt schon finster aus. Aber demnächst gibt es eine Erleichterung für uns.«

Finn hob eine Augenbraue. »Was meinst du?«

»Hast du es noch nicht gehört? Der Rettungsdienst mit Hubschraubern nimmt im neuen Jahr seinen Dienst auf.«

»Ich war ein wenig abgelenkt in letzter Zeit«, sagte Finn und dachte an Smilla.

»Was Nettes?«

Er grinste. »Kann man so sagen.« Doch dann kam er aufs Thema zurück. »Die Versorgung mit Helis wird sicher teuer. Wer will das bezahlen?«

Micael zuckte mit den Schultern. »Die langen Autofahrten müssen die Besitzer unserer Patienten auch bezahlen. Wenn man die Kosten für Benzin, Verschleiß und Zeit zusammenrechnet, dürfte das Fliegen tatsächlich nicht viel teurer sein. Wir hoffen auf Förderung aus Stockholm. Es gibt Gespräche über Subventionen für ländliche Gesundheitsdienste, und das könnte auch uns zugutekommen.«

Finn lehnte sich zurück und ließ Micaels Worte auf sich wirken. »Vielleicht sollte ich mich doch auf die Stelle bewerben.«

»Meine Rede. Du willst also hierbleiben? Hat das was mit deiner *Ablenkung* zu tun?« Micael hatte ihm schon lange in den Ohren gelegen, die immer noch unbesetzte Stelle zu übernehmen.

»Schön wär's. Nein, eher mit meiner Großmutter. Sie braucht mich, und mir gefällt es in Alitjávri, auch wenn die Dunkelheit mich auf die Dauer etwas kribbelig macht.«

»Das geht uns allen so, glaub mir. Aber die Sommer sind einzigartig.«

Die beiden Männer saßen eine Weile schweigend da. Die Hoffnung auf eine bessere Zukunft lag schwer, aber greifbar in der Luft.

Schließlich verabschiedete sich Finn, fuhr zurück in die Stadt und parkte vor dem Bistro, das sie ausgesucht hatten. Es lag an der Haupteinkaufsstraße und hatte große Fenster, durch die im Sommer das Tageslicht fiel. Er wusste nicht, wie die Innenarchitekten das hinbekamen, aber trotz des Zwielichts draußen strahlte der hohe Raum auch jetzt eine mediterrane Atmosphäre aus, die sich in den entspannten Gesichtern der Gäste widerspiegelte. Die Einrichtung war eine charmante Mischung aus skandinavischem Minimalismus und urbanem Chic. Smilla war noch nicht da. Er setzte sich an einen Tisch und sah sich um. Die anderen Gäste unterhielten sich angeregt, und der Duft von frisch gebrühtem Kaffee und herzhaften Speisen lag in der Luft. Es war ein Ort, der sowohl Einheimische als auch Besucher anzog und eine willkommene Oase in der winterlichen Kälte bot.

Er bestellte eine Flasche Wasser und bat um die Speisekarte. Als er Smilla hereinkommen sah, machte sein Herz einen kleinen Sprung, dann musste er lachen. Sie trug eine Strickmütze aus ungewöhnlich dickem Garn, aber das war nicht das Besondere, sondern die grauen Wolfsohren, die vorwitzig abstanden.

»Alles erledigt.« Sie ließ sich auf die Sitzbank ihm gegenüber fallen. »Was grinst du so?«

»Ist das die Mütze, die du bei Kåre gekauft hast?«

»Es war deine Empfehlung.« Lachend nahm Smilla sie ab und versuchte, ihre Frisur zu richten, die ein wenig zerdrückt aussah. Sie betrachtete ihr Spiegelbild in einem der großen Fenster. »Da ist wohl nichts mehr zu retten. Ist es sehr schlimm?«

»Du siehst hinreißend aus. Aber wo sind deine Ohren, Frau Isegrim?«

Smilla schüttelte die charmante Kopfbedeckung auf und legte sie neben sich auf die Bank. »Ohren sind etwas sehr Persönliches. Ich zeige sie nicht jedem.«

»Und doch bist du mit einem niedlichen Paar für jedermann sichtbar durch die Stadt spaziert.« Während er das sagte, fing er einen irritierten Blick von der Frau am Nachbartisch auf und fügte hinzu: »Nicht, dass ich etwas dagegen einzuwenden hätte, *Baby*.«

»Nicht, dass du ein Mitspracherecht hättest, *Herzchen*.« Sie zwinkerte ihm zu und beugte sich vor, um gut vernehmlich zu flüstern: »Meine Ohren sieht nur, wer sehen kann, Finn!«

»Meiner Treu!« Er presse sich die Hände aufs Herz. »Ich fühle mich geehrt!«

Smilla lachte, bis sie einen Schluckauf bekam und er anbot, ihr auf den Rücken zu klopfen. »Es geht schon«, keuchte sie und wischte sich eine Träne aus dem Augenwinkel.

Die Kellnerin trat an den Tisch, und sie bestellten das Tagesgericht, das aus Lachssuppe mit frischem Brot bestand. Während sie aßen, erkundigte sich Smilla, wie es kam, dass er Deutsch sprach. Nach dem Telefonat mit ihrem Bruder war sie dafür vermutlich zu aufgewühlt gewesen.

»Sprechen würde ich es nicht nennen, aber ich verstehe ein bisschen. Meine Oma mütterlicherseits stammte aus Deutschland und lebte in Kopenhagen. Ich habe dort die internationale Schule besucht und während der Unterrichtszeiten bei ihr gewohnt. Sie wollte, dass ich ihre Sprache lerne.«

»Wow. Eine indigene Großmutter, eine deutsche … Sind irgendwelche Urschweden unter deinen Vorfahren?« Sie sah ihn erschrocken an. »Entschuldige, das klingt blöd …«

»Gar nicht. Beide Großväter. Okay, der eine ist in einer Gegend aufgewachsen, die heute zu Finnland gehört.« Er nahm ihre Hand und betrachtete aufmerksam ihr Gesicht, ohne die Mimik so recht deuten zu können. »Und wie sieht es bei dir aus?«

»Mein Grandad, also Mamas Vater, ist Schotte. Er war als Soldat in Niedersachsen stationiert. Norddeutschland wurde nach dem Zweiten Weltkrieg von den Briten verwaltet, die letzten Standorte wurden, glaube ich, erst vor wenigen Jahren aufgegeben«, fügte sie erklärend hinzu. »Omas Familie kommt aus dem Schwarzwald, und da bin ich dann ja auch gelandet, als meine Mutter …« Sie schluckte, es war ihr anzusehen, dass es ihr schwerfiel, den Satz zu vollenden.

»Es ist okay, Smilla. Ich sehe deinen Schmerz«, sagte er, als sie nicht weitersprach. »Danke für dein Verständnis.«

Sie leerte ihr Wasserglas und rang sich ein Lächeln ab. »Wie auch immer. Wir sind beide ziemlich international. Das gefällt mir.«

»Wir sind Europa«, sagte er spontan und küsste ihre Hand.

»Noch, und hoffentlich bleibt das so. Meine schottische Familie gehört schon nicht mehr dazu.« Sie runzelte die Stirn. »Hätte ich nicht beide Staatsangehörigkeiten, könnte ich nicht mal länger als drei Monate bei *Grandad* wohnen, falls er mich brauchen sollte. Verdammter Brexit«, entfuhr es ihr.

Was sollte er dazu sagen? Sie hatte ja recht. »Wollen wir zurückfahren?«

Sie sah ihn erleichtert an und nickte.

Nachdem sie ihre Einkäufe im Supermarkt an der Stadtgrenze erledigt hatten, fuhren sie zurück gen Norden.

Ihre Vergangenheit scheint schwierig zu sein, dachte er. Vielleicht ebenso kompliziert wie seine eigene.

21. KAPITEL

Smilla

Als sie den Supermarkt verließen, sagte Finn: »Ich würde gern zuerst zu meiner Großmutter fahren, um ihr die Einkäufe zu bringen.«

Smilla nickte zustimmend. Sie freute sich darauf, Anna wiederzusehen. »Darf ich mir deine Umbauarbeiten ansehen?«

Finn hatte vorhin erwähnt, dass er inzwischen an der Umgestaltung der ersten Etage arbeitete. »Klar. Erst Fika, dann Hausbesichtigung. Was meinst du?« Er wirkte erfreut über ihr Interesse.

»Das klingt nach einem Plan.«

Anna Jokinen empfing sie mit offenen Armen und einem herzlichen Lächeln in ihrer geräumigen Wohnküche. Sie hatte sich ein buntes Tuch um die weißen Haare geschlungen und trug eine gestreifte Küchenschürze über dem geblümten Kleid.

Fröhliche Farben sind das Beste, was man dieser dunklen Zeit entgegenhalten kann, dachte Smilla und war froh, dass sie vorhin beim Shoppen ihrer Intuition gefolgt war und sich gegen die sonst bevorzugten *hanseatisch* zurückhaltend gedeckten Töne entschieden hatte.

Begeistert sah sie sich um. Die Einrichtung gefiel ihr auch beim zweiten Besuch. Englische Cottage-Küchen mit den Sprossenfenstern, die viel Licht hereinließen, Möbeln, die nach Handwerk aussahen, und einem Herd im Retrolook mochte sie besonders gern. Diese mit dem eindeutig skandinavischen Touch hätte sich ebenso in einem Cottage in Cornwall befinden können. Nur der weiß glänzende, runde Kachelofen, den man häufig in älteren schwedischen Häusern sah, wäre dort ein wenig aus dem Rahmen gefallen. Er war ihr schon beim ersten Besuch aufgefallen, und sie fand ihn wunderschön. Alles zusammen schuf eine wohlige Atmosphäre, wozu gewiss auch der Duft von Zimt und frisch gebackenem Hefeteig beitrug, der sie wie eine weiche Wolldecke einhüllte.

Finn küsste seine Großmutter auf die Wange. »Ich räume fix die Einkäufe weg«, sagte er und nahm Smilla die Tasche mit dem Brot ab, die sie hereingetragen hatte.

»Setz dich doch.« Anna wies lächelnd auf die Holzbank, vor der ein alter Küchentisch stand. »Ihr kommt gerade recht, die Kanelbullar sind fast fertig. Es fehlt nur noch die Glasur.«

Anna griff nach den Topflappen, öffnete den Backofen und trat rasch beiseite, um der Hitze auszuweichen. »Puh, ist das heiß.« Sie nahm ein schwarzes Blech heraus und stellte es oben auf dem Herd ab. Danach griff sie nach einer Schale, in der ein Küchenpinsel steckte, rührte kräftig um und verteilte anschließend eine dicke Schicht Zuckerglasur auf jedem Gebäckstück.

Zu dritt genossen sie die Fika, und Smilla fühlte sich geborgen und glücklich, während sie neben Finn am Holztisch saß, der sie manchmal zärtlich berührte, was Anna ein wissendes Schmunzeln entlockte. Finns Großmutter wirkte sehr zufrieden, und Smilla erinnerte sich daran, wie Anna sie als seine Freundin vorgestellt hatte, obwohl sie beide sich noch gar nicht richtig gekannt hatten.

Nach einer Weile wurde die alte Dame ruhiger, und es war ihr anzusehen, wie müde sie war. Schließlich schlief sie in ihrem Sessel ein. Ohne es abgesprochen zu haben, räumten Finn und Smilla möglichst lautlos den Tisch ab.

»Komm, ich zeige dir das Obergeschoss«, sagte er leise, und sie folgte ihm die Treppe hinauf. Es war auf den ersten Blick zu erkennen, dass hier noch viel zu tun war. Aufmerksam sah sich Smilla um, und als sie an einer Tür vorbeikamen, an die ein Metermaß gemalt war, fragte sie, was es damit auf sich hatte.

»Jedes Jahr, wenn ich im Sommer zu Besuch gekommen bin, wurde meine Größe gemessen.«

»Was für eine schöne Tradition. Lass uns sehen, ob du seit der letzten Messung noch gewachsen bist – oder geschrumpft«, fügte sie mit einem fröhlich respektlosen Lachen hinzu und schob ihn in die Richtung des Türrahmens, an den er sich folgsam anlehnte. »Uh! Jedenfalls zu groß für mich, um die Zahl ablesen zu können.«

»Ich bin eins siebenundachtzig.«

Er beugte sich zu dem Handwerkskasten hinunter, der neben der Tür stand, und nahm einen Zollstock heraus. »Jetzt du! Die Fersen an den Rahmen«, befahl er, und sie spürte den Meterstab auf ihrem Kopf.

»Miss aber nicht den Haarknoten mit!« Spielerisch drohte sie ihm mit dem Finger.

»Ein Meter und sechsundsiebzig Zentimeter. Ich bin beeindruckt.«

Sie wusste, dass er recht hatte, denn ihre Freundin Louisa hatte ihr lange in den Ohren gelegen, Probeaufnahmen machen zu lassen. Einmal hatte sie nachgegeben, und die Aufnahmen waren schön, aber ihr war während des Foto-Shootings endgültig bewusst geworden, dass sie sich vor der Kamera nicht wohlfühlte. Ihre Argumente, dass sie viel zu alt war und nicht dünn genug, hatten Louisa nicht beeindruckt. Es gäbe zahlreiche Design-Ateliers, die ihre Mode nicht mehr von ultraschlanken jungen Mädchen präsentieren lassen wollten, hatte ihre Freundin gesagt. Smilla ließ sich nicht erweichen und überzeugte sie schließlich mit der Begründung, dass sie ungern im Mittelpunkt stand.

Verlegen drehte sie sich beiseite. »Verrat mich bloß nicht, für den Ausweis habe ich mich kleiner gemacht.«

»Warum?«

»Hast du eine Ahnung, wie es ist, wenn du als Teenager plötzlich so schnell wächst, dass du über Nacht einen Kopf größer bist als deine Mitschülerinnen – und auch größer als die meisten Jungs in deinem Alter?«

Er strich ihr über die Wange. »Ich dachte, die meisten jungen Mädchen träumen von einer Modelkarriere.«

»So wie die meisten Jungs Lokomotivführer werden wollen?«

Er lachte. »Du hast recht. Es ist ein Klischee. Das hätte ich auf keinen Fall werden wollen. Nicht, dass es kein ehrbarer Beruf wäre. Aber immer nur dem Lauf der Schienen folgen. Das wäre nichts für mich.«

»Was wäre denn dein Traumberuf gewesen?«

»Ach, es gibt so viele Berufe, von deren Existenz man nichts ahnt, und manchmal hat man einfach keine Wahl«, sagte er und klang dabei traurig.

Sie fragte nicht weiter. Offensichtlich war es ein sensibles Thema. War ein Mensch glücklich mit dem, was er tat, dann war es am Ende doch egal, welchen Beruf er oder sie ausübte.

»Was muss denn hier oben noch gemacht werden?«, fragte sie, um ein anderes Thema anzuschneiden.

»Nahezu alles außer diesem Raum.« Er öffnete eine Tür und schaltete das Licht an. Das Bad. Der Raum war ungewöhnlich groß und mit einer geräumigen ebenerdigen Duschkabine und einer freistehenden Badewanne hochwertig ausgestattet.

»Es ist schön geworden. Wohin führt die Tür da?«, fragte sie voller Neugier.

»Ins Schlafzimmer.« Er stieß die Tür auf. »Es gibt noch nicht viel zu sehen.«

Das stimmte allerdings. Auch hier waren die Fenster neu, aber die Wände noch nicht mal verputzt, soweit sie das im schwachen Schein der Badezimmerbeleuchtung hinter sich sehen konnte.

»Warte, ich mache mal das Licht an.« Er griff nach einem Kabel und steckte es in eine Kabeltrommel, die sie erst jetzt bemerkte. Mitten im Raum stand ein Tisch, auf dem Pläne ausgebreitet lagen.

»Das Bad ist beinahe fertig. Wie du siehst, ist der Rest noch in Arbeit«, erklärte er. »Aber der Elektriker versetzt mich ständig.«

»Ich kann dir helfen. Wenn du magst«, fügte sie plötzlich unsicher hinzu. Vielleicht wollte er sie nicht so nahe bei sich haben.

Finn fuhr sich mit beiden Händen durchs Haar und gab zu, dass er bereits daran gedacht hätte. »Aber ich kenne ja deine Pläne nicht.« Fragend sah er sie an.

»Da sind wir schon zwei.« Sie lachte kurz auf, aber es kam bitterer heraus, als sie geplant hatte. »Im Hotel brauchen sie mich nicht mehr. Momentan ist es so kalt, dass höchstens der Ausfall der Wärmepumpen ein Problem werden könnte. Aber die hat eine hiesige Firma installiert.«

»Und was ist mit dem Fehler, den du gesucht hast?«

»Ich bin mir ziemlich sicher, dass ich ihn gefunden habe. Oder genauer gesagt: Wir.«

»Davon hast du gar nichts erzählt, was meinst du mit wir?«, fragte er überrascht, und sie erzählte ihm, wie ihr Sven eher zufällig den entscheidenden Hinweis gegeben hatte.

Seitdem er an Thyges Stelle für die Haustechnik des Igloo Resorts verantwortlich war, herrschte eine ganz andere Stimmung im Team. Er war ein aufmerksamer Beobachter und hatte immer ein freundliches Lächeln für die Menschen in seiner Umgebung.

»Wie sieht's aus? Immer noch kein Hinweis darauf, woran es liegen könnte?« Sven sah durch die Tür des Technikraums, während Smilla die Messwerte auf dem Tablet überprüfte. Alles unauffällig. Die Ausfälle kamen unregelmäßig, selten zwar, aber immer ohne Vorwarnung.

»Komm ruhig rein.« Smilla schob sich eine lose Strähne aus dem Gesicht. »Es ist wie verhext. Erzähl mir doch bitte noch mal, wann das angefangen hat.«

Er überlegte kurz. »Kurz nachdem Thyge dieses Modul ausgetauscht hat, würde ich sagen.«

Smilla runzelte die Stirn. »Weißt du noch, wann das war?«

»Sogar ganz genau – der Tag vor dem Geburtstag meiner Frau, am 27. August, und ich musste früher gehen, um die

Torten aus der Konditorei abzuholen.« Sven lehnte sich gegen den Schaltschrank.

Sie erwiderte sein Lächeln, zog die Wartungsmappe aus dem Regal und blätterte durch die Einträge. »Hier steht nichts davon.«

Überrascht hob er eine Augenbraue. »Thyge hat definitiv etwas Neues eingebaut, ich weiß nur leider nicht, was da nicht in Ordnung war.«

Smilla schwieg kurz, dann griff sie nach ihrem Handy. Während das Freizeichen ertönte, wanderte ihr Blick zur offenen Anlage. Nach wenigen Sekunden meldete sich eine junge Stimme: »KraftVolt Elektrotechnik, guten Tag. Wie kann ich Ihnen helfen?«

Erleichtert, nicht an ihre Schwägerin geraten zu sein, begrüßte sie die Auszubildende: »Hej, Mara, wie geht's?« Nachdem sie ein paar Worte gewechselt hatten, kam Smilla zum Punkt. »Könntest du bitte nachsehen, ob wir ein Ersatzteil für die Kälteanlage des Igloo Hotels verschickt haben?« Während sie wartete, tippte sie ungeduldig mit den Fingern gegen die Kante der Wartungsmappe.

»Ich hab hier einen Eintrag«, meldete sich Mara nach kurzer Zeit. »Wir haben es am 5. September rausgeschickt. Ich kann dir die Infos mailen, wenn du willst.«

Smilla hielt inne. Das war mehrere Tage nach dem angeblichen Austausch.

»Danke, das wäre super.« Sie beendete das Gespräch, öffnete die Mail mit den Unterlagen und sagte kurz darauf nachdenklich: »Was auch immer Thyge eingebaut hat – es war nicht von uns.«

Sven verschränkte die Arme. »Vielleicht hat er den Fehler erst mit einem anderen Teil überbrückt und euer Bauteil später installiert?«

Smilla schüttelte den Kopf. »Lass uns nachsehen. Warte, ich schalte die Anlage aus.«

Nachdem das erledigt war, beugte sie sich vor und öffnete vorsichtig das Gehäuse. »Verdammt, es ist schlecht zu sehen. Gibst du mir mal die Taschenlampe?«

Sven reichte sie ihr, und Smilla leuchtete ins Innere der Anlage. Von außen sah das Modul aus wie das Original, doch irgendetwas irritierte sie. Sie beugte sich näher, verglich die Seriennummer mit den Unterlagen.

»Das ist definitiv nicht unser Bauteil.«

Er rieb sich das Kinn. »Dann müsste das Teil noch irgendwo hier sein.«

Gemeinsam gingen sie in den Materialraum, durchsuchten die Lagerfächer, wühlten sich durch Kisten mit Ersatzteilen und Werkzeugen.

»Was für ein Chaos«, brummte Sven genervt. Dann zog er einen kleinen Karton hervor, riss die Lasche auf – und hielt das Originalmodul in der Hand.

»Ungeöffnet.« Seine Stimme klang trocken. »Hat er's einfach vergessen?«

Smilla starrte auf das Bauteil. »Wie kann das sein?«

Sven ließ die Schachtel sinken. »Na ja … es gab Tage, an denen er nicht unbedingt in Bestform war.«

Smilla verstand sofort. Langsam lehnte sie sich gegen das Regal, den Blick auf das Modul in Svens Händen gerichtet.

»Dann wissen wir ja, was zu tun ist.«

Finn schüttelte den Kopf. »Das ist ja ein Ding! Aber wenn er etwas Falsches installiert hat, wieso hat die Anlage dann funktioniert?«

»Es zog mehr Strom, als vorgesehen war. Das hat in einigen Situationen eine Art Kettenreaktion ausgelöst, an deren Ende sich die Kühlung aus Sicherheitsgründen ausgeschaltet hat.«

Sichtlich beeindruckt sah er sie an. »Wow! Das muss man auch erst mal wissen…«

»Bei solchen Dingen dauert es oft lange, bis man dahinterkommt. Mit der KI ist es einfacher geworden, aber in diesem Fall konnte sie auch nicht helfen.«

Finn zog sie an sich und raunte ihr zu: »Klug, warmherzig und hilfsbereit, obendrein noch unfassbar sexy. Ich bin verloren!«

»Du verstehst es, Komplimente zu machen.« Sie stellte sich auf Zehenspitzen und küsste ihn.

Schnell waren die technischen Probleme vergessen, und ihre Berührungen wurden leidenschaftlicher, bis er sie auf einmal losließ und einen Schritt zurücktrat. Er fuhr sich erneut mit einer Hand durchs Haar und atmete hörbar aus. »Smilla, ich kann nicht …«

Sie fühlte sich, als hätte sie ein Schlag in den Magen getroffen. Was war das nur mit den Männern in ihrem Leben? Sie zwang sich, ruhig zu bleiben. »Bringst du mich bitte nach Hause?«

Sein Blick veränderte sich, und unter anderen Umständen hätte sie wetten wollen, dass er verletzt war. Sie wandte sich ab und ging zur Treppe. »Ich verabschiede mich nur schnell von deiner Großmutter.«

Er antworte nicht, und sie eilte hinunter in die Küche. Anna saß in ihrem Lehnstuhl, sie blickte ihr erwartungsvoll entgegen.

»Finn bringt mich zurück ins Igloo Resort. Ich wollte mich nur rasch für die köstlichen Zimtschnecken bedanken«, sagte sie.

»Komm her, Kind!«

Sie trat näher, und Anna griff nach ihrer Hand. »Jeder Mensch hat seine Wunden, nicht wahr?«

Sie nickte. »Das stimmt.«

»Ich habe Finn seit seiner Rückkehr nach Alitjávri noch nie so entspannt erlebt wie in den letzten Tagen. Willst du mir einen Gefallen tun, Mädchen?«

Sie nickte und sagte zögerlich: »Natürlich. Wenn ich kann.«

»Du hast eine besondere Kraft. Nutze sie klug, und du findest dein Glück.«

Verwirrt nickte sie.

»Versprich es mir.« Anna drückte ihre Hand.

Smilla schluckte. Was sollte sie sagen? Sie erwiderte den Händedruck und flüsterte seltsam berührt: »Ich will es versuchen.«

»Gut«, sagte Anna nachdrücklich. »Morgen wird ein schöner Tag. Warum fahrt ihr nicht mit dem Schlitten raus und genießt, was uns das Leben schenkt?« Dabei blickte sie an ihr vorbei, und als Anna sich umsah, stand Finn in der Tür.

»Oma …!«

»Dich habe ich nicht gefragt.« Anna sah sie erwartungsvoll an, und sie fühlte eine Wärme aus Akzeptanz und Erwartung in sich wachsen. Sie wusste so wenig über Finn. Was, wenn er ähnliche Ängste hatte wie sie? Hatte er sie nicht vorhin noch gewarnt, dass es nicht unkompliziert mit ihm werden würde, und nun rannte sie schon davon? Es war nur fair, ihn anzuhören, und wenn er wirklich so ein guter Scout war, wie Siri behauptet hatte, würde ein Ausflug mit dem Rentierschlitten zumindest informativ werden. Falls er ihn mit ihr unternehmen wollte.

»Ich freue mich schon die ganze Zeit darauf«, sagte sie, und einem Impuls folgend beugte sie sich hinunter zu Anna und raunte ihr zu: »Ich mag Finn. Ich mag ihn sehr.«

Anna strahlte sie an. »Ich weiß, Kind.« Und zu Finn sagte sie vernehmlich: »Pass auf dein Mädchen auf!« Damit waren sie offensichtlich entlassen, denn die alte Frau griff nach ihrer Tasse, trank einen Schluck und schloss die Augen.

22. KAPITEL

Finn

Hatte seine Großmutter Smilla wirklich gerade als *sein Mädchen* bezeichnet? Für einen kurzen Augenblick hoffte er, der Boden würde sich unter ihm auftun. Sie war immer so schrecklich direkt!

»Wenn etwas sein sollte, ruf mich an, Oma«, sagte er nur und folgte Smilla in den Hausflur, um sich die Schuhe anzuziehen. Was war nur los mit ihr? Sie hatten nach dieser einzigartigen Nacht doch einen schönen Tag miteinander verbracht, oder nicht? Sie nur anzusehen, brachte ihn beinahe schon um den Verstand, und oben, als sie sich geküsst hatten, wäre er fast zu weit gegangen. Kein Wunder, dass sie ihn jetzt so kühl behandelte. Was hatte er sich nur dabei gedacht – auf der Baustelle, in all dem Staub? Sein Zimmer ging sowieso nicht. Darin schlief er ja noch in seinem alten, schmalen Bett, und das war nicht mal frisch bezogen. Smilla verdiente Respekt, und er hatte die wildesten Fantasien im Kopf, was er mit ihr … *Verdammt!*

Seine Großmutter ahnte offensichtlich, wie es um ihn bestellt war. Aber ihre Einmischung war ihm peinlich. Wie sollte er Smilla erklären, dass Anna weit über die Grenzen von Alitjávri hinaus nicht nur als ehemalige Grundschullehrerin, sondern vor allem als eine *Noiade*, eine *Wissende* bekannt war? Er glaubte nicht an Hellseherei oder die Magie der Schamanen, obwohl Annas Weissagungen bisher immer eingetroffen waren, soweit er davon wusste. Sie besaß eben eine große Lebenserfahrung und hörte den Menschen zu. Daran lag es.

Andererseits hatte sie seine katastrophale Beziehung zu Isabelle nahezu auf den Punkt genau analysiert, als er sich damals mit gebrochenem Herzen zu ihr geflüchtet hatte.

Dabei waren sich seine Verlobte und Anna nie begegnet, obwohl er sich das gewünscht hätte. Aber Isabelle hatte immer wieder Ausflüchte gefunden, um nicht mit ihm zusammen nach Sápmi reisen zu müssen. Jedenfalls stellte es sich heute so für ihn dar. Ein kalter Luftzug riss Finn aus seinen Gedanken.

»Smilla, warte doch!« Rasch eilte er ihr nach, die Jacke zog er sich im Laufen an. Bevor er den Wagen erreicht hatte, entriegelte er die Türen mit der Fernbedienung. Smilla stieg ein, als könnte sie es nicht erwarten, von ihm wegzukommen.

Er folgte ihr und ließ den Motor an. Wenigstens klappte das, heute war es mit acht Grad unter null nicht zu kalt dafür. Die Heizung tat ihr Bestes, um das Wageninnere zu erwärmen.

»Smilla, habe ich irgendetwas falsch gemacht?«

»Nein, ich …« Sie sah auf ihre Hände und sprach leise: »Ich bin ein bisschen aus der Übung in diesen Dingen. Normalerweise gehe ich nicht so schnell mit jemandem ins … Du weißt schon. Und wenn es für dich nur eine einmalige Sache war, dann musst du mir das jetzt sagen!« Sie wandte sich ihm zu und wirkte geradezu verzweifelt. »Ich verliebe mich. Unsinn, ich habe mich in dich verliebt, und wenn es für dich nur ein

Vergnügen zwischendurch war, dann ist das auch okay. Aber dann würde ich lieber nicht noch einmal … Dann würde ich abreisen, bevor es tiefer geht. Ich möchte mein Herz in einem Stück behalten.« Sie sah ihn mit einem Ausdruck komischer Verzweiflung an. »Himmel, das alles wollte ich auf keinen Fall sagen! Was ist nur mit mir los?«

Finn fand ihre Aufrichtigkeit hinreißend. »Ich würde dich gern umarmen«, sagte er und seufzte erleichtert, als sie zustimmend nickte und es ihm gestattete, sie in seine Arme zu schließen, was im Auto nicht ganz einfach war. Er küsste ihre Schläfe und sagte: »Ich dachte, ich hätte klargemacht, dass mir etwas an dir liegt. Aber wahrscheinlich bin ich auch ein bisschen aus der Übung.« Jetzt war es an ihm, verlegen zu sein. »Ich mag dich, Smilla. Ich mag dich sehr und wünsche mir, dass wir uns näher kennenlernen.« Er löste sich von ihr und grinste. »Das geht am besten, wenn du nicht abreist. Aber wenn es sein müsste und du das wolltest, würde ich auch dahin kommen, wo du zu Hause bist.« Entsetzt sah er, wie sich ihre Augen mit Tränen füllten. »Möchtest du das nicht?«

»Nein. Ja, natürlich!« Smilla kramte in ihrer Tasche. »das ist sehr lieb von dir, dass du das sagst. Es ist nur, ich habe eigentlich momentan kein richtiges Zuhause. Kein eigenes jedenfalls, und zu meinen Leuten willst du nicht kommen. Simon würde …«

»Dein Bruder ist ein bisschen schwierig, kann das sein?«

»Eigentlich nicht. Oder doch, neuerdings. Jedenfalls war es noch nie so schlimm wie im Augenblick.« Sie seufzte, und er war sich nicht sicher, ob es daran lag, dass sie ein Taschentuch gefunden hatte, oder am Verhalten ihres Bruders. »Aber das ist nicht dein Problem. Komm, lass uns losfahren, wir stehen hier schon viel zu lange mit laufendem Motor.«

Er ließ den Wagen langsam auf den Weg rollen, den Carls Schwager dankenswerterweise sauber geräumt hatte, und bog in Richtung Alitjávri ab, als ihnen Julia mit einem Rentierschlitten entgegenkam. Finn hielt an, um sie zu begrüßen.

»Die Schlittensaison ist eröffnet«, verkündete Julia fröhlich und sah ins Auto. »Hej, Smilla! Ich wollte dich schon anrufen, morgen fährt eine Gästegruppe raus, und ich dachte, du würdest vielleicht mitkommen wollen.«

»Hej, wie geht es dir? Wir haben gerade darüber gesprochen.« Sie sah ihn an.

»Das passt super. Ich wollte dich ohnehin fragen, ob wir morgen einen Schlitten ausleihen könnten. Anna sagt, dass es ideales Wetter geben wird.«

»Da hat sie recht. Wie eigentlich immer.« Zu seiner Überraschung zwinkerte sie dabei Smilla zu, die belustigt antwortete: »Ich jedenfalls zweifle nicht daran.«

»Die Tour startet um elf Uhr und nimmt den Nordweg. Ich schlage aber vor, dass ihr ein bisschen später losfahrt und die andere Strecke nehmt. Sie ist ein bisschen kürzer und schöner, aber dort steht eine Herde Rene, und ich möchte nicht, dass sie von einer ganzen Gruppe gestört werden.«

»Wir werden Rücksicht nehmen.«

»Das weiß ich doch.« Julia lächelte und erklärte ihnen, dass es zur Hälfte der Fahrt einen Stopp gäbe, damit sie Mittagessen konnten. Dabei wehrte sie ihr Rentier freundlich ab, das sie immer wieder anstupste. »Ich muss weiter, meine Kleine hat Hunger, wie ihr seht«, sagte sie lachend und verabschiedete sich.

»Das klingt wunderbar. Ich freue mich darauf«, sagte Smilla begeistert, als sie weiterfuhren. »Habe die Rene eigentlich alle Namen?«

»Sohkar ist ein *Flaschenkind.* Julia hat sie von Hand aufgezogen.«

»Oh, das war Sohkar? Ich hatte eine andere Augenfarbe in Erinnerung. Mehr so einen Goldton, aber dann muss ich mich wohl geirrt haben. Die sind ja eindeutig blau. So hübsch!«

»Hast du nicht. Rentiere in der Polarregion ändern die Farbe ihrer Augen je nach Jahreszeit. Im Sommer, wenn es fast ständig hell ist, sind sie goldfarben. Das reflektiert viel Licht und schützt so die Netzhaut. Im Winter, wenn die Dunkelheit überwiegt, wechselt die Farbe zu einem tiefen Blau. Das verbessert die Lichtaufnahme und hilft ihnen, bei Dämmerlicht besser zu sehen, was überlebenswichtig ist. Die Veränderung geschieht durch eine Schicht im Auge namens *Tapetum lucidum*, die hinter der Netzhaut liegt. Diese Schicht reflektiert das Licht zurück auf die Fotorezeptoren und verstärkt das Sehen.« Er warf ihr einen Blick zu und sah, dass sie grinste. Fragend sah er sie an.

Smilla lachte. »Das war ein beeindruckender Vortrag. Danke sehr.«

Finn musste ebenfalls lachen. »Entschuldige, da ist der Mediziner mit mir durchgegangen. Ich wollte dich nicht langweilen.«

»Überhaupt nicht. Ich hätte gedacht, dass es am Schnee liegt, oder an mir – und damit falschgelegen. Danke für die Erklärung. Es gibt so viel Neues zu lernen, wenn man genauer hinsieht.«

Finn freute sich über ihr Interesse, und als sie am Eishotel ankamen, war seine Laune bestens. Er parkte hinter dem Chalet, gemeinsam trugen sie Smillas Einkäufe ins Haus, und er half ihr, sie fortzuräumen. »Ich werde mich jetzt verabschieden«, sagte er leise, als er den letzten Einkaufsbeutel zusammengefaltet hatte. Er wollte nicht aufdringlich sein, nicht zu viel verlangen.

Sie trat näher und nahm seine Hand. »Ich verstehe, wenn du lieber bei Anna übernachtest, um da zu sein, falls sie dich brauchen sollte. Aber du bist auch bei mir willkommen.«

Ihre Worte erfüllten ihn mit einer Mischung aus Erleichterung und Freude. Er wollte bei ihr sein, jede Sekunde mit ihr verbringen. »Ich bleibe«, sagte er sanft und zog sie in seine Arme.

Ihre Lippen trafen sich in einem zärtlichen Kuss, der all seine Zweifel und Ängste wegwischte. Finn spürte, wie sich sein Herz öffnete. Er entzündete ein Feuer im Kamin, und das Flackern der Flammen tauchte den Raum in ein behagliches Licht. Sie setzten sich auf das Sofa, und Finn zog Smilla an sich. Ihre Köpfe lagen dicht beieinander, ihre Atemzüge vermischten sich, während sie die Wärme und die Nähe des anderen genossen.

»Weißt du, ich habe immer davon geträumt, so jemanden wie dich zu treffen«, flüsterte Smilla. Ihre Finger strichen sanft über seine Wange, während sie ihn ansah. »Jemanden, der mich versteht, der für mich da ist.«

Finn lächelte und küsste sie auf die Stirn. »Und ich habe immer gehofft, dass ich jemanden wie dich finde. Eine Frau, die sich für mein Leben interessiert und es mit Freude füllt, die mein Zuhause, mein Zufluchtsort in schlechten Zeiten ist und für die ich all das auch sein kann.«

Er zog sie näher zu sich, ihre Nähe weckte seine Leidenschaft. Smilla kuschelte sich an ihn, und ihre Hände wanderten über seinen Körper, erkundeten jede Kurve und jeden Winkel, als wollten sie jede Einzelheit in sich aufnehmen. Ihre Berührungen wurden intensiver, ihre Küsse verlangender. Die Zeit schien stillzustehen, während sie sich in ihrer Leidenschaft verloren. Es gab keine Zurückhaltung, keine Zweifel. Es war, als hätten sie beide nur auf diesen Moment gewartet.

Später, als sie eng umschlungen im Bett lagen, war nur das leise Knacken des Feuers im Kamin zu hören. Finn fühlte sich vollkommen, als ob er endlich angekommen wäre. Er ließ ihre langen blonden Haare durch seine Finger gleiten und lehnte sich vor, um ihre Augenlider zu küssen.

»Lust auf einen Drink in der Eisbar?«

»O ja! Dürfen wir denn da einfach so reingehen?«

»Selbstverständlich. Wir müssen doch schließlich überprüfen, ob die Kristallleuchter noch ordentlich hängen«, sagte er schmunzelnd. »Im Ernst, in erster Linie ist die Bar ein Ort für zahlende Gäste, aber momentan ist das Resort noch nicht komplett ausgebucht, und außerdem sagt niemand etwas, wenn wir mal zu einem besonderen Anlass hingehen.«

Schon beim Betreten der Bar umfing sie eine klare, fast überirdische Atmosphäre, die in Kombination mit der trockenen Luft auf der Haut zu prickeln schien. Der kathedralenartig hohe Raum strahlte eine schimmernde Bläue aus, und das Licht, das durch die Eisskulpturen und Wände brach, verstärkte es noch. Jeder Schritt knirschte auf dem mit Schnee und Eis bedeckten Boden und hallte leise wider, was das Gefühl der

Abgeschiedenheit und des Zaubers noch verstärkte. Hinter der frostfunkelnden Eistheke der Bar leuchteten die bunten Flaschen wie kostbare Edelsteine, eingefroren in einer Zeitkapsel.

Obwohl Finn das alles nicht zum ersten Mal sah, war er sofort wieder gefangen von der einzigartigen Stimmung. Es kam ihm vor, als träte er in eine andere Dimension ein, und Smilla schien ebenso beeindruckt zu sein. Während ihre Cocktails zubereitet wurden, beobachtete er, wie sie sich voller Begeisterung umsah. »Das ist super! Wollen wir uns dort hinten hinsetzen?« Sie zeigte auf die aus klaren Eisblöcken geformten Bänke, die mit Rentierfellen bedeckt waren.

Finn nahm die Getränke entgegen und folgte ihr. Es war gar nicht einfach, die Eisgläser zu tragen, ohne dass sie einem aus den Fingern glitten.

Smilla setzte sich, nahm ihm eines der dickwandigen, eckigen Gläser ab und drehte es amüsiert in den Händen. »Wie soll man denn daraus trinken?«

»Vor allem vorsichtig, würde ich sagen.«

Sie nahmen einen Schluck, und es hätte nicht viel gefehlt, und ihm wäre der türkisfarbene Cocktail aus dem Mundwinkel getropft.

Smilla wischte sich mit dem Handrücken übers Kinn und kicherte. »Beim nächsten Besuch stecke ich mir einen Strohhalm ein. Aber es ist wirklich etwas Besonderes. Mir kommt es vor, als schmeckten die Aromen in der Kälte intensiver und klarer.«

»Wirklich? Ich habe das Gefühl, als würde meine Zunge gleich am Eis kleben bleiben.«

Sie beugte sich vor und leckte ihm über einen Mundwinkel.

»Mhm, Gin Tonic, Curaçao und – Gold? Du hast einen exquisiten Geschmack.«

»Allerdings.« Er sah ihr tief in die Augen und hauchte ihr einen zarten Kuss auf die Lippen.

Smillas Wangen röteten sich, und am liebsten hätte er sie über die Schulter geworfen und ins Bett geschleppt, wie ein ungehobelter Steinzeitmensch. Sie musste es ihm angesehen haben, denn sie lehnte sich zurück und lächelte verheißungsvoll. Diese Kombination aus zurückhaltendem Charme und sinnlicher Verheißung würde ihn irgendwann um den Verstand bringen.

»Hi, sitzt hier jemand?«

Ein junges Paar stand vor ihnen. Smilla machte eine einladende Geste. Der Mann lächelte, und die beiden setzten sich vorsichtig, fast ehrfürchtig, als begingen sie eine Zeremonie.

»Wir sind mit David verabredet. Er ist hier der Fotograf. Entschuldigt, ich bin so aufgeregt«, sagte die junge Frau. Sie hatte den langsamen, melodischen Südstaatenakzent einer US-Amerikanerin.

»Seid ihr hergekommen, um zu heiraten?«, fragte Finn. Er kannte und mochte David. Sie verband die Erfahrung, aus einem trockenen Land und großer Hitze hierhergekommen zu sein. David stammte aus Jericho, nicht weit vom Toten Meer entfernt, und er lebte schon seit mehreren Jahren in Alitjávri.

»Genau«, sagte der junge Mann. Finn schätzte ihn auf höchstens Mitte zwanzig. »Las Vegas fanden wir irgendwie lahm, aber vor allem bedeutet hier zu heiraten, dass nur die wichtigsten Leute dabei sind. Ich glaube, da kommt er.«

Smilla leerte ihr Glas. »Wolltest du mir nicht noch etwas zeigen?« Sie blinzelte dabei, und er verstand.

»Ja, entschuldigt uns. Wir wollen los. Viel Erfolg mit der Besprechung. David ist einer der Besten, bei ihm seid ihr in guten Händen.«

Sie verabschiedeten sich, und als sie zum Ausgang gingen, sagte Smilla: »Ich wusste ja, dass es fantastisch aussehen würde, aber dieses Licht schafft eine fast spirituelle Atmosphäre, findest du nicht auch?«

Er stimmte ihr zu. »Die Leute reden sogar leise, als wollten sie die stille Pracht nicht stören. Das hier ist mehr als nur eine Bar – es ist eine Hommage an die Natur, die Kunst und das menschliche Streben nach Schönheit in der Kälte des hohen Nordens.«

»Oh, wow! Genau so fühlt es sich an. An dir ist ein Dichter verloren gegangen.«

»Der Text stammt aus dem Prospekt des Hotels«, sagte er belustigt. »Aber deshalb ist er nicht weniger wahr. Was machen wir jetzt?«

»Ich hätte Lust auf ein Glas Wein, ungekühlt, und einen schönen Film, was meinst du?«

»Ich bin dabei.«

Als sie Seite an Seite durch die kalte Nacht spazierten, schimmerten auf einmal Schleier der Polarlichter über dem See, als ob jemand den Himmel mit fluoreszierenden Farben bemalt hätte.

In diesem Augenblick war er sich sicher, dass dies der Beginn von etwas Wundervollem war, etwas, das sein Leben für immer verändern würde.

23. KAPITEL

Smilla

Der Tag begann mit einem Hauch von Abenteuer. Finn hatte bei ihr übernachtet, und nun fuhren sie zu Anna, um dort gemeinsam zu frühstücken, bevor sie ihre geplante Schlittenfahrt antraten. Gerade als sie in die schmale Straße nach Björkholmen abbiegen wollten, sah sie den Hund.

»Bitte halt an!«, rief sie, und Finn bremste sofort. Der Wagen schlingerte ein wenig, aber kam schnell zum Stehen.

»Da ist der Hund.« Sie deutete durchs Seitenfenster auf das Tier, das am Straßenrand in Richtung Kirchplatz rannte. Sein Fell war zerzaust, er wirkte ungepflegt, aber munter.

»Welcher Hund?«, fragte Finn und blickte neugierig aus dem Fenster.

»Von dem ich dir erzählt habe. Er ist mir schon ein paar Mal über den Weg gelaufen. Er sah so traurig aus, dass ich ihn mit meinem Sandwich gefüttert habe.«

Finn runzelte die Stirn. »Ich kenne ihn nicht, aber vielleicht gehört er jemandem hier in der Gegend. Wir sollten die Augen offen halten.«

»Können wir ihm nachfahren und gucken, wohin er läuft?«

»Klar, kein Problem.« Er wendete den Wagen und fuhr langsam die Straße entlang. »Ich sehe ihn nicht mehr.«

Vor der alten Schule mussten sie dem Bus nach Kiruna ausweichen, und als der vorbeigefahren war, lag der Platz menschenleer vor ihnen. Doch weit und breit war kein Vierbeiner zu sehen.

Smilla stieg aus und sah sich um, doch der Hund blieb verschwunden. Die Kälte biss in ihre Wangen, und sie kehrte zum Auto zurück. »Merkwürdig. Ich habe schon Kåre gefragt, niemand scheint ihn zu kennen.«

»Na ja, irgendwo muss er zu Hause sein. Bei diesen Temperaturen hat ein Haustier in der Natur keine Chance«, sagte Finn und schlug erneut den Weg nach Björkholmen ein. »Ich werde mich mal umhören.«

Das Licht des Vormittags war weich und schien alles in ein zartes Blau zu tauchen. Smilla fühlte sich warm eingepackt in ihrer Winterkleidung und spürte die Vorfreude auf den bevorstehenden Tag.

Als sie bei Anna ankamen, wurden sie von ihr mit offenen Armen und einem herzlichen Lächeln empfangen.

»Setzt euch, ihr beiden«, sagte Anna fröhlich. »Ich habe gerade den Kaffee fertig.«

Sie halfen dann aber doch, den Tisch zu decken. Der Duft von frisch gebackenem Brot und warmem Kaffee lag in der Luft. Es gab einen Teller mit dünnem *knäckebröd*, und in einem Korb lagen dicke Scheiben, die nur darauf warteten, mit Butter und Marmelade oder einer Lachscreme aus den typischen Tuben bestrichen zu werden. Smilla stellte Schüsseln mit *filmjölk*, einer milden Dickmilch, wie sie ihr nur hier so gut schmeckte, Müsli und Beeren und eine kleine Platte mit geschnittener Gurke und Karottenstäbchen dazu.

Während sie alles staunend betrachtete, hörte sie das leise Zischen und Brutzeln vom Herd, wo Finn ein Omelett zubereitete. Der verlockende Duft von gebratenen Eiern und Kräutern vermischte sich mit den anderen Aromen im Raum. Kaffee dampfte in ihrer Tasse, ein kräftiges, aromatisches Versprechen für einen guten Start in den Tag. Entzückt ließ sie ein Stück Käse hineinfallen und lehnte sich zurück. »Du machst dir viel zu viel Mühe, Anna.«

»Greift ruhig zu. Der Ausflug an der frischen Luft wird euch hungrig machen«, entgegnete sie lächelnd.

Smilla griff nach einem Stück Knäckebröd, bestrich es mit Butter und belegte es mit einer Scheibe Käse, während Finn das Omelett auf einen Teller gleiten ließ und es mitten auf den Tisch stellte. Dieses Frühstück war nicht nur eine Mahlzeit, sondern ein liebevoll gestaltetes Ritual.

Während sie aßen, fragte sie nach Finns Ferienaufenthalten in Alitjávri, und er erzählte von den Abenteuern, die er mit Carl und anderen Kindern erlebt hatte, aber auch, was er von Anna und den Rentierhirten über die Natur gelernt hatte. »Das war der Grundstein für die wichtigsten Entscheidungen, die ich später in meinem Leben getroffen habe«, sagte er, und sie sah ihm an, wie tief die Verbindung zwischen ihm und seiner Großmutter war. Wann immer Anna sprach, schien es Smilla, als ob sie in jedem ihrer Worte und Gesten ihre Liebe und Fürsorge für Finn ausdrückte.

Nach dem Frühstück gingen sie noch einmal nach oben in die erste Etage, damit sich Smilla notieren konnte, welche

Materialien sie für ihre Arbeiten an der Elektrik brauchte und ob ihr Werkzeug fehlen könnte. Und dann wurde es Zeit, zu Julias Hof hinüberzugehen. Als sie ankamen, sahen sie drei Schlitten zwischen den hohen Stämmen der Bäume verschwinden. Das musste die Gruppe sein, von der Julia gesprochen hatte.

Sie führte ein großes Rentier am Zügel, dessen buntes Geschirr im schwachen Mittagslicht in fröhlichem Kontrast zum Weiß der Umgebung stand. Julia begrüßte sie und gab Finn einige Tipps zum Lenken des Schlittens.

»Ihr braucht eine knappe halbe Stunde bis zum Treffpunkt. Dort werden die Rene ausgeschirrt, und es wird Punsch zum Aufwärmen serviert. Anschließend grillen wir entweder draußen oder im Lávvu.«

»Bist du auch da?«

»Normalerweise machen das mein Mann oder meine Schwester, aber diesmal wird alles von einem Mitarbeiter vorbereitet, ich komme nachher dazu«, sagte sie und sah auf die Uhr. »Ich wünsche euch eine gute Fahrt. Wir sehen uns später.« Damit eilte sie davon.

»Ich führe das Ren erst mal vom Hof und ein Stück die Straße entlang«, sagte Finn und half ihr, in den Schlitten einzusteigen. Smilla saß bequem und warm auf Fellen und wickelte sich zusätzlich in eine der bereitliegenden Decken ein. Die Kufen des Schlittens glitten mit einem schnarrenden Geräusch über den festgefahrenen Schnee, ein leichtes Ruckeln und Vibrieren ließ sie kleine Unebenheiten des Wegs spüren, und Smilla war froh, dass der Sitz, auf dem sie saß, so gut gepolstert war.

Am Waldrand setzte sich Finn zu ihr. Er hielt die Zügel locker in den Händen und schnalzte mit der Zunge. Das Ren zog an und bog gleich darauf mit gleichmäßigen Schritten auf einen ungeräumten Weg ab, wo es einer älteren Spur folgte.

Smilla war beeindruckt, wie souverän er lenkte, und sagte zu Finn: »Ein Glück, dass hier schon vor uns jemand gefahren ist. Sonst wüsste man gar nicht, wo es langgeht.«

»Es kennt seinen Weg. Wahrscheinlich würde es auch ohne die Zügelhilfe nicht davon abweichen.«

»Auch nicht, wenn es ein paar leckere Flechten im Unterholz entdeckt?«

Er lachte. »Okay, dann würde es vielleicht doch auf Abwege geraten. Die Rene können ganz schön störrisch sein, es dauert lange, ihnen das Schlittenziehen beizubringen.«

Bald lag die Siedlung hinter ihnen, und die Landschaft öffnete sich in eine weite Ebene, auf der Baumgruppen zu sehen waren, an denen man sich orientieren konnte. Smilla genoss die Fahrt, die hier draußen nun auch weniger holprig war.

Die Atmosphäre wirkte ganz anders, als sie es erwartet hatte. Himmel und Erde waren die Eckpfeiler eines Doms, der nicht von dieser Welt zu sein schien, erhaben und gewaltig, wie es kein menschliches Bauwerk jemals hätte sein können. Der Zauber der Natur war nahezu überwältigend, die Farben einzigartig, wie mit einem breiten Pinsel gemalt. Am Horizont leuchtete ein Streifen zartes Rosa, das sich mit einem Hauch von Gold mischte. Es war, als ob ihnen die Sonne einen Gruß schickte, ein Versprechen von Wärme und Licht inmitten der eisigen Kälte. Je höher sie blickte, desto intensiver wurde das Blau, das dieser Zeit des Tages ihren Namen gegeben hatte.

Die blaue Stunde spiegelte sich in den schneebedeckten Bäumen und dem glitzernden Frost auf den Zweigen wider. Die Landschaft erstrahlte in einem magischen Licht.

Das Geräusch der Kufen, die durch den Schnee glitten, verband sich mit dem Knirschen des Schnees unter den breiten Hufen des Rens zu einer beruhigenden Hintergrundmelodie. Ab und zu schnaubte es, und manchmal stiegt Smilla ein erdiger und moschusartiger Duft in die Nase. Er war nicht unangenehm, aber fremdartig, und sie erkannte, welch außerordentliches Privileg es war, dass dieses halbwilde Ren sie so bereitwillig durch seine Heimat zog.

Finn, der eine ganze Weile geschwiegen hatte, stupste sie an. »Sieh mal die Herde.« In der Ferne waren dunkle Punkte zu sehen, die sich langsam eine Anhöhe hinauf auf den Waldsaum zubewegten. »Für die Sámi ist das der erhabenste Anblick, sagt meine Großmutter. Die Herde friedlich nach Futter suchend, trockene Kälte und …« Hier lächelte er. »Sonnenschein.«

»Irgendwo scheint sie bestimmt.« Smilla legte ihren Kopf an seine Schulter. »Ich kann mich nicht erinnern, wann ich mich zuletzt so eins mit dem Universum gefühlt habe.«

Er gab ihr einen Kuss auf die Nasenspitze. »Ich bin froh, dass du genauso empfindest. Solche Wintertage vergisst man nie, aber auch in schneefreien Zeiten ist unsere arktische Landschaft einzigartig – wo sie noch in Takt ist, jedenfalls.«

»Es ist unvergleichlich, aber ich liebe auch das Licht und freue mich auf den Sommer«, sagte sie leise. Dabei entging ihr das hoffnungsvolle Aufleuchten seiner Augen nicht. Konnte es wirklich sein, dass Finn sich wünschte, sie bliebe hier?

Warum eigentlich nicht? Wenn ich Arbeit finde …

Plötzlich huschte ein Schatten am Waldrand entlang. Es war ein Fuchs, dessen silberfarbenes Fell eine gute Tarnung war. Hätte er sich nicht bewegt, sie hätten ihn niemals bemerkt. Ab und zu hörten sie das ferne Rufen eines Vogels, der sich in den kahlen, verschneiten Zweigen versteckte.

Finn und Smilla redeten nicht viel. Sie fühlte eine tiefe Verbundenheit mit der Natur, die sich in jeder Faser ihres Seins ausbreitete. Es war, als ob die Zeit hier langsamer verginge, als ob die Welt in diesem Moment innehalten würde.

Während sie weiterfuhren, dachte Smilla, dass es keinen anderen Ort auf der Welt gab, an dem sie in diesem Augenblick lieber gewesen wäre.

»Wir sind gleich da. Hast du Hunger?« Finn zeigte nach vorn, wo Rauch aufstieg.

»Nach *dem* Frühstück?«, fragte sie belustigt. Aber ihr Magen schien anderer Meinung zu sein, denn als sie näher kamen und ihnen der Duft von Gegrilltem entgegenwehte, meldete er sich mit einem spürbaren Knurren. Offensichtlich sorgte frische Luft selbst dann für einen gesunden Appetit, wenn man sich nicht bewegte.

Am Lagerplatz brachten sie zuerst das Ren in ein improvisiertes Gatter, wo die anderen hungrig dicke Knäule von Flechten fraßen. Smilla war fasziniert von Finns Geschick und seiner ruhigen, sicheren Art im Umgang mit den Tieren. Aus der Nähe waren sie doch recht groß, und sie war froh, dass sie ihr aus dem Weg gingen. Trotzdem half sie dabei, ihrem braven Zugtier das Geschirr abzunehmen.

Bei Finn schien jeder Handgriff zu sitzen, aber er hatte ja

auch viel mehr Erfahrung. »Du machst das wirklich gut«, sagte sie bewundernd.

»Danke. Es ist eine Frage der Übung und des Vertrauens. Die Rentiere sind wunderbare Tiere, wenn man sie richtig behandelt.« Er schloss das Gatter, und sie gingen hinüber zu dem großen Zelt, das Julia Lávvu genannt hatte.

Auf der Rückfahrt ließ Smilla den Ausflug Revue passieren. Beim Picknick, das köstlich gewesen war, hatten sie das amerikanische Paar wiedergetroffen. Die beiden zeigten sich freundlich und offen. Ethan war Landwirt und würde den Betrieb der Eltern übernehmen, Brooke hatte gerade ihren Abschluss als Erzieherin gemacht. Begeistert erzählte sie von ihrer neuen Stelle, der geplanten Hochzeit und den Vorbereitungen. Smilla kam es seltsam vor, dass sich die junge Frau schon mit einundzwanzig binden wollte, aber das behielt sie für sich. Es ging sie ja auch nichts an, und sie fühlte sich wohl in ihrer Gesellschaft und genoss die lockere Unterhaltung.

Die Begegnungen mit Menschen und Wildtieren, die Schönheit der Natur, die Atmosphäre – all das trug dazu bei, dass sie sich diesem Land näher fühlte als je zuvor.

Finn brachte sie zurück zum Igloo Resort. Sie verabschiedeten sich schnell, denn er hatte einen Anruf bekommen und wirkte besorgt. Smilla fragte sich, ob schon wieder Rene von der Straße zu retten waren. Sie hätte nicht gedacht, welch große Gefahr der motorisierte Mensch für die hiesige Tierwelt darstellte.

»Es kann länger dauern«, sagte er und sah auf die Uhr.

Sie lächelte. »Ich bin heute Abend mit Siri im Koka Kafé verabredet. Übernachtest du in Björkholmen, oder …«

Er zupfte spielerisch an einem der Ohren ihrer Mütze. »Wenn du versprichst, mich nicht zu beißen, *lilla varghonan*, würde ich gern zu dir kommen.«

»*Kleine* Wölfin?« Sie bleckte kurz die Zähne, aber ihr gefiel der Kosename. »Es gibt ein sicheres Mittel gegen das Gebissenwerden.« Sie strich ihm mit den Fingerspitzen über die Wange.

Er schloss sie in seine Arme. »Und was wäre das, *min lilla varghona*?«, fragte er nach einem viel zu kurzen Kuss.

»Finde es heraus, wenn du wieder hier bist.«

Finn versprach, sich zu melden, sobald er auf dem Rückweg war, und Smilla sah ihm nach, als er in die Dunkelheit fuhr. Ein leises Ziehen in ihrem Herzen machte ihr klar, dass sie ihn vermissen würde, auch wenn er nur kurz weg sein sollte.

24. KAPITEL

Smilla

Nach einer heißen Dusche räumte Smilla auf und setzte sich anschließend mit einer Tasse Tee aufs Sofa, um die Erlebnisse der letzten Tage in ihr Journal zu schreiben. Sie versuchte, einen freundlichen Polarwolf zu zeichnen, und scheiterte. Die Schnauze war viel zu lang, aber die Ohren sahen immerhin ganz passabel aus. Lachend griff sie nach dem Handy. Finn hatte eine Nachricht geschickt, dass er noch einen zweiten Termin hereinbekommen hätte. Sie sandte eine Sprachnachricht zurück: »Alles gut. Wie gesagt, falls du mich nicht antriffst, bin ich im Koka Kafé.«

Sie hatte vor, mit Carl zu reden. Jetzt, da sie nicht mehr als Elektrikerin für ihn arbeitete, war es nur fair, ihm Miete für das komfortable Häuschen zu bezahlen, in dem er sie so uneigennützig wohnen ließ.

Vor ihrer Verabredung mit Siri wollte sie außerdem bei Kåre vorbeigehen, um ihr das gewaschene Kleid zurückzubringen, das sie sich für die Party geliehen hatte. Sie war froh, dass es einen geräumten Fußweg und Laternen gab, die bis zum Kirchplatz führten. Die Straße wäre sie in der Dunkelheit nicht entlangspaziert, und mit dem Auto wollte sie nicht unbedingt fahren. Die Bewegung tat trotz der Kälte gut, und sie freute sich schon auf die nächste Fly-Bungee-Stunde mit den anderen Frauen.

Kåre saß an der Nähmaschine und stand auf, als Smilla hereinkam. »Die Mütze steht dir wirklich super!«

»Danke! Und du hast recht, sie hält schön warm.« Sie setzte die Mütze ab und erzählte von ihrem Ausflug mit dem Rentierschlitten.

»Es freut mich riesig, zu sehen, wie gut es dir bei uns gefällt. Nicht jeder erträgt die lange Dunkelheit im Winter.«

»Ich kann nicht sagen, dass ich mich nicht auf die Rückkehr der Sonne freuen würde. Aber wenn man in Bewegung bleibt, ist es ganz gut auszuhalten. Während der Bauarbeiten am Eishotel war es einfacher«, sagte sie ehrlich. »Aber ab morgen helfe ich Finn im Haus seiner Großmutter, das hält mich auf Trab.«

»Ist es etwas Ernstes mit euch?«

Verlegen schob sie sich eine Haarsträhne aus dem Gesicht, die sich aus ihrer Hochsteckfrisur gelöst hatte. »Es ist alles noch frisch, aber ich mag ihn sehr.« Sie zog die Tüte mit dem Kleid aus der Tasche. »Ich habe es gewaschen und gebügelt.«

»Was, das Kleid? Behalt es bitte, es steht dir so gut, und nach den Änderungen passe ich nun wirklich nicht mehr hinein.« Kåre machte eine abwehrende Geste und wollte nichts davon wissen, als Smilla anbot, es ihr zu bezahlen.

Sie bedankte sich. »Sehen wir uns heute Abend im Koka?«

»Wahrscheinlich nicht. Wir haben heute Tanztraining, und danach bin ich meistens so platt, dass ich schon auf dem Heimweg einschlafe.«

»Weil der ja auch so weit ist.« Smilla zeigte auf das alte Schulhaus und jetzige Gemeindezentrum gegenüber, das im Licht der Strahler sonnengelb leuchtete und den Kirchplatz zu einem pittoresken Ort machte, obwohl er mit Kirche sicher viel schöner ausgesehen hatte.

Auf dem Rückweg hielt sie nach dem kleinen Hund Ausschau, doch er schien heute Nachmittag nicht unterwegs zu sein. Smilla war froh darüber, denn die Autos fuhren schnell, was bei geräumten Straßen kein Problem war, denn hier hatte jeder Spikes an den Reifen. Für ein Tier aber war der Verkehr gefährlich.

Als Smilla das Koka Kafé erreichte, wirkte das flache, unscheinbare Gebäude mit den hell erleuchteten Fenstern einladender denn je. Neben dem Eingang steckten Fackeln im Schnee, und im Windfang empfing sie eine angenehme Wärme. Sie freute sich darauf, Siri zu treffen und ein wenig Ablenkung von den wirren Gedanken zu finden, die sie in den letzten Tagen geplagt hatten. Siri stand hinter dem Tresen und winkte ihr zu.

»Hej, schön dich zu sehen! Setz dich, ich habe uns deinen Lieblingstisch reserviert«, begrüßte die Freundin sie fröhlich. Sie hatte das leuchtende Rot ihrer Haare nicht verändert, trug aber wieder ihre übliche Kleidung, die eher bequem als sexy wirkte.

Smilla zog den dicken Mantel aus und wechselte in leichtere Schuhe, bevor sie sich auf der Bank am Tisch niederließ. Die Atmosphäre im Kafé war wie immer gemütlich, der Duft von Kaminholz lag in der Luft, und die Gäste plauderten leise. »Was gibt's Neues?«, fragte sie, als die Freundin mit einem Tablett in der Hand zu ihr kam.

»Erst mal Kaffee.« Siri setzte sich und schob ihr einen Becher zu. »Du siehst verfroren aus.«

Sie erzählte von ihrem Spaziergang zu Kåre und zeigte auf die Tüte. »Sie hat mir das Kleid geschenkt. Ich muss mich irgendwie revanchieren. Hast du eine Idee, wie?«

»Absolut! Kåre liebt Macarons. Aber es müssen ganz bestimmte sein. Sie werden in einer Konditorei in Kiruna hergestellt. Wenn du das nächste Mal hinfährst, kauf ihr einfach ein halbes Dutzend. Die andere Hälfte kannst du mir mitbringen.« Siri lachte.

»Sind die wirklich so gut?«

»Besser. Du musst sie unbedingt probieren! Warte, ich schicke dir den Link zum Laden.« Nachdem das erledigt war, lehnte sie sich vor und senkte die Stimme, als wäre sie im Begriff, ein großes Geheimnis zu lüften. »Der kleine Hund war hier! Eine der Köchinnen hat zugegeben, dass sie ihn manchmal mit Resten füttert.«

»Wirklich? Wir haben ihn heute Morgen gesehen und sind ihm bis zum Kirchplatz gefolgt, aber dann war er plötzlich verschwunden. Er sah nicht gut aus, ziemlich struppig.«

»Das fand ich auch.« Siri trank einen Schluck. »Wir haben ihm etwas zu fressen gegeben und versucht, ihn zu fangen, aber er ist sehr scheu.«

»Dass er gefüttert wird, erklärt, warum er immer wieder auftaucht. So ein Tier muss doch einen Besitzer haben, oder?«

»Das hoffe ich auch«, sagte Siri, bevor sie das Thema wechselte.

»Hast du schon von unserem Winterseefest gehört? Es ist

wieder ein Eiskarussell geplant, und Carl, Finn und mein Bruder sind dieses Jahr in dem Team, das daran arbeitet.«

»Wie schön«, erwiderte Smilla abgelenkt. Der arme Hund, dachte sie und fragte sich, ob er überhaupt ein Zuhause hatte.

»Das ist es, und der Eisskulpturen-Wettbewerb wird bestimmt auch wieder spannend. Zum Fest kommen die Leute inzwischen von weither, sie lieben die Stände mit Kunsthandwerk und samischem Essen. Das Koka Kafé ist dieses Jahr mit einem eigenen großen Zelt dabei. Wir machen Fladenbrot mit Butter und Zimt, heiße Schokolade, Kaffee natürlich, Grillwürstchen … Ach, du wirst es lieben!«

Smilla war erfreut über die Aussicht auf ein Fest, das für sie ein bisschen nach Weihnachtsmarkt klang, und wollte gerade fragen, was ein Eiskarussell sei, als ihr Handy klingelte.

»O nein, das ist meine Schwägerin. Die ruft nie an, hoffentlich ist nichts passiert.«

»Hallo, ist alles in Ordnung?«, fragte Smilla zögernd, als sie das Gespräch annahm.

»Ich will nicht, dass du wieder herkommst«, schnarrte Nicoles Stimme ohne Begrüßung durch das Telefon.

»Warum sagst du das, ist etwas passiert?«

»Hör auf, dich dumm zu stellen!« Ihre Stimme überschlug sich. »Ich weiß genau, was du vorhast.«

»Ach ja? Dann erleuchte mich.«

»Tu bloß nicht so! Alle hier wissen, dass du mich rausekeln willst.«

»Nicole, das ist nicht wahr! Ich …« Ratlos suchte sie nach Worten, da hatte ihre Schwägerin bereits aufgelegt.

»Ich fasse es nicht!«

Siri sah sie besorgt an. »Die Frau hat ja eine schrecklich schrille Stimme.«

»Sie war betrunken«, sagte Smilla verstört. »Es tut mir leid ...« Sie stand auf.

»Komm, ich bringe dich nach Hause«, bot Siri an, aber Smilla schüttelte den Kopf.

»Schon gut, ich gehe allein«, sagte sie hastig, zog sich an und verließ das Café. Draußen waren die Temperaturen weiter gefallen, und die Sterne funkelten am klaren Nachthimmel.

Smilla ging aber nicht nach Hause, sondern zuerst zur Rezeption des Igloo Resorts, um den Schlüssel für ihren neuen Mietwagen abzuholen. Die Mietwagenfirma hatte den anderen gegen ein kleineres Modell ausgetauscht, dessen Reifen nun auch mit Spikes versehen waren. Sie war froh, dass die Rezeptionistin aus ihrer Fly-Bungee-Gruppe mit Gästen beschäftigt war und ihr nur wortlos den Schlüssel rüberschob. Momentan war sie wirklich nicht zu Smalltalk aufgelegt. Was dachte sich Nicole nur dabei, ihr diese absurden Vorwürfe zu machen? Sie nahm sich vor, ihre Pflegemutter anzurufen und sich zu erkundigen, was da bei ihr in Rotfelden los war.

Der Hotelparkplatz war gut gefüllt, und es dauerte eine Weile, bis sie das Auto fand. Es war mit der Nase nach vorn eingeparkt, stellte sie erleichtert fest. Seitdem sie in Hamburg wohnte, fuhr sie selten Auto, und mit einem fremden Wagen bei Dunkelheit als Erstes rückwärts auszuparken, hätte sie nervös gemacht. Sie stieg ein, rückte den Sitz weiter nach hinten und rollte langsam aus der Parklücke, als sie im Licht der Scheinwerfer eine Bewegung wahrnahm.

Was war das, ein Fuchs?, fragte sie sich, doch auf den zweiten Blick erkannte sie den Streunerhund. Er schien verletzt zu sein. Sofort hielt sie an, sprang aus dem Wagen und lief hinüber. Er blutete. Ohne zu zögern, kniete sich Smilla neben ihn. »Hey, Kleiner«, sagte sie sanft. »Was ist passiert?«

Der Hund sah sie mit schmerzerfüllten Augen an, und Smilla wusste, dass sie handeln musste. Sie hob ihn vorsichtig hoch, trug ihn zum Auto und legte ihn in den Fußraum vor dem Beifahrersitz. So schnell es ging, umrundete sie den Wagen und sprang hinein. Der Hund winselte leise und sah zu ihr auf. »Ich helfe dir!«, sagte sie beruhigend und fuhr vorsichtig zum Chalet zurück.

Unterwegs rief sie Finn an, erreichte aber nur die Mailbox. Aufgeregt erzählte sie, was passiert war. »Ich bringe ihn zu mir. Bitte melde dich so schnell du kannst.« Als Nächstes tippte sie auf Siris Nummer, die Freundin ging sofort ran. »Siri, ich habe den kleinen Streuner gefunden. Er ist verletzt. Kennst du die Nummer der Tierrettung?«

»Warum rufst du nicht Finn an?« Siri klang verwundert.

»Ich habe ihn nicht erreicht. Bitte, Siri! Das Tier braucht dringend Hilfe.«

»Ja, klar. Ich gebe Bescheid, dass es ein Notfall ist.«

Während sie ihn ins Haus trug, überlegte sie, wie man bei einem Hund Erste Hilfe leistete. Im Grunde hätte sie ihn gar nicht anfassen und bewegen dürfen. Er hätte in seiner Angst um sich beißen können. Aber bei der Kälte wäre es auch nicht richtig gewesen, ihn da draußen auf dem Parkplatz zu lassen.

Gerade hatte sie ihn behutsam auf eine Decke gebettet, als endlich Finn anrief. »Smilla, was ist passiert?«

Beim Klang seiner Stimme löste sich ihre innere Anspannung, und sie schluchzte: »Der Hund, der kleine Streuner. Er wurde angefahren!«

25. KAPITEL

Smilla

Eine Viertelstunde später hörte Smilla ein Klopfen an ihrer Tür. Finn trug zwei große, dunkle Taschen in den Händen und einen hellen Handkoffer über die Schulter. »Wo ist unser Patient?«, fragte er ruhig, stellte alles ab und zog seine Jacke aus.

»Gut, dass du so schnell kommen konntest!« Aufgeregt eilte sie ihm voraus.

»Erzähl mir genau, was passiert ist«, sagte er mit sanfter Stimme und ging vor dem Sofa in die Hocke. Während er sich ihre Schilderung anhörte, nahm er ein Stethoskop aus seinem Rucksack. Der Hund zitterte heftig, obwohl sie ihm eine warme Decke übergelegt hatte.

»Die Atmung ist flach, aber gleichmäßig«, sagte Finn wenig später. Er sprach beruhigend auf den Hund ein, während er seine Finger prüfend über die Wirbelsäule gleiten ließ, dann weiter hinunter zu den Rippen. Anschließend zog er mit Daumen und Zeigefinger eine Lefze nach oben. Ein warnendes Brummen war zu hören, doch er ließ sich nicht beirren. »Die Schleimhäute sind blass. Aber wenn er innere Blutungen hätte, wäre er schon viel schwächer.« Er ließ die Hände weiter wandern, prüfte die kleinen Pfoten, beugte und streckte die Gelenke. »Es ist übrigens eine Hündin«, sagte er mit einem schnellen Blick zu Smilla und lächelte, bevor er mit der Untersuchung fortfuhr.

Als er die rechte Hinterpfote berührte, zuckte das Tier zurück und stieß einen kläglichen Laut aus.

»Hier ist sie empfindlich.« Finn runzelte die Stirn, strich mit den Fingerspitzen über das Gelenk. »Vielleicht verstaucht, vielleicht ein Haarriss. Kannst du mir einen Gefallen tun, Smilla? Bringst du mir den Alukoffer? In der blauen Tasche findest du zwei Röntgenschürzen und Handschuhe. Ich möchte sie röntgen und brauche deine Hilfe dabei.«

Eilig holte sie die Sachen. Finn erklärte ihr, was sie tun musste, und im Nu waren die Aufnahmen gemacht, und sie konnten die Röntgenbilder auf dem Bildschirm ansehen. »Es ist nichts gebrochen.«

»Bin ich froh!« Behutsam hielt sie die kleine Hündin, damit Finn ihre Verletzungen versorgen konnte. Erleichtert bemerkte sie, wie ruhig und konzentriert er arbeitete und dabei jede Reaktion der Hündin im Auge behielt. Nachdem der Verband angelegt war, bettete er das erschöpfte Tier auf einer weiteren Decke, die Smilla auf dem Sofa ausgebreitet hatte.

»Ich habe ihr ein Schmerzmittel gegeben, das auch beruhigend wirkt. Sie darf heute nichts fressen, aber du solltest darauf achten, ob und wie viel sie trinkt. Die Kleine ist eine Kämpferin, sie wird schnell wieder gesund«, sagte er zuversichtlich. »Ich muss jetzt weiter. Ein Kälbchen erwartet mich.«

Smilla begleitete ihn zur Tür und gab ihm den Zweitschlüssel. »Falls ich einschlafen sollte«, sagte sie und unterdrückte ein

Gähnen. »Aber ich stelle mir den Wecker, um regelmäßig nach ihr zu sehen.«

Finn verabschiedete sich mit einem Kuss auf ihre Stirn. »Ich komme zurück, sobald ich kann«, versprach er.

Nachdem er gegangen war, setzte sie sich zu der kleinen Patientin. »Du brauchst einen Namen«, sagte sie und betrachtete sie genauer. Das Fell sah struppig aus und war obendrein blutverkrustet. Aber man erkannte die karamellbraune Grundfarbe mit den dunklen Flecken, die sie an Kekse mit Schokoladenstückchen erinnerten. *Cookie.* Smilla musste schmunzeln. Das war der perfekte Name.

Schnell schlief Cookie ein, und sie schickte Siri ein Foto mit der kurzen Nachricht, dass alles in Ordnung mit ihr war. Als gleich darauf das Telefon klingelte, leuchtete jedoch die Nummer ihrer besten Freundin Louisa aus Hamburg auf.

»Na, wie läuft's mit deinem Eismann?«, fragte sie zur Begrüßung.

»Haha! Finn ist alles andere als das.«

»Tatsächlich? Hast du herausgefunden, wie groß er ist?«

Smilla lachte. »Du willst von Männern auch immer nur das Eine.«

»Du meinst, sie zu superreichen *Hotties* zu machen?« Louisa lachte. »Das ist schließlich mein Job, und ich bin gut darin, das Beste für ein talentiertes Model herauszuholen.«

Damit hatte sie zweifellos recht. Ihre Agentur vertrat einige der erfolgreichsten Models und Influencer. Vielleicht sollte sie Finn wenigstens davon erzählen. Bestimmt hatte er viel Geld in die Renovierung von Annas Haus gesteckt, und so gut verdiente ein Landtierarzt vermutlich auch nicht.

»Also gut. Ich frage ihn. Und ja, du hattest wieder den perfekten Blick. Er hat die ideale Modelgröße und ist …« Sie räusperte sich. »Ähm, ziemlich gut in Form.«

»Ich wusste es … Sag mal, was ist denn das für ein Fiepen?«

Cookie hatte sich im Schlaf bewegt und dabei leise geweint. Smilla strich ihr behutsam übers Ohr, und die Kleine kuschelte sich tiefer in ihr provisorisches Körbchen.

»Ich habe auf dem Hotelparkplatz einen verletzten Hund gefunden«, sagte sie und erzählte alles, was heute geschehen war.

»Liebe Güte! Langweilig ist es aber nicht da oben im Ewigen Eis«, sagte Louisa beeindruckt.

»Hoffentlich nicht ewig, der Sommer soll ganz zauberhaft sein. Aber es stimmt, hier ist eine Menge los. In Rotfelden aber auch.« Sie erzählte Louisa von Nicoles unverschämtem Anruf.

»Ich wusste, dass meine *liebe Schwägerin* mich nicht mag. Aber ich hatte keine Ahnung, wie sehr sie mich verabscheut.«

»Mach dir nichts draus. Wenn du mich fragst, solltest du keinen Gedanken mehr an die dumme Pute verschwenden. Bleib in Schweden und gib der Liebe eine Chance.«

»Du wirst lachen, aber ich denke ernsthaft darüber nach. Allerdings dürfte es nicht ganz so einfach werden, einen Job zu finden.«

»Ich habe Kiruna gegoogelt. Meinst du nicht, dass so eine riesige Bergbaufirma jemanden mit deiner Ausbildung gebrauchen kann? Ich wette, die zahlen gut, um Freiwillige so weit in den Norden zu locken.«

Sie sagte nicht, dass sie keine Ambitionen hatte, für einen Konzern zu arbeiten, der dem Land und den Menschen großen

Schaden zufügte. Louisa hatte ein gutes Herz, aber in ihrem Business konnte sie vermutlich nicht wählerisch sein, deshalb wollte sie kein Salz in irgendeine Wunde reiben. »Bis in die Stadt ist es ganz schön weit von hier aus. Aber ich werde mich demnächst umhören. Ab morgen helfe ich erst mal Finn beim Renovieren.«

Louisa kicherte. »Ist dir eigentlich klar, wie häuslich du klingst? Du baust gemeinsam mit deinem Mann das Nest aus, und den obligatorischen Familienhund hast du auch schon. Wie sieht's mit Kindern aus? Ist da was in Sicht?«

»Fuck you very much«, sagte Smilla belustigt. »Finn ist nicht *mein Mann.*« Sie schluckte und sagte leise: »Aber ich hätte nichts dagegen, wenn er es werden würde.«

»Im Sinne von *Ehemann*? Mach dich nicht unglücklich!« Nach ihrer Scheidung hatte Louisa geschworen, niemals mehr zu heiraten. Ihre Ehe war eine Schnapsidee in Las Vegas gewesen. Die beiden hatten sich damals erst kurz gekannt, und die Trennung hatte doppelt so lange gedauert wie die wenigen glücklichen Monate der Ehe.

»Du weißt, dass ich nicht so spontan bin. Erst mal wäre ich froh, wenn es mit Finn weiter so gut liefe wie im Augenblick. Ich weiß ja nicht einmal, ob er überhaupt Interesse an etwas Langfristigem hat.«

»Dann finde es heraus. Dein leiblicher Vater war doch Schwede. Vielleicht ist es ein Wink des Schicksals, dass du dich ausgerechnet dort verliebst. Du bist doch verliebt, oder?«

»So sehr, dass es mir manchmal Angst macht«, gab sie zu und warf einen Blick auf Cookie, die ungeschickt versuchte, aufzustehen. »Ich muss aufhören. Der Hund wird unruhig.«

Sie verabschiedeten sich, und Smilla holte frisches Wasser für Cookie, die ein paar Schlucke trank und sich dann wieder auf ihrem Platz ausstreckte.

Nachdem sie vergeblich versucht hatte, ihre Mutter zu erreichen, und ihr eine Nachricht auf der Mailbox hinterlassen hatte, rief sie die zweite Staffel einer unterhaltsamen Serie auf, die sie gelegentlich zur Entspannung ansah.

Das Klappen der Haustür weckte sie. Ein Blick auf die Uhr verriet ihr, dass es weit nach Mitternacht war und sie bestimmt eine Stunde lang fest geschlafen hatte. Sie streckte sich und sah nach Cookie. Finn kam zu ihr. Er wirkte erschöpft, aber zufrieden. »Das Kälbchen ist gesund und trinkt schon«, sagte er lächelnd. »Wie geht es unserer Patientin?« Trotz seiner offenkundigen Müdigkeit untersuchte er die Hündin und stellte fest, dass mit ihr alles in Ordnung war.

»Sie braucht ein bisschen Zeit, um die Verletzungen zu heilen, und du solltest sie draußen nicht ohne Leine herumlaufen lassen, aber sie kommt wieder auf die Beine.«

Erleichtert fragte Smilla: »Warum braucht sie eine Leine?«

»Sie muss eine Weile unter Beobachtung bleiben, und du willst doch nicht, dass sie wegläuft? Außerdem könnte der Unfall sie schreckhaft gemacht haben, und die Gefahr ist zu groß, dass sie ein zweites Mal vor ein Auto springt.«

»Das möchte ich auf keinen Fall!« Erschrocken sah sie ihn an. »Aber woher bekomme ich Halsband und Leine? Sie braucht ja auch Futter, ein Körbchen …«

»Ich habe ein bisschen was von zu Hause mitgebracht.«

»Danke! Möchtest du einen Tee oder etwas essen?«

»Ich möchte nur schlafen«, gab er zu. Er trug Cookie auf

ihrer Decke hinüber und legte sie vor dem Bett ab, dann verschwand er im Bad.

»Gute Nacht, min lilla varghona«, murmelte er wenig später und zog sie in seine Arme, bevor er in einen tiefen Schlaf fiel.

Smilla lauschte seinem gleichmäßigen Atem und beobachtete dabei die Polarlichter, die am Nachthimmel tanzten. Louisa hatte recht, sie sollte mutig sein und sich für eine große Veränderung in ihrem Leben entscheiden.

Wenn er es auch will, dachte sie und bemühte sich, die stets in ihr lauernde Furcht vor Zurückweisung zu ignorieren.

26. KAPITEL

Smilla

Am nächsten Tag fuhr Smilla mit Cookie, aber ohne Finn, nach Björkholmen. Er war am frühen Morgen zu einem Notfall gerufen worden.

Anna begrüßte sie und beugte sich über die Reisetasche, die Smilla kurzerhand zum Tiertransportkorb umgerüstet hatte. »Du bist aber eine Süße!«

Sie stellte die Tasche in der Küche ab, und Cookie versuchte, herauszuklettern. Anna füllte eine Schüssel mit Wasser.

»Finn hat angerufen und mir alles erklärt. Ich passe gern auf den Hund auf, solange ihr oben arbeitet. Er lässt dir ausrichten, dass er schon unterwegs zum Baumarkt ist«, sagte sie.

Smilla wäre lieber mit ihm zusammen einkaufen gefahren, aber sie waren sich einig, dass Cookie auf keinen Fall so lange allein gelassen werden sollte, und sie mitzunehmen, hätte nur unnötigen Stress für das verletzte Tier bedeutet. Siri, die gern geholfen hätte, war den ganzen Tag ohne Unterbrechung im Spa gebucht.

»Hoffentlich findet er alles«, sagte sie und nahm eine niedlich geblümte Kaffeetasse entgegen.

»Weißt du, Smilla«, begann Anna, »Finn ist vor eineinhalb Jahren nach einem tragischen Unglück nach Alitjávri gekommen. Er hat Schlimmes durchmachen müssen.«

Smilla sah sie erschrocken an. Er hatte eine Trennung erwähnt. So was war immer schmerzhaft, aber das hier klang weitaus dramatischer. »Das wusste ich nicht«, sagte sie leise.

»Es fällt ihm nicht leicht, darüber zu sprechen.« Anna legte ihr eine Hand auf den Arm. »Er wird es dir erzählen, wenn er bereit ist. Finn macht sich irrationale Vorwürfe. Aber ich bin überzeugt, dass er dich liebt.«

Überrascht sah sie auf. »Ich mag ihn auch sehr, aber Liebe? Wir kennen uns doch kaum.«

»Glaube mir, wenn man seinen Seelengefährten trifft, dann spürt man das.«

Sie wusste nicht so recht, was sie dazu sagen sollte. Ihre Mutter hatte geglaubt, dass der attraktive schwedische Wissenschaftler ihr *Soulmate* war und sie füreinander bestimmt wären. Anfangs hatte das vielleicht sogar gestimmt – bis zu dem Tag, als Smillas Vater einfach ohne ein Wort des Abschieds oder der Erklärung verschwunden war. Das war der Anfang vom Ende gewesen. Sie schloss kurz die Augen, um die unwillkommene Erinnerung zurückzudrängen.

Anna sah sie aufmerksam an. »Wie sehen deine Pläne aus, Smilla?«

»Ich schaue mich mal oben um.« Ihr war bewusst, dass es unhöflich war, das Gespräch auf diese Weise abzubrechen, aber sie wollte es im Augenblick nicht fortführen. Sie trug ihre Tasse zur Spüle und ging in die Hocke, um Cookie hinter den Ohren zu kraulen. »Sei schön brav, hörst du?«

Mit einem feinen Lächeln nickte ihr Anna zu und versprach, Bescheid zu geben, falls sie Hilfe mit Cookie brauchen sollte. Smilla bedankte sich und joggte die Treppe in den ersten Stock hinauf.

Es war nicht leicht, ihre innere Handwerkerin zu zügeln und einfach ohne Finn anzufangen. Aber es war sein Zuhause, und sie half nur. Also entschloss sie sich, erst mal aufzuräumen. Überall lagen Werkzeuge, Kabel und Schaltpläne verteilt. Den neuen Schaltschrank im Erdgeschoss hatte sie schon letztes Mal kontrolliert und war froh, dass alle notwendigen Leitungen bis ins Obergeschoss verlegt worden waren. Danach ging sie wieder hinunter und setzte sich an den Tisch, um einen Plan für die Steckdosen und Anschlüsse zu erstellen.

Mittags war Finn zurück. Sie holten die Einkäufe herein, er sah nach Cookie, und gemeinsam aßen sie eine einfache Suppe, deren Duft im gesamten Haus hing. Smilla mochte das. Anschließend zeigte sie ihm ihre Pläne.

Er war mit den meisten Vorschlägen einverstanden. »Eine Sache: Wenn wir die Steckdose hierhin verlegen, wäre es praktischer«, sagte er und zeigte auf eine Stelle in der Wand. »Und der Anschluss für den Router sollte besser dort sein.«

Smilla nickte. »Lass uns anfangen.«

Während Anna in der Küche werkelte und Cookie von Zeit zu Zeit mit einem Leckerli verwöhnte, machten sich Finn und Smilla oben an die Arbeit. Es war eine staubige Angelegenheit, die alten Wände für die neuen Leitungen vorzubereiten, doch sie bewältigten die Aufgabe schneller als gedacht. Finn reichte Smilla Werkzeuge an, sie montierte Steckdosen, und beide lachten über kleine Missgeschicke.

»Ich finde, wir sind ein ziemlich gutes Team«, sagte Smilla und rieb sich mit dem Ärmel über die Stirn.

»Das sind wir«, antwortete er mit einem Lächeln. »Und ich bin froh, dass du hier bist.« Er zog ein sauberes Taschentuch hervor und wischte ihr damit über die Wange. »Staub«, sagte er und küsste sie.

Zwei Tage später war Finn am Nachmittag mit seinen Freunden verabredet.

»Ist es wirklich okay? Du musst hier nicht ohne mich arbeiten«, sagte er.

»Nun geh schon! Ich komme gut allein zurecht.« Sie wollte nicht so weit gehen, zu behaupten, dass er ihr im Wege war, aber was die elektrischen Installationen betraf, kam sie allein schneller voran. Finn neigte dazu, jedes Mal zu hinterfragen, ob der festgelegte Platz für eine Steckdose der beste war und ob ein Lichtschalter wirklich genau an der Stelle angebracht werden sollte, an der sie ihn gemeinsam geplant hatten.

Am frühen Abend hatte sie die LED-Beleuchtung installiert und ging hinunter, um sich von Anna zu verabschieden. »Ab morgen können wir streichen. Ich bin sicher, vor dem Luciafest ist alles so weit fertig, dass Finn die Räume einrichten kann.«

»Macht ihr das nicht gemeinsam?«

»Wie meinst du das?«

»Na ja, ich mag altmodisch sein, aber ich würde ein Wörtchen mitreden wollen, wenn es um mein zukünftiges Zuhause geht.«

Smilla seufzte und umarmte die alte Frau. »Danke, Anna. Aber das hier ist dein Zuhause, und ich helfe nur dabei, es ein bisschen zu modernisieren.«

»Natürlich, Kind. Und dafür bin ich dir auch sehr dankbar.«

Auf der Rückfahrt streichelte sie Cookie, die zusammengerollt und mit einem Geschirr gesichert auf dem Beifahrersitz lag. »Warum habe ich das Gefühl, dass Anna bereits die Hochzeit zwischen Finn und mir plant?«, fragte sie ihre kleine Beifahrerin. Sie hatte versucht, mit ihm über Annas Andeutungen zu sprechen, als er aus Kiruna zurückgekehrt war. Doch anstelle einer Antwort hatte er sie geküsst und war dem Thema damit erfolgreich ausgewichen.

Im Chalet fütterte sie Cookie, duschte und versuchte vergeblich, ihre Mutter zu erreichen. Nach dem dritten Anruf hinterließ sie eine Nachricht auf der Mailbox: »Hallo, Barbara. Ich weiß nicht, was da bei euch los ist, aber ich würde sehr begrüßen, wenn du mich zurückrufst.« Es war ihr bewusst, dass sie genervt klang. Sie atmete tief durch und sagte freundlicher: »Ich hab dich lieb! Bitte melde dich.«

Anschließend zog sie Cookie einen wärmenden Hundemantel aus Fleece an und legte ihr das blinkende Leuchthalsband um, das Finn zusammen mit einer Leine, Hundefutter und einem neuen Körbchen aus Kiruna mitgebracht hatte. »Der Kühlschrank ist leer, wir gehen essen!«, sagte sie, und die Hündin lief aufgeregt zur Tür, als hätte sie Smilla genau verstanden.

Im Koka saß Siri auf der Bank ihres Lieblingstischs. Sie hatte das Bein hochgelegt und sah blass aus. Ihr Fuß steckte in einer Orthese. »Hej, was ist passiert?« Smilla setzte sich zu ihr.

Siri streichelte Cookie und verzog das Gesicht. »Ich bin draußen ausgerutscht.«

»Ach, du meine Güte! Bist du sicher, dass nichts gebrochen ist?«

Sie hob den Arm und zeigte einen weiteren Verband. »Julia hat mich geröntgt. Der Fuß ist ziemlich heftig verstaucht, das Handgelenk nur leicht.« Siri grinste. »Und du solltest mal meinen Hintern sehen, der Bluterguss ist gigantisch.«

»Ich bin froh, dass du schon wieder lachen kannst.«

»Julia hat mir ein paar gute Pillen dagelassen. Aber ich kann nicht arbeiten, das nervt.«

»Brauchst du Hilfe?«

»Lieb, dass du fragst, aber Mihkku ist wieder da.«

Für einen kurzen Augenblick konnte sie den Namen nicht einordnen.

Das musste Siri ihr angesehen haben. »Mein Bruder. Er ist von seiner Reise zurückgekommen, und stell dir mal vor: Er hat geheiratet!«

»Im Ernst? Wusstest du davon?«

»Kein Sterbenswort haben sie mir verraten. Die beiden kennen sich schon lange. Seine Freundin, also jetzt ja seine Frau, hat sich ein besonderes Fest im großen Kreis gewünscht. Mihkku hätte es gereicht, zum Standesamt zu gehen. In Polynesien, weit weg von zu Hause zu heiraten, war der perfekte Kompromiss. Keine betrunkenen Cousins, die eine Schlägerei anzetteln, die er schlichten muss, und für sie beide ein unvergesslicher Tag mit Erinnerungen, die nur ihnen gehören.« Sie beugte sich vor und sagte verschwörerisch: »Ich würde auch nicht Nein sagen, wenn mir jemand am Strand von Bora-Bora einen Heiratsantrag machte.« Sie griff nach dem Handy und zeigte die Hochzeitsfotos. »Ist das nicht zauberhaft? Dieser

Baldachin am Strand, nach der Trauung ein wunderbares Essen mit garantiertem Sonnenuntergang über dem Meer und die Hochzeitsnacht in dieser genialen Pfahlbauhütte.«

Smilla teilte die Begeisterung ihrer Freundin. Das Paar sah glücklich aus, und sie fragte sich, wie es wäre, mit Finn Hand in Hand barfuß über einen weißen Sandstrand zu laufen. Sie schüttelte den Kopf. Finn war abenteuerlustig, vielleicht wäre er sogar offen für solche Ideen. Aber Carl?

»Ich weiß nicht, ob dein Herzensmann der Richtige für eine Traumhochzeit in der Südsee ist.«

Siri kicherte. »Du hast recht, mit Blumenkranz im Haar und Pareo um die Hüften kann ich ihn mir auch nicht so recht vorstellen.«

Das Gerede übers Heiraten erinnerte sie an Annas Andeutungen zu Finns Vergangenheit, aber sie kam nicht dazu, Siri zu fragen, ob sie mehr wusste, und vielleicht war das gut so. Er würde sicher nicht wollen, dass seine Freunde mit anderen darüber sprachen.

27. KAPITEL

Finn

Finn lehnte sich in den Sitz seines Wagens und lauschte dem leisen Knirschen des Leders. Die letzte Nacht hatte sich gezogen wie zäher Honig: eine kalbende Kuh, ein streunender Husky mit einem gebrochenen Bein und schließlich eine Reihe erschöpfter Schafe, die sich auf mysteriöse Weise in einem Graben verfangen hatten. Solche Einsätze waren Routine – doch heute lasteten sie schwerer auf ihm als sonst.

Vielleicht war es das freudige Geplauder der Frauen über Mihkkus Traumhochzeit, das seine Stimmung in den letzten Tagen beeinflusst hatte. Er war zu höflich, um sich nicht die Bilder vom Strand anzusehen, auf dem die Zeremonie stattgefunden hatte. Nachdem er angemessene Begeisterung vorgetäuscht hatte, klopfte er Siris Bruder freundschaftlich auf den Rücken und gratulierte ihm zu seiner guten Wahl. Der Mann wirkte ausgeglichen und eindeutig zufriedener als im Sommer vor seiner Abreise, und seine Frau zeigte jedem strahlend die Eheringe, die sie sich während ihrer Rucksackreise hatten anfertigen lassen. Er gönnte ihnen das Glück, ganz bestimmt. Aber dieses Gerede übers Heiraten und Reisen an exotische

Orte erinnerte ihn auch an die eigenen Pläne mit Isabelle – die perfekte Location und die lange Wunschliste von Reisezielen, die sie unbedingt gemeinsam erkunden wollten. Ein bittersüßes Gefühl kroch in ihm hoch. Er schob den Gedanken an Isabelle beiseite. Es war vergangen und doch … Es gab Nächte, da konnte er den dumpfen Schmerz nicht verdrängen, den die Erinnerung mit sich brachte. Er war nicht verantwortlich für die damaligen Ereignisse – er wusste das, und doch lastete eine vage, schwer greifbare Schuld auf ihm.

Finn schüttelte den Kopf, als könnte er damit die dunklen Gedanken loswerden. Immerhin, nachdem tagelang die Wolken tief über Sápmi gehangen hatten, klarte es nun auf. Ein paar Sonnenstrahlen drangen zaghaft durch den Nebelschleier und ließen die dünne Eisschicht auf den Autos aufblitzen, als er über den Parkplatz des Eishotels in Richtung ihres Chalets rollte. Die Farben des Himmels waren ein helles, klares Versprechen, dass der Winter nicht endlos dauern würde. Und obwohl die Müdigkeit an ihm zerrte, fühlte Finn sich plötzlich getrieben von einem Verlangen, das all seine Gedanken vereinnahmte – Smilla. Eilig sandte er eine Nachricht an die Praxis in Kiruna, die seine Einsätze koordinierte, und stellte das Handy auf stumm.

Schneeflocken, die sich während der vergangenen Tage um die Haustür gesammelt hatten, waren mittags geschmolzen und bald darauf gefroren. Als er die Tür öffnete, knackte die dicke Eisschicht, und kristallklare Stücke fielen zu Boden. Finn machte einen großen Schritt, trat ein und zog die Schuhe aus, während das Aroma von Kaffee ihn begrüßte. Er schloss kurz die Augen, atmete tief durch und stellte danach seine Tasche ab.

Smilla saß mit gekreuzten Beinen auf dem Sofa vor dem Fenster und las. Die Haare hatte sie zu einem lässigen Knoten aufgesteckt, der flauschige Pullover ließ ihren hellen Teint leuchten. Manchmal dachte er, sein Herz müsste zerspringen, so schön war sie und so begehrenswert. Trotz seiner Müdigkeit spürte er, wie erregt er wurde.

»Hej, Smilla!«, sagte er leise, um sie nicht zu erschrecken.

Cookie sprang auf und lief ihm schwanzwedelnd entgegen. Er bückte sich, um sie zu streicheln, ließ aber Smilla nicht aus den Augen. Mit einem heiteren Lächeln sah sie auf und erhob sich, um ihm entgegenzugehen. Für einen Moment hielt er inne, ließ die Spannung der langen Nacht endgültig von sich abfallen.

»Da bist du ja!« Sie schlang ihm die Arme um den Nacken und küsste ihn sanft. Ihre Stimme klang so weich und freudig, dass er sie lächelnd näher zog und den Kopf für einen kurzen Augenblick an ihrer Schulter vergrub, um ihren unverwechselbaren Duft einzuatmen, der ihn immer an warme Sommer und fruchtige Beeren der Tundra erinnerte.

Finn hatte große Lust, sie ins Bett zu ziehen, aber das musste warten. Mit ziemlicher Sicherheit roch er wie ein Bär nach dem Winterschlaf. Hastig trat er einen Schritt zurück. »Ich komme direkt aus dem Stall. Lass mich rasch unter die Dusche springen …« Er warf ihr einen verheißungsvollen Blick zu, und das Leuchten in ihren Augen ließ sein Herz schneller schlagen.

»Das ist eine gute Idee«, sagte sie mit einem amüsierten Lächeln. »Möchtest du erst essen, oder – später?«

»Was immer du willst«, sagte er und warf ihr eine Kusshand zu, bevor er die Tür zum Bad hinter sich schloss. Wenig später rann warmes Wasser über seine Schultern und erweckte trotz seiner Erschöpfung lustvolle Erinnerungen in ihm. Er dachte darüber nach, wie es sich anfühlen würde, jetzt gemeinsam mit Smilla unter der Dusche zu stehen, ihren Körper zu berühren und dabei diese entzückten Laute zu hören, die ihn jedes Mal beinahe die Kontrolle verlieren ließen. Das spürbare Knurren seines Magens verpasste der erotischen Fantasie allerdings gleich darauf einen Dämpfer. Er hatte mehr als vierundzwanzig Stunden nicht geschlafen und sich weitestgehend von Kaffee ernährt – keine gute Voraussetzung, um seine sinnliche Geliebte glücklich zu machen. Mit zusammengebissenen Zähnen spülte er mit kaltem Wasser die letzten Reste des Duschgels und seine Erregung ab.

Als er zurück ins Esszimmer kam, trug Smilla gerade das Essen auf. Er gab ihr einen Kuss auf die Wange, nahm eine Flasche Wasser aus dem Kühlschrank und setzte sich an den gedeckten Tisch. Der Duft des Essens und das Knistern im Ofen ließen ihn für einen Augenblick vergessen, dass draußen eine frostige Welt existierte.

Finn genoss den gemeinsamen Moment, jede Bewegung und jedes Wort, das sie wechselten, erfüllte ihn mit einer tiefen Ruhe. »Wie geht es Siri?« Wegen ihrer Verletzungen durfte Smillas Freundin nicht im Spa arbeiten, und er wusste, dass sie es nicht lange ertrug, stillzusitzen.

»Sie ist genervt«, bestätigte Smilla seine Vermutung. »Ich habe den Eindruck, dass sie Streit mit Mihkku hatte, aber sie wollte mir nicht sagen, worum es ging.«

»Die beiden liegen sich ständig wegen irgendwas in den Haaren. Sie sind wie ein altes Ehepaar. Miteinander können sie es nicht mehr aushalten, ohneeinander aber auch nicht.«

»Siehst du die Ehe so?« Smilla klang überrascht.

Er zuckte mit den Schultern. »Sieh dich doch um. Die meisten Leute arrangieren sich entweder miteinander, wenn der erste Lack ab ist, oder sie trennen sich und suchen nach neuem Glück.«

Smilla sah ihn nachdenklich an, und er hatte den Eindruck, dass sie ihm widersprechen wollte. Doch dann sagte sie: »Ich war heute Vormittag in Björkholmen, um die Rohre ein zweites Mal zu lackieren. Anna schien nicht gut drauf zu sein, und es war schwierig, sie davon zu überzeugen, dass du die nächsten Tage auch ohne eine heiße Schale ihres selbstgekochten *Bierggojubttsa* überleben wirst. Schließlich hat sie sich aber überreden lassen, sich auszuruhen. Bevor ich zurückgefahren bin, ging es ihr wieder besser, aber ich habe vorsichtshalber Julia Bescheid gegeben, sie wollte nachher sowieso nach ihr sehen.«

Er seufzte. »Sie nimmt es einfach nicht ernst, dass sie nicht mehr die Jüngste ist und sich lieber etwas schonen sollte. Dabei mag ich diese Suppe nicht mal besonders, jedenfalls wenn sie mit Sellerie gekocht wird.«

»Ich weiß, deine Allergie. Aber das musst du ihr schon selbst sagen. Wenn sie auf jemanden hört, dann auf dich.«

»Ich wünschte, du hättest recht«, wollte er sagen, aber in diesem Augenblick störte ein tiefes Grollen die Mittagsstille über dem Resort. Sie beobachteten beide den Rettungshubschrauber, der über die Landschaft hinwegschwebte, schwer wie eine Hummel im Flug.

»Der kam eben schon einmal vorbei«, sagte Smilla leise und legte das Besteck zur Seite. »Hoffentlich war er rechtzeitig da.«

Nach einer kurzen Pause, in der sie beobachteten, wie der Heli in Richtung Kiruna abschwenkte, räumten sie das Geschirr ab und brachten die Küche in Ordnung, bevor sie sich mit einem Becher Kaffee aufs Sofa setzten.

Der Kuss, den Smilla ihm schenkte, war weich und vertraut, und als ihre Körper zueinander fanden, fühlte er die Last der letzten Tage von sich abfallen. Es war kein bloßes Begehren, das ihn erfüllte, sondern etwas Tieferes.

Nach einer Weile lehnte er sich zurück und sah sie an. »Du hast wirklich alles auf den Kopf gestellt.« Es war die pure Wahrheit. Die Art, wie sie in sein Leben getreten war, als wäre sie schon immer da gewesen, ließ ihn nicht los. Sie hatte etwas in ihm geweckt, das er längst verloren geglaubt hatte: die Fähigkeit, Nähe zuzulassen, ohne sich davor zu fürchten. Vielleicht war es Hoffnung. Vielleicht mehr. Doch konnte er sich darauf einlassen, obwohl er wusste, dass sie die Macht hatte, ihn zu verletzen? Finn schloss die Augen, ließ sich von der Wärme ihres Körpers einhüllen und spürte, wie die Müdigkeit ihn einholte. Gerade als er in den Kissen versinken wollte, vibrierte das Handy in seiner Tasche. Widerwillig griff er danach und sah die verpassten Anrufe von Julia. Eine dumpfe Vorahnung krampfte sich in seiner Brust zusammen, und als er ihre Nachricht öffnete, durchzuckte ihn ein kaltes Gefühl.

»Der Rettungshubschrauber. Anna wurde nach Kiruna in die Klinik geflogen. Ich muss zu ihr«, sagte er mit erstickter Stimme und sprang auf.

»Ich fahre! Du hast die Nacht durchgearbeitet.«

Zuerst wollte er widersprechen, aber der sanfte Druck ihrer Hände, das Verständnis in ihrem Blick und die unbestreitbare

Müdigkeit in seinen Knochen ließen ihn nachgeben. Wortlos nickte er. Gemeinsam packten sie das Nötigste zusammen und brachten Cookie nach einem kurzen Telefonat zu Siri, die sich bereiterklärt hatte, auf den kleinen Hund aufzupassen.

Während der Fahrt nagte die Ungewissheit an ihm, eine kalte Angst, die sich tief in seinen Magen krallte. Smilla legte ihm eine Hand aufs Bein, ein beruhigender Druck, der Halt gab, doch der Gedanke an Anna ließ ihn nicht los. Sie war sein Fels, sein sicherer Hafen, und die Vorstellung, dass sie ihn verlassen könnte, erfüllte Finn mit Panik. Um sich zu beruhigen, schloss er die Augen und horchte auf seinen Atem.

Er erwachte, während Smilla den Wagen in der Tiefgarage der Klinik parkte. Gemeinsam eilten sie zum Aufzug.

Als die Türen sich öffneten, entfalteten sich vor ihren Augen beunruhigende Szenen. Die automatische Glastür glitt auf und zu, während Menschen hektisch ein- und ausströmten. Stimmengewirr, eilige Schritte und das Piepen eines entfernten Monitors verschmolzen zu einer rastlosen Geräuschkulisse. Pfleger schoben leere Betten an ihnen vorbei, eine Frau navigierte mit einem Rollwagen voller Dokumente und Proben durch die Menge, während ein übermüdeter Arzt mit gesenktem Kopf an ihnen vorbeihastete, die Kaffeetasse in der Hand wie ein zerbrechliches Heiligtum. Am Tresen rang eine gestresste Mitarbeiterin mit einem klingelnden Telefon und einem Computer, der ständig Meldungen piepte. Endlich erhielten sie die Auskunft, dass Anna die Notaufnahme verlassen hatte und aufgenommen worden war. »Sie wird gerade untersucht. Melden Sie sich im Pflegezimmer der Station.«

Finn bemühte sich um eine freundliche Antwort. Später im

Wartebereich der Abteilung für Innere Medizin ging er rastlos auf und ab, während Smilla ruhig auf einem der grauen Stühle saß, die Hände gefaltet. Sie sah ihn an, als könne sie ihn durch bloßes Anschauen beruhigen.

Er setzte sich. »Was dauert hier so lange?«

Smilla streckte eine Hand aus, und er griff danach, froh, ihre Wärme zu spüren. Er war so unendlich müde.

»Wäre ich doch bloß direkt nach Hause gefahren!«

»Du hättest auch nichts anderes tun können, als die Flugrettung zu alarmieren.«

»Ich kann mir überhaupt nicht vorstellen, was ihr fehlt.« Julia hatte nur gesagt, dass sie Anna ohnmächtig vor dem Ofen in ihrer Küche gefunden hatte. Sie sei gestürzt und hätte geblutet, aber gebrochen habe sie sich nichts. Warum hatte sie dann den Hubschrauber gerufen?

Als hätte Smilla seine Gedanken erraten, sagte sie: »Deine Großmutter ist alt, da wird einem schon mal schwindelig. Bestimmt ist es nichts Schlimmes, aber Julia hat das Richtige getan, sie in erfahrene Hände zu geben.«

Finn nickte. Weil er nicht stillsitzen konnte, bot er an, Kaffee zu holen. Bei der Gelegenheit sah er im Pflegezimmer vorbei, aber dort war gerade Schichtübergabe, und man vertröstete ihn auf später. Andere Leute kamen und gingen, doch sie wurden nicht aufgerufen.

Stunden verstrichen. Er hasste es, im Ungewissen gelassen zu werden, und die schnippische Antwort einer Krankenpflegerin, als er sich zum dritten Mal nach Annas Befinden erkundigte, machte seine Laune auch nicht besser. Mit einem ärgerlichen Grunzen ließ er sich neben Smilla auf den Stuhl fallen.

»Ich bin sicher, sie tun alles, um ihr zu helfen.«

»Wie willst du das wissen, wenn niemand mit uns spricht?« Es war schließlich nicht ihre Großmutter, die da irgendwo um ihr Leben rang.

»Ich verstehe, dass du endlich wissen willst, was los ist. Aber du weißt, es geht nicht um dich.«

Ihm lag eine unfreundliche Antwort auf der Zunge. Sofort rief er sich zur Ordnung. Er war ungerecht. Smilla machte sich bestimmt ebenso große Sorgen wie er, sie ging nur anders mit dieser stressigen Situation um. »Entschuldige«, sagte er leise und drückte ihre Hand. Es war diese verdammte Müdigkeit! Erschöpft lehnte er den Kopf gegen die Wand, schloss die Augen, und die Wärme ihrer Hände gab ihm die Kraft, sich weiter zu gedulden.

28. KAPITEL

Finn

Finn Jokinen?«

»Hier!«, antwortete er, sprang auf und eilte der Ärztin entgegen. Sie sah müde aus, aber sie lächelte.

»Ihrer Großmutter geht es jetzt besser, aber es war gut, dass wir sie gründlich untersuchen konnten. Sie nimmt ihre Tabletten nicht mehr, wussten Sie das?«

»Was für Tabletten?«

Die Ärztin blickte ihn kurz schweigend an und seufzte. »Anna leidet seit Jahren unter einer Herzschwäche.«

Erschrocken sah er sie an. »Wie schlimm ist es?«

»So etwas ist mit den richtigen Medikamenten behandelbar, aber sie hat ihre Untersuchungstermine nicht wahrgenommen, und das ist leichtsinnig.«

»Das verstehe ich nicht. Sie hat mir nie davon erzählt.«

»Ist Ihnen in letzter Zeit etwas Besonderes aufgefallen?«

Er zuckte mit den Schultern.

Smilla dagegen nickte. »Sie fühlt sich oft müde und abgeschlagen. Ihr war manchmal schwindelig oder plötzlich sehr heiß.«

Betroffen sagte er: »Ich dachte, das wäre das Alter.«

Die Ärztin nickte. »Natürlich, aber was Sie beschreiben, sind typische Symptome einer Herzerkrankung.« Ihr Handy brummte, und sie sah kurz aufs Display. »Sie sagt, dass Sie zusammenwohnen?«

»Das stimmt. Ich bin letztes Jahr nach Björkholmen zurückgekommen und … ich rede mit ihr!«

»Machen Sie ihr bitte keine Vorwürfe. Das Beste wäre, wenn Sie gar nichts sagen und die Einnahme der Medikamente in Zukunft dezent kontrollierten. Wir behalten Anna zur Beobachtung über Nacht. Wenn sie stabil bleibt, spricht nichts dagegen, dass sie in ein, zwei Tagen wieder nach Hause in ihre gewohnte Umgebung zurückkehren kann.«

»Danke! Darf ich jetzt zu ihr?«

»Ja, natürlich, Zimmer 309. Aber bitte nur einer von Ihnen und auch nur ganz kurz, sie ist sehr erschöpft, und die Besuchszeit ist vorüber.« Die Ärztin nickte ihm zu und eilte davon.

Anna sah blass, beinahe durchscheinend aus. Finn beugte sich über sie und fragte leise: »Was machst du denn nur, Anna?«

Sie blinzelte und griff nach seiner Hand. »Mir war ein bisschen schwindelig. Aber du kennst ja Julia, sie macht sich immer gleich Sorgen.«

Julia hatte alles richtig gemacht, aber er wollte jetzt nicht mit Anna diskutieren. »Das ist ihr Job«, sagte er.

»Sie ist ein liebes Mädchen. Ich wünschte, ihr Mann wäre nur halb so fleißig.« Anna musterte ihn. »Du siehst erschöpft aus, wollte Johanssons Kälbchen nicht auf die Welt kommen?«

Finn musste grinsen. Immer machte sie sich um andere Sorgen und nahm sich selbst nicht ernst. »Mir geht es prima, Smilla sorgt für mich. Das Kalb lag nicht richtig, aber am Ende ist alles gut gegangen.«

»Du bist ein guter Tierarzt, Finn. Dein Vater kann stolz auf dich sein. Ich bin es jedenfalls.«

Er wollte nicht über seinen Vater reden, musste sie aber doch fragen, ob er ihn informieren sollte.

»Deine Eltern haben viel zu tun, ich will sie wegen so einer Kleinigkeit nicht beunruhigen.«

»Er sollte es aber wissen.«

»Jaja. Ich rufe ihn an, wenn ich wieder zu Hause bin.«

»Also gut.« Im Grunde war er froh, nicht selbst mit seinem Vater sprechen zu müssen. Nachdem er Anna geholfen hatte, ein paar Schlucke Wasser zu trinken, gab er ihr zum Abschied einen Kuss auf die Stirn und ging leise hinaus.

Smilla sah ihm erwartungsvoll entgegen. »Wie geht es ihr?«

»Sie sieht erschöpft aus, scheint aber sonst einigermaßen in Ordnung zu sein.«

»Das ist gut.« Sie lächelte. »Ich habe uns ein Hotelzimmer gebucht.«

Er setzte an, zu widersprechen, doch die Entschlossenheit in Smillas Stimme ließ keinen Raum. »Du bist über vierundzwanzig Stunden auf den Beinen. Anna wird gut versorgt. Es gibt keinen Grund, sich hier im Krankenhaus die Nacht um die Ohren zu schlagen.«

Ein schwaches Lächeln spielte um seine Lippen, und er unterdrückte ein Gähnen. Sie hatte recht, er musste schlafen. »Also gut.«

Später, im Hotelzimmer, brachte der Zimmerservice Burger und Pommes, und Finn spürte, wie ihm das Wasser im Mund zusammenlief. Sie machten es sich im Bett gemütlich und schalteten einen Film an. Wortlos teilten sie Essen und Lachen, fütterten sich abwechselnd mit Bissen von ihrem Burger und genossen die wohltuende Wärme und das Gefühl, nicht allein zu sein. Irgendwann fielen ihm die Augen zu, der Film lief noch leise im Hintergrund, doch er bemerkte es kaum mehr.

Am Morgen erwachte Finn erholt und mit einem Lächeln aus einem glücklichen Traum. Als er sich seiner Umgebung bewusst wurde, erkannte er den Grund dafür. Smilla lag an ihn geschmiegt, er hatte den Arm schützend über sie gelegt. Ihre Anwesenheit machte ihn ruhiger und klarer, und er konnte sich nicht erinnern, wann er zuletzt so empfunden hatte.

Er ließ den Gedanken, dass sie eines Tages nach Deutschland zurückkehren könnte, nur ungern zu. Sie gehörte hierher – nein, sie gehörte zu ihm. Smilla war niemand, den man festhielt, und er wollte sie nicht mit großen Worten überreden. Aber diese unausgesprochene Sehnsucht, dass sie sich entscheiden würde, hierzubleiben, war da, wuchs in ihm mit jeder Stunde, die sie zusammen verbrachten. Während er ihr einen zärtlichen Kuss auf die Schläfe gab, wurde ihm klar, dass er alles daransetzen würde, ihr zu zeigen, wie wichtig sie für ihn geworden war.

Liebevoll ließ er die Hand über ihre Taille gleiten, sie trug nur ein T-Shirt und ihren Slip. Sein Atem beschleunigte sich, als sich ihr Hinterteil an seine morgendliche Erektion presste.

Die Nächte mit ihr waren aufregender, als er es sich erträumt hatte. Aber es war nicht nur das. Sie lachten, redeten und liebten sich. Da war Leidenschaft, wie zu Beginn einer jeden Beziehung, aber auch eine Leichtigkeit, die er so mit einer Frau nie erlebt hatte.

Als Finn das Krankenhaus betrat, fühlte er eine seltsame Mischung aus Anspannung und Erleichterung. Die Nacht im Hotel hatte ihm gutgetan, und er fühlte sich erholt. Doch der Gedanke an Anna, allein in ihrem Krankenbett, lastete schwer auf ihm. Er griff nach Smillas Hand, als sie zusammen den Flur entlanggingen.

»Glaubst du, sie wird die Medikamente in Zukunft nehmen?«, fragte Smilla, ihre Stimme ruhig, aber besorgt.

»Schwer zu sagen. Meine Großmutter war schon immer stur.«

»Stur kann ich mir bei ihr gut vorstellen, aber wir werden in Zukunft darauf achten, dass sie sich an den Einnahmeplan hält.«

Das »Wir« ließ Finn innehalten. Er war derjenige, der sich um Anna kümmern sollte, aber Smillas Anwesenheit gab ihm das Gefühl, dass er nicht mehr allein diese Last tragen musste. Die Nacht in diesem Hotel hatte ihm vor Augen geführt, dass er drauf und dran war, sich in sie zu verlieben, er fühlte sich ihr in vielerlei Hinsicht näher als jemals zuvor.

Als sie Annas Zimmer erreichten, sahen sie die alte Frau aufrecht im Bett sitzen. Sie wirkte erschöpft, aber ihre Augen leuchteten. »Ihr seid wieder da!«

»Natürlich sind wir da, Oma«, sagte Finn und setzte sich neben sie.

»Ich bleibe wohl noch eine Nacht hier.« Sie warf einen Blick auf die Überwachungsmonitore neben ihrem Bett. »Zur Sicherheit, hat die nette Schwester gesagt.«

»Und das ist auch gut so.« Smilla setzte sich auf die andere Seite des Betts. »Du hast uns ganz schön erschreckt.«

»Jaja«, murmelte Anna. »Aber ich bin zäh. So leicht werdet ihr mich nicht los.«

Finns Mundwinkel zuckten nach oben. Er wusste, dass Anna sich ungern eingestand, dass ihr Körper nicht mehr so widerstandsfähig war wie früher. Aber heute fühlte er nur eine große Dankbarkeit, dass sie hier war – dass sie nicht das Schicksal erlitten hatte, vor dem er sich schon seit seiner Rückkehr nach Björkholmen fürchtete. Er streichelte ihre Hand. »Gut zu wissen.«

Anna lächelte, doch dann veränderte sich ihre Miene, und sie wirkte besorgt. »Ihr habt doch zu tun, fahrt zurück. Julias Mann hat morgen in der Stadt zu tun, sagt sie. Er kann mich abends mit zurücknehmen.«

»Auf keinen Fall! Ich erledige ein paar Dingen, Smilla bleibt so lange bei dir, und wenn du so weit bist, fahren wir gemeinsam nach Hause.«

Smilla stimmte ihm zu. »Ganz gleich, wie lange es dauert. Mach dir bitte keine Gedanken.«

Finn küsste sie und zwinkerte Anna zu. »Ich bin bald zurück. Macht keinen Unsinn, ihr beiden.«

Am Nachmittag öffnete er leise die Tür zum Krankenzimmer und trat ein. Er hatte Besorgungen im Baumarkt gemacht, Smilla war in der Klinik zurückgeblieben, um Anna Gesellschaft zu leisten. Im Halbdunkel des Zimmers erkannte er Smilla, die auf einem Stuhl neben Annas Bett saß. Ihr Kopf war gesenkt, sie las auf ihrem E-Reader. Doch als sie das leise Knarren der Tür hörte, hob sie den Blick.

Sobald sie ihn erkannte, erstrahlte ihr Gesicht. Es war, als würde ein warmes Licht von ihr ausgehen, ein Ausdruck von Ruhe und Freude, der ihn sofort erreichte. Sie sah so bezaubernd aus, dass es ihm für einen Augenblick den Atem nahm. Ihr Haar fiel in sanften Wellen über ihre Schultern, und ihr Lächeln – dieses leise, zarte Lächeln – war für ihn wie ein Willkommensgruß.

Sie hob die Hand und legte einen Finger an ihre Lippen. Ein stummes Zeichen. *Anna schläft.* Die Sanftheit in ihrer Geste, während sie auf die alte Dame blickte, löste ein Gefühl warmer Zuneigung in ihm aus. Smilla hatte eine Art, Fürsorge und Zärtlichkeit auszustrahlen, die ihn mehr als nur bewundernd innehalten ließ.

Für einen Moment stand Finn einfach nur da, sah sie an und wusste ganz sicher: Er wollte keinen einzigen Tag mehr ohne sie verbringen.

Später, als sie zum Abendessen in einem Bistro saßen, beobachtete Finn, wie Smilla nachdenklich aus dem Fenster sah. Das Licht der Straßenlaternen und die glitzernde Weihnachtsdekoration tauchten die eisige Welt draußen in warme Goldtöne.

Die Nachricht von Annas Transport nach Kiruna hatte ihn gestern, erschüttert und müde, wie er gewesen war, nicht klar denken lassen. Doch Smilla hatte ihn auf eine Weise unterstützt, die er von Isabelle nie erfahren hatte. Er erinnerte sich an den Tag, als ein Kollege der Tierklinik von Dubai wegen Verdachts auf Herzinfarkt in die Klinik gebracht wurde. Finn hatte dessen Hund zu sich genommen und deshalb einen Kurztrip nach Rom abgesagt, den sie für das Wochenende geplant hatten. Dafür hatte Isabelle kein Verständnis gehabt. Smilla war für ihn da gewesen, ruhig, präsent, und das war alles, was er in diesem Moment gebraucht hatte.

Doch jetzt, da er Anna bestens versorgt wusste, spürte er, wie sich Neugier in ihm regte. Smilla hatte so manches von sich gezeigt, aber dennoch gab es etliches, das sie nicht erzählt hatte. Vor allem über ihre Vergangenheit. Ihrem Pflegebruder Simon war er ja kurz begegnet, und was er sonst von ihm wusste, nahm ihn wahrlich nicht für den Mann ein. Doch wer waren ihre leiblichen Eltern? Was hatte sie zu der Frau gemacht, die jetzt hier vor ihm saß?

Finn nippte an seinem Kaffee und überlegte, wie er das Thema ansprechen sollte, das ihm schon länger auf der Zunge lag.

»Du hast mir viel über deine Pflegefamilie erzählt«, begann er vorsichtig. »Aber … was ist eigentlich mit deinen Eltern?«

In ihrer Miene glaubte er, Trauer lesen zu können. Hastig sagte er: »Du musst nicht darüber sprechen, wenn es zu schmerzhaft für dich ist.«

29. KAPITEL

Smilla

Sie sprach nicht gern über ihre Vergangenheit. Auch nach so langer Zeit schmerzte die Erinnerung daran. Aber in den letzten Stunden hatte sich etwas zwischen ihnen geändert. Selbst ohne Annas wenig subtilen Hinweis war ihr nicht entgangen, wie liebevoll Finn sie betrachtete, wenn er glaubte, sie würde es nicht bemerken. Smilla räusperte sich. »Dass mein Großvater Schotte ist, habe ich ja schon erzählt, von ihm habe ich den Familiennamen Rankin. Meine Eltern waren nicht verheiratet, mein Vater – er stammt aus Schweden.«

»Wirklich? Dann sprichst du deshalb Schwedisch?«

»Ja und nein. Von ihm habe ich es nicht gelernt.« Sie senkte den Blick und fügte leise hinzu. »Ich weiß nicht viel. Er hat uns verlassen, als ich sechs war.«

»Das tut mir leid.«

Sie sprach leise weiter. Jetzt, da sie angefangen hatte, konnte sie auch den Rest erzählen. »Er hat in Bremen an der Uni unterrichtet – irgendwas mit Raketentechnik. Mama war Studentin, aber nicht bei ihm. Sie haben sich auf einem Uniball kennengelernt und ineinander verliebt. Natürlich war sie zu jung für ihn, aber er sah gut aus und war ungebunden. Jedenfalls hat er das behauptet.« Sie griff nach der Papierserviette, um sich die Nase zu putzen. Die lief immer, wenn sie emotional wurde. Man hätte doch meinen können, dass die Tränen ausreichten, aber nein, Smilla sah nicht nur verheult aus, wenn sie geweint hatte, ihre Nase musste obendrein so rot leuchten wie die von Rudolph dem Rentier. Das war so typisch für sie. Bei ihrer Mutter waren damals viele Tränen geflossen, nachdem ihr Vater verschwunden war, aber sie hatte immer herzzerreißend traurig und in Smillas Augen wunderschön ausgesehen.

»Er hat uns sitzenlassen. Mama hatte meinetwegen ihr Studium aufgegeben und musste nun allein für uns sorgen. Wir sind umgezogen, und sie hat nachts geputzt, um tagsüber für mich da zu sein. Ich weiß nicht, ob er ihr Geld dagelassen hat. Viel kann es nicht gewesen sein. Sie war großzügig, aber mental nie besonders stabil, und obwohl mein Großvater immer mal etwas geschickt haben muss, gab es große finanzielle Probleme. Als sie mit den Drogen anfing, ging alles schnell bergab. Ihre neuen Freunde …« Sie schluckte. »Ich weiß das alles nicht mehr so genau, jedenfalls stand eines Tages das Jugendamt vor der Tür und hat mich mitgenommen.«

»Hast du keinen Kontakt mehr zu deinem Vater?«

»Als er verschwunden ist, war ich noch zu klein. Er hat sich ja nie mehr gemeldet, soweit ich weiß. Später, als ich selbst in Bremen studierte, habe ich gehört, dass er verheiratet gewesen sein soll. Keine Ahnung, ob es stimmt. Die Frau war jedenfalls nicht in Deutschland.«

»Was für ein Arsch! Entschuldige, aber wer macht denn so was? Zwei Familien in zwei Ländern?«

Sie zuckte mit der Schulter und griff nach einer neuen Serviette. »Genau weiß ich das ja nicht.« Woher kam dieses Gefühl, ihren Vater verteidigen zu müssen? Sie schüttelte den Gedanken ab. »Ich schätze, ich habe Schwedisch gelernt, um ihm näher zu sein.« Sie lachte bitter. »Aber am Ende habe ich mich nicht getraut, nach ihm zu suchen.« Sie sah ihn eine Weile an. Ihr Gesicht verriet nichts. »Was soll mir das auch bringen?« Smilla seufzte. »Ich hatte nicht vor, dich mit meiner Familiengeschichte zu langweilen.«

Er sah sie nachdenklich an. »Wenn du es dir anders überlegst, könnte ich dir helfen, ihn zu finden.«

Das war ein unerwartetes Angebot. Sie hatte immer wieder mit dem Gedanken gespielt, herauszufinden, weshalb ihr Vater sie verlassen hatte. Auch wenn sie nicht mehr allzu viele Erinnerungen an ihn hatte, waren diese doch durchweg positiv. Die wenigen Fotos, die ihr geblieben waren, zeigten eine glückliche kleine Familie. Was also war geschehen?

»Ich denke darüber nach«, sagte sie. »Aber jetzt genug von mir. Anna hat erzählt, dass du lange im Ausland gearbeitet hast.«

»Na ja, in erster Linie bin ich gereist.« Er leerte seine Kaffeetasse und wirkte nachdenklich. »Es gibt nicht viel zu erzählen, du weißt, wie das ist. Nach dem Studium hatte ich Lust auf ein bisschen Abenteuer. Gemeinsam mit Studienkollegen habe ich einen Rucksack gepackt, und wir sind mit kurzen Stopps in Thailand und Singapur nach Australien und später nach Neuseeland gefahren. Wenn wir Geld brauchten, haben wir Tiere behandelt oder auf Farmen gearbeitet.«

»Cool. Wie lange wart ihr unterwegs?«

»Stefan ist nach einem Jahr in Sidney hängengeblieben. Er hat sich verliebt und dort niedergelassen, ich war noch eine Weile in den USA. Auf der Rückreise nach Europa habe ich einen Mann kennengelernt, der Falken züchtet. Er hatte einen Vogel dabei, und dem ist der Stress im Flugzeug nicht bekommen. Ich konnte helfen und bekam ein lukratives Jobangebot, das ich schlecht ausschlagen konnte.« Finn grinste. »Die Emiratis sind verrückt nach Falken. Die Tiere haben dort eine besondere kulturelle Bedeutung und sind weit mehr als nur Haustiere – sie sind ein Symbol für Prestige und Tradition. Das Abu Dhabi Falcon Hospital, für das ich danach einige Jahre gearbeitet habe, hat sich hauptsächlich auf die medizinische Betreuung von Jagdvögeln konzentriert. Wir haben in der Zeit eine Tierschutzstation eingerichtet und eine eigene Abteilung für vierbeinige Haustiere.«

Smilla war fasziniert. »Ein Falken-Krankenhaus? Das klingt speziell. Ich wusste, dass man in den arabischen Ländern viel für Jagdvögel und Pferde übrig hat. Aber ich dachte, andere Haustiere würden die Leute dort eher nicht halten.«

»Nicht zu vergessen Dromedare, sie gehörten traditionell zu den wichtigsten Begleitern der Wüstenbewohner«, sagte er und fügte hinzu: »Hunde und Katzen waren früher in der arabischen Welt nicht weit verbreitet. Das hat religiöse Gründe. Aber neuerdings gibt es in den Städten den Trend, Haustiere zu halten. Die Oberschicht hat ein größeres Bewusstsein dafür entwickelt, dass das Tierwohl bei der Haltung im Vordergrund stehen sollte, und das setzt sich allmählich durch.«

»Falknerei und Schoßhündchen. Das klingt nach einem luxuriösen Leben.«

Er lachte. »Kann man so sagen. Tiermediziner verdienen auch hier nicht schlecht, aber für ihre Falken geben die Leute riesige Vermögen aus. Ich habe selbst schon mit Vögeln gejagt und damit schnell ihr Vertrauen gewonnen. Neben der Arbeit in der Klinik habe ich die Falknerei eines Mitglieds der Königsfamilie medizinisch betreut. Dafür musste ich 24/7 zur Verfügung stehen, aber es war eine interessante Aufgabe und – hat sich gelohnt«, fügte er zufrieden hinzu.

»Dann bist du Falkner?«

Er nickte. »Die Wanderungen, die ich im Sommer begleite, unternehme ich manchmal auch mit einem befreundeten Falkner. Er lebt mit seinen Tieren in Östergötland und kommt jedes Jahr für ein paar Wochen hierher.«

Sie wollte ihn fragen, weshalb er den prestigeträchtigen und bestimmt gut bezahlten Job aufgegeben hatte, aber Finn sprach weiter: »Und wo wir bei dem Thema sind … Cookie hat sich schnell eingelebt und ist bisher nirgendwo als vermisst gemeldet worden. Was hast du mit ihr vor?«

»Ich weiß nicht. Kann ich sie denn so einfach mit nach Deutschland nehmen?«

Finns Gesichtsausdruck veränderte sich, sie las Enttäuschung darin. »Willst du das denn?«

Möchtest du, dass ich bleibe? Sie wagte es nicht, ihn direkt zu fragen. Wenn er es ernst meinte, würde er es doch sagen, oder? Sie zuckte mit den Schultern, um ihn nicht merken zu lassen, wie sehr sie sich wünschte, ihm wichtig zu sein. »Irgendwann werde ich abreisen müssen. Die Firma hat den Flug bezahlt, sonst nichts. Ich brauche Geld zum Leben, wie jede andere auch.«

Finn sah sie schweigend an. In seinem Gesicht war nicht zu lesen, was er dachte. Schließlich sagte er: »In Europa ist das genau geregelt. Um in ein anderes Land einreisen zu dürfen, muss der Hund gechipt und mindestens gegen Tollwut geimpft sein. Außerdem braucht man einen EU-Heimtierausweis.«

»Kannst du den ausstellen?«

»Sicher kann ich das. Aber ein Tier zu adoptieren, ist eine große Verantwortung und eine Entscheidung, die man sich gut überlegen sollte. Das wirst du dann auch bei deiner Jobsuche berücksichtigen müssen. Es ist inakzeptabel, dass ein Hund stundenlang allein zu Hause sitzt oder gar von einem Besitzer zum nächsten weitergereicht wird.« Seine Stimme war kühl geworden. Fast, als traute er ihr nicht zu, Verantwortung für einen Hund zu übernehmen, und er hatte mit seiner Warnung natürlich recht. Ihre Lebenssituation war derzeit bestenfalls als unsicher zu bezeichnen. Für ihre letzte Firma hatte sie zum Teil aus dem Homeoffice arbeiten können, aber sie war auch mehrmals im Jahr gereist. Wie würde es beim nächsten Job damit aussehen?

Smilla sah, dass er auf eine Antwort wartete. Sie gab einen zustimmenden Laut von sich, während sie überlegte, was ihm die Stimmung verdorben haben könnte. Wollte er nicht, dass sie die Hündin behielt? Sie hatte noch nie einen eigenen Hund besessen, aber auf keinen Fall würde sie die Kleine einfach so abgeben. Allein der Gedanke daran, dass die Besitzer auftauchen und sie zurückfordern würden, bereitete ihr Kopfschmerzen. Sie hoffte von ganzem Herzen, dass sich niemand meldete.

Als sie den Mund öffnete, um all dies zu sagen, trat der

Kellner an den Tisch, und Finn zückte die Kreditkarte. »Das war meine Rechnung«, protestierte sie. Es mochte ja sein, dass er ein dickes Bankkonto besaß, aber sie wollte sich nicht von ihm aushalten lassen.

Finn ignorierte ihren Protest. Er nahm den Zahlbeleg entgegen und machte Anstalten aufzustehen. »Ich muss noch arbeiten«, sagte er kurz angebunden.

Sie fragte sich, was um Himmels willen ein freiberuflicher Tierarzt so dringend abends am Computer zu tun haben könnte. »Okay, ich gehe noch mal um den Block.« Es waren nur wenige Grade unter null, und frische Luft würde ihr guttun. Außerdem hatte sie das dringende Bedürfnis, etwas zu kaufen. Stress bewältigte sie am besten damit, sich zu belohnen. Nachdem sie gerade zu Abend gegessen hatte, stand ihr der Sinn nicht nach Süßem – was auch immer ein gutes Mittel zur Nervenberuhigung war –, doch die Shopping Mall gleich nebenan hatte heute ausnahmsweise bis Mitternacht geöffnet, und Einkaufen war die zweitbeste Anti-Stress-Medizin. *Oder Cookie*, dachte sie. Die Kleine fehlte ihr, und sie hatte vorhin mit Siri telefoniert, um sich nach ihr zu erkundigen, und dabei schickte ihre Freundin dauernd Fotos: Cookie, wie sie hinter einem Ball herjagte, Cookie zusammengerollt im Körbchen und sogar eines, wie Mihkku mit ihr schmuste. Augenscheinlich war es ihr gelungen, sogar Siris Bruder um ihr kleines Pfötchen zu wickeln. Smilla musste lächeln.

»Kommst du?«, fragte Finn über die Schulter. Schnell steckte sie das Handy ein und folgte ihm hinaus.

Trotz seines Stimmungswandels zog er sie an sich und gab ihr einen schnellen Kuss auf die Lippen. »Solltest du bei deinem

Spaziergang zufällig an einer geöffneten Drogerie vorbeikommen, bring mir doch bitte ein Paket Einmalrasierer mit, meiner ist schon ganz stumpf.«

Sie strich ihm übers stoppelige Kinn. »Mir gefällt dein Dreitagebart«, sagte sie leichthin, erwiderte den Kuss und winkte ihm zum Abschied zu.

Vielleicht hatte sie sich ja geirrt, und er hatte einfach nur auf die EU-Gesetze hinweisen wollen.

30. KAPITEL

Smilla

Nach Annas Entlassung aus der Klinik fuhren sie mit ihr zurück ins heimatliche Björkholmen. Smilla setzte Kaffee auf und sah zu den beiden hinüber, während Finn ihr in den Sessel half und sie besorgt ermahnte, die Tabletten in Zukunft regelmäßig einzunehmen.

Er liebt sie, dachte sie. *Und ich liebe ihn.* Wie soll das nur weitergehen?

Die zwei Tage in Kiruna hatten ihr Finn noch näher gebracht. Sie war stolz auf sich, dass sie sich ihm gegenüber geöffnet und über ihren Vater gesprochen hatte. Niemandem hier hatte sie ihre Geschichte vom Verlassenwerden erzählt – außer Finn. Je mehr Zeit sie miteinander verbracht hatten, desto stärker war ihr Bedürfnis geworden, sich ihm anzuvertrauen. Ihm die Seiten zu zeigen, die sie normalerweise vor der Welt verborgen hielt. Aber da war auch diese Unruhe. Finn schien anders zu empfinden, er hatte ihr gegenüber so vieles nicht angesprochen. Seine frühere Beziehung, das Verhältnis zu den Eltern … alles schien er auszusparen.

Als er das Haus verließ, um Holz aus dem Schuppen zu holen,

lehnte sich Smilla an den Türrahmen der Küche und beobachtete Anna. »Finn erzählt nicht viel über seine Vergangenheit, oder?«, begann sie vorsichtig.

Anna seufzte, während sie die Tasse in ihrer Hand drehte. »Ich hätte nichts sagen sollen. Es ist seine Geschichte, Smilla. Er wird sie dir erzählen, wenn er bereit ist. Finn trägt schwere Schuldgefühle mit sich herum, obwohl er keine Schuld hat. Aber das zu erkennen, dauert manchmal länger, als es sollte.«

Smilla nickte und betrachtete die zarten Falten auf Annas Gesicht. Diese Frau wusste bestimmt, wovon sie sprach. Sie ließ das Thema fallen, aber die Unruhe blieb in ihr. Finn schien von einem Teil seines Lebens verfolgt zu werden, und Smilla konnte nur hoffen, dass er irgendwann offen genug sein würde, um es mit ihr zu teilen.

Später, als sie gemeinsam ihre Arbeit im Obergeschoss betrachteten, fühlte Smilla erneut, wie sich diese Mischung aus Geborgenheit und Unruhe in ihr ausbreitete. Sie wollte ihn fragen, fand aber keine passende Überleitung. Frustriert verschob sie das Thema auf eine bessere Gelegenheit.

Das Obergeschoss war nun endlich fertig, und es sah wundervoll aus. Die hölzernen Dielen, die sie gemeinsam verlegt hatten, glänzten im sanften Licht der neuen Beleuchtung, die sie installiert hatte. Sie schloss die letzte Lampe im Schlafzimmer an und trat zurück, um das Lichtspiel zu betrachten.

Finn stand neben ihr und wirkte zufrieden. »Es wird«, sagte er, als er seine Arme vor der Brust verschränkte. »Noch ein paar Kleinigkeiten, und dann fehlen nur noch die Möbel.«

»Du hast wirklich großartige Arbeit geleistet.« Smilla lehnte sich an ihn, und er legte einen Arm um ihre Taille. Das fühlte sich so richtig an, dass sie unwillkürlich seufzte.

»Ohne deine Hilfe wäre ich noch lange nicht so weit.« Er hob sie hoch und küsste sie. Smilla kicherte und fühlte, wie sich ihre Anspannung löste. Doch das Gefühl, dass etwas Ungesagtes zwischen ihnen stand, blieb. Immer wenn sie auf die Vergangenheit zu sprechen kam, lenkte Finn geschickt ab, wechselte das Thema oder zog sie einfach in eine Umarmung. Sie war sich sicher, dass seine Geschichte dunkler war, als er es zugab, und das beunruhigte sie.

Während der Rückfahrt hatte Simon angerufen. Doch sie wollte nicht im Auto mit Finn direkt neben sich mit ihm reden, es würde bloß wieder Streit geben. Kommentarlos schaltete sie das Handy stumm.

Am Abend fuhr Smilla ausnahmsweise die kurze Strecke ins Koka, um Cookie abzuholen und Siri zum Spa im Eishotel zu bringen, wo ein Anfängerkurs im Fly Bungee stattfand, den die Freundin leitete. Natürlich ohne selbst mitzumachen. Gemeinsam mit Káre sollte Smilla den neuen Teilnehmerinnen die einfache Choreografie zeigen. Das half Siri und hatte darüber hinaus den Vorteil, dass sie zu einer kostenlosen Trainingsstunde kamen.

Finn war zu einem Treffen mit seinen Freunden Carl und Mihkku gefahren, um mit ihnen die Arbeiten beim Seefest weiter vorzubereiten.

Als sie das Spa im Eishotel erreicht hatten, half sie ihrer Freundin dabei auszusteigen, bevor sie Cookie heraushob, die in ihrer Transporttasche auf dem Rücksitz mitgefahren war.

Der Weg war gestreut, aber Siri hakte sich bei ihr unter, bevor sie langsam neben ihr zum Eingang humpelte. »Wie läuft's mit Finn?«

Smilla zuckte mit den Schultern, öffnete die Eingangstür zum Spa, und ihnen schlug warme Luft entgegen, in der ein Hauch von frischen Kräutern lag. »Er ist wundervoll, aber wenn es um seine Vergangenheit geht, ist er ziemlich verschlossen.« Sie seufzte. »Anna hat so seltsame Andeutungen gemacht über eine unglückliche Beziehung. Ich weiß nicht, was ich davon halten soll, wenn ich ehrlich bin. Von seinen Eltern erzählt er auch nichts. Aber was er gesagt hat, klingt nicht nach einem herzlichen Verhältnis.«

Siri nickte. »Ich weiß auch nicht viel. Sein Vater soll sehr streng gewesen sein. Es spricht ja Bände, dass er als Kind die Sommer immer hier bei uns und nicht mit den Eltern verbracht hat. Männer! Sie können einfach nicht über ihre Gefühle sprechen. Mach ihm klar, dass er sich öffnen muss.«

Das war leichter gesagt als getan. Wie sollte sie Finn darauf ansprechen, ohne Annas Andeutungen zu erwähnen? Bevor sie etwas entgegnen konnte, klingelte ihr Handy. Sie sah aufs Display und drückte den Anruf weg. »Mein Bruder!«, sagte sie genervt. »Simon will es einfach nicht begreifen.«

»Was? Dass du nicht nach Deutschland zurückkommst?«

»Nein, das nicht. Ich möchte einfach nicht in die Firma einsteigen.«

Siri sah sie erschrocken an. »Aber du bleibst doch hier, oder etwa nicht?«

Wenn sie das nur wüsste. Smilla stellte ihre Tasche auf einer Bank in der Umkleidekabine ab und nahm die Sportsachen heraus. »Irgendwas stimmt zu Hause nicht«, sagte sie, ohne direkt auf Siris Frage einzugehen. »Meine Mutter … Ich weiß nicht, was da los ist, aber wenn sie mich braucht, muss ich zurück.«

»Ja, klar, vorübergehend. Aber irgendwann musst du entscheiden, wo du leben willst.«

»Wie kann ich mich entscheiden, wenn ich nicht weiß, was Finn für mich empfindet?«

»Das liegt doch wohl auf der Hand. Ich wünschte, Carl würde mich einmal *so* ansehen.«

»Er ist verrückt nach dir«, erwiderte Smilla belustigt. »Er traut sich nur aus irgendeinem Grund nicht, dir zu zeigen, wie sehr er dich mag.«

Siri schnaufte. »Wie eine kleine Schwester.«

»Vielleicht hat er einfach Angst, etwas Falsches zu sagen oder zu machen.«

Siri schwieg. Es war klar, dass die junge Frau unter Carls Zurückhaltung litt, und Smilla konnte nicht anders, als sich zu wünschen, dass Carl bald den Mut finden würde, zu seinen Gefühlen zu stehen.

In der Umkleidekabine sprachen sie über andere Dinge, und wenig später folgte sie Siri mit der Hundetransporttasche in den Trainingsraum und stellte sie vorsichtig neben ihr ab.

Cookie sah so niedlich aus, wie sie zusammengerollt fest schlief, als könnte sie nichts auf der Welt beunruhigen. Smilla wechselte einen Blick mit Siri, sie beide mussten lächeln. Die kleine Hündin hatte auch Siris Herz im Nu erobert.

»Herzlich willkommen«, sagte ihre Freundin mit einem Blick auf die Uhr. Smilla sah sich um. Der Raum war hell und freundlich gestaltet, die großen Fenster ließen das matte Winterlicht von draußen hereinströmen. Siri saß bereits auf einer der Bänke am Rand, in einem weichen Hoodie eingekuschelt.

Fünf Gäste des Eishotels hatten sich im Halbkreis vor ihr aufgebaut und hörten aufmerksam ihrer Anleitung zu. Káre hielt ein elastisches Bungee-Band in der Hand und demonstrierte die Übungen, sobald Siri sie erklärt hatte.

»Okay, Ladys, wir machen uns erst mal warm. Nehmt das Band in beide Hände, streckt die Arme und zieht dann abwechselnd zur Seite, sodass die Spannung in euren Schultern ankommt. Auf geht's!«

Nachdem das Training beendet war und die Teilnehmerinnen lachend und erschöpft hinausgingen, blieb eine überrascht stehen und zeigte auf die geöffnete Transporttasche. »Das könnte glatt Lisbeths Hund Sötis sein«, sagte sie.

Smilla wurde kalt ums Herz. Würde sie Cookie jetzt wieder zurückgeben müssen? »Sötis? Wir nennen sie Cookie, sie ist uns zugelaufen. Seitdem ich sie vor ein paar Wochen verletzt auf dem Hotelparkplatz entdeckt habe, wohnt sie bei mir. Wahrscheinlich wurde sie angefahren.«

»Das Tierheim ist überfüllt, und der arme Hund war nirgends registriert«, sagte Káre vorwurfsvoll.

Die Frau nickte mitfühlend und sah Cookie an, die jetzt neugierig den Kopf aus der Transporttasche streckte. »Ach, die Arme! Gut, dass du sie aufgenommen hast. Ich bin ziemlich sicher, dass sie meiner ehemaligen Kollegin Lisbeth gehört – gehörte«, korrigierte sie sich hastig. »Lis hat bis September in der Hotelverwaltung gearbeitet und den Hund mit zur Arbeit gebracht. Ich verstehe das nicht, der Hund war ihr Ein und

Alles.« Die Frau zückte ihr Handy. »Ich hab noch ihre Nummer, falls du sie kontaktieren möchtest?«

Dankend nahm Smilla die Nummer entgegen. Sie musste die Besitzerin natürlich anrufen, aber insgeheim hoffte sie, dass sich diese Lisbeth nicht zurückmelden würde.

31. KAPITEL

Smilla

Während der folgenden Tage verbrachten Finn und Smilla viel Zeit in Björkholmen, um sicherzugehen, dass Anna sich schonte. Das war leichter gesagt als getan.

»Still im Schaukelstuhl sitzen kann ich auch noch, wenn ich tot bin«, sagte Anna genervt und scheuchte sie aus der Küche. »Geht nach oben und schraubt die Möbel zusammen!«, rief sie ihnen hinterher, als sie gefolgt von Cookie die Treppe hinaufliefen.

Oben angekommen küsste Finn sie, und für einen Moment verschwand die ganze Welt um sie herum. Smilla ließ sich in seine Umarmung sinken, fühlte die Wärme seiner Hände an ihrem Rücken und schloss die Augen. Finns Hände wanderten zielstrebig über ihren Körper, aber sie war sich nicht sicher, ob es eine gute Idee wäre, hier im Haus seiner Großmutter mit ihm Sex zu haben.

Gestern hatten sie das große Bett zusammengeschraubt und dabei herumgealbert, was beinahe dazu geführt hatte, dass es entgegen ihren Vorbehalten eingeweiht worden wäre. Doch dann hatte Anna von unten gefragt, ob sie das Essen auftun sollte, und Smilla hatte sich gefühlt, als wäre sie bei etwas Verbotenem ertappt worden. Wie damals, als sie heimlich bei ihrem ersten Freund übernachten wollte und seine Eltern am späten Abend überraschend vorzeitig von einer Wanderung zurückgekommen waren.

Finn hatte gelacht, als sie ihm ihre Verlegenheit gestand, aber sie konnte nichts machen. In ihrem gemieteten Chalet am Eishotel fühlte sie sich einfach freier.

Sie wollte etwas sagen, doch genau in diesem Moment begann ihr Handy laut zu vibrieren.

»Ignorier es«, murmelte Finn und küsste ihren Nacken.

Smilla seufzte, bevor sie sich von ihm löste. »Lass mich schnell nachsehen. Es könnte Cookies Besitzerin sein.« Sie griff nach dem Handy, warf einen Blick aufs Display und nahm das Gespräch an.

»Hallo, Lisbeth. Schön, dass du dich meldest.« Das war so eindeutig geschwindelt, dass Finn belustigt eine Augenbraue hob.

»Smilla? Ich habe deine Nachricht eben erst gesehen, tut mir leid. Was ist mit Sötis?« Die Stimme klang erschöpft und irgendwie verloren, als hätte Lisbeth lange auf diesen Moment gewartet. »Ich hatte keine Ahnung, dass sie schon wieder fortgelaufen ist.«

Smilla warf Finn einen Blick zu, und er legte ihr eine Hand um die Taille. »Ich kann mithören!«, signalisiert er ihr.

Smilla nickte und sagte zu Lisbeth: »Sötis – oder Cookie, wie ich sie nenne – ist in Sicherheit. Mach dir keine Sorgen.«

Lisbeth schluckte hörbar. »Das ist gut. Ich verstehe nur nicht … Du sagst, du hast sie in Alitjávri gefunden?«

»Ich hatte sie schon öfter gesehen, und eine Küchenmitarbeiterin des Koka Kafé hat ihr manchmal etwas zu fressen gegeben. Aber es ist unmöglich, dass sie im Freien übernachtet hat.«

»O Gott! Das ist ja furchtbar. Ich weiß nicht, was ich tun soll. Als ich nach Vadstena gezogen bin, konnte ich sie nicht mitnehmen. Wir dürfen hier keinen Hund in der Wohnung halten, deshalb habe ich sie bei meiner Cousine in Kiruna gelassen. Sie hat die kleine Maus manchmal für mich genommen, wenn ich eine Weile wegmusste. Aber jetzt … jetzt erfahre ich, dass sie weggelaufen ist, und dann …« Ihre Stimme brach, als könnte sie die Worte, die ihr auf der Seele lagen, nicht herausbringen.

»Lisbeth, es tut mir leid. Ich wusste nicht, dass du Cookie, also Sötis, bei deiner Cousine gelassen hast. Wir haben sie aufgenommen, weil sie verletzt war. In der Tierklinik und in der Auffangstation kannte sie niemand«, erklärte Smilla freundlich und verzichtete darauf, der Frau Vorwürfe zu machen, dass sie den elektronischen Chip nicht hatte registrieren lassen, den Cookie unter der Haut am Hals trug. »Ich wusste mir einfach nicht anders zu helfen«, brachte Lisbeth leise hervor. »Es tut mir so leid. Wir mussten wegen der neuen Stelle umziehen, und ich dachte, sie wäre in guten Händen. Ich kann es nicht glauben, dass sie mir nichts von ihrem Verschwinden erzählt hat.«

Smilla hörte Lisbeth schluchzen und spürte ein vertrautes Ziehen in der Brust. Sie verstand, wie es war, zurückgelassen zu werden. Ob Mensch oder Tier, es war ein schreckliches Gefühl.

»Dein Hund ist nicht allein«, sagte sie leise und bestimmt. »Sie hat sich schnell an uns gewöhnt.«

Lisbeth atmete schwer. »Ich weiß gar nicht, wie ich dir danken soll!«

»Das war doch selbstverständlich!«, sagte sie verlegen.

Lisbeth schien sie nicht gehört zu haben. »Ich kann sie wirklich nicht nehmen, und meine Cousine … Das geht gar nicht!« Sie schniefte und putzte sich vernehmlich die Nase. »Muss sie ins Tierheim, oder würdest … würdest du sie eventuell behalten?«

Smilla warf Finn einen fragenden Blick zu. Der Gedanke, sich dauerhaft um Cookie zu kümmern, war verlockend, aber auch verantwortungsvoll. Sie dachte an ihr Gespräch zu diesem Thema und teilte seine Meinung. Auf keinen Fall durfte der Hund ein zweites Mal verlassen werden.

Finn schien ihr anzusehen, dass sie um eine Antwort rang. Er streckte die Hand aus, und ohne ein weiteres Wort reichte sie ihm das Handy. »Hallo, Lisbeth? Hier ist Finn Jokinen. Wir haben deine Hündin nach einem Unfall behandelt. Sie scheint angefahren worden zu sein, aber es ist nicht viel passiert, und inzwischen ist sie wieder ganz gesund.«

Er stockte und legte den Kopf schräg, während er Lisbeth zuhörte. Smilla konnte nicht alles verstehen, was die Frau sagte, aber sie klang aufgeregt.

»Nein, natürlich musst du nichts bezahlen. Ich wollte nur fragen – ist sie vollständig geimpft?«

»Meine Cousine hat den Tierpass, ich habe alles machen lassen«, erklärte Lisbeth hastig.

»Gut, bist du sicher, dass du den Hund nicht zurücknehmen kannst?«

»Es geht wirklich nicht. Selbst wenn wir sie heimlich in der

Wohnung hielten, dürfte ich sie hier nicht mit ins Büro nehmen, wie im Eishotel, und sie wäre viel zu lange allein.«

»Ich verstehe.« Finn runzelte die Stirn. »Das Beste wäre, wenn deine Cousine die Papiere in der Tierklinik abgeben würde. Ich kann dort Bescheid geben und sie bei Gelegenheit abholen.«

»Das bedeutet, dass sie bei euch bleiben kann?«

Finn lächelte Smilla zu und nickte, bevor er wieder ins Telefon sprach: »Natürlich kann sie das. Das Beste ist, ich lasse dir einen Übernahmevertrag vom Tierheim schicken. Bei uns war sie bisher nur in Pflege, weil wir ja nicht wussten, ob sich jemand meldet, dem sie gehört. Mit dem Vertrag ist es offiziell, und alles hat seine Ordnung. Das ist dann auch eine Sicherheit für dich.«

»Oh, Finn, das ist wunderbar! Ich weiß jetzt auch wieder, wer du bist. Du bist der Tierarzt, der draußen in Björkholmen wohnt, oder?«

»Genau«, sagte er.

»Du wirst dich nicht erinnern, aber mein Freund hat letzten Sommer bei einer Wanderung mitgemacht, die du begleitet hast. Er schwärmt heute noch davon.« Lisbeth klang erleichtert, als sie sich überschwänglich bedankte.

Smilla lehnte sich zum Telefon hinüber und sagte: »Mach dir keine Sorgen. Wir kümmern uns um die Kleine.«

»Danke sehr! Du kannst dir nicht vorstellen, wie froh ich bin, dass sie so ein gutes Zuhause gefunden hat.«

Als Finn das Gespräch beendet hatte, legte er das Handy auf den Tisch und nahm Smillas Hände in seine. »Scheint, als wäre Cookie jetzt offiziell bei dir. Bei uns«, fügte er mit einem liebevollen Lächeln hinzu und zog sie an sich. »Wo waren wir stehen geblieben?«

Gelächter und warme Luft schlugen ihnen entgegen, als Finn, Smilla und Cookie das Koka Kafé betraten. Siri winkte ihnen von ihrem Lieblingstisch am Fenster zu. Mihkku stand auf, um sie zu begrüßen. Carl war ebenfalls da und nickte ihnen zu. Während die Männer sofort anfingen, über das Seefest zu reden, erzählte Smilla ihrer Freundin von dem Telefonat mit Lisbeth.

Siri streichelte Cookie, die sich auf einer Decke zwischen ihnen zusammengerollt hatte. »Da hast du ja Glück gehabt, meine Kleine!« Und zu Smilla sagte sie: »Mal ehrlich, wer schafft sich denn ein Tier an und gibt es dann einfach in die Hände einer verantwortungslosen Tussi, wenn es nicht mehr passt? Sie muss doch gewusst haben, dass ihre Cousine unzuverlässig ist.«

Im Grunde teilte Smilla ihre Ansicht. Aber Lisbeth tat ihr ein wenig leid. Das Leben verlief eben nicht auf einer Ideallinie, wo alle taten, was gut und richtig war.

Genau genommen folgt es eher den Spuren eines betrunkenen Huhns, dachte sie. »Ich bin froh, dass Lisbeth sie nicht zurückhaben will.« Was das »Wir« in Finns Versprechen bedeutete, die Hündin niemals in eine neue Familie zu geben, darüber musste sie noch nachdenken. Bevor Siri weiter fragen konnte, erschien Mihkkus Frau mit einem Tablett voller Gläser an ihrem Tisch. Sie grüßte freundlich, versprach, auf dem Rückweg ihre Bestellungen aufzunehmen, und verschwand wieder in Richtung Bar. Smilla blickte ihr nach. »Ich dachte, sie macht hier die Buchhaltung?«

Siri zog die Augenbrauen hoch. »Das dachte sie vermutlich auch. Aber mein Bruder hat diese charmante Eigenschaft, niemanden untätig sitzen zu lassen – jedenfalls keine Frau. Er verteilt Aufgaben mit einer Selbstverständlichkeit, als ob es sein Geburtsrecht wäre. Sich selbst ausgenommen, versteht sich. Männer wie er halten Hausarbeit für einen Ausdruck ehelicher Harmonie – wenn die Gattin sie erledigt.«

»Und sie akzeptiert das? Ich dachte, Schweden wäre bei der Gleichberechtigung weiter.«

»Eigentlich schon. Aber mein Bruder bewegt sich auf einem anderen Planeten. Seine Ansichten könnten aus einem Handbuch für viktorianische Haushaltsführung stammen.«

Die beiden kicherten, und Mihkku warf ihnen einen strengen Blick zu. »Was habt ihr zu lachen?«

Siri tat unschuldig, aber sagte mit großer Selbstverständlichkeit und ohne dass ihre Mimik sie verriet: »Wir schmieden Pläne für deinen Untergang.«

Mihkku warf den Kopf in den Nacken und lachte laut. »Das könnte dir so passen, du Gänschen!« Zu seinen Freunden sagte er: »Das hat man davon, wenn man Frauen zu viele Freiheiten gibt.«

Während Mihkku sich amüsierte, sahen Finn und Carl sich kurz an. Ihre Mienen verrieten deutlich, wie wenig sie von solchen Ansichten hielten. Carl zog missbilligend die Lippen zusammen, und Finn sah aus, als wollte er etwas sagen, da schlenderte ein hochgewachsener Mann mit einem breiten Grinsen im Gesicht zu ihnen herüber.

»Der Auswanderer!«, sagte Finn, offensichtlich dankbar für die Ablenkung, und fügte für Smilla erklärend hinzu: »Dain stammt aus Alitjávri, er lebt inzwischen in den USA und ist hier, um uns mit seiner Truppe Konkurrenz um die beste Eisskulptur zu machen.«

»Na, Jungs und Mädels«, begann Dain und setzte sich mit Schwung neben Siri. »Wie läuft's so bei euch?«

Smilla wusste, dass das Team der Eisbildhauer, die fürs Igloo Resort angetreten waren, im vergangenen Winter gescheitert war. Aber auch Dain und seine Freunde hatten sich geschlagen geben müssen, erzählte ihr Finn leise. Der Preis des Wettbewerbs war der Konkurrenz aus Alaska verliehen worden.

»Was soll ich sagen, mein Freund?«, erwiderte Finn und gab sich selbstsicher. »Alles bestens. Und wie sieht es bei euch aus?«

»Aufwendig.« Er grinste.

Mihkku lehnte sich vor. »Im letzten Jahr ist eure Figur in drei Teile zerbrochen und hätte beinahe einen Hotelgast verletzt.«

»Absperrungen sind dazu da, die Leute zu schützen. Wenn jemand unter den Skulpturen herumläuft, begibt er sich in Gefahr.« Dain zuckte mit den Schultern. »Das andere war Pech, niemand konnte mit diesem Wetter rechnen. Diesmal sind wir vorbereitet.«

»Vergiss es, dieses Jahr wird unser Jahr«, sagte Carl. »Die Wettervorhersage sieht gut aus. Kein Schneesturm, was bedeutet, dass wir hoffentlich dieses Mal das Fernsehteam dabeihaben werden.«

»Das Fernsehen?«, fragte Smilla überrascht.

»Selbstverständlich. Die Wettbewerbe finden in vielen Ländern statt.«

Siri nahm einen Schluck von ihrem Kaffee und erklärte ihr: »Letztes Jahr steckten die Fernsehleute aus Stockholm in

Kiruna fest, weil die Fahrer der Schneefahrzeuge für mehr Geld gestreikt haben. Der gesamte Verkehr in Sápmi kam zum Erliegen. Es hat geschneit, als gäbe es kein Morgen mehr.«

»Wie lange hat dein Freund von SVT in Kiruna festgesteckt, bis er nach Alitjávri durchgekommen ist? Fünf Stunden?«, fragte Carl belustigt.

»Sechs«, antwortete Finn trocken. »Es hieß erst, sie würden das Team durchlassen, dann doch wieder nicht. Letztendlich kamen sie gegen Mitternacht an, da war alles schon eingeschneit oder zusammengebrochen«, fügte er mit einem Augenzwinkern in Richtung Dain hinzu.

Der bemühte sich vergeblich um einen bösen Gesichtsausdruck, aber das amüsierte Funkeln in seinen Augen verriet ihn. »Das Seefest war aber trotzdem schön. Noch schöner wäre es gewesen, wenn ihr das Karussell zum Drehen gebracht hättet. Ich bin sicher, dir wird es gefallen, Smilla.« Dain verschränkte die Arme vor der Brust. »Aber bereite dich lieber vor und bring Taschentücher mit. Du wirst deinen Freund trösten müssen.«

Carl lächelte und zeigte dabei eine Menge Zähne. »Ich glaube, du wirst überrascht sein, Dain.«

Der Mann schüttelte den Kopf, und Smilla beobachtete, wie sich Siri an ihn lehnte, während er ihr etwas leise ins Ohr flüsterte. Siri kicherte und tippte ihm spielerisch mit ihrem Finger auf die Schulter. Carl, der den beiden gegenübersaß, verschränkte die Arme und blickte zur Seite, sein Gesichtsausdruck verriet kaum etwas. Doch Smilla sah, dass er sich ärgerte. Sie sah zu Finn, der ein Schulterzucken andeutete.

»Dain, du musst mir unbedingt zeigen, wie man diese feinen

Sägeschnitte macht«, sagte Siri. »Wahrscheinlich hast du einen ganz eigenen Trick dafür.«

Dain warf Carl einen schnellen Blick zu. Doch dessen Miene zeigte keine Regung. Er grinste. »Siri-Schätzchen, du weißt, ich verrate meine Geheimnisse nicht. Für dich könnte ich allerdings eine Ausnahme machen …«

»Nenn mir deinen Preis!« Sie lachte provozierend.

Mihkku beobachtete die Szene mit verschränkten Armen. Er mischte sich nicht ein, aber der unzufriedene Zug um seinen Mund sprach Bände. Alle wussten, was er dachte. Niemand war gut genug für seine kleine Schwester. Schließlich hielt er es offenbar nicht mehr aus. »Du solltest zu deinem Team halten, Siri«, sagte er leise, ohne Dain eines Blickes zu würdigen.

Carl schwieg weiter, die Zähne fest aufeinandergepresst, während er den Blick auf die Kaffeetasse vor sich richtete, als wäre sie seine persönliche Feindin. Jeder hier wusste, wie er zu Siri stand, und Siri wusste es wohl am besten von allen. Doch gerade das schien sie zu amüsieren. Ihre Augen blitzten in einem herausfordernden Spiel auf, als sie erneut in Dains Richtung lachte und sich in ihre kurzen Haare griff. »Ich halte zu den Besten, die meine Unterstützung zu schätzen wissen. Ganz einfach.«

Smilla seufzte und lehnte sich zurück. Das hier würde kompliziert werden – das war so klar wie der Winterhimmel über Alitjávri.

32. KAPITEL

Finn

Die Kälte in der Eisskulpturenhalle hatte einen ganz eigenen Biss, wie ein lebendiges Wesen, das einem die Haut zu straffen schien, und Finn fühlte, wie seine Lunge sich weitete, als er eintrat. Der Atem hing in der Luft, dünne Wolken in den hohen Hallen, wo das Licht von glitzernden, halb fertigen Skulpturen in alle Richtungen gebrochen wurde. Mihkku und Carl, die schon mit den Künstlern sprachen, winkten Finn heran, und ein Gefühl von Kameradschaft durchflutete ihn. Er gesellte sich zu ihnen.

»Magische Welten – das diesjährige Thema. Was für ein Spektakel, nicht?« Ari, der Vierte in ihrem Team, kam hinter einem Eisquader hervor und wies auf eine Gruppe von Figuren am anderen Ende der Halle, die an Feen erinnerten. Der Künstler stand daneben, die Arme verschränkt, mit einem zufriedenen Gesichtsausdruck. Überall lagen Werkzeuge – Eisbohrer, Meißel und feine Sägeblätter, sorgfältig sortiert, bereit, um die letzten Feinheiten herauszuarbeiten. Finn nickte beeindruckt und trat einen Schritt näher an das Werk heran, seine Gedanken bei den Schwierigkeiten, die der Transport der Figuren ins Freie bedeuten würde, wo sie Teil eines großen Ensembles werden sollten. Insgeheim war er froh, nichts damit zu tun zu haben. Die Eisschicht des Sees zu zersägen, war eher eine grobmotorische Aufgabe und im Grunde keine Herausforderung, wenn das Werkzeug sie nicht im Stich ließ. Er hatte Anfang des Jahres schon dabei geholfen, das Eis fürs temporäre Hotel zu ernten, und kannte sich deshalb damit aus.

»Unser Karussell wird funktionieren«, sagte Mihkku zuversichtlich, als ahnte er seine Gedanken.

Carl zog die Schultern hoch und gab ein leises Grunzen von sich. »Ich bin gespannt, wie weit die Frauen mit dem Seeungeheuer gekommen sind. Vor zwei Tagen war noch nicht viel zu erkennen.« Er ging zu einem Elektriker, der gerade die Beleuchtung in einer kleinen Skulptur installierte. »Hej, Sven. Alles gut?« Der ehemalige Assistent von Thyge war befördert worden, nachdem der wegen seiner ständigen sexistischen Beleidigungen entlassen werden musste. Finn war stolz, dass so ein Verhalten in seinem Land nicht mehr geduldet wurde – nun ja, zumindest in den meisten Fällen. Mihkku war da leider eine Ausnahme aus der Steinzeit, auch wenn er sich bei seinen Mitarbeiterinnen auffällig zurückhielt.

Sven richtete sich auf und begrüßte sie mit einem Kopfnicken. »Das Ding wird riesig. Es war eine gute Idee, es auf dieser Sandbank zu errichten. Ich weiß nicht, ob die Eisdecke sein Gewicht sonst tragen würde.«

Weil die großen Eisblöcke erst einmal auf diese kleine Insel gebracht werden mussten, hatten Finn und seine Freunde noch nicht mit den Sägearbeiten beginnen können. Das hatte ihnen zunächst Sorge bereitet, aber sie würden Unterstützung bekommen, und zu früh konnte man ja auch nicht anfangen, sonst würden die tiefen Schnitte, die sie in die Eisdecke des Sees sägen mussten, am Festtag wieder vollkommen zugefroren sein.

»Trotzdem eine verrückte Idee, zwei Kreise zu schneiden und damit einen beweglichen Ring um die Sandbank zu legen.« Sven nickte anerkennend. »Aber wenn es funktioniert, wird es fantastisch. Damit gewinnen wir auf jeden Fall in diesem Jahr den Preis.«

»Auf jeden Fall. Und das liegt nicht zuletzt an unserem guten Team hier im Igloo Resort«, sagte Carl zufrieden.

»So ist es. Wir sind die Besten!« Sven grinste und wandte sich an Finn. »Sag mal, ist Smilla noch in Alitjávri?«

Er nickte, konnte sich aber denken, dass es weniger eine höfliche Frage war, sondern eher ein Hinweis darauf, dass ihre Expertise bald gefragt sein würde. Die Lichter sollten präzise in der Eisskulptur platziert werden, um sie auf der winzigen, baumlosen Insel im See spektakulär zu illuminieren.

Während der Elektriker weiter an den Kabeln werkelte, sammelten sich Finn, Mihkku und Carl um die Werkzeugkisten. Sie beäugten das speziell für die Eisarbeit benötigte Equipment – die schweren Motorsägen und langen Eissägen – mit dem Respekt, den man gefährlichem Werkzeug zollte. Diese Geräte würden den riesigen, sich drehenden Eisring des Karussells entstehen lassen, der die Skulptur später umgeben sollte.

»Wir müssen uns ranhalten«, sagte Carl und hob eine der Sägen an. Seine Stimme klang ungeduldig, fast angespannt.

Finn blickte kurz auf. »Alles klar bei dir, Carl? Du wirkst, als wäre heute nicht dein Tag.«

Mihkku trat hinzu. »Vielleicht liegt es am neuesten Flirt meiner kleinen Schwester. Dain scheint dir den Rang abgelaufen zu haben, mein Freund.« Er klopfte Carl auf die Schulter, als hätte er Mitleid. Dabei war er nicht unbeteiligt daran, dass die beiden nicht zueinanderfanden.

»Lass mich in Ruhe!«, knurrte Carl und griff nach einer Säge.

»Siri braucht einen Mann. Von mir aus heirate sie, aber beschwer dich hinterher nicht bei mir, wenn du sie nicht bändigen kannst.«

»Wirklich? Und was ist mit deinen Drohungen?«

»Komm schon, Mann! Sie war damals noch ein Kind, ich wollte nicht, dass du sie schwängerst.« Er grinste anzüglich. »Aber ein Kind tut ihr vielleicht ganz gut. Dann hat sie was zu tun.«

Carl ließ die Säge sinken und sah Mihkku direkt an. »Wäre es nicht einfacher gewesen, das zu sagen, bevor sie dachte, sie müsste dir beweisen, dass sie längst kein kleines Mädchen mehr ist?«

»Wie meinst du das?« Mihkku trat näher an Carl heran.

»Sie flirtet mit jedem Mann, der sie freundlicher behandelt als du.«

Und das sind so ziemlich alle Kerle, dachte Finn. Mihkku war wirklich ein Idiot. Weshalb Siri nach den drei Jahren in Stockholm wieder zu ihrem Bruder zurückgezogen war, konnte er nicht verstehen. *Heimweh nach Sápmi?* Er meinte sich zu erinnern, dass sie etwas in der Art gesagt hatte, aber er tippte auf Carl, der zur gleichen Zeit aus China zurückgekehrt war.

Finn gefiel es nicht, dass seine Freunde wegen Siri stritten. Aber es wäre nicht das erste Mal, und er wusste, dass es besser war, die beiden ausreden zu lassen.

Mihkku hob die Schultern, er wirkte ärgerlich. »Und du siehst sie mit dem Arsch nicht an und willst mir erzählen, dass du es ernst mit ihr meinst?«

Carl ballte die Hände zu Fäusten. »Wer war es denn, der mir die Freundschaft kündigen wollte, wenn ich sie anrühre? Aber weißt du was? Ja, ich habe einen Fehler gemacht. Ich hätte ihr längst sagen sollen, was ich für sie empfinde und warum ich mich so lange zurückgehalten habe. Ganz ehrlich? Deine Freundschaft ist einen Scheiß wert, wenn sie dem Glück deiner Schwester im Weg steht.«

»Du glaubst also, mit dir zusammen zu sein, würde sie glücklich machen?«

»Ja, genau. Das glaube ich!« Carl hatte so laut gebrüllt, dass sich alle Leute nach ihnen umdrehten. Irgendwo fielen Eisenträger scheppernd um. »Und jetzt macht sie mit diesem Dain herum. Der Kerl hat damals fast jedes Mädchen unseres Jahrgangs flachgelegt. Aber der ist für dich in Ordnung, ja?« Seine Schultern sanken herab. »Was ist, wenn sie mit ihm nach Amerika verschwindet?«

Mihkku sah ihn unverwandt an, einen Hauch Herausforderung in seinem Blick. »Ich will doch nur jemanden, der meine Schwester ordentlich behandelt.«

»Es ist zu spät. Sie hasst mich.«

Finn legte ihm eine Hand auf die Schulter. »Das tut sie nicht. Aber wenn du dich nicht bald traust, ihr deine Gefühle zu zeigen, wirst du es dir nie verzeihen, Carl. Das weißt du.«

Die Männer schwiegen, und das Splittern von Eis, die Hammerschläge auf Meißel aus Stahl erfüllten die eisige Halle. Die Beleuchtung erstrahlte unvermittelt um die Feenfiguren, und der pulsierende Schein ließ sie wahrhaftig wie Kreaturen aus einer anderen Welt erscheinen – gleichzeitig stark und zerbrechlich.

Finns Handy vibrierte, und als er die Nachricht las, musste er grinsen. Also hatte er mit seiner Vermutung richtiggelegen. Carls neuer Chef-Elektriker Sven war klug genug, Smilla für die Verkabelung der Seeskulptur um Unterstützung zu bitten. Dieser Thyge hätte das nie getan.

Eilig tippte er eine Antwort ein, steckte das Handy weg und räusperte sich. »So, Männer, jetzt ist alles gesagt. Wir haben viel zu tun. Vertragt euch und kommt, wir gehen runter zum See. Ihr wisst es vielleicht nicht, aber am Ende entscheiden immer die Frauen, ob sie uns wollen oder nicht.«

»Da spricht der Experte!«, spottete Mihkku.

Finn presste die Lippen aufeinander, um nichts zu sagen, was er später bereuen würde. Mihkku hatte keine Ahnung, wie tief die Wunden waren, die seine letzte Beziehung hinterlassen hatte. Nur Carl wusste davon – Finn hatte es ihm in einem schwachen Moment anvertraut.

Carl legte ihm eine Hand auf die Schulter. »Du hast recht. Dieses verdammte Eis schneidet sich nicht von allein.«

Finn zog den Reißverschluss seiner Jacke bis zum Kinn hoch und ließ den Blick über den gefrorenen See schweifen. Dort, wo sich im Sommer die kleine Sandbank befand, ragte ein Drache aus Eis empor – imposant und ruhig, als warte er nur darauf, im Rampenlicht des Seefests zum Leben erweckt zu werden. Die Künstlerinnen, die diese Skulptur gemeißelt hatten, standen in gebührendem Abstand und betrachteten ihr Werk wie eine Gruppe Magierinnen, die ihrem Geschöpf noch die letzten Feinheiten zuflüsterten.

»So etwas sieht man nicht jeden Tag«, sagte einer der Männer, die sich zu ihnen gesellt hatten. Er begrüßte die drei mit Handschlag und stellte sie einander vor. »Brady kennt ihr, und das ist Tom. Er hält mit seiner Gruppe derzeit den Rekord mit dem größten Eiskarussell der Welt …«

»… den wir im Februar einstellen werden«, fiel ihm ein Mann mit finnischem Akzent ins Wort. »Hej, ich bin Jari.«

Ari schmunzelte. »Genau. Danke, dass ihr uns helfen wollt. Unser Plan ist ziemlich ambitioniert, aber durchführbar, denke ich.«

»Auf jeden Fall, Mann!«, sagte Brady.

»Mihkku kennt ihr vielleicht schon vom letzten Jahr, ihm gehört das Koka Kafé.« Ari zeigte auf Finn. »Er hier kommt aus den Arabischen Emiraten und hat in seinem Leben mehr Sand gesehen als Schnee. Seid nachsichtig mit ihm.«

Finn lachte. »Das stimmt sogar. Ich bin zwar in Schweden aufgewachsen und kenne die Gegend hier gut, aber überwiegend im Sommer. Mit Eis arbeite ich erst seit letztem Jahr.«

Sie schüttelten sich gegenseitig die Hände, und Jari zeigte auf den Seedrachen. »Wir haben zwar auch ein finnisches Team beim Eisskulpturenwettbewerb am Start, aber ich muss sagen, es ist schon beeindruckend, was eure Künstlerinnen hier erschaffen haben.« Die Anerkennung klang ehrlich.

Carl nickte und zeigte auf die freigelegten Markierungen der beiden Eiskreise. »Mit eurer Unterstützung wird das Karussell perfekt. Ihr seid ein echter Gewinn, danke, dass ihr dabei seid.«

»Das lassen wir uns doch nicht entgehen«, erwiderte Brady. »Wir sind Kollegen und halten zusammen. Wenn es darum geht, solche Giganten wie euren Drachen zum Leben zu erwecken, hilft man einfach.«

Carl nickte. »Im Grunde ist es ganz einfach. Der Ring wird sich um die Skulptur drehen. Wenn alles funktioniert, wird der Drache mit der richtigen Beleuchtung morgen Abend über dem Eis schweben.«

»Ziemlich ambitioniert, aber das überlassen wir den Eis- und Lichtkünstlerinnen.« Jari klopfte Carl auf die Schulter. »Eis ist dein Freund, solange du ihm den richtigen Respekt erweist.«

Finn lächelte und nahm eine der Eissägen zur Hand, ließ den Blick über den See wandern, wo das helle, klare Licht eine Szenerie wie aus einem Film schuf. Das Igloo Resort, im Hintergrund die verschneiten Baumspitzen, die sich unter den Schneelasten bogen, und vor ihnen der Drache – es war, als wäre die Welt hier im Norden angehalten worden, still und doch voller Bewegung, verborgen und zugleich lebendig.

In diesem Moment sah er Smilla, die an der Seite des Elektrikers auf sie zukam. Sie war eingehüllt in einen dicken Schal, die Kälte hatte ihre Wangen gerötet, und ihr Lächeln war weit zu sehen. Finn hätte sie gern geküsst, aber jetzt war keine Zeit für Zärtlichkeiten. Er begrüßte sie mit einem Nicken und zeigte auf den Drachen. »Fantastisch, oder?«

»Überwältigend. Das Thema ist perfekt umgesetzt.«

»Warte, bis du die Pläne für das ganze Schauspiel mit der Beleuchtung siehst«, sagte der Elektriker. »Die *Drachenfrauen* haben wirklich großartige Ideen, wir können froh sein, dass sie in diesem Jahr für uns antreten.«

»Drachenfrauen? Ist das nicht ein bisschen unfreundlich?«

»Sie nennen sich selbst so. Ich finde sie nett und kein bisschen garstig.« Er zuckte mit den Schultern. »Um ihre Pläne umzusetzen, brauchen wir dich, Smilla. Ich habe da was, das noch nicht so recht will …«

»Das kriegen wir hin.« Sie winkte Finn und den anderen zu und ging hinüber zur Skulptur, wo die beiden Künstlerinnen schon auf sie warteten. Finns Herz schlug schneller, als er ihr nachsah. Selbst in der dicken winterlichen Kleidung wirkten ihre Bewegungen umwerfend sexy.

»Komm zu dir!« Carl rammte ihm den Ellenbogen in die Seite. »Sie ist dein *Soulmate*, stimmt's?«

Er musste nicht überlegen. »Ja.«

»Dann pass auf, dass du es nicht genauso verkackst wie ich mit Siri.«

Bevor er antworten konnte, erklang der Motor der Eisschneidemaschine, und sie machten sich an die Arbeit.

Später, auf dem Weg zum Koka, wo ein Abendessen auf die kleine Truppe wartete, beugte sich Carl zu ihm. »Sag mal, wie geht es dir und Smilla wirklich? Macht sie hier ernst, oder bleibt sie nur für den Winter?«

»Es läuft gut.« Finn warf einen schnellen Blick zu Smilla, die neben einer der Künstlerinnen ging. »Aber ihre Pläne für danach? Ich weiß es nicht. Ich hoffe, sie bleibt.«

»Hoffen allein genügt nicht. Ich habe meine Chance bei Siri nicht genutzt …«

»Unsinn. Sie ist verrückt nach dir.«

»Ich liebe Siri, Finn. Aber ich bin um einiges älter, und Mihkku war immer dagegen.«

»Er ist ein Idiot.«

»Ja, das sehe ich allmählich. Seine Freundschaft ist mir trotzdem wichtig. Weißt du, ich hatte nie viele Freunde …« Er seufzte. »Du bist der Einzige, der mich sieht – und Siri. Aber ich bin mir nicht mehr sicher, ob sie mag, was sie sieht.«

»Das liegt daran, dass du sie ständig zurückweist. Mann, Carl, ich kann mich gut erinnern, dass sie dich schon mochte, als ihr noch Teenager wart. Aber mal ehrlich, wenn ihr heute zusammen in einem Raum seid, hat man das Gefühl, dass die Temperatur schlagartig sinkt.«

»Sie kann mich nicht leiden.«

»Sei nicht blöd. Ihr habt Gefühle füreinander. Die von der guten Sorte. Sei endlich ehrlich und rede mit ihr!«

33. KAPITEL

Smilla

Der Weg durchs Igloo Resort führte hinab zum See. Auf halber Höhe hielt Smilla an und blickte in die schneebedeckte Landschaft. Über ihr spannte sich ein klarer Himmel, so tiefblau, dass es fast unwirklich wirkte. Am Horizont schimmerte noch ein Hauch von Rosa und Gold, ein letztes Leuchten, das die Nacht ankündigte.

Der Schnee reflektierte das verblassende Licht und glitzerte wie unzählige Diamanten. Für einen Moment fühlte sie sich ganz klein – und doch vollkommen lebendig.

»Das sieht magisch aus!« Sie beugte sich zu Siri hinab. »Machst du Fotos?«

»Nachher, nicht während der Fahrt. Dieser *Sparkstötting* ist ganz schön schnell!« Ihre Freundin hatte immer noch Schmerzen im Fuß und konnte auf unebenem Boden schlecht laufen.

Zuerst wusste Smilla nicht, was ein Sparkstötting sein sollte, aber als ihre Freundin damit ankam, war sie begeistert von der Idee. Ein *Spark* konnte wie ein Rollator auf Kufen genutzt werden, war aber im Wesentlichen ein Holzschlitten, auf dem man vorn auf einem einfachen Stuhl saß, während hinten jemand schob oder, wenn der Weg es erlaubte, einfach auf den Kufen stand und über Schnee und Eis glitt. Siri saß warm eingepackt vor ihr und hielt Cookie auf dem Schoß, in deren länger gewordenem Fell der Schnee so schnell zu Klumpen fror, dass die arme Kleine nicht mehr laufen konnte.

Gemeinsam betrachteten sie die weißen Zelte, die an der Uferpromenade wie Perlen auf einer Kette aufgereiht standen. »Ich hätte nicht gedacht, dass so viele Leute herkommen«, sagte Smilla beeindruckt. Die Szene war voller Leben. Unter bunten Fähnchen, die zwischen den Zelten gespannt waren, boten Verkäufer heißes Rentiergulasch und dampfenden Fruchtpunsch an. Der Duft hing wie eine Einladung in der Luft.

»Es werden jedes Jahr mehr. Carl hat deshalb Absperrungen am Ufer aufstellen lassen, damit nicht zu viele Leute gleichzeitig aufs Eis gehen.«

»Liebe Güte, glaubst du, es könnte brechen?«

»Möglich wäre das schon. Es ist zwar schon eine Weile zugefroren, aber so dick wie später im Februar, wenn das Eis fürs Hotel geerntet wird, ist es noch lange nicht.«

Eine eisige Windbö ließ sie frösteln, und Smilla schlug vor, weiterzufahren. Sie gab dem Schlitten einen Schubs, stellte sich auf die Kufen und lenkte ihn so gut es ging den Weg entlang. »Hej!«, schimpfte ein Mann erschrocken, als sie dicht an ihm vorbeisausten.

»Tschuldigung!«, rief Siri über die Schulter und lachte übermütig. »Ich könnte mich dran gewöhnen.«

Auf der Promenade kamen sie anschließend nur noch langsam voran. Siri begrüßte Nachbarn, die sich nach ihrem Fuß erkundigten. Von den anderen Besuchern waren unterschiedliche

Sprachen zu hören. Die Touristen kamen oft von weit her, um eine Nacht im Eishotel zu verbringen oder ein paar Tage in einer Hütte des Igloo Resorts, um Ausflüge in die Natur zu machen oder einfach zu entspannen. Die Hauptsaison hatte begonnen, und das Igloo Resort war oft schon Monate vorher ausgebucht, hatte Smilla erfahren. Das Winterseefest mit dem Eisskulpturenwettbewerb gehörte zu den Highlights des Jahres, und seit Neuestem gab es für Besucher, die im Eishotel kein Zimmer mehr bekommen hatten, sogar Bustouren von Kiruna nach Alitjávri.

»Ich hatte keine Ahnung, dass das Fest so eine große Sache ist, aber ich verstehe allmählich, warum. Diese Zelte sehen hübsch aus«, sagte Smilla und sah sich begeistert um.

»Sie sind den traditionellen Zelten der Nomaden nachempfunden.« Siri streichelte Cookie, die eingemummelt auf ihrem Schoß ruhte und mit aufmerksam aufgestellten Ohren alles um sich herum verfolgte. »Wenn ich an sie denke, kommen mir automatisch die gemütlichen Feuerstellen in den Sinn, die Wärme und das Zusammenkommen. Ein *goahti* ist wie das Herz des Lagers.«

Smilla glaubte, in ihrer Stimme zu hören, wie tief ihre Freundin mit der Landschaft und deren Geschichte verbunden war. Dabei hatte Siri nicht mal Sámi-Vorfahren. Sie konnte dieses Gefühl aber gut nachvollziehen. Wann immer sie jemanden »Moin« mit der richtigen Betonung sagen oder sogar Plattdeutsch reden hörte, spürte sie so ein warmes Gefühl von Heimat. Etwas, das sie trotz der Jahre in ihrer Pflegefamilie nie hatte entwickeln können. In diesem Augenblick wurde ihr bewusst, dass sie wirklich nicht in den Schwarzwald zurückkehren wollte. Smilla seufzte.

»Was ist los?« Siri sah fragend zu ihr auf.

»Ach nichts. Ich habe nur gerade festgestellt, dass Simon darauf drängen kann, wie er will, ich werde auf keinen Fall mit in die Firma einsteigen.«

»Dann bleibst du hier? Das wäre fantastisch!« Die Augen ihrer Freundin leuchteten.

»Vielleicht.« Sie wollte keine falschen Hoffnungen wecken. Ob aus ihrer Affäre mit Finn mehr werden könnte, lag nicht allein in ihrer Hand. Smilla war bereit, sich auf ihn einzulassen, doch er schien in der Gegenwart zu verharren, ohne einen Gedanken an das Morgen zu verschwenden. Jedes Mal, wenn sie mehr über seine Vergangenheit erfahren wollte, blockte er ab oder wechselte das Thema. Vielleicht war das der Grund, warum sie nie ernsthaft über eine gemeinsame Zukunft gesprochen hatten.

Siri schien ihren Stimmungsumschwung bemerkt zu haben. »Komm, lass uns zu den Männern fahren und nachsehen, wie weit sie mit ihren Sägearbeiten gekommen sind. Man hört gar nichts mehr.«

Sie hob den Kopf und sah hinüber zur Sandbank, auf der das Seeungeheuer thronte. Davor standen fünf oder sechs Männer zusammen und schienen zu diskutieren. Bis zu diesem Augenblick war ihr gar nicht aufgefallen, dass das tiefe auf- und abschwellende Dröhnen und Knattern der Sägen verstummt war.

»Hoffentlich ist alles in Ordnung«, sagte sie und hielt auf den Zugang zum See zu, an dem zwei Wachleute standen, die darauf achten sollten, dass nicht zu viele Menschen gleichzeitig die Eisfläche betraten.

Carl hatte ein großes Quadrat zum Schlittschuhlaufen freiräumen lassen, auf dem einzelne Läufer und Familien in dicken, bunten Anoraks über das Eis glitten. Paare drehten sich zur Musik der Band, die am Ufer auf einer kleinen Bühne spielte. Gleich nebenan versuchten sich Gäste im traditionellen Eisstockschießen. Sie feuerten sich gegenseitig an, Lachen wehte herüber. Der Schnee rechts und links der geräumten Wege reflektierte das blasse Sonnenlicht, als ob winzige Sterne über den Kristallen flimmerten. Der Drache, majestätisch und unberührt, wartete in der Mitte auf seinen großen Auftritt am Abend, und Smilla spürte, wie sich eine leichte Aufregung und Vorfreude miteinander verbanden.

Am Rande des Eiskarussells standen die Männer zusammen und diskutierten. »Was ist los?«, fragte Smilla.

Finn kam herüber. »Die große Sägemaschine hat den Geist aufgegeben. Jetzt müssen wir mit den Motorsägen weiterarbeiten, aber wir wollten erst mal eine kleine Fika machen. Kommt ihr mit?«

Er wirkte erschöpft, und sie legte ihm eine Hand auf die Schulter. »Von mir aus gern.«

Finn hakte sich bei ihr unter, und sie gingen mit den anderen Freunden zum Ufer zurück. Zu Smillas Erstaunen bestand Carl darauf, Siris Schlitten zu schieben.

»Ich hätte schwören können, dass du mich nicht mal bemerkt hast«, sagte die spitz. Carl brummte etwas Unverständliches, ließ sich aber auch von Mihkkus kritischem Blick nicht beirren. Cookie hatte sich unter der Decke zusammengerollt, sodass nur ihr kleines Näschen hervorblitzte.

Die Sámi-Zelte waren zu gemütlichen Oasen umfunktioniert worden. Geräumige Goahti und einige Lávvu, die an Tipis erinnerten, bildeten das Herz der Essensstände.

»Ich komme mir vor wie in einer Märchenwelt«, sagte Smilla leise, als sie sich umsah und den Duft von gegrilltem Gemüse, Rentierfleisch und heißem Beerenpunsch einatmete.

»Warte bis heute Nacht«, sagte Carl, der mit strahlenden Augen seine Kaffeetasse hob. »Wir haben wirklich ganze Arbeit geleistet. Es wird spektakulär.«

Sie gingen zu einem geräumigen Goahti, das vom Koka-Kafé-Team bewirtschaftet wurde. In der Mitte stand ein Ofen, der das Zelt beheizte, und die mit Rentierfellen belegten Bänke waren gut besetzt. Der perfekte Ort für Fika.

Smilla und Siri besorgten Gebäck und Sandwiches, ihr Bruder kehrte mit einem Tablett Kaffee an den Tisch zurück.

»Zimtschnecken!« Brody biss in das süße Gebäck und stöhnte. »Die sind noch warm!« Er gab Siri einen Kuss auf die Wange, die daraufhin errötete, was wiederum Carl blass werden ließ. Mihkku war das nicht entgangen, er runzelte die Stirn und sah seine Schwester scharf an. Die legte dem gutaussehenden Kanadier eine Hand auf den Arm und sagte: »Ich habe deine geheimen Leidenschaften nicht vergessen, Darling.«

Carl stand abrupt auf. »Ich muss noch was regeln«, sagte er über die Schulter und verließ das Zelt.

Smilla wollte nicht, dass die Stimmung kippte, und erkundigte sich, was es mit dem Defekt an der Eissägemaschine auf sich hatte. »Es gibt hier doch bestimmt mehr als nur eine, oder täusche ich mich.«

Finn warf ihr einen dankbaren Blick zu. »Das Resort hat

insgesamt drei. Sie waren alle zur Wartung in einer Spezialwerkstatt, und nur eine ist rechtzeitig zurückgekommen.« Das hieß also, dass sie sich nun mit den Kettensägen behelfen mussten.

»Werdet ihr fertig?«, fragte Siri besorgt.

»Klar! Es sind noch ein paar Meter übrig, aber das ist kein Problem. Danach müssen wir nur sehen, dass das Eis offen bleibt.« Brady zwinkerte Siri zu, die ihm ein strahlendes Lächeln schenkte. Mihkku klopfte auf den Tisch. »Pause vorbei. An die Arbeit, Leute.«

Die Männer brachen auf, und bald hallte das Brummen der Sägen über den See.

»Sag mal, was sollte das?«, fragte Smilla.

Siri schob die Unterlippe vor und sah aus wie ein Kind, dem man die Schokolade wegnehmen wollte. »Brady ist meinetwegen hier. Ich bin es leid, auf Carl zu warten. Eine Frau hat schließlich ihre Bedürfnisse, und dieser kanadische Baumfäller weiß genau, wie er meine befriedigen kann. Er küsst wie ein Sexgott.«

»Dann habt ihr tatsächlich …?«

Siri wurde rot und sah auf die Uhr. »Ich habe Káre versprochen, ihr beim Verkauf zu helfen …«

»Ich bringe dich hin.« Sie schüttelte den Kopf und half Siri, sich in die warme Decke zu hüllen, bevor sie ihr Cookie auf den Schoß setzte.

Als sie den Stand erreichten, rief ihre Freundin erleichtert: »Ihr kommt gerade recht!«

Smilla schob den Schlitten an Frauen vorbei, die anscheinend jede der wunderschönen Mützen aufprobieren wollten, die angeboten wurden. Sie hätte sich selbst gern die bestickten

Handschuhe genauer angesehen, aber verschob es auf später. Siri blieb bei Kåre, während Smilla aufs Eis zurückkehrte. Als sie die Gruppe erreichte, richtete sich Brady auf und wischte sich den Schweiß von der Stirn. »Na? Willst du mithelfen?«

»Die Arbeit überlasse ich euch. Kann ich da einfach rübergehen?« Sie zeigte auf den tiefen Schnitt im Eis.

»Du musst nur aufpassen, dass dich das Seemonster nicht in die Tiefe zieht.« Er zwinkerte ihr zu. Der Mann konnte augenscheinlich nicht anders, als mit jeder Frau zu flirten. Sie hoffte nur, dass er nicht gekommen war, um Siri das Herz zu brechen. Das gehörte immer noch Carl. Davon war sie überzeugt, ganz gleich, was ihre Freundin behauptete.

»Das Monster sitzt doch auf der Sandbank fest«, sagte Smilla lachend, machte aber trotzdem einen großen Schritt und eilte hinüber zur Skulptur, bei der die Drachenfrauen auf sie warteten. Ihrem Namen machten sie auch heute alle Ehre. Eine war wie gestern komplett schwarz gekleidet, und ihr Drachentattoo schlängelte sich aus dem Schal den Hals hinauf bis zum Ohr. Die andere trug diesmal keine Mütze über den feuerrot gefärbten Haaren, aber eine leuchtend grüne Jacke und Skihosen mit einem Flammenmotiv.

Sie hatten am vorherigen Abend einen Probelauf gemacht, und das gesamte Lichtprogramm war wie geplant abgelaufen. Die beiden hatte es aber am Vormittag ein zweites Mal getestet, und dabei war ein Fehler aufgetreten. Smilla prüfte alle wichtigen Kontakte und Leitungen, und es stellte sich zu ihrer Erleichterung schnell heraus, dass das technische Problem nur eine unbedeutende Kleinigkeit war, die sich einfach beseitigen ließ.

Sie griff nach der Leine und rollte die isolierende Matte zusammen, auf der Cookie gesessen hatte. »Komm, Frau Hund, ich bringe dich nach Hause.« An die Künstlerinnen gewandt sagte sie zum Abschied: »Falls noch etwas sein sollte – ihr habt meine Nummer. Heißt es nicht, wenn in der Generalprobe etwas schiefgeht, wird die Premiere ein Erfolg?«

34. KAPITEL

Smilla

Es war dunkel, als sie das Chalet erreichte, und die Temperaturen waren weiter gefallen. Smilla hatte sich von dem strahlenden Himmel täuschen lassen und darauf verzichtet, ihre warme Mütze aufzusetzen. Doch der feine eisige Wind unten am See war nicht zu unterschätzen, sie fror und sehnte sich nach einer heißen Dusche.

»Aber zuerst bist du dran!« Sie schnappte sich das ausrangierte Handtuch, das Siri ihr gegeben hatte, und rubbelte Cookies Fell, bis es fast trocken war, den Rest erledigte sie mit dem Föhn. »Jetzt noch etwas Leckeres zu fressen und natürlich frisches Wasser, dann gehe ich duschen, und diesmal kommst du nicht mit, du kleine Spannerin«, sagte sie und musste darüber grinsen, wie schnell sie zur fürsorglichen Hundemama geworden war.

Nachdem Cookie versorgt war und sie sicherheitshalber noch gewartet hatte, bis der Futternapf sauber ausgeschleckt war, um ihn anschließend zu reinigen, zog sie sich aus, verbarg die Haare unter einer Duschhaube und drehte das Wasser auf. Es dauerte nicht lange, bis die Scheiben beschlagen waren.

Sie spürte, wie sich ihre Schultern im warmen Wasserstrahl entspannten, und das duftende Duschgel tat sein Übriges. Sie dachte an Finns zärtliche Berührungen in der letzten Nacht – und auf einmal war er da.

»Smilla!« Seine Hände umfassten ihre Taille. Sie öffnete die Augen, überrascht und zugleich entzückt, ohne ein Wort zu sagen, und lehnte sich zurück, bis ihr Rücken seinen Brustkorb berührte. Die Hitze des Wassers mischte sich mit der Wärme seines Körpers, und seine Finger wanderten sanft über ihre Haut, wohltuend und vertraut.

Er griff nach dem Duschgel, wärmte es zwischen den Handflächen auf, wie er es immer tat, und begann, ihre Schultern zu massieren. Seine Berührungen mit von der Arbeit rauen Händen waren behutsam und dennoch kraftvoll. Smilla atmete tief ein, als er den Schaum weiter über ihre Arme und ihren Rücken verteilte, und ein Zittern lief durch ihren Körper, obwohl das Wasser so warm war.

Sie drehte sich zu ihm um, suchte seinen Blick und sah das Funkeln in seinen Augen. Finns Hände ruhten auf ihren Hüften, er betrachtete ihr Gesicht, ihre Lippen, bis sie ihm in einem Moment der tiefen Einvernehmlichkeit die Arme um den Nacken legte und ihn küsste. Er zog sie näher, und die Erregung breitete sich rasend schnell in ihnen aus.

»Wow!« Smilla rang nach Atem. »Jetzt ist mir nicht mehr kalt.«

Er lachte männlich selbstbewusst und hauchte ihr einen Kuss in die Halsbeuge, der ein warmes Flattern in ihrem Bauch auslöste. »Müssen wir wirklich wieder zurück zum Seefest?«

»Du willst doch nicht dein eigenes Spektakel verpassen?« Sie drehte das Wasser ab und griff nach dem Badetuch.

»Lass mich das machen«, sagte er, nahm es ihr aus der Hand und betrachtete sie liebevoll. »Du bist wunderschön, aber …« Finns Mundwinkel zuckten, dann begann er zu lachen.

»Was?«, fragte sie irritiert.

»Diese Haube«, sagte er und rang nach Luft. »Genau die gleichen Dinger spannt Oma immer über ihre Schüsseln mit Kompott!«

»Sehr witzig!« Empört gab sie ihm einen leichten Stoß. Und dann musste sie auch lachen. »Ich bin froh, das Ding aufgesetzt zu haben. Sonst wären meine Haare klitschnass, und ich würde mir da draußen den Tod holen!«

»Okay, das klingt nach einem guten Grund. Deine Kompotthaube ist vielleicht ein bisschen aus der Mode gekommen, aber sie steht dir wirklich gut.« Er trocknete sie behutsam ab, bevor er nach einem Handtuch für sich selbst griff.

»Mach dich ruhig lustig! Das sieht vielleicht nicht schön aus, aber es ist praktisch.«

»Du bist immer schön!«, sagte er und scheuchte sie mit einem Klaps auf den Po in den Wohnraum. »Was hast du mit Oma verabredet, sollen wir sie abholen?«, rief er ihr hinterher.

»Julia fährt sie. Eventuell bringe ich sie nachher wieder nach Hause.« Smilla lief zum Schrank und zog sich an. Wirklich bedauerlich, dass sie heute noch mal in die Nacht hinaus mussten.

Die Preisverleihung des Eisskulpturen-Wettbewerbs war eher eine unglamouröse Angelegenheit. Ausgezeichnet wurde ein Team aus Neuseeland, das einen wunderschönen Wald mit so vielen großen und kleinen Feen darin präsentierte, dass Smilla es aufgegeben hatte, sie zu zählen.

Die Gewinner freuten sich sehr und erhielten einen Scheck sowie eine Box mit professionellen Fotos aller Skulpturen. Danach wurden auch die anderen Teams auf die Bühne gebeten, um ein Schlussfoto zu machen, was zu einigem Gedränge führte und schließlich in fröhlichem Gelächter endete, als Teilnehmer hinabspringen mussten, um nicht von der Bühne gestoßen zu werden. Die war glücklicherweise nicht mal einen halben Meter hoch, sodass niemand zu Schaden kam. Das Publikum verteilte sich anschließend schnell wieder am Seeufer, bis ein älterer Mann mit einer Stange in der Hand rief: »Los, wir bringen unser Karussell in Bewegung!« Eine Gruppe junger Männer und Frauen stand schon auf dem Eis bereit. Sie zogen gleichzeitig an Seilen, die an der Eisscheibe befestigt waren, legten all ihre Kraft hinein, und unter lautem Rufen und Anfeuern setzte sich der große Ring aus Eis langsam in Bewegung. Selbstverständlich hätte Smilla auch mit angefasst, aber Finn hatte sie gebeten, vom Ufer aus zu filmen, und das nächste Highlight kam ja noch.

»Das ist wunderbar«, sagte sie mehr zu sich selbst. Finns Gruppe war nicht allein. Die Leute aus Alitjávri feierten gemeinsam und hielten zusammen, wenn es darauf ankam. Vielleicht war es das, was die Reisenden aus aller Welt so faszinierend an dieser Gegend fanden – neben der atemberaubenden Natur mit den niedlichen Rentieren.

Die Menschen jubelten und applaudierten, während das Eiskarussell sich allmählich schneller drehte und Finn gemeinsam mit seinen Freunden Fackeln entzündete, die an der äußeren Kante des Rings im Eis steckten. Das flackernde Licht warf gespenstische Schatten, die den Eisdrachen in der Mitte allmählich zum Leben zu erwecken schienen.

Smilla rang die Hände in den dicken gefütterten Handschuhen. »Hoffentlich geht alles gut!«

Nach langen Sekunden erwartungsvoller Ungewissheit begann das prächtige Seeungeheuer endlich zu glimmen. Zunächst schien das außer ihr niemand zu bemerken, doch dann wurden Stimmen laut. »Seht nur, der Drache!«

»Fantastisch! *That's amazing. Look at those beautiful colors.* Was für Farben«, sagte jemand neben ihr staunend.

Smilla hatte die Kamera ihres Handys auf das Spektakel gerichtet, betrachtete es aber nicht auf dem Bildschirm. Sie wollte live sehen, was die Lichtdesignerin der Drachenfrauen sich ausgedacht hatte. Mit dem Fernsehteam zu konkurrieren, das schon den ganzen Tag über gefilmt hatte, versuchte sie gar nicht erst.

Das Zusammenspiel aus echtem Feuer und der kunstvollen Beleuchtung war wahrhaftig spektakulär. Schließlich endete *Die Erweckung des Drachen*, und lauter Applaus brandete auf.

Julia, die sich mit Anna zu ihr gesellt hatte, sagte: »Das Karussell und die Arbeit dieser Künstlerinnen sind wie ein Spiegel der Gemeinschaft, der Menschen, die ihre Kräfte zusammenlegen und in Bewegung setzen, was größer ist als jeder Einzelne.« Sie wiederholte damit unbewusst Smillas Gedanken. Hier, in dieser kleinen Ecke der Welt, spürte sie eine Wärme, die sie lange vermisst hatte. Sie wurde allmählich Teil einer Gemeinschaft, eines Orts, der sie aufnahm, ohne Fragen zu stellen, und ihr das Gefühl gab, genau hierherzugehören.

Finn gesellte sich hinzu, Anna umarmte ihn und ließ jeden wissen, der sie begrüßte, wie stolz sie auf ihren einzigen Enkel war. Nachdem sie mit Julia zurück nach Björkholmen aufgebrochen war, schlenderte Smilla mit Finn zu einem Stand, an dem es die besten Burger nördlich des Polarkreises gab – das behauptete zumindest der Inhaber. Nach dem Essen war sie geneigt, ihm zuzustimmen. Sie streckte ihre Hände aus, um die vor Kälte steifen Finger an einer Feuertonne zu wärmen, bevor sie ihre Handschuhe wieder anzog. Kåre und Siri kamen dazu, und wenig später tauchten die Kanadier mit heißem Punsch auf. Lichter funkelten um sie herum, Fackeln loderten am Ufer und spiegelten sich in den Augen der Menschen wider, und über dem See schwebte der anmutigste und zugleich bedrohlichste Drache, den sie jemals gesehen hatte.

»Ich kann gar nicht glauben, dass ich anfangs gezögert habe, überhaupt hierherzukommen«, sagte sie begeistert.

»Das war eine außerordentlich gute Idee, würde ich sagen.« Finn legte ihr einen Arm um die Schultern, und sie lehnte sich an ihn, spürte seine Wärme und hörte den Gesprächen der Freunde zu – zufrieden, dazuzugehören, aber nicht in der Stimmung, um viel zu reden.

Nach einer Weile stupste Siri sie an und flüsterte ihr zu, dass sie die Toilette aufsuchen wollte. Sie entschuldigten sich und hielten auf das Ende der Seepromenade zu, an dem sich ein festes Gebäude mit Waschräumen befand.

Während sie vor der Tür neben Siris Schlitten auf die Freundin wartete, genoss sie den frischen Duft der Nacht und das Knirschen des Schnees unter ihren Stiefeln, sobald sie einen Schritt ging. Ein wohliges Gefühl begleitete sie – das Fest, die

Menschen, die Atmosphäre von Zusammenhalt und Freude. Sie spürte, wie diese Tage und Nächte sie immer mehr an diesen Ort banden und wie ihre Gefühle für Finn stärker wurden. Er hatte es geschafft, ihr Herz zu erreichen, und obwohl er ihr kaum etwas über seine Vergangenheit erzählt hatte, war sie geneigt, ihm die Zeit zu geben, die er brauchte.

»Smilla, oder?«

Eine Frau stand auf dem Weg, die ihr vage bekannt vorkam. Aber woher? Betroffen von dem feindseligen Ton, zögerte sie kurz, bevor sie die Frage mit Ja beantwortete. »Und du bist …?« Irgendwoher kannte sie dieses Gesicht.

»Ich wollte nur sichergehen, dass du genau weißt, worauf du dich einlässt.«

»Ich habe keine Ahnung, wer du bist, und ehrlich gesagt auch keine Lust, mich von dir anfeinden zu lassen«, sagte sie ärgerlich.

»Wer ich bin? Das kann ich dir genau sagen. Finn und ich haben eine Geschichte. Er und ich – wir sind seit seiner Rückkehr eng befreundet. Mächtig eng, wenn du verstehst, was ich meine.«

Smilla verstand sehr gut. Das konnte doch nicht wahr sein! Finn und diese – Person?

Die Frau lächelte kalt. »Finn liebt mich. Er braucht Zeit, um sich die Hörner abzustoßen, und die soll er von mir aus haben. Aber jetzt ist Schluss damit.«

Smilla erstarrte. Die Worte trafen sie an einer empfindlichen Stelle, und obwohl sie wusste, dass sie sich nicht verunsichern lassen sollte, war sie genau das. »Das ist völliger Bullshit«, fauchte sie ärgerlich und versuchte, selbstsicher zu klingen.

Die Fremde tippte sich auf die Brust und sagte: »Ich bin Gunilla. Merk dir den Namen. Wenn du deine Pfoten nicht von meinem Mann lässt, mache ich dir das Leben zur Hölle.«

»Du hast ja nicht alle Tassen im Schrank!« Smilla sah sich nach Siri um, aber die Toilettentür blieb geschlossen. Wäre sie allein hier gewesen, hätte sie sich diese Gemeinheiten nicht länger bieten lassen und wäre gegangen, aber sie konnte ihre Freundin unmöglich ohne Hilfe zurücklassen.

»Geh zurück nach Deutschland in dein armseliges Leben, du hast das Mitleid von Carl und Finn schon viel zu lange ausgenutzt. Hier will dich niemand haben!«

Mitleid? »Was soll das heißen?« Sie hatte große Lust, diese Gunilla in den Schneehaufen zu schubsen, neben dem sie sich aufplusterte wie ein Auerhuhn. Aber sie würde hier gewiss keine Schlägerei anzetteln, obwohl sie schon als Kind auf den Straßen in ihrem Viertel gelernt hatte, sich zu verteidigen, falls es nötig war.

»Pass mal auf«, sagte sie deshalb und ließ ihre Stimme dunkler klingen. Dabei ging sie einen Schritt auf Gunilla zu, die überrascht zurückwich. »Finn verbringt jede Nacht in meinem Bett und hat weder ein Interesse noch die Zeit, sich mit einem schneeblinden Totalausfall wie dir zu langweilen.«

»Du bist so naiv!« Gunilla gab ihr einen Stoß und drehte sich auf dem Absatz um.

Smilla stand da und spürte, wie die Gewissheit, die sie vor wenigen Minuten noch empfunden hatte, erschüttert war. Auf einmal fiel ihr ein, wie vertraut Finn und Gunilla bei dem Fest im Koka Kafé gewirkt hatten. Damals hatte sie dem keine Bedeutung beigemessen, doch jetzt kehrte das Bild mit unerwarteter Deutlichkeit zurück. War sie am Ende nur eine von vielen? Möglicherweise war Finn nicht so aufrichtig, wie sie gehofft hatte.

»Was wollte Miss Plastik-Barbie denn von dir?«, fragte Siri und hielt sich an ihrem Spark fest, um nicht auszurutschen. »Entschuldige, dass du so lange warten musstest. Mit einem Arm dauert alles ewig.«

»Du hättest doch was sagen können …«, antwortete Smilla scharf. »Sorry, das habe ich nicht so gemeint.« Sie holte tief Luft. »Ich habe keine Ahnung, was das eben war. Diese Gunilla ist offenbar der Auffassung, sie hätte die älteren Rechte an Finn.« Irgendetwas in Siris Miene ließ sie aufhorchen. »Sag nicht, er hatte mal was mit der …« Den Rest des Satzes schluckte sie herunter. Sprachliche Entgleisungen waren normalerweise nicht ihre Art.

Siri wickelte sich in ihre Decke ein und setzte sich. »Na ja, wenn du so fragst … Die beiden waren ganz früher mal einen Sommer lang zusammen, glaube ich, und bevor du kamst …«

»Du meinst, sie waren *Friends with benefits*?«

»Das klingt netter«, sagte Siri erleichtert und drehte sich nach ihr um. »Du darfst das nicht ernst nehmen. Gunilla – nun, sie *kennt* ziemlich jeden einigermaßen attraktiven Kerl zwischen der Barentsee und Jokkmokk.«

»Wow! Das ist ein großes Revier.« Wider Willen musste sie lachen. »Ein Glück, dass die Gegend nicht besonders dicht besiedelt ist, sonst müsste man sich um ihre Gesundheit Sorgen machen.«

Siri kicherte. »Das sollte *Mann* auf jeden Fall.«

Als sie zu ihren Freunden zurückkehrten, war Smillas Laune

nicht die beste, aber sie beschloss, sich nichts anmerken zu lassen und Finn später direkt darauf anzusprechen. Er sah ihr mit einem Lächeln entgegen, sie legte ihm eine Hand auf die Schulter. »Ich glaube, ich würde jetzt gern einen Punsch trinken. Was sagst du?«

»Da muss ich leider passen. Die Tierklinik hat gerade angefragt, ob ich Vertretung für den Notdienst machen kann.«

»Ich würde einen nehmen«, sagte Siri, und Brady nickte. »Bei Rumpunsch bin ich dabei, wenn es dir nichts ausmacht. Ich kann auch mitkommen …« Er grinste frech.

»Danke, das schaffe ich allein«, sagte sie um einen heiteren Ton bemüht. Finn sah sie fragend an, aber als sie nicht reagierte, bat er sie, ihm einen Tee mitzubringen.

Smilla spazierte hinüber zum Zelt des Koka Kafé. Ein paar Minuten, um über die unerfreuliche Begegnung nachzudenken, kamen ihr gerade recht.

Doch daraus wurde nichts. Carl stand mit einem Becher in der Hand am Tresen, und sie sagte: »Da bist du ja. Ich habe dich schon vermisst, ist alles in Ordnung?« Sie rang sich ein Lächeln ab. Vielleicht würde ihr die Unterhaltung mit ihm Ablenkung bringen.

»Wir hatten einen Stromausfall oben im Rezeptionsgebäude. Nur ein Kurzschluss, es ist alles wieder in Ordnung. Aber ich bin froh, dass ich dich mal allein erwische.«

»Was hast du auf dem Herzen?«, fragte sie und dachte, dass er mit ihr über Siri sprechen wollte. Ihr war aufgefallen, dass er ihre Freundin heute anders behandelt hatte als in letzter Zeit. Und er hatte sie nicht aus den Augen gelassen.

Verlegen sah er zu Boden. »Ich wollte dir nur Bescheid geben, dass ich das Chalet zum Luciafest und danach brauche. Es tut mir leid.«

Das war nicht die Ablenkung, an die sie gedacht hatte. Smilla hätte ihn gern gefragt, für wen er das Haus so plötzlich brauchte, aber das war allein seine Sache und ging nur ihn etwas an. Sie nickte langsam, doch ihr Herz schlug schneller. Selbstverständlich hatte sie nicht vorgehabt, so lange in seinem luxuriösen Ferienhaus zu wohnen. Aber wieso sagte er ihr das ausgerechnet heute? Bemüht, sich nichts anmerken zu lassen, antwortete sie: »Das verstehe ich natürlich.«

Er grinste erleichtert. »Vielleicht ziehst du dann zu Finn, hm? Schließlich seid ihr ja schon quasi ein Paar.«

Die Bemerkung traf sie, aber das war kein Thema, das sie im Augenblick vertiefen wollte. »Das ist keine geringe Entscheidung. Zuallererst brauche ich einen Job. Ich bin nicht dazu geschaffen, um nur herumzusitzen, und von irgendetwas muss ich ja auch leben.«

Überrascht runzelte er die Stirn. »Ich dachte, deutsche Frauen würden sich lieber um Haushalt und Familie kümmern.«

War das sein Ernst? »Ähm, nein. Das halte ich für ein Vorurteil.« Sie erinnerte sich an einen Artikel, den sie vor Kurzem gelesen hatte. Darin wurden die deutschen Verhältnisse im europäischen Vergleich keineswegs als besonders modern beschrieben. Vielleicht war da etwas dran. Aber war die Lage der Frauen in Deutschland nicht trotzdem anders als hier in Schweden? »Also, für mich gilt das jedenfalls nicht. Ich muss arbeiten.« *Und zwar bald*, dachte sie.

»Das ist schön«, sagte er aufgeräumt. »Weißt du was? Wir sollten uns demnächst mal zusammensetzen, ich hätte da eine

Idee … Wir finden eine Lösung, ganz bestimmt.« Er sah sie nachdenklich an. »Du kannst doch bei Anna und Finn wohnen?«

Sie zuckte mit den Schultern. »Ich habe bisher nicht darüber nachgedacht …«

Jetzt lächelte Carl, als wüsste er etwas, das ihr unbekannt war. »Ich bin sicher, dass Finn sich mehr als darüber freuen würde. Manchmal ist er etwas schwer von Begriff. Ich hätte das Chalet ja nicht vergeben – wenn er nicht mit den Renovierungsarbeiten so gut vorangekommen wäre.«

Wir, dachte sie. *Wir sind gut vorangekommen.* Finn hatte gesagt, dass er ohne ihre Hilfe noch lange beschäftigt gewesen wäre, und da war etwas dran. Doch das behielt sie für sich. »Es ist so gut wie fertig.«

»Na prima, dann ist ja alles in Butter. Wegen eines Jobs mach dir keine Gedanken, gut ausgebildete Leute wie du werden hier oder in Kiruna immer gesucht.« Carl stellte seinen Kaffeebecher auf den Geschirrsammler und nickte ihr zu, bevor er zufrieden davonging. Sie gab ihre Bestellung auf. Während sie darauf wartete, klangen seine Worte in ihr nach. Sie hatte sich an das Chalet gewöhnt und es als ihren Rückzugsort betrachtet, aber sie hätte damit rechnen müssen, dass er es irgendwann brauchen würde. Nur weshalb so kurzfristig? Hätte er ihr das nicht früher sagen können? Das Luciafest wurde schon in wenigen Tagen gefeiert, und Weihnachten war auch nicht mehr fern. Die Zeit mit Finn und ihren neuen Freundinnen war so schnell verflogen. Wie hatte sie vergessen können, dass sie im Grunde nur zu Besuch in Alitjávri war? Ihre Verunsicherung bohrte sich tief in ihr Herz und vermischte sich auf höchst unglückliche Weise mit Gunillas Behauptungen.

Als sie zu ihren Freunden zurückkehrte, war Finn nicht mehr da. Brady nahm ihr zwei Punschbecher ab und reichte einen davon an Siri weiter. Die Freundin wich ihrem Blick aus, trank einen Schluck und fluchte. »Verdammt, ist das heiß!«

Irgendetwas stimmte nicht. Sie stellte den Tee ab und sah Brady direkt an. »Wo ist Finn?«

»Er kommt sicher gleich wieder.« Seine Miene gab nichts preis, aber ein schneller Blick zu den Zelten verriet ihn. Smilla sah ebenfalls hinüber und erstarrte.

Finn hatte ihnen den Rücken zugewandt. Er schien mit einer Frau zu sprechen, die Smilla sofort wiedererkannte. Gunilla. Das Biest tätschelte ihm mit einer Hand das Gesicht.

Sie hatte das Gefühl, die Temperatur ihres Bluts würde in Sekunden um mehrere Grad ansteigen. Hastig trank sie einen Schluck und musste husten.

Das kann doch nicht wahr sein! Die beiden standen nahe beieinander, und das schien Finn überhaupt nicht zu stören. Lachen wehte herüber. Gunilla telefonierte, warf ihr hinter seinem Rücken einen triumphierenden Blick zu und fiel ihm um den Hals! Gleich darauf verschwanden beide in der Dunkelheit zwischen den Zelten. Smilla hörte ein Grollen und war sich nicht sicher, ob es von ihr stammte. Jemand hielt sie am Ärmel fest.

Brady legte ihr einen Arm um die Schulter und drehte sich mit ihr, bis sie beide auf den Drachen sahen, unter dessen Schuppenhaut die Farben wie kostbare Edelsteine in blauen und grünen Farbkaskaden schimmerten. Seine rot glühenden Augen schienen ihr bis in ihre Seele zu blicken. Sie erstarrte. »Das ist dein Werk, Smilla. Du und die Drachenfrauen haben es erschaffen«, raunte Brady ihr zu. »Ihr seid geheimnisvoll und unwiderstehlich. Keine uninspirierte Sterbliche kann euch das Wasser reichen. Wenn sie seine Wahl sein sollte, was ich ernsthaft bezweifle, dann hat er dich nicht verdient!«

»Du bist ein Poet«, sagte sie leise. »Hätte ich das doch nur gewusst, bevor ich mein Herz verschenkt habe.«

35. KAPITEL

Finn

Finn spürte das Kribbeln des kalten Windes auf seinen Wangen. Smilla kam ihm nach ihrem kurzen Ausflug mit Siri merkwürdig missgestimmt vor. Vielleicht war sie enttäuscht, dass er so überraschend zum Notdienst eingeteilt worden war – es gefiel ihm selbst auch nicht.

Jetzt war sie losgegangen, um Getränke zu holen, und als er sich umsah, fiel ihm der Waffelstand ins Auge. Smilla liebte heiße Waffeln mit Apfelkompott ebenso sehr wie er selbst. Sie würde sich bestimmt freuen, wenn er sie damit überraschte.

Schmunzelnd dachte er daran, wie sehr sie sich über Kleinigkeiten freuen konnte – und wie leidenschaftlich sie war. Der Tag hätte nicht besser verlaufen können. Nicht nur war das Experiment mit dem Eiskarussell gelungen, sie hatten eine wilde Begegnung unter der Dusche gehabt und genossen nun gemeinsam das Fest mit Freunden. Smillas Interesse und Engagement freute ihn immer wieder, und sie an seiner Seite zu haben, machte ihn glücklicher, als er es je für möglich gehalten hätte.

Am Waffelstand reihte er sich in die Warteschlange ein, da tauchte Gunilla mit ihrem üblichen charmanten Lächeln und einem Hauch zu viel Parfum wie aus dem Nichts neben ihm auf. Seit der Szene im Koka war er ihr aus dem Weg gegangen, doch heute wirkte sie so gelassen und freundlich wie früher.

»Finn! Schön, dich zu sehen. Hast du die Waffeln auch schon entdeckt?«

»Offensichtlich«, sagte er belustigt. »Sonst würde ich hier nicht anstehen, oder?«

Sie kicherte. Ihre Fingerspitzen flogen dabei über das Display ihres Handys. »Du sagt immer so kluge Sachen.«

Innerlich verdrehte er die Augen, zeigte aber anstelle einer Antwort auf den Verband, den sie an einem Handgelenk trug.

»Verletzt?«, fragte er, um etwas zu sagen.

Gunilla wich seinem Blick aus. »Oh, das? Das ist nichts. Ich wollte ein Paket öffnen und habe nebenbei meine Katze gestreichelt. Sie fand wohl, dass es ihr gehörte.« Sie blinzelte. »Natürlich sollte ich wissen, dass neugierige Katzen Pappkartons lieben.« Ihr Lächeln war warm, zu warm vielleicht, und ihre Augen hatten diesen vertrauten Glanz, den er früher als eine Einladung zum Spiel verstanden hatte. Jetzt ließ er ihn sich innerlich wappnen.

Er wollte nicht unhöflich sein, aber die Situation fühlte sich seltsam an. Gunilla plauderte, als hätte es ihren Streit nie gegeben. »Das tun sie«, sagte er knapp und fragte sich, seit wann sie überhaupt eine Katze besaß. Als er seine Bestellung bezahlte, klingelte ihr Handy.

Gleich darauf stieß sie einen kleinen Schrei aus. »Krämpfe? O mein Gott! Ich komme sofort.«

Finn war alarmiert. »Was ist los?«

Gunilla drehte sich zu ihm um, die Augen voller Panik.

»Meine Katze … meine Nachbarin hat gerade angerufen. Sie hat Krämpfe, es sieht schrecklich aus.« Ihre Hände zitterten, und sie schien kurz davor zu sein, in Tränen auszubrechen. »Was soll ich nur tun?«

Sein Instinkt als Tierarzt setzte ein. »Krämpfe? Hat deine Katze das schon einmal gehabt?«

Gunilla schüttelte den Kopf. »Nein, nie. Bitte, Finn, du musst mir helfen. Ich kann das nicht allein.«

Die Situation klang ernst, und er wusste, dass er als Tierarzt verpflichtet war zu helfen. Aber irgendetwas fühlte sich an dieser Geschichte falsch an. Gunilla wirkte verzweifelt – zu verzweifelt, fast schon theatralisch. Doch was, wenn es stimmte? Was, wenn das Tier tatsächlich in Gefahr war?

»Mein Auto steht direkt hinter den Zelten«, drängte sie. »Bitte, Finn!«

Seine Gedanken rasten. Smilla würde gleich zurückkommen und ihn suchen. Er zog das Handy aus der Jackentasche, um ihr eine Nachricht zu schicken, doch Gunilla fiel ihm in den Arm.

»Bitte, wir müssen uns beeilen. Es geht um Leben und Tod.«

Er steckte das Telefon zurück und nahm sich vor, Smilla während der Fahrt zu schreiben. »Lass mich schnell meine Arzttasche aus dem Auto holen.«

»Natürlich. Ich fahre dich hin.« Gunilla wirkte erleichtert. »Danke, Schatz!« Sie fiel ihm um den Hals.

»Gunilla!«, sagte er warnend, machte sich los und folgte ihr zwischen den Zelten hindurch zu ihrem Auto. Als er einstieg, beschlich ihn ein mulmiges Gefühl.

Während sie durch die verschneite Landschaft fuhren, ging

Finn im Kopf die Symptome und möglichen Ursachen durch. Tierärztlicher Notdienst gehörte zu seinem Alltag. Sein Plan war klar – nachsehen, wie es der Katze ging, gegebenenfalls erste Hilfe leisten, und dann so schnell wie möglich zurück zum Fest und zu Smilla. Gunilla hatte gesagt, sie sollte dort später noch an einem Stand helfen und würde ihn mit zurücknehmen. Deshalb waren sie mit ihrem Auto unterwegs. Er angelte nach seinem Smartphone, aber die Jackentasche war leer. *Verdammt!* Das hatte ihm noch gefehlt.

Endlich hatten sie den Vorort erreicht, in dem viele Minenarbeiter wohnten. Gunilla hielt vor einer Reihe identischer Häuser, stieg aus und rannte zur Eingangstür. Sie musste sich große Sorgen machen. Als hätte sie schon nach ihnen Ausschau gehalten, öffnete eine Frau die Tür. Sie hielt die Katze im Arm und wirkte angespannt. Doch Finn konnte nicht sagen, ob es Sorge oder etwas anderes war, das die Frau erröten ließ, als er näher kam.

»Oh, Gunilla, du hast den Tierarzt mitgebracht!« Sie drückte eine ziemlich große Bengalkatze an sich. »Ich weiß nicht, was mit ihr los ist. Vorhin war sie so komisch.«

»Lasst uns reingehen!« Finn folgte den Frauen in die Küche und kniete sich vor das getigerte Tier auf den Boden, nachdem die Nachbarin es zögerlich abgesetzt hatte. Die Katze beobachtete ihn mit einem durchdringenden, misstrauischen Blick. Als er seine Hand ausstreckte, um sie zu beruhigen, zuckte sie zurück, fauchte leise und fixierte dabei Gunilla mit zusammengekniffenen Augen. Die Anspannung zwischen der Katze und ihrer Besitzerin schien greifbar.

»Merkwürdig«, sagte er gedankenverloren. Diese Rasse galt

im Allgemeinen als ausgesprochen freundlich. »Sie scheint auf dich gereizt zu reagieren.«

Gunilla trat einen Schritt zurück. »Sie ist manchmal launisch«, sagte sie schnell.

Finn bemerkte, wie die Freundin die Szene mit einem kaum sichtbaren Lächeln verfolgte. Sie trat vor und legte die Hand beruhigend auf Gunillas Schulter. »Du hast mir erzählt, dass sie es gar nicht mochte, als du neulich die Möbel umgestellt hast.« Dabei sah sie Finn an.

»Möbel umgestellt?«, fragte er.

»Ach, ja, nur Kleinigkeiten, aber anscheinend reicht das schon, um sie aus der Bahn zu werfen«, meinte Gunilla und lachte verlegen. »Sie ist eine Rassekatze, die sind alle ein bisschen überspannt, schätze ich.«

Finn erhob sich. »Die Anfälle sprechen trotzdem für etwas Ernsthafteres. Du solltest sie morgen in der Tierklinik untersuchen lassen.«

»Ich muss arbeiten!«

»Das ist kein Problem, ich kann das machen«, sagte ihre Freundin und bückte sich, um die Katze zu streicheln, die ihr sofort um die Beine strich.

»Ich gebe dort Bescheid, damit ihr einen Termin bekommt«, bot er an. Die Nachbarin schenkte ihm ein strahlendes Lächeln und verabschiedete sich. Finn bat darum, sich die Hände waschen zu dürfen, und Gunilla schnurrte anzüglich: »Du kennst dich doch aus.«

Als er zurückkam, stellte ihre Freundin ein Glas ab und bedachte ihn mit einem Augenaufschlag. »Ich frage nicht gern, aber könntest du mich bis zu meiner Haustür begleiten? Ich wohne schräg gegenüber am Ende der Straße, in letzter Zeit treiben sich hier so merkwürdige Gestalten herum.«

Finn fragte sich zwar, was das sollte, aber er wollte nicht unhöflich sein, und so zog er sich seine Jacke an. »Kein Problem, ich will ohnehin im Auto nach meinem Handy sehen.« Er griff nach dem Schlüssel. Der Akku war schon ziemlich schwach, und er wollte es nicht zu lange draußen in der Kälte lassen.

Die Nachbarin bedankte sich überschwänglich, und Finn begleitete sie hinaus. Die Straße war dunkel, und das flackernde Licht der Straßenlaterne ließ die Szene beinahe gespenstisch wirken. Sie schwiegen, bis sie das Ende der Häuserreihe erreichten. Es war wirklich nicht weit.

»Vielen Dank noch mal. Ich bin froh, dass du hergekommen bist, es war die richtige Entscheidung«, sagte sie ein wenig rätselhaft und schloss leise die Tür ihres Hauses.

Die Suche nach dem Smartphone blieb erfolglos. Es musste ihm aus der Tasche gefallen sein, als er den Arztkoffer aus seinem Auto genommen hatte. Ärgerlich! Eine Nacht bei dieser Kälte würde es nicht überleben.

Als Gunilla ihm die Haustür öffnete, hielt sie ein Glas in der Hand. Das schummrige Licht aus der Diele umrahmte sie, und ihm stieg der Duft von Wacholder in die Nase.

»Schnaps, Gunilla? Ist das dein Ernst?«

»Tut mir leid«, meinte sie entschuldigend. »Ich habe mir einen kleinen Drink gegönnt, um mich zu beruhigen. Ich habe mir solche Sorgen um – die Katze gemacht!«

»Ich fasse es nicht. Wie soll ich jetzt nach Hause kommen?«

Gunilla machte große Augen, wich aber seinem Blick aus.

»Das habe ich nicht bedacht. Ich war vor Aufregung vollkommen durch den Wind, okay? Es tut mir leid, wirklich.«

Finns Ärger wuchs, und er fühlte sich plötzlich unendlich erschöpft. »Ich dachte, du hättest noch was beim Seefest zu tun?«

Sie winkte ab. »Das ist nicht so wichtig.«

Vorhin hatte das anders geklungen, dachte er verärgert. »Dann gib mir dein Auto!«

Gunilla biss sich auf die Lippe. »Du kannst doch hierbleiben, und morgen früh bringe ich dich direkt nach Alitjávri. Ich muss ja arbeiten, wie soll ich denn ohne Auto dorthin kommen?«

Finn wollte protestieren, doch er wusste, dass er keine andere Wahl hatte. Sie betrunken hinters Steuer zu lassen, war ausgeschlossen.

Es war seine Schuld. Wäre er mit seinem eigenen Wagen gekommen, hätte er sich diese ganze Situation ersparen können. Auf keinen Fall würde er sie in Björkholmen übernachten lassen. Anna mochte sein sexuelles Privatleben tolerieren, aber Gunilla hätte sie nicht willkommen geheißen – auf keinen Fall, jetzt, da Smilla in sein Leben getreten war. Ärgerlich runzelte er die Stirn, als ihm klar wurde, dass er ziemlich kopflos aufgebrochen war und all dies nicht bedacht hatte.

»Finn?«, fragte Gunilla. Sie klang besorgt.

»Meinetwegen, ich bleibe. Aber ich muss die Zentrale informieren, dass ich wegen eines Einsatzes festsitze«, sagte er missmutig und legte Gunillas Autoschlüssel auf den Tisch. »Hast du mein Handy irgendwo gesehen?«

»Leider nicht, hast du auch gründlich unter dem Sitz nachgesehen?« Sie wirkte nicht sonderlich betroffen, als sie ihm ihr eigenes Telefon reichte. »Hier, nimm meins. Ich bin gleich wieder da.«

Während er dem Telefonisten seine Situation vage erklärte, ohne zu viel preiszugeben, überlegte er einen kurzen Augenblick, ob er ihn bitten sollte, Smilla zu informieren. Aber erstens kannte er ihre Nummer nicht auswendig, und zweitens hätte er sich damit wahrscheinlich zum Gespött der Tierklinik gemacht.

Wo mochte nur dieses verdammte Handy sein? Kurzerhand tippte er seine eigene Nummer ein. Vergebens, nirgendwo war ein Klingeln zu hören. Finn fluchte leise.

Doch Smilla war cool. Sie wusste schließlich, dass er Notdienst hatte, und es war nicht das erste Mal, dass er währenddessen über Nacht fortblieb. Dennoch fühlte er sich nicht wohl mit der Situation. Er hatte ihr in letzter Zeit wenigstens eine kurze Nachricht geschickt, hoffentlich würde sie sich keine Sorgen machen, wenn sie nichts von ihm hörte.

Gunilla war zurückgekehrt und bedachte ihn mit einem undurchsichtigen Lächeln. »Es ist vernünftig, hierzubleiben«, sagte sie. »Mir ist wohler, wenn du hier bist, falls die Katze noch mal einen Anfall bekommt.«

Dem konnte er nicht widersprechen. »Ich schlafe im Wohnzimmer.« Er ließ sich in den Sessel fallen.

»Selbstverständlich. Noch ein Bier als Schlummertrunk?« Gunilla öffnete zwei Flaschen, ohne seine Antwort abzuwarten, und reichte ihm eine davon. Finn unterdrückte ein Gähnen. Die letzten Tage steckten ihm schwer in den Knochen. Er trank einen großen Schluck, streckte die Beine aus, den Kopf gegen die weiche Lehne gelehnt, und beobachtete unter halb geschlossenen Lidern, wie Gunilla ein Laken auf dem Sofa ausbreitete und Bettzeug bereitlegte. Während er weiter an dem Bier nippte, spürte er lähmende Müdigkeit in sich aufsteigen.

Wieso nennt sie ihre Katze eigentlich nicht beim Namen?, dachte er und blickte sich nach dem Tier um. Es war nirgends zu sehen. Er kniff die Augen zusammen. Der Raum wirkte seltsam weichgezeichnet, das Bier tat sein Übriges. Er hörte Gunillas Stimme nur noch wie ein Plätschern, auch das verstummte bald.

36. KAPITEL

Finn

Als er erwachte, war sein Kopf ein einziger dumpfer Schmerz. Die Helligkeit, die durch das Fenster ins Zimmer fiel, blendete ihn, und es dauerte einen Moment, bis er seine Umgebung erkannte: Gunillas Schlafzimmer! Er spürte Kälte auf seiner Haut und starrte auf die Decke, die ihm über die Brust hinabgerutscht war.

Das kann nicht sein, dachte er und unterdrückte ein Stöhnen. Die Fetzen der Nacht begannen in seinem Kopf zu kreisen. Doch alles, was dort rotierte, waren bruchstückhafte Erinnerungen. Hastig schloss er die Augen und spürte gleich darauf eine Bewegung neben sich.

Nein! Widerstrebend drehte er den Kopf, und seine schlimmsten Befürchtungen wurden wahr. Gunilla betrachtete ihn mit dem Lächeln einer Harpyie, das sie vermutlich für verführerisch hielt. Sie fuhr sich mit der Hand durchs Haar, zog das seidige Hemdchen zurecht, das keine Spekulationen über die Form ihrer Brüste erforderlich machte, und richtete sich auf. »Guten Morgen, du Nachteule«, sagte sie mit einem sinnlichen Timbre in der Stimme.

»Gunilla! Was ist hier los?« Die Worte kamen zögerlich, fast als wollte er die Antwort nicht hören. Er erinnerte sich, auf dem Sessel eingeschlafen zu sein. Voll bekleidet. Jetzt lag er in ihrem Bett, nackt, und ein bedrückendes Gefühl kroch ihm den Rücken hinauf. Sein Blick blieb an etwas hängen, das hinter ihr auf dem Nachttisch lag – eine geöffnete Schachtel Kondome!

Gunilla folgte seinem Blick und schlug die Decke zurück. »Ach, komm schon, Finn, jetzt tu doch nicht so überrascht«, neckte sie ihn, doch er hörte eine bedrohliche Schärfe in ihrer Stimme. Das zufriedene Lächeln auf ihren Lippen erweckte den Eindruck, als würde sie etwas genießen, das nur sie verstand.

Ich kann mich an nichts erinnern, dachte er entsetzt und strich sich fahrig über das Gesicht. Sein Magen verkrampfte sich. Er wollte Klarheit, musste wissen, ob sie Sex gehabt hatten. Doch ihm war bewusst, was sie antworten würde, ganz gleich, was wirklich geschehen war.

Gunilla streckte sich wie eine Katze und legte ihm eine Hand auf die Brust. Die Berührung ließ ihn zusammenzucken. Er setzte sich ruckartig auf. »Lass das!«

»Oh, Darling, weshalb so grimmig? Du warst …« Sie ließ die Worte in der Luft hängen, als wollte sie mit ihnen spielen, und lächelte versonnen. »Nun ja, sagen wir, du hast mich wirklich überrascht.«

Finn sprang aus dem Bett, als hätte sie ihn verbrannt, um schnell Abstand zu ihr zu bekommen. Er war kein gewalttätiger Mensch, aber in diesem Augenblick traute er sich selbst nicht. Abrupt griff er nach seinen Sachen, die über dem Sessel in ihrem Schlafzimmer lagen, und versuchte, den Knoten in seinem Magen zu ignorieren. Das dumpfe Gefühl im Kopf war nun einem brennenden Ärger gewichen, doch darunter lag die Unsicherheit wie ein kalter Stein. »Ich muss gehen.«

»Schon so bald?« Gunilla lehnte sich zurück, musterte ihn mit einem gespielt enttäuschten Ausdruck, den sie offenbar amüsant fand. Ihre Stimme klang süßlich, fast mitleidig. »Ach, Finn, ich dachte, du würdest bleiben und wenigstens mit mir frühstücken. Aber wenn du in dieser Stimmung bist … Gegen Versöhnungssex habe ich auch nichts einzuwenden.« Ihre Augen funkelten auf eine Weise, die ihn noch mehr verstörte. Unfähig, zu begreifen, was geschehen war, schüttelte er den Kopf und floh ins Bad. Die Vorstellung, dass sie ihn so manipuliert hatte, dass sie ihm das angetan hatte, bereitete ihm Übelkeit. Sein Gesicht im Spiegel zeigte das Entsetzen, das sein Herz zu Eis erstarren ließ. Hatte er mit ihr geschlafen?

Finn zog sich in Rekordzeit an und traf Gunilla in der Küche wieder. Sie trug einen seidigen Morgenmantel. »Dein Kaffee ist gleich fertig, Darling.«

»Wo ist der Autoschlüssel?«

Mit gespieltem Entsetzen schlug sie die Hand vor den Mund. »Du willst doch nicht ohne mich nach Alitjávri fahren?«

Finn streckte die Hand aus. »Den Schlüssel!«

»Okay, okay! Ich gebe ihn dir, aber du kannst mich hier nicht sitzenlassen. Mit dem Bus bin ich nie pünktlich im Büro.«

»Du hast fünf Minuten«, sagte er grimmig. »Es ist mir egal, wie du zur Arbeit kommst, und wenn du laufen musst.«

Irgendetwas in seiner Miene musste zu ihr durchgedrungen

sein. Das Lächeln erstarb. »Meinetwegen, wenn du dich wie ein Arschloch benehmen willst, bitte sehr!« Damit drehte sie sich um und verschwand im Schlafzimmer.

Das Pochen in seinem Kopf brachte ihn fast um. Finn hätte rasend gern einen Schluck Kaffee getrunken, aber in diesem Haus würde er nichts mehr anrühren. Mit einem Maunzen kam die Katze um die Ecke und starrte ihn an wie einen lästigen Eindringling.

»War das ein abgekartetes Spiel?«

Miau. Sie ließ ihn nicht aus den Augen.

»Hast du Hunger?«

Sie sah zum Kühlschrank. *Miau.*

Finn seufzte und stand auf. Das Tier hatte es nicht verdient zu hungern, bloß weil sein Frauchen ein verschlagenes Biest war. Er ging zum Kühlschrank und sah hinein. Kein Katzenfutter. Auch in den Schränken war nichts zu finden, und er sah sich ratlos um. Da entdeckte er einen Gefrierbeutel mit Trockenfutter. »Unglaublich!« Offensichtlich lebte die Katze überhaupt nicht in diesem Haushalt. Gunilla musste sie bei ihrer Freundin ausgeliehen haben – um ihn hereinzulegen! Wahrscheinlich kannte sie nicht mal ihren Namen. Wütend nahm er zwei Schalen aus dem Schrank, füllte eine mit Wasser und die andere mit dem Futter aus der Tüte, obwohl er sich sicher war, dass die verschlagene Nachbarin ihre Katze sofort wieder abholen würde, sobald er das Haus verlassen hatte. »Ich hoffe für dich, dass die beiden Verschwörerinnen an dein Katzenklo gedacht haben.« Ihm persönlich war es vollkommen gleich, ob sich das Tier, das seine Abneigung Gunilla gegenüber zu teilen schien, sich in ihrem Bett oder sonst irgendwo im Haus erleichterte.

»Ich bin so weit, Darling!«

Ärgerlich sah er sie an. »Nenn mich nie wieder so!«

»Komm schon, entspann dich. Wir hatten doch eine schöne Nacht! Was kann ich dafür, dass die Leidenschaft mit dir durchgegangen ist? Offensichtlich bringt es deine Smilla …«

Er ballte die Fäuste, riss ihr den Autoschlüssel aus der Hand und verließ das Haus, ohne sich nach ihr umzudrehen. Gunilla tat gut daran, sich zu beeilen. Der Motor lief bereits, als sie die Tür aufriss und auf den Beifahrersitz sprang. Finn wartete nicht ab, bis sie sich angeschnallt hatte. Er fuhr los und bog wenig später in die Straße nach Alitjávri ein.

»Finn, wir gehören doch zusammen«, sagte Gunilla nach einer Weile leise. »Ich liebe dich. Wir …«

»Halt den Mund!« Er atmete tief durch. »Ich habe keine Ahnung, was dich dazu veranlasst hat, diese schräge Nummer durchzuziehen. Aber ich sage dir jetzt ein für alle Mal: Wir hatten damals Sex. Er war gut. Aber den hattest du auch mit anderen …«

»Das ist nicht wahr!«

»Soll ich die Typen aufzählen, mit denen du letzten Sommer geschlafen hast? Johan, Brady, Mårten, mein bester Freund Carl …« Er schüttelte den Kopf. »Versteh mich nicht falsch. Wir waren nie exklusiv, und ich mache dir überhaupt keinen Vorwurf, das war deine Entscheidung, und ich respektiere sie. Aber erzähl mir nicht, dass du für mich mehr empfindest als für alle anderen.«

»Finn, ich …«

»Du hast uns *Fuckbuddies* genannt. Ich mag das Wort nicht, aber es beschreibt unser Verhältnis genau. Wir waren uns einig. Es war niemals mehr. Und jetzt gibt es nichts, aber auch gar nichts, was uns verbindet.« Er warf ihr einen schnellen Blick zu. »Verstehst du mich?«

»Aber wir bleiben doch Freunde? Bitte, Finn!«

»Freunde? Nach *der* Aktion? Du musst verrückt sein, das zu glauben.«

Sie schwieg eine Weile, bevor sie mit weinerlicher Stimme sagte: »Du bist gemein. Ich hasse dich!«

Mit ihr zu reden war offenbar sinnlos. Er umklammerte das Lenkrad und hoffte, sie würde irgendwann begreifen, was sie getan hatte.

Während er auf die Straße starrte, spielte ihm sein Gedächtnis Streiche, fast als würde es ihm in kleinen Schnipseln Szenen liefern, die er nicht erlebt haben konnte – Gunillas Hände auf ihm, ihr Lächeln in der Dunkelheit. Das Bild von Smilla verdrängte diese Gedanken für einen Moment, doch die Scham über seine eigene Unwissenheit blieb.

Schließlich stellte er ihren Wagen auf dem Personalparkplatz des Igloo Resorts ab, schnappte seine Notfalltasche und drückte ihr den Autoschlüssel in die Hand. »Mach das nie wieder, Gunilla, oder du wirst dir wünschen, auf einem anderen Kontinent zu leben, hörst du?«

Sie knallte die Autotür zu und stakste wortlos zum Empfangsgebäude, in dem sich ihr Büro befand. Am Eingang drehte sie sich um und warf ihm eine Kusshand zu. Finn stöhnte und wandte sich ab. Was für ein Desaster!

Nachdem er die Arzttasche in sein Auto gebracht hatte, eilte er zu Smillas Chalet. Es wäre vermutlich klüger gewesen, sich vorher umzuziehen, aber wichtiger war es ihm, sie nach dieser furchtbaren Nacht in die Arme zu schließen.

Wenig später betrat er das Haus – und blieb wie angewurzelt stehen. Die Luft war warm, gefüllt mit dem Geruch von geröstetem Brot, Kaffee und gebratenem Speck – und mitten in der Küche stand Brady, fröhlich, eine Pfanne in der Hand. Er trällerte vor sich hin, als wäre es das Selbstverständlichste der Welt, an Smillas Herd zu hantieren. »Hej, Finn.«

Die unerwartete Szene schockierte ihn, und Bradys Gelassenheit wirkte wie glühende Messerstiche auf seine ohnehin angespannten Nerven.

»Was machst du hier?«, fragte er scharf.

»Dir auch einen guten Morgen, Bro.« Brady sah auf die Uhr. »Du siehst scheiße aus, wenn ich das sagen darf. Anstrengende Nacht gehabt?« Er lachte anzüglich, und Finn musste an sich halten, um ihm nicht an die Gurgel zu gehen.

»Ich habe gearbeitet. Manche von uns haben Verpflichtungen.«

»Ach ja?« Brady zuckte mit den Schultern und musterte ihn kritisch. »Mir kam es vor, als wärst du mit deiner Ex abgehauen.« Er steckte zwei Scheiben Brot in den Toaster. »Es geht mich nichts an, wen du vögelst. Aber du solltest wissen, dass Smilla besorgt ist, weil sie dich die ganze Nacht nicht erreichen konnte …«

»Finn, da bist du ja!« Sie stand in der Badezimmertür, ein Handtuch locker um ihren Körper geschlungen, ihre Haut noch feucht vom Duschen, mit einem verwirrten Ausdruck im Gesicht. Sie sah – wunderschön aus. Eine natürliche Schönheit, die ihm vor Augen führte, wie wenig er eigentlich verstanden hatte. Aber das Bild brannte nur noch heißer, lodernder in ihm und machte es schwer, klar zu denken.

»Was ist hier los, ihr streitet doch nicht?«, fragte sie, und ihr Blick wanderte besorgt von ihm zu Brady.

Er sollte ruhig bleiben, aber der Gedanke daran, dass sie die letzte Nacht mit Brady verbracht haben könnte, ließ alles in ihm rebellieren. »Ein einziges Mal melde ich mich nicht, und du nimmst gleich jemanden mit nach Hause?« Die Worte waren draußen, ehe er sie zurückhalten konnte.

»Was? So war das nicht!«

Brady schlenderte hinter dem Küchentresen hervor und musterte ihn mit überheblicher Miene. »Doch, genau so ist es gewesen. Deiner Frau ging es nicht gut, und ich habe sie – getröstet.« Die Art, wie er das letzte Wort aussprach, ließ wenig Raum für Interpretationen, wie dieser Trost ausgesehen hatte.

»Brady!« Smillas Augen weiteten sich. »Seid ihr jetzt beide verrückt geworden?«

Finn trat einen Schritt zurück. Die Logik – alles, was ihm sonst so leichtfiel – schien jetzt nichts als ein fernes Echo. »Smilla, ich dachte, du würdest mir vertrauen, aber ich habe mich wohl in dir getäuscht.« Er zuckte unter seinen eigenen Worten zusammen. Was redete er da? »Smilla …!«

»Du machst einen Fehler«, sagte sie leise.

Sie hatte recht. Den größten Fehler aber hatte er gestern begangen, oder heute Nacht. Wenn er nur wüsste, was wirklich geschehen war!

Brady sagte feindselig: »Es ist besser, wenn du jetzt gehst, bevor du alles kaputtmachst!«

Er hatte große Lust, diesem Kanadier das selbstgefällige Gehabe aus dem Leib zu prügeln. Aber der Mann hatte recht. Mit geballten Fäusten drehte er sich um und stürmte aus dem Haus.

37. KAPITEL

Smilla

Smilla schloss die Badezimmertür hinter sich, und ihr Kopf war wie benebelt von Enttäuschung und Schmerz. Sie zog sich rasch an, die Bewegungen mechanisch, während sie versuchte, sich zu sortieren. Finns Gesichtsausdruck, diese verletzende Mischung aus Eifersucht und Misstrauen, ließ sie nicht los. Das Schlimmste aber war, dass er nicht widersprochen hatte, die Nacht bei Gunilla verbracht zu haben. Sie atmete mehrmals tief durch und ließ sich kaltes Wasser über die Handgelenke laufen, bevor sie in die Küche zurückkehrte.

Brady saß lässig am Tisch, eine Tasse Kaffee in der Hand. »Ich hätte nicht gedacht, dass er so schräg drauf ist.«

»Wie meinst du das?«

»Mach dir nichts vor, er ist gestern mit dieser Gunilla abgezogen. Ich weiß nicht, wie ernst es zwischen euch beiden ist, aber ich hätte gedacht … Egal. Das ist nicht mein Problem.« Er stellte die Tasse ab und stand auf. »Tom und ich treffen den Finnen nachher im Koka. Wenn du Lust hast, komm doch auch.« Langsam ließ er den Blick über ihr Gesicht gleiten und dann weiter hinab.

Smilla zog die Strickjacke über der Brust zusammen und zwang sich, nicht zurückzuweichen. »Brady!«

»Ich mag dich, Smilla.« Seine Stimme war dunkel geworden, sinnlich. Sogar die Augenfarbe schien sich verändert zu haben. Er streckte den Arm aus und schob eine lange blonde Haarsträhne hinter ihr Ohr. Die Berührung ließ sie erstarren. »Ich mag dich wirklich sehr. Wir fliegen erst übermorgen zurück. Du kennst mich, ich liebe meine Freiheit, aber falls du Trost brauchen solltest und ein bisschen Spaß – du hast meine Nummer.« An der Tür drehte er sich noch einmal um und zwinkerte ihr zu.

Als die Tür ins Schloss fiel, blieb sie einen Moment lang reglos stehen. Waren jetzt alle verrückt geworden?

Glaubte Finn wirklich, dass sie sich seinem kanadischen Freund an den Hals geworfen hatte? Der Gedanke war absurd, und gleichzeitig nagte der Schmerz des Vorwurfs an ihr. Wie konnte er ihr nur so wenig vertrauen?

Nach der Szene eben schien alles möglich. Brady war offensichtlich der Meinung, sie würde sich von ihm *trösten* lassen wollen.

Sogar ihr Magen schien das lächerlich zu finden, er knurrte. Sie hatte keinen Appetit, aber ein Frühstück würde hoffentlich den Kater vertreiben, und Brady hatte Pancakes gemacht und Obst aufgeschnitten. Sie füllte ihren Teller mit goldbraunen Pfannkuchen, löffelte Quark darüber und griff nach der Flasche mit Ahornsirup.

Cookie sprang neben ihr auf den Stuhl und schnupperte sehnsüchtig zur Pfanne, unter der ein Rechaud Eier und Speck warm hielt.

»Das ist nichts für dich, meine Süße.« Ihr Handy klingelte. Die Anrufer-ID zeigte Siris Namen. Smilla zögerte. Vermutlich wollte ihre Freundin wissen, wie das Drama mit Finn weitergegangen war.

»Hej.«

»Smilla!« Siris Stimme klang gedämpft, und Smilla merkte sofort, dass etwas nicht stimmte.

»Was ist los?«

»Ich wollte dich vorwarnen ... Ich habe Finn eben aus Gunillas Auto steigen sehen. Auf dem Personalparkplatz.«

Smilla stockte der Atem. »Wie bitte?«

»Ja ... und es geht das Gerücht um, dass er die Nacht bei ihr verbracht hat.« Siri klang vorsichtig, als ob sie wusste, wie schmerzhaft das sein musste. »Gunilla erzählt es überall herum. Sie sagt, er hätte erkannt, was er an ihr hat, und ...«

Smilla hörte die Worte, aber sie schienen wie aus weiter Ferne zu kommen. Alles in ihr wehrte sich, das zu glauben. Nein, das ist unmöglich, sagte sie sich. So etwas hätte er nicht getan – oder doch? »Das ist doch sicher wieder nur eine ihrer Lügen.« Ihre eigene Stimme klang hohl. Alles an Finns Verhalten hatte regelrecht *schlechtes Gewissen* geschrien. Das Bedauern in seiner Miene, der haltlose Vorwurf – es passte nahtlos zusammen.

»Ich weiß es nicht, Smilla.« Siri klang bedrückt. »Aber ich dachte, du solltest es lieber von mir hören. Tut mir leid.«

»Danke«, krächzte sie. »Ich melde mich später, okay?« Sie drückte das Gespräch weg und schob angeekelt den Teller von sich. Er hatte wirklich bei Gunilla übernachtet? Das konnte nicht wahr sein! Ohne weiter nachzudenken, wählte sie seine

Nummer. Sie wollte die Sache klären. Jetzt sofort. Doch wie schon in der vergangenen Nacht hörte sie nur seine Mailbox. Unfassbar!

Der Appetit war ihr vergangen, aber sie zwang sich, wenigstens ein bisschen zu essen, bevor sie den Tisch abräumte und die Reste im Kühlschrank verstaute.

Es war nicht ihre Art, untätig herumzusitzen und auf Antworten zu warten, und für einen kurzen Augenblick überlegte sie, nach Björkholmen zu fahren. Aber sie wollte Anna nicht aufregen, und das würde es, wenn Finn und sie stritten. Um sich abzulenken, nahm sie Cookie an die Leine und ging nach draußen. Die Temperaturen waren gestiegen, und die Luft fühlte sich beinahe mild an, obwohl das Thermometer am Haus immer noch minus zwei Grad anzeigte.

Smilla hob den Blick und sah in den winterlichen Himmel, der um diese Zeit nicht mehr richtig hell wurde. Am Horizont, wo sich das Blau des Himmels verlor, schimmerte ein Hauch von Rosa und Orange – ein zartes Versprechen von Sonne, das nie ganz wahr wurde. Stattdessen spiegelte sich das matte Licht im Schnee und tauchte die Welt in ein ruhiges, fast magisches Zwielicht. Einzig die schwachen, fernen Sterne, die sich bereits über ihr zeigten, erinnerten daran, dass die Dunkelheit nur kurz gewichen war.

Froh, den Hund an ihrer Seite zu haben und dankbar dafür, dass Carls Mitarbeiter die Wege sauber gekehrt und gestreut hatten, ging sie hinunter zum Seeufer, an dem heute viel weniger Leute an Zelten und Ständen vorbeiflanierten.

Die Erinnerungen an den gestrigen Abend, die Gespräche und das Lachen mit Siri und Kåre, die ihr geholfen hatten,

Finns wortloses Verschwinden leicht zu nehmen, durchfluteten sie plötzlich mit einem tiefen Gefühl der Bitterkeit. Als Káre und ihr Mann gegangen waren, hatte Brady darauf bestanden, Siri und sie nach Hause zu begleiten. Er hatte sogar mit Cookie eine kleine Runde gedreht. Der Punsch war ihr zu Kopf gestiegen, und ein dumpfer Kopfschmerz breitete sich aus, dessen Nachwehen sie trotz der Schmerztabletten noch spürte.

Und ja, sie hatten miteinander geflirtet, aber mehr aus einer fröhlichen Stimmung heraus – spielerisch. Niemals wäre sie auf die Idee gekommen, Finn zu hintergehen, und Brady wusste das. Finn dagegen … Was hatte er damals gesagt? »Wenn es etwas Ernstes ist, dann bin ich monogam.«

Tränen traten in ihre Augen. Sie betrachtete das Farbspiel über dem Wald und blieb stehen, um ihr Smartphone hervorzuholen, als sie eine kleine Herde Rentiere nicht weit entfernt am Rande des Sees entdeckte. Die Tiere schienen kurz zu zögern, bevor sie sich aufs Eis wagten, vorsichtig einen Huf vor den anderen setzend, als würden sie die Tragfähigkeit des zugefrorenen Wassers genau abwägen. Das Klacken ihrer Hufe hallte über die stille Eisfläche und mischte sich mit einem leisen Knirschen, das fast wie ein Flüstern klang.

Das Licht der Mittagssonne hinter der Anhöhe brachte Schnee und Eis zum Leuchten. Ein flacher Schein aus milchigem Gelb und Blau lag auf dem See und wanderte über die zarten Fellschattierungen der Rentiere. Ihr Atem bildete kleine Wölkchen, die in der klaren Luft hängen blieben und schnell verblassten. In einer eleganten Linie liefen sie weiter und näherten sich dabei dem Eisdrachen, dessen Konturen sich als lange Schatten auf ihrem Weg abzeichneten.

Er stand wie ein stiller Wächter auf dem See, und die Rentiere wirkten fast ehrfurchtsvoll, als sie an ihm vorbeizogen. Ein besonders neugieriges Tier hob den Kopf, Smilla glaubte, seine Augen wachsam glänzen und die Nase zucken zu sehen, als es den Drachen betrachtete. In diesem Moment schien die Welt rundum in vollkommene Stille zu versinken – kein Laut war zu hören, nur das sanfte Knirschen des Schnees unter den Hufen und das ferne Knacken des Eises, ein beunruhigender Laut, der sich irgendwo fernab unter der eisigen Fläche verlor.

Wind kam auf, trug den harzigen Duft der Kiefern vom Ufer heran und ließ die winzigen, losen Schneekristalle tanzen. Sie funkelten wie kleine Diamanten in der Luft und hüllten die Tiere in einen feinen, glitzernden Schleier, während die Herde weiterzog, als wäre sie Teil dieses ewig stillen, magischen Bildes.

Smillas Herz fühlte sich an, als wollte es zerspringen. Sie liebte diese Landschaft, als gehörte sie hierher, und sie fühlte sich mit ihr verbunden, als hätte sie nie anderswo gelebt. Die Menschen waren ihr herzlich begegnet, sie hatte Freundinnen gefunden – war das alles eine Illusion gewesen? Hatte sie sich vielleicht nur von einem Wunschtraum verführen lassen, um die Probleme mit ihrem Bruder, den Jobverlust und vor allem ihre tiefe Einsamkeit zu vergessen?

»Komm, Cookie. Wir bekommen kalte Füße«, sagte sie und drehte sich um. Auf dem Rückweg zum Chalet begegneten ihr zwei Frauen aus der Bungee-Gruppe, die in der Hotelverwaltung arbeiteten. Sie grüßten freundlich, doch ihre Blicke hatten etwas Mitleidiges. Smilla biss die Zähne zusammen. Offensichtlich war die Geschichte mit Finn und Gunilla bereits in aller Munde. Zurück im Haus wählte sie seine Nummer erneut. Wieder meldete sich nur die Mailbox. Ärgerlich warf sie das Handy aufs Bett. In ihr kochte es.

Da klingelte es, sie stürzte sich nach vorn. Endlich! Doch als sie den Anruf entgegennahm, war es nicht Finn, sondern ihre Pflegemutter.

»Smilla? Schatz, ich muss mit dir reden … es ist etwas passiert.«

38. KAPITEL

Finn

Als Finn Annas Haus betrat, versuchte er, die Wut und das Chaos in seinem Inneren zu verdrängen. Sein Schädel pochte immer noch dumpf, und mit jedem Schritt spürte er, wie die Gedanken und Gefühle in ihm durcheinanderwirbelten.

Anna saß wie immer an ihrem Küchentisch, als hätte sie geahnt, dass er gleich kommen würde. Ein prüfender Blick, und sie schüttelte den Kopf. Wortlos schob sie ihm eine Tasse Kaffee und eine Schüssel Suppe hin. Ihre bedingungslose Fürsorge tat in diesem Moment so gut, dass ihm Tränen in die Augen traten.

Still setzte er sich, ließ sich von dem Essen wärmen, und nach einer Weile spürte er, wie sein Atem tiefer wurde und sich ein Hauch von Ruhe einstellte. Anna legte ihm eine Hand auf den Arm. »Was ist passiert?«

»Nichts …«

»Lüg mich nicht an! Irgendetwas ist geschehen, jeder kann das sehen.«

Er nickte fast unmerklich und murmelte etwas Unbestimmtes. »Es ist … schwierig«, sagte er und hielt inne, unfähig, den wahren Grund für seine bedrückte Stimmung zu nennen.

Anna legte ihm eine Hand auf den Arm und sagte leise: »Mein Junge, Missverständnisse kommen vor. Aber wenn dir etwas an Smilla liegt, dann kläre es, statt es mit dir herumzutragen.«

Mit diesen Worten ließ sie ihn allein zurück, und eine plötzliche Schwere machte sich in ihm breit. Warum war er so impulsiv gewesen? Warum hatte er zugelassen, dass die Eifersucht ihn so weit trieb, ihr diese ungerechten und verletzenden Vorwürfe zu machen? Finn hatte das Gefühl, die Wände stürzten auf ihn. Hastig griff er nach seiner Jacke und trat hinaus in die klirrende Kälte. Der Geräteschuppen lag wie eine stille Einladung vor ihm, und er wusste, was er zu tun hatte. Er brauchte etwas, das ihm half, den Kopf freizukriegen – das Gefühl, etwas Greifbares zu tun.

Die Axt lag sicher in seiner Hand, er spürte den vertrauten Griff und holte aus. Das Holz knackte und barst unter der Schärfe der Klinge, und jeder Hieb brachte ihm Erleichterung. Seine Gedanken lösten sich auf, während die körperliche Anstrengung ihn auf eine fast meditative Art beruhigte. Das Geräusch der splitternden Holzstücke, der Duft des harzigen Stamms – alles war plötzlich klar und präsent, während er in einen gleichmäßigen Rhythmus verfiel und der Haufen mit Feuerholz neben ihm wuchs. Schließlich ließ er sich erschöpft auf den Hackklotz sinken. Wie oft hatte er diese Form von Erschöpfung seit Isabelles Tod gesucht, um seine ausgebrannte Seele zu vergessen?

Sie hatten gestritten – über Kleinigkeiten, wie Paare es nun mal taten. Doch statt sich miteinander zu versöhnen, hatte Isabelle Trost und Bestätigung woanders gesucht. Das war nie ausgesprochen worden, doch dieses Schweigen hatte wie eine Mauer zwischen ihnen gestanden, die er nicht hatte überwinden können.

Das Gefühl, das damals von einem Moment auf den anderen seinen Magen zuschnürte, als er sie zum ersten Mal in den Armen eines anderen gesehen hatte, war unvergesslich. Und bei einem Mal war es nicht geblieben. Aber er hatte sich lange nicht dazu durchringen können, die Beziehung zu beenden. Inzwischen wusste er auch, warum. Es war die Angst vor der Einsamkeit gewesen. Finn hatte sich allein gefühlt, solange er denken konnte. Sogar in den langen Sommern war er immer derjenige, der am Ende der Ferien wieder abreiste. Ein Freund für die Kinder in Björkholmen und Alitjávri, gewiss, aber einer auf Zeit.

Erst die Liebe zu Isabelle hatte ihm das Gefühl von Zugehörigkeit geschenkt, und lange ahnte er nicht, dass sie ihn von Anfang an betrog. Sie war eine Glücksjägerin gewesen, doch als Finn das endlich begriff und kurz vor der geplanten Hochzeit zu ihr fuhr, um sie zur Rede zu stellen, kam es zur Katastrophe.

Es war ein stürmischer Tag, das Meer tobte, der Wind trieb die Wellen gnadenlos an die Küste, und niemand in dem kleinen baskischen Küstenort Bermeo wagte sich noch vor die Tür. Doch Isabelle hatte ihr neues Cabrio im Hafen geparkt und war trotz seiner Warnung heimlich hinausgelaufen, um es an einen sicheren Ort zu fahren. Tage später entdeckten Fischer ihren zerschlagenen Körper in den Felsen der Steilküste.

Finn brachte es nicht übers Herz, ihrer Familie zu sagen, dass sie sich am Tag ihres Todes getrennt hatten. Die Trauerzeit war vermutlich die schlimmste Zeit seines Lebens gewesen.

Danach hatte er geglaubt, sein Schweigen würde ihm helfen, den Schmerz zu vergessen. Doch die Wahrheit war, dass das Verdrängen der Vergangenheit ihm niemals Frieden gebracht hatte. Wenn er ehrlich war, hatte es ihn zu einem Mann gemacht, der ständig auf der Hut war, der tiefere Gespräche mied und sich bemühte, seine wahren Gefühle zu verschweigen. Und jetzt, nach so langer Zeit, bemerkte er, dass dieses Muster wieder sein Leben prägte – diesmal mit Smilla.

Schwerfällig erhob er sich, kehrte ins Haus zurück, betrat sein Zimmer und stellte sich unter die heiße Dusche. Das Wasser prasselte auf seine Haut, und er schloss die Augen, ließ es einfach fließen und alles von sich abwaschen – die Kälte, die Müdigkeit, den widerlichen Verdacht und Schmutz der letzten Nacht. Das warme Wasser perlte über seinen Nacken, die Schultern, spülte die Anspannung fort und half ihm, klarer zu denken.

Nachdem er sich rasiert hatte, betrachtete er sich wie schon am Morgen im Spiegel und erkannte die Entschlossenheit in seinen Zügen. Er musste Smilla anrufen; nein, zu ihr fahren, ihr alles erklären.

Eilig zog er sich an, und wie immer, wenn die große Arzttasche im Flur stand, kontrollierte er routinemäßig ihren Inhalt, ganz gleich, ob er im Einsatz gewesen war oder nicht. Es war ihm zur zweiten Natur geworden.

Er griff hinein und berührte mit den Fingerspitzen etwas Glattes, das sich anfühlte wie – sein Handy! Das Display war dunkel, und zuerst dachte er, der Akku wäre leer. Doch als er das Ladekabel einsteckte, wurde offensichtlich, dass es ausgeschaltet worden war. Sofort kehrte ein schneidendes Gefühl der

Wut zurück. Das war kein Zufall. Er erinnerte sich daran, wie sich Gunilla auf dem Weg vom Waffelstand zu ihrem Wagen an ihn gedrängt hatte. Da musste sie es ihm aus der Jackentasche gezogen haben.

Überwältigt vom Ausmaß des Verrats, ließ er sich auf den Schreibtischstuhl sinken. Es war alles inszeniert gewesen. Die Katze ohne Namen. Wie sie eilig getrunken hatte, sicher, dass er sie nicht mehr fahren lassen würde.

Das Bier! Die Flaschen waren verschlossen gewesen, aber Gunilla hatte sie aufgeschraubt. Was, wenn sie ihm vorher etwas hineingemischt hatte? Irgendetwas musste da drin gewesen sein – wie sonst hätte sie ihn dazu gebracht, einfach so einzuschlafen?

Hatte sie ihn wirklich ausgezogen und in ihr Bett verfrachtet? War ihre Freundin zurückgekehrt, um ihr zu helfen? Wie mussten sich die beiden amüsiert haben, ihn so wehrlos zu sehen. Entsetzt stöhnte er auf. Dass er sich hatte täuschen und so ausnutzen lassen, war ein Schlag ins Gesicht. Solche Dinge hörte man vielleicht von anderen, aber doch nicht … nicht er. Er rief sich Gunillas tränenreiche Entschuldigung ins Gedächtnis und fühlte eine Flut aus Scham und Zorn. Sie hatte diese Nacht von Anfang an inszeniert – ausgerechnet die Nacht, in der sich Smilla ihm offen zugewandt und ihm vertraut hatte.

Eine Flut von Benachrichtigungen tauchte auf seinem Handy auf. Nachrichten von Smilla. Sein Herz zog sich zusammen, als er die erste öffnete. Sie klang besorgt und fragte, ob er zu einem Notfall musste. Er drückte auf die Voicemail, hörte ihre leise, beschwingte Stimme, wie sie ihm lachend erzählte, dass sie und Siri mit dem Schlitten kämpften, um ihn zurück zum Koka zu schieben. Er rieb sich mit den Handballen über die Augen. Hatte Brady den beiden geholfen? Eine weitere Nachricht folgte, sanft und nachdenklich, er konnte hören, dass sie im Bett lag. Sie erzählte ihm, wie sehr sie den Tag mit ihm genossen hatte. Kicherte dabei und flüsterte etwas, das wie *Dusche* klang. »Ich hoffe, du kannst das Tier retten, was auch immer es ist«, sagte sie schließlich. »Bitte melde dich, wenn du die Nachricht hörst, ich liebe dich!«

Finn stand auf, tigerte in seinem Zimmer herum und lehnte sich schließlich an den Türrahmen, um den Raum in der winterlichen Stille auf sich wirken zu lassen. Alles hier oben wirkte so viel lebendiger als je zuvor – voller Licht und mit kleinen, durchdachten Details, die Smilla beigesteuert hatte. Die neue Helligkeit erinnerte ihn daran, wie leicht und selbstverständlich die Renovierung mit ihr gewesen war. Sie hatte ihm geholfen, ohne eine Sekunde zu zögern, und plötzlich ging ihm auf, dass sie die Leere seiner Wohnung auf ähnliche Weise füllte, wie sie allmählich auch die Leere in ihm selbst ausfüllte.

Er dachte an seine Zuneigung, die sich in den letzten Wochen vertieft hatte. Ach was, Zuneigung. *Ich liebe sie!* Hatte er das alles hier, unbewusst, für Smilla und sich selbst hergerichtet? Sie waren ohne Plan an die Renovierung herangegangen, hatten improvisiert, und doch hatte sich aus dem Chaos nach und nach ein harmonisches Ganzes gefügt – wie ihre Beziehung. Diese Wohnung war etwas Neues, das sie gemeinsam aufgebaut hatten, und erst jetzt spürte er, wie gut es sich anfühlte, diesen Platz nicht nur für sich, sondern für sie beide geschaffen zu haben.

Scham brannte in ihm, als Finn bewusst wurde, wie wenig

er Smilla bislang von seiner Vergangenheit erzählt hatte. Mehrfach hatte sie vorsichtig nachgefragt, wenn er abrupt verstummte oder bei bestimmten Themen auswich. Doch stattdessen hatte er seine Worte wie Schutzschilde benutzt, um Abstand zu schaffen. Wie hatte er glauben können, dass er mit ihr eine neue, ehrliche Beziehung aufbauen konnte, wenn er ihr zugleich das Wichtigste vorenthielt?

Smilla war klug; sie hatte sicher längst gespürt, dass es eine verborgene Geschichte gab, die ihn zurückhielt. Aber sie war geduldig geblieben, hatte ihm Raum gegeben, hatte das Gespräch nie erzwungen. Doch Finn erkannte nun, dass sein Schweigen sie verletzt haben musste.

War sie nicht immer klarer in ihren Gefühlen gewesen als er? Hatte sie ihm nicht von Anfang an gezeigt, dass sie etwas Echtes suchte – etwas Verlässliches? »Bist du monogam?«, hatte sie ihn gefragt. Er war überrascht gewesen, was hatte er geantwortet?

Natürlich wusste er, dass ihre Familie sie drängte, nach Deutschland zurückzukehren. Wollte er, dass sie ging? Finn spürte eine Schwere in der Brust, als ihm klar wurde, dass sie die ganze Zeit auf ein Zeichen von ihm gewartet haben musste – eine Bestätigung, dass ihre Entscheidung, hier bei ihm in Alitjávri zu bleiben, die richtige sein würde.

Hier, in diesem neuen Zuhause, das sie in kurzer Zeit mit so viel Leben erfüllt hatten, erkannte er, wie viel Glück ihm vorenthalten bliebe, wenn er sie gehen ließ. Es wurde Zeit, sie an sich heranzulassen – Zeit, die Mauern einzureißen. Er starrte auf die Liste mit den verpassten Anrufen. Zwei Mal hatte sie nach seinen schrecklichen Anschuldigungen versucht, ihn zu erreichen. Das Gefühl von Dringlichkeit überwältigte ihn beinahe, er musste mit ihr reden. Jetzt!

In diesem Moment klingelte das Handy.

»Smilla?«

Doch es war die Tierklinik. Eine Kollegin bat ihn dringend um Hilfe bei einem Notfall. Für die Dauer eines Atemzugs schloss er die Augen, das geplante Gespräch mit Smilla noch im Kopf, und zwang sich, das Berufliche vom Persönlichen zu trennen.

»Ich bin unterwegs«, antwortete er kurz und griff nach seiner Jacke. Die Aussprache würde warten müssen – aber gleich nach dem Notfall würde er zu ihr fahren. Er würde ihr alles erzählen, was letzte Nacht geschehen war.

39. KAPITEL

Smilla

Smilla? Schatz, ich muss mit dir reden … es ist etwas passiert.«

»Hallo, Mama«, sagte sie und bemühte sich, die Enttäuschung aus ihrer Stimme zu halten. Sie hatte auf Finns Anruf gehofft. Smilla ließ sich aufs Sofa sinken und zog die Beine hoch. »Was ist denn passiert?«, fragte sie vorsichtig, aber nicht sonderlich besorgt. Ihre Mutter neigte zu Übertreibungen. Ein verbrannter Toast am Morgen war für sie ein *katastrophaler* Tagesbeginn, und jedes Gewitter wurde zum *dramatischen Unwetter* erhoben.

»Liebes, es tut so gut, deine Stimme zu hören!« Barbara klang angespannt.

Ein ungutes Gefühl breitete sich in ihrer Magengrube aus.

»Es ist … es ist so viel passiert, Smilla.« Sie zögerte, als ob sie sich sammeln müsste. »Ich weiß, ich hätte dich früher informieren sollen, aber es war alles so schnell und chaotisch. Und ich – wir haben uns getrennt.«

Smilla wusste nicht, was sie darauf erwidern sollte. Zugegeben, wenn sie jetzt darüber nachdachte, hatten die beiden in letzter Zeit wenig miteinander gesprochen, aber ihr Pflegevater war noch nie ein Mann vieler Worte gewesen. »Mama, warum?«

»Weil ich jemanden kennengelernt habe. Jemanden, der mich … nun, der mich wirklich sieht«, sagte ihre Mutter entschlossen. »Ich konnte einfach nicht mehr. Dein Vater war in den letzten Jahren so abwesend, so verschlossen. Ich habe es nicht mehr ertragen, übersehen zu werden.«

Unsicher, wie sie auf diese Nachricht reagieren sollte, umschlang Smilla ihre Knie. Ausnahmsweise klang Barbara ernsthaft verletzt und nicht nach Dramaqueen. Die Pflegeeltern schienen stets das Paar gewesen zu sein, das alles aushielt, jeder Krise standhielt. Aber konnte sie das wirklich beurteilen? Sie war ja in den letzten Jahren nie lange in Rotfelden gewesen. Wusste Simon längst, was los war, und drängte deshalb darauf, dass sie zurückkam? »Und was wird jetzt mit der Firma?«, fragte sie schließlich leise.

»Du kommst immer gleich auf den Punkt, oder?« Barbara lachte nervös. »Ich habe die Leitung offiziell an Simon und Nicole übergeben – aber du weißt, Nicole ist nicht die Chefin, die ich mir erhofft hatte. Sie ist herrisch und undiplomatisch. Die Mitarbeiter sind unzufrieden.«

Das überraschte Smilla nicht. »Und jetzt?«

»Wir haben bereits einen großen Kunden verloren. Und einer unserer wichtigsten Partner hat angedeutet, zur Konkurrenz zu wechseln. Wenn er geht, wäre es eine Katastrophe.« Die Stimme ihrer Mutter wurde leiser, fast flehend. »Ich brauche dich hier. Die Firma braucht dich.«

Smilla spürte, wie ihre Hände zitterten. Die Vorstellung,

zurück in den Schwarzwald zu gehen und in das Familienunternehmen einzusteigen, machte ihr Angst.

»Mama, ich weiß nicht … mein Leben ist gerade hier, in Alitjávri.« Vielleicht. Sie dachte an den Streit mit Finn.

»Dein Leben?« Ihre Mutter zögerte, und Smilla konnte das Misstrauen in ihrer Stimme hören. »Was genau hält dich dort? Ein Mann, den du kaum kennst? Smilla, ich weiß, dass du deine Zukunft selbst bestimmen musst, aber dies ist eine Chance, wirklich etwas zu bewirken. Simon hat viel für dich getan, als du damals zu uns gekommen bist. Jetzt braucht er dich.«

Smilla schwieg. Simon hatte sich damals oft für sie eingesetzt, wenn sie in Schwierigkeiten geraten war. War jetzt der Zeitpunkt gekommen, sich zu revanchieren?

Bis gestern hatte sie sich in Alitjávri wohlgefühlt, eine Gemeinschaft gefunden, die sie willkommen hieß. Und es gab Finn – doch Finn war auch ein Mann, der geheimnisvoll blieb, der seine Vergangenheit umklammerte und sie nur zögerlich an sich heranließ. »Barbara, Mama, das ist eine große Entscheidung. Ich kann nicht einfach alles stehen und liegen lassen.«

»Bitte, Smilla, denk wenigstens ernsthaft darüber nach. Es geht nicht nur um die Firma, sondern auch um unsere Familie. Simon und du, ihr seid die vierte Generation. Ihr habt eine Verpflichtung.«

Die Worte ihrer Mutter trafen sie. Sie liebte ihre Pflegeeltern, fühlte sich ihnen zu Dank verpflichtet – aber sie war auch eine eigene Person mit eigenen Wünschen und wusste inzwischen, dass sie in Rotfelden nicht glücklich werden würde. Die Frage war nur, wie sah es damit in Alitjávri aus? Gestern hatte sie sich noch eine gemeinsame Zukunft mit Finn vorstellen können, aber nun war sie nicht mehr sicher, ob sie nicht einer Illusion, einem naiven Wunschtraum nachgejagt war.

»Ich kann nichts versprechen«, sagte sie und spürte die Last der Verantwortung. »Ich muss nachdenken.« Und sie musste mit Finn reden.

»Natürlich. Ich verstehe das, wirklich. Aber wir haben nicht viel Zeit, Smilla. Der Kunde erwartet eine Entscheidung, und ohne dich … ich weiß einfach nicht, ob das gut ausgeht.«

Nachdenklich verabschiedete sie sich von ihrer Mutter und legte auf. Die Stille im Haus fühlte sich plötzlich beklemmend an.

Smilla überlegte nur einen Augenblick, dann suchte sie die Nummer einer Schulfreundin aus Rotfelden, deren Bruder in der Firma gelernt hatte und dort arbeitete. Als sie Melissas Stimme mit dem vertrauten Dialekt hörte, war sie erleichtert.

»Smilla! Mensch, wie lange ist das her? Ich habe gehört, du bist wieder im Lande?«

»Viel zu lange und nein, ich bin in Schweden«, erwiderte Smilla mit einem Lächeln, das sie kaum fühlte.

»Das erklärt einiges.«

Smilla wusste, dass Melissa immer bestens über die Vorgänge im ganzen Tal informiert war. »Hör mal, ich wollte dich fragen … es geht um den Betrieb meiner Eltern. Weißt du, ob da was im Dorf rumgeht?«

Melissa zögerte. »Um ehrlich zu sein: Die Stimmung ist schlecht, richtig schlecht, seit Nicole das Sagen hat. Die Leute reden schon eine ganze Weile darüber, wie unmöglich sie sich aufführt.«

Diese Antwort hatte sie befürchtet. Natürlich war ihr nach

ihrer Rückkehr nicht entgangen, dass Nicole nicht gerade umgänglich war, aber sie hatte geglaubt, es hätte etwas mit ihr zu tun. Unglücklich sagte sie: »Das klingt nicht gut.«

»Ist es auch nicht. Du kennst meinen Bruder. Er hat wirklich ein dickes Fell, aber selbst ihm ist es jetzt zu bunt geworden, er hat gekündigt.« Sie machte eine Pause, und in dieser Stille wog Smilla die Bedeutung dieser Nachricht ab.

Simon und Melissas Bruder waren befreundet, sie kannte ihn als erfahrenen und zuverlässigen Handwerker und hatte immer gern mit ihm zusammengearbeitet. Sein Weggang bedeutete einen herben Verlust, und sie war sicher, ihm würden andere folgen.

»Hat er schon einen neuen Job?«

»Sicher. Bei den Müllers.«

»Das ist arg.« Die Firma der Müllers konkurrierte schon immer mit ihrer Familie um Aufträge.

»Allerdings. Ehrlich gesagt, als dann deine Mutter auch noch raus ist, habe ich gedacht: Das war's jetzt mit dem Betrieb. Aber wenn du zurückkommst … Dir vertrauen die Leute.«

»Danke, Melissa«, sagte sie erschüttert und behielt für sich, dass sie nicht wusste, ob sie zurückgehen würde. Selbst wenn sie sich in Finn getäuscht haben sollte, konnte sie ebenso gut auch wieder nach Hamburg ziehen, vielleicht sogar nach Schottland zu ihrem Großvater, oder sie arbeitete frei für irgendeine Firma. Das hatte sie ja jetzt von hier aus auch für Simon getan.

»Du, Smilla, wenn ich irgendwas tun kann, gib mir Bescheid. Es wäre schön, dich bald wiederzusehen«, unterbrach Melissa ihre Überlegungen.

»Ja, klar. Das finde ich auch. Danke für deine Offenheit, ich melde mich.« Sie beendete das Gespräch und ließ das Telefon sinken. Was sollte sie nur tun?

In ihrem Kopf hallten die Worte der Freundin nach. Ihr Herz fühlte sich an, als würde es wild und ziellos schlagen, passend zum rastlosen Umherlaufen, das Cookie aus dem Schlaf gerissen hatte. Gedankenfetzen flatterten ihr durch den Kopf: Zurück? Der Familie helfen? Bleiben?

Vor dem Koffer blieb sie stehen. Fast mechanisch zog sie ihn hervor und öffnete den Reißverschluss. Kleidung, Bücher, Kosmetikartikel – alles flog hinein. Doch schon bald kamen ihr Zweifel. Was brauchte sie wirklich? Die Hälfte des Koffers war bereits voll, und das war nur ein Bruchteil ihrer Sachen. Und dann gab es ja auch noch ihren Findelhund, der das Treiben furchtsam betrachtete. Sie ging in die Hocke. »Ach, Cookie, was mache ich nur?«

Schließlich griff sie nach dem Telefon und rief Siri an. »Siri? Es tut mir leid, ich weiß, dass du arbeiten musst, aber ich brauche deine Hilfe. Cookie – es gibt Probleme zu Hause. Wenn ich nach Deutschland zurückmuss, würdest du dich um sie kümmern?«

Siri schnappte hörbar nach Luft. »Moment mal – du willst doch nicht ernsthaft abreisen?«

Smilla schwieg, ihr Mund war ganz trocken. »Vielleicht bleibt mir nichts anderes übrig. In der Firma geht es drunter und drüber, und … Finn hat sich auch nicht gemeldet.«

Dass sie aus dem Chalet rausmusste, hatte sie Siri bisher nicht erzählt.

»Smilla, hör mal, beruhige dich. Ich komme nach der Arbeit

vorbei, und wir besprechen alles. Mach nichts Überstürztes, versprich mir das! Wir finden eine Lösung.«

»Ist gut«, sagte sie mit erstickter Stimme. Danach legte sie das Handy beiseite, dankbar, in Siri eine so gute Freundin gefunden zu haben. Eine Spur von Hoffnung schlich sich in ihr Herz. Smilla blickte auf das Chaos, das sie angerichtet hatte, und ließ sich aufs Bett sinken. Heiße Tränen rannen ihr über die Wangen. Das zusammengeknüllte Taschentuch in ihrer Hand war längst unbrauchbar, als sie den Schlüssel in der Haustür hörte.

40. KAPITEL

Finn

Finn steckte Smillas Haustürschlüssel zurück in die Tasche, betrat das Chalet und erstarrte. Er fühlte sich, als stünde er mitten auf dem See, das Eis bräche unter seinen Füßen, und der Fluss zöge ihn in die Tiefe. Die Schranktüren standen offen, der Inhalt war über das Bett verteilt, ein halb gepackter Koffer. Smilla saß mittendrin und sah ihn mit großen Augen an wie ein angstvolles Rentier.

»Was wird das?«, fragte er aufgebracht. Sie zuckte zusammen, und Finn zwang sich dazu, ruhiger zu werden. »Smilla, was hast du vor?« Seine Stimme klang so gepresst – unter Druck, wie er sich fühlte.

»Ich packe meine Koffer.«

Offensichtlich. Die Frage war, warum. Gut, sie hatten gestritten. Er hatte ihr Vorwürfe gemacht – Anschuldigungen ausgespuckt und ihr keine Zeit gegeben, die Situation zu erklären. Er dachte an das, was zuvor geschehen war. Wusste sie schon davon? Nein, nichts war gut. Beschämt senkte er den Kopf.

»Ich kann alles erklären«, sagte er und machte ein paar

Schritte auf sie zu, langsam, weil er Angst hatte, sie könnte sich vor ihm fürchten.

»Es ist nicht das, was du denkst.« Smilla stand auf und wies zum Tisch. »Wir müssen reden.«

»Okay.« Finn wechselte in die Pantoffeln mit dem Logo des Eishotels, ging ihr voraus in den Küchenbereich und bereitete zwei Becher Kaffee zu, während sich Smilla an den Esstisch setzte, Cookie auf den Schoß nahm und aus dem Fenster sah.

Er ließ sich ihr gegenüber auf einen Stuhl fallen und schob ihre Tasse über den Tisch.

»Du hast die Nacht bei Gunilla verbracht«, sagte sie, ohne ihn anzusehen. Keine Frage. Sie wusste es. Scham brannte auf seinen Wangen.

»Ja«, sagte er nur, besorgt, wie sie reagieren würde. Doch Smilla blickte weiter ausdruckslos aus dem Fenster, und er begriff, dass sie wartete. Natürlich wollte sie wissen, was geschehen war. Es war so erniedrigend. Er hatte sich entführen und aller Wahrscheinlichkeit nach mit irgendeiner Droge betäuben lassen. Aber das Schlimmste: Er wusste nicht, was danach passiert war. Finn lehnte sich zurück und verschränkte die Arme vor der Brust. Er suchte nach Worten, aber es gab keine, um das Unaussprechliche zu erklären.

Holz knackte im Kamin, Cookie hob den Kopf und gab ein scharfes Bellen von sich. Smilla zuckte zusammen. »Ich weiß, was Gunilla erzählt. Ich würde gern deine Version hören.«

Finns Hals fühlte sich staubtrocken an. Er trank einen Schluck, verbrannte sich die Zunge und fluchte leise. »Verdammt!« Also gut, er würde es ihr erzählen. Sie würde ihm kein Wort glauben. Finn holte Luft. »Sie war beim Seefest, und ich habe mit ihr gesprochen.«

»Ich weiß.« Smilla setzte Cookie auf den Boden und drehte sich zu ihm um.

»Du hast uns gesehen?«

»Das habe ich.«

So kamen sie nicht weiter, er musste ihr alles sagen. »Gunilla und ich, wir waren …«

»*Friends with benefits.* Du hast mit ihr geschlafen.«

»Das war vorbei, bevor du nach Alitjávri gekommen bist. Gunilla ist … sie kann schwierig sein und wollte mehr als nur ein gelegentliches Treffen.« Er fuhr sich mit der Hand über den Nacken. »Es war ein Arrangement.«

»Du musst mir das nicht erklären, Finn. Ich bin erwachsen.« Der Hauch eines Lächelns huschte über ihr Gesicht. Aber er konnte sich geirrt haben. »Ich möchte wissen, was letzte Nacht passiert ist, und bevor du fragst – hier ist absolut nichts passiert. Wir haben gestern ein bisschen zu viel Punsch getrunken und nicht bedacht, dass es schwierig werden könnte, Siris Schlitten die Anhöhe hinaufzuschieben. Brady hat uns geholfen. Tom war irgendwie verschollen, und er hätte drei Kilometer über die Landstraße zu ihrem gemeinsamen Ferienhaus laufen müssen. Da habe ich ihm angeboten, auf dem Sofa zu schlafen.«

Ihr Blick war offen, und er hatte keinen Zweifel daran, dass sie die Wahrheit sagte. »Es tut mir leid. Ich hätte nicht so voreilig reagieren sollen.« Brady hatte ihn provoziert, aber das sagte er nicht. Er kannte den Kanadier gut genug, um zu wissen, dass er die Leute gern herausforderte. Finn hätte nicht darauf eingehen dürfen. Seine Augen brannten, und er kniff sie kurz zusammen, um den Blick zu fokussieren. Smilla saß ihm gegenüber, abwartend.

Er betrachtete ihr Gesicht, den Schwung ihrer Augenbrauen, die dunklen Wimpern, die sich wie Fächer auf ihre Haut legten, als sie auf ihre Hände sah.

Sein Blick glitt über den etwas zu großen Mund für dieses schmale Gesicht, der so entschlossen wirken konnte, wenn sie konzentriert arbeitete – und so weich, wenn sie bei ihm war. Himmel, wie gern hätte er sie jetzt geküsst! Er liebte alles an ihr und vermisste schmerzlich die feinen Fältchen in den Augenwinkeln, die sich bildeten, wenn sie lachte. Jetzt aber strahlte ihr Gesicht eine Entschiedenheit aus, die ihn aufwühlte.

Sein Herz schlug schneller, als er ihren strahlenden Teint betrachtete, der, wenn er sie liebte, von innen heraus leuchtete. Die Wärme, die von ihr ausging, diese Mischung aus Stärke und Zartheit, raubte ihm fast den Atem. Er liebte sie, mit einer verzweifelten Intensität, die er noch nie zuvor gespürt hatte, und in diesem Moment wurde ihm klar, dass er sie niemals gehen lassen durfte.

»Du wolltest mir etwas sagen, Finn.« In ihrer Stimme klang eine Spur Ungeduld mit.

Er räusperte sich und schob eine Hand durch sein Haar, um Worte zu finden, die ihm seltsam fernlagen. »Ich weiß nicht, wo ich anfangen soll«, gab er zu. »Also gut. Gestern Abend, als du weg warst, um Getränke zu holen, da bin ich zu diesem Stand hinübergegangen, um uns Waffeln zu kaufen. Gunilla war da, und wir haben uns kurz unterhalten.« Er atmete tief durch. »Sie hat einen Anruf bekommen. Ihre Nachbarin und Freundin. Die Frau klang panisch und hat gesagt, Gunillas Katze hätte Krämpfe. Was sie beschrieben hat, klang nach einem epileptischen Anfall. Selbst wenn ich keinen Notdienst gehabt hätte …«

»Natürlich. Du musstest helfen.«

»Ich bereue, dass ich nicht mit meinem eigenen Wagen gefahren bin. Aber sie hat mich gedrängt und – ich schätze, ich war einfach arglos.« Smilla schwieg, und so sprach er weiter: »Die Katze wirkte völlig normal, außer dass sie nicht viel von Gunilla zu halten schien. Ich hätte wissen müssen, dass sie keine Katze besitzt. Sie hat nie einen Hehl daraus gemacht, dass ihr ein Tier zu viel Verantwortung und Arbeit bedeutet.« Er schüttelte den Kopf und stieß ein kurzes, bitteres Lachen aus. »Ich habe ihre Freundin das kurze Stück nach Hause begleitet. Als ich zurückkam, hatte Gunilla getrunken. Natürlich war ich sauer. Besonders, als ich mein Handy nicht finden konnte und deine Nummer … ich kann sie nicht auswendig.« Er sah verlegen auf seine Hände. »Sie hat mir angeboten, auf ihrem Sofa zu übernachten und mich morgens wieder zum Eishotel zurückzufahren, sie musste sowieso arbeiten. Sie hat mir Bettzeug gebracht und ein Bier angeboten. Ich war so müde, so ausgelaugt … Ich habe davon getrunken, das weiß ich noch. Dann muss ich eingeschlafen sein.« Das Folgende auszusprechen, fiel ihm schwer, aber es musste raus, alles. Gehetzt sprach er weiter: »Heute Morgen, als ich aufgewacht bin, lag ich nackt in ihrem Bett. Ich schwöre dir, ich habe keine Ahnung, wie ich dort hingekommen bin.«

Smilla sog scharf die Luft ein. Bevor sie etwas sagen konnte, redete er weiter:

»Mein Handy – ich habe es erst heute wiedergefunden, als ich die Notfalltasche kontrolliert habe. Es war ausgeschaltet. Sie muss es genommen haben, damit ich dich nicht erreichen kann. Ich weiß, das klingt verrückt, aber sie hat das alles inszeniert, um …« Er brach ab. »Es tut mir so leid«, sagte er. »Bitte, du musst mir glauben.«

»Hast du mit ihr geschlafen?«

Finn sah aus dem Fenster, als könnte er dort die Antwort auf diese Frage finden, die ihn seit heute Morgen quälte. »Ich weiß es nicht«, gab er niedergeschlagen zu.

Was für eine aberwitzige Geschichte! Erst allmählich wurde ihm das gesamte Ausmaß des Verrats bewusst. Diese Schlange hatte ihn reingelegt und ihn schließlich … Das war undenkbar. Smilla würde ihn vor die Tür setzen, und das war ganz allein seine Schuld. Er zuckte zusammen, als er ihre schlanken Finger auf seinen eiskalten Händen spürte.

»Du musst sie anzeigen. Das nennt man Missbrauch!«

»Unsinn, ich …«

»Doch, Finn! Sie hat dich unter Vortäuschung eines Notfalls in ihr Haus gelockt, dir aller Wahrscheinlichkeit nach irgendetwas wie K.o.-Tropfen verabreicht, damit du ihr hilf- und willenlos ausgeliefert bist. Unabhängig davon, ob sie danach Sex mit dir hatte oder nicht, allein das sind schon Straftaten.« Er wollte ihr widersprechen, aber Smilla sah ihn ernst an. »Ich verstehe, dass Männer so was nicht wahrhaben wollen. Aber stell dir vor, das alles würde jemand mit mir oder irgendeiner anderen Frau tun. Würdest du ihr dann nicht auch raten, Anzeige zu erstatten?«

So hatte er das nicht gesehen. Aber Finn konnte sich vorstellen, was die Beamten in der Polizeistation von Kiruna sagen würden, wenn er dort seine Geschichte erzählte. Er spürte, wie ihm eine unangenehme Hitze ins Gesicht stieg. Auf keinen Fall würde er das tun!

Smilla drückte seine Hand. »Die Substanzen, die sie dir ins Bier getan hat, lassen sich in deinem Blut wahrscheinlich nicht mehr nachweisen, dafür hättest du es sofort untersuchen lassen müssen, und ich nehme an, du hast auch geduscht? Dann gibt es vermutlich keine Spuren mehr.« Sie seufzte schwer. »Das machen die meisten Opfer, und wer würde es ihnen übelnehmen? Trotzdem, niemand hat das Recht, so etwas Schreckliches mit einem Menschen zu tun. Gunilla muss bestraft werden.«

»Woher weißt du das? Ich meine, das mit den K.o.-Tropfen?«

Sie hob eine Augenbraue. »Ich bin eine Frau. Was denkst du? Wir müssen immer auf der Hut sein. Glaube mir, ich weiß, dass es leichtsinnig war, Brady hier übernachten zu lassen. Aber er hat sich wie ein Gentleman verhalten. Ich meine die von der guten Sorte«, fügte sie hinzu. »Nun, ich habe auch nichts anderes von ihm erwartet. Ein bisschen Menschenkenntnis und Vertrauen gehören ja auch zum Leben. Es wäre schlimm, wenn man seinen Freunden nicht vertrauen könnte.«

Du hast keine Ahnung, wie recht du damit hast, dachte er. Erst Isabelle, jetzt Gunilla. Würde Smilla ihn ebenfalls hintergehen? Er weigerte sich, darüber nachzudenken. Sie war anders, ganz bestimmt. Er sah ihr an, dass sie eine Antwort erwartete. »Ich denke darüber nach.«

»Du musst sie anzeigen, Finn!«

»Du glaubst mir also?«

Das Lächeln, auf das er so lange gewartet hatte, erschien

um ihre Mundwinkel, und in ihren Augen sah er ein warmes Leuchten.

»Gunilla hat mich gestern bedroht. Sie hat behauptet, du würdest ihr gehören, und ich würde es bereuen, wenn ich hierbliebe. Wir haben gestritten.« Sie gab einen abfälligen Laut von sich. »Ich schätze, sie hat verstanden, dass ich mich nicht einschüchtern lasse. Ja, Finn, ich glaube dir. Das hätte ich aber auch ohne die unangenehme Begegnung mit dieser Frau getan.«

Dankbar griff er nach Smillas Händen und presste die Lippen auf ihre Fingerknöchel. Er musste ihr alles über seine Vergangenheit erzählen, aber nach der emotionalen Achterbahnfahrt der letzten Stunden fehlte ihm die Kraft dazu, diese furchtbare Zeit noch einmal zu durchleben – und das würde er, wenn er über Isabelle sprach. Zunächst musste er Smilla davon überzeugen, ihren Koffer wieder auszupacken. Irgendwie hatte er das Gefühl, dass es mehr als eine Nacht ohne Lebenszeichen von ihm bedurfte, sie in die Flucht zu schlagen, und das Chaos drüben im Schlafbereich sah sehr nach einem plötzlichen Aufbruch aus.

41. KAPITEL

Smilla

Smilla fehlten die Worte für das, was Gunilla getan hatte. Es war widerwärtig, auf eine Weise, die sie kaum ertragen konnte. Und doch verstand sie Finns Scham – so unangebracht sie auch war. Sie spürte, wie verzweifelt er darum kämpfte, einen Rest seiner Würde zu bewahren. Sie hatte gelesen, dass Männer oft noch weniger über Gewalterfahrungen sprechen konnten. Der Gedanke an seine Hilflosigkeit, seine Erniedrigung, drängte sich auf und schnürte ihr die Kehle zu. Trotzdem wusste sie, dass es keinen anderen Weg gab. Finn musste die beiden Frauen anzeigen, so schwer es ihm auch fallen würde. Gunilla und ihre Komplizin durften nicht ungestraft davonkommen. Aber was sollte sie tun? Finn brauchte jemanden an seiner Seite, und doch konnte sie nicht bleiben. Sie musste nach Deutschland zurückkehren, konnte die Bitte ihrer Mutter nicht ignorieren. Die Vorstellung, ihn in dieser Situation allein zu lassen, schmerzte, aber vielleicht brauchte Finn jetzt auch Raum, um selbst mit dem Geschehenen fertigzuwerden – ohne sie als ständige Zeugin seines Schmerzes. Sie musste gehen, doch er sollte wissen: Ihre Abreise bedeutete nicht, dass sie ihn im Stich ließ.

Finn sah sie besorgt an. »Willst du wirklich abreisen?«, fragte er eindringlich.

»Ich muss. Barbara, meine Pflegemutter, ist ausgezogen, sie hat sich von meinem Pflegevater getrennt. Nicole vergrault die Mitarbeiter und Kunden. Sie ist nicht nur schnippisch, sie macht auch schlimme Fehler.« Das hatte ihre Schwägerin schon vorher getan, aber Smilla und Barbara war es gelungen, die Dinge unbemerkt in Ordnung zu bringen. Sie hatte sich gesagt, dass es eben Zeit brauchte, in eine neue Rolle als Chefin hineinzuwachsen. Aber wenn sie ehrlich war, dann hielt sie die Frau ihres Bruders nicht für das hellste Licht am Horizont.

»Ich habe überhaupt keine Lust, ihnen zu helfen, aber ich bin es meinen Pflegeeltern schuldig. Sie haben so viel für mich getan, ich kann doch die Firma nicht zugrunde gehen lassen. Sie ist nicht nur ihr Lebenswerk, sie ist auch eine Altersvorsorge.«

Finn runzelte die Stirn. »Ich verstehe. Du willst dein Erbe retten.«

Überrascht sah Smilla ihn an. »Natürlich nicht. Ich habe Geld für meine Ausbildung bekommen. Ich erbe nichts! Mit so einer Firma hat man doch auch eine Verantwortung für Angestellte und Mitarbeiterinnen.«

»Ich glaube, ich brauche noch einen Kaffee. Möchtest du auch einen, oder etwas zu essen?«

Smilla schüttelte den Kopf. Sie würde jetzt keinen Bissen herunterbekommen, aber mehr Kaffee wäre gut. Sie reichte ihm ihre Tasse. »Mit Käse, falls noch etwas da ist.«

Finn schaltete den Wasserkessel an und kehrte gleich darauf mit zwei dampfenden Bechern und dem Glas mit den klein geschnittenen Käsestückchen zurück. »Ich verstehe, dass du dir Sorgen machst. Aber findest du nicht, dass du ebenso viel Anrecht auf dein persönliches Glück hast wie deine Mutter?«

»Wie meinst du das?«

»Wenn ihr das Wohl der Firma so sehr am Herzen liegt, weshalb versucht sie nicht, die Schwierigkeiten zu bewältigen? Sie hat den Laden doch ihr Leben lang geschmissen, jedenfalls hast du mir das erzählt.«

»Absolut. Das meiste, was ich über die Buchhaltung, Bestellungen und so weiter weiß, habe ich von ihr gelernt.«

»Tut mir leid, dass ich das sage, aber ich halte deine Familie für ziemlich egoistisch. Über Simon brauchen wir gar nicht zu reden. Aber es ist nicht in Ordnung, dass deine Mutter von dir verlangt, dein Leben hier aufzugeben, um die Firma zu retten, während sie selbst ein neues Leben mit einem neuen Mann begonnen hat.«

Sie ließ zwei Käsewürfel in ihre Tasse fallen und rührte so lange um, bis der Kaffee die Farbe von Karamell angenommen hatte.

»Mein Pflegevater ist schwierig«, sagte sie schließlich. »Er ist der Typ Mann, der seiner Frau zu Weihnachten Kehrblech und Handfeger schenkt oder ihr zum fünfzigsten Geburtstag fünf in Plastik verpackte Bündel Rosen in die Hand drückt, auf denen noch das Sonderpreis-Etikett klebt. Sie hätte ihn längst verlassen sollen. Er geht seit Jahren fremd.«

»Du willst nicht dorthin zurück.«

»Auf keinen Fall, aber ich bin es ihnen schuldig.« Sie sah in seine Augen und suchte Trost.

Vielleicht, dachte sie, *will ich aber auch einfach nur, dass mir jemand diese Entscheidung abnimmt.* In diesem Augenblick vibrierte ihr Handy. Sie sah aufs Display und verzog das Gesicht. »Meine Schwägerin. Es ist besser, wenn ich drangehe, sie gibt nicht auf.« Ihre Hand zitterte leicht, als sie den Anruf annahm und Nicoles gereizte Stimme am anderen Ende der Leitung hörte.

»Was glaubst du eigentlich, wer du bist?« Nicole klang scharf. »Jeder hier weiß, dass du Gerüchte über mich verbreitest. Check's endlich: Simon gehört mir!«

»Nicole ...«

»Halt die Fresse! Seit du abgehauen bist, läuft alles den Bach runter, und ich weiß genau, dass du dahintersteckst. Aber träum weiter – Simon und ich kriegen das schon hin. Dich braucht hier keiner!« Ohne eine Antwort abzuwarten, legte Nicole auf, und das Freizeichen ertönte.

Sie starrte auf das Handy, als hätte sie sich verhört. »Meine Schwägerin glaubt allen Ernstes, ich würde gegen sie intrigieren.« Den Rest wollte sie Finn lieber gar nicht erzählen.

»Was sagt eigentlich dein Vater zu alldem?«

»Ich weiß nicht. Wir haben in letzter Zeit kaum gesprochen. Es passt ihm nicht, dass ich hier bin. Es hat ihm auch nicht gepasst, als ich zurück in den Norden gezogen bin. Er hat mich immer als preiswerte Arbeitskraft gesehen. Ohne meine Pflegemutter hätte ich nie studieren dürfen. Aber sie hat den Betrieb mit in die Ehe gebracht, und es gibt wohl einen Vertrag ...«

Verlegen spielte sie mit dem Smartphone. In der Mailbox stapelten sich die Nachrichten. »Mein Bruder hat auch schon wieder angerufen.«

»Himmel hilf!«, sagte Finn nur. »Ich kann mir denken, was der will. Smilla, es ist doch nicht dein Ernst, dass du diesem selbstsüchtigen Idioten helfen willst?«

»Das verstehst du nicht. Er ist mein Bruder!«

»Du bist über dreißig Ecken mit ihm verwandt. Merkst du nicht, dass dich die ganze Familie manipuliert?«

Smilla sprang auf. »Sie sind alles, was mir an Familie geblieben ist! Du hast wenigstens Eltern, und du hast Anna. Mein Vater ist einfach verschwunden und hat uns im Stich gelassen, meine Mutter ist an Drogen verreckt, und ohne die Widmanns wäre ich im Heim gelandet. Ich bin ihnen verpflichtet, Finn!«

»Bist du nicht! Nach dem, was du erzählt hast, hast du deine Schuld – wenn es denn eine wäre – längst abgearbeitet. Die haben dich ausgenutzt und wollen es jetzt wieder tun«, sagte er aufgebracht und fuhr nach kurzem Zögern ruhiger fort: »Weißt du, wem allein du etwas schuldig bist, Smilla? Dir. Ganz allein dir selbst.«

Irritiert sah sie ihn an. »Wie meinst du das? Was bin ich mir schuldig?«

Finn stand auf und streckte die Hand nach ihr aus. »Glück«, sagte er leise. »Das mit uns ... Willst du das wirklich einfach so hinter dir lassen?«

Sie schüttelte den Kopf. »Ich weiß nicht, was richtig für mich ist. Einfach so in ein anderes Land zu ziehen, das mag für dich funktionieren. Ich brauche Sicherheit, einen Job, Freunde ...«

»Du hast hier doch Freunde. Was ist mit Siri oder Kåre? Was ist mit mir?«

Wortlos starrte sie ihn an. *Freunde! Sie waren nur Freunde?* Smilla hatte das Gefühl, der Boden würde unter ihr absinken. Sie hatte sich verliebt, hatte ihm ihre ganze traurige Lebensgeschichte anvertraut, und was hatte sie dafür bekommen? Sie wusste ja nicht mal, was er für sie empfand.

»Ich habe keine Zeit dafür. Ich muss packen!« Sie wandte sich ab, um zum Bett zu gehen. Vielleicht würde Siri ihr einen Koffer leihen oder so eine Riesentasche von Ikea.

Finn hielt sie am Handgelenk fest. »Erklär mir das bitte. Du willst mich also verlassen?«

Smilla wollte lachen, aber stieß nur einen bitteren Laut aus. »*Verlassen* ist ein ziemlich großes Wort, meinst du nicht auch? Wir hatten eine nette Zeit …« Sie musste das sagen, um sich selbst zu schützen.

»Nett?« Er ließ ihren Arm los, als hätte er sich daran verbrannt. »Ich habe gedacht, du und ich …«

»Was? Dass es etwas Ernstes ist?« Das wäre es vielleicht geworden, hätte er sich ihr geöffnet. Um nicht zu weinen, ballte sie die Fäuste. »Man kann keine Beziehung führen, wenn man nicht ehrlich miteinander ist, Finn!«

Eine feine Röte breitete sich in seinem Gesicht aus. »Wann habe ich dich angelogen? Ich habe dir alles über die letzte Nacht erzählt. Und du kannst mir glauben, dass mir das nicht leichtgefallen ist.«

»Das ist aber auch das Einzige. Über deine Vergangenheit weiß ich nicht viel mehr, als dass du in der Wüste Vögel von irgendwelchen Milliardären zusammengeflickt hast. Aber da ist mehr, ich kann es spüren. Doch du lässt mich nicht an dich heran.«

Seine Schultern sackten herab. »Du hast recht. Ich rede nicht gern darüber.«

»Du glaubt, dass ich mein ganzes Leben auf den Kopf stelle, das Land verlasse, in dem ich aufgewachsen bin, um hierherzuziehen, aber du blockst jede persönliche Frage ab? Warum sollte ich das tun, Finn?«

»Ich kann dir versichern, dass meine Vergangenheit nichts mit uns zu tun hat.« Sein Ton war nun auch schärfer geworden.

»Ach ja? Deine Freunde scheinen anderer Meinung zu sein. Sie finden, du solltest mir erzählen, was damals mit deiner Verlobten passiert ist, und ich finde das auch!«

Finn wurde blass. »Du weißt von Isabelle? Wer …?«

»Ja, aber vermutlich nicht mal die Hälfte. Und ich sage dir ganz sicher nicht, wer mir davon erzählt hat. Ich will es von dir hören.«

»Ich kann nicht darüber sprechen.«

»Dann kann ich dir nicht vertrauen.«

Er streckte die Arme nach ihr aus, die Handflächen nach oben gedreht. »Smilla, ich kann nicht – nicht hier und jetzt. Bitte gib mir Zeit …« Die Verzweiflung in seiner Stimme traf sie direkt ins Herz. Es fiel ihr schwer, nicht zu ihm zu gehen, um ihn zu trösten. Aber die Entscheidung, vor der sie stand, konnte sie nur treffen, wenn er aufrichtig zu ihr war und fähig, sich ihr anzuvertrauen. Selbst wenn die Dämonen der Vergangenheit so mächtig waren, wie es den Eindruck machte – gerade dann.

»In Ordnung. Ich denke darüber nach«, sagte er zu ihrer Überraschung. »Smilla, ich wünsche mir nichts mehr, als dass du hierbleibst. In Alitjávri. Bei mir.«

In ihrem Körper erhob sich ein eigentümliches Flattern. Er wollte, dass sie bei ihm blieb! »Finn, ich …«

Mit einer Geste bat er sie, ihn ausreden zu lassen. »Vielleicht ist es gut, wenn du nach Hause fährst und dir die Situation vor Ort ansiehst, bevor du eine Entscheidung über deine Zukunft triffst. Ich habe eine Bitte: Würdest du das Luciafest abwarten, bevor du abreist?«

Überrascht sah sie ihn an. »Das geht nicht. Carl hat mich hier rausgeworfen.«

»Das ist nicht dein Ernst!« Finns Gesicht verfinsterte sich. Es war unübersehbar, dass er von Carls Entscheidung nichts gewusst hatte. »Ich verstehe nicht, warum er das getan hat. Aber egal, das wollte ich sowieso sagen: Das Haus ist so gut wie fertig umgebaut. Du gehörst nach Björkholmen!«

Es schien ihm wirklich ernst zu sein. Deshalb ignorierte sie vorerst, dass sich der letzte Satz wie eine Anordnung angehört hatte. »Weshalb soll ich ausgerechnet bis zum Luciafest bleiben?«

»Dieser Tag bedeutet Anna sehr viel, und sie freut sich schon so sehr darauf, ihn mit uns zu begehen.«

Finn kam näher, doch auf halbem Weg blieb er stehen und steckte die Hände in die Taschen seiner Jeans, als wollte er verhindern, sie zu berühren. »Es ist der wichtigste Tag im Jahr für sie. Nicht, weil er eine Art Wintersonnenwende symbolisiert, bei der das Licht im Dunkel der langen Winternacht gefeiert wird. Das ist die christliche Auslegung. Die Sámi feiern die Rückkehr der Sonne Anfang Februar, am Nationalfeiertag. Anna hat persönliche Gründe. Zu Lucia hat sie als junges Mädchen ihre geliebte Schwester verloren, im gleichen

Monat ist sie meinem Großvater zum ersten Mal begegnet, und ihr Sohn, mein Vater, wurde ein paar Jahre später am 13. Dezember geboren. Für Anna ist es ein Fest der Freude, der Familie und des Verlusts gleichermaßen.«

Gerührt sagte sie: »Ich verstehe nicht, warum ich dabei sein soll. Ich gehöre doch nicht zur Familie.«

»Anna rechnet fest damit. Bitte bleib bis dahin.« Seine Stimme wurde sanfter, beinahe ein Flüstern. »Für Anna – und für mich. Ganz gleich, wofür du dich anschließend entscheidest, ich unterstütze dich – wenn du es möchtest.«

Die Entschlossenheit in seiner Stimme ließ Smilla zu ihm aufblicken. Die Gedanken rasten in ihrem Kopf. Der Feiertag war in vier Tagen. Das konnte sie machen. Wahrscheinlich gäbe es so kurzfristig sowieso keine bezahlbaren Direktflüge nach Stuttgart, und mit dem Kunden, den ihre Mutter erwähnt hatte, könnte sie jederzeit eine Videokonferenz vereinbaren, um mögliche Vorbehalte auszuräumen. Sie spürte, wie ihre Anspannung nachließ. Sie hasste es, zu streiten.

»Einverstanden.« Sie sah zum Bett hinüber.

»Soll ich dir beim Packen helfen?«

»Es wäre besser, wenn du jetzt gehst. Ich brauche Zeit, um mich zu sortieren. Ich melde mich, wenn ich so weit bin.«

Es war ihm anzusehen, dass er etwas sagen wollte. Schließlich seufzte er aber nur und drehte sich um.

Sie sah ihm zu, wie er sich bückte, um die Stiefel anzuziehen, und die Pantoffeln ins Schuhregal stellte. Als er seine Jacke anzog, beobachtete sie die geschmeidigen Bewegungen seines trainierten Körpers, und ihr Herz schlug schneller.

Finn strich sich eine Strähne aus der Stirn. Seine Haare waren in den letzten Wochen gewachsen und gaben seinem Gesicht etwas Verwegenes. Sie wollte ihn nicht verlassen, aber sie musste ihm vertrauen können. Die Türklinke schon in der Hand, drehte er sich zu ihr um. »Bitte Smilla, komm nach Björkholmen!«

42. KAPITEL

Smilla

Nach vier langen Tagen, in denen Finn und sie kaum miteinander gesprochen hatten, war Smilla gestern mit ihrem Gepäck bei Siri eingezogen. Jetzt saß sie in der Eiskapelle des Igloo Resorts und spürte die Kälte bis in die Fingerspitzen, obwohl sie eng zwischen Siri und Anna auf Rentierfellen saß.

Wenn man einmal von den glitzernden Eislüstern absah, die sie selbst aufgehängt hatte, erinnerten sie die hohen, blau schimmernden Wände an eine Gletscherhöhle. Flackerndes Licht warf zarte Schatten. Die Kapelle wirkte still und erhaben.

Anna griff nach ihrer Hand. »Der Luciatag ist eine kleine Erinnerung, dass alles besser wird, selbst mitten im Winter.«

»Bestimmt wird es das«, sagte sie leise und kam sich furchtbar verlogen vor, denn sie hatten Anna nicht gesagt, dass sie auf unbestimmte Zeit abreisen würde.

Oder für immer, dachte sie betrübt und nestelte mit der freien Hand nach einem Taschentuch, bevor sie sich zu Cookie hinabbeugte, die in ihrer gut gepolsterten Hundereisetasche saß, die Smilla für sie angeschafft hatte.

Ein Raunen kam aus den hinteren Reihen. Es ging los. Musik

erklang, und der Chor zog ein. Die jungen *Lichterjungfern* trugen lange weiße, mit Bändern abgesetzte Gewänder, jede hielt eine Kerze. Ihnen folgten die *Sternenknaben*, ebenso gekleidet, mit spitz zulaufenden Hüten und einem Stab in der Hand, an dessen Ende ein Stern glitzerte. Am Schluss der Prozession gingen die Pfefferkuchenmännchen in Lebkuchen-Kostümen mit weißem Zuckerguss und Laternen. Allen voran schritt Lucia. Mit ihren langen, gewellten Haaren sah sie aus wie ein Engel. Sie wirkte feierlich und äußerst konzentriert, der Lichterkranz aus echten Kerzen saß beunruhigend schief auf ihrem Kopf. Smilla wagte kaum zu atmen. Mit ihr starrte das gesamte Publikum auf die flackernden Flammen.

Doch das Mädchen löste die Herausforderung souverän, und ein kollektives Aufatmen war zu hören, als sie sich mit dem Chor neben dem Altar aufstellte und eine Frau half, den Kranz mit den brennenden Kerzen wieder gerade zu rücken. Einige der Gäste konnten nicht widerstehen und hielten die Szene mit blitzenden Kameras fest, der Hausfotograf David aber hielt sich im Hintergrund, um die Stimmung der gesamten Veranstaltung einzufangen, ohne sie zu stören. Besinnliche Lieder wurden gesungen, und die klaren Stimmen des Chors schufen eine wunderbare Kraft im Raum.

Smilla sah sich um und begegnete Finns Blick – fest, forschend, als wollte er bis auf den Grund ihrer Seele blicken. Rasch sah sie beiseite. Es war alles gesagt. Morgen würde sie nach Stuttgart fliegen, sich in Rotfelden ein Bild von der Situation machen und danach über ihre weiteren Schritte entscheiden. Anna ahnte nichts von alledem. Sie saß still neben ihr, mit leicht geneigtem Kopf, ein wenig vornübergebeugt. Das Ritual und die Stimmen des Chores schienen sie tief zu berühren.

Als nach den Feierlichkeiten der letzte Ton verklungen war, legte sich andächtige Stille über die Versammelten, und für einen Augenblick schien jeder seine Gedanken zu ordnen, bevor Unruhe ausbrach und die Leute sich geräuschvoll erhoben. Smilla spürte ein warmes, stilles Band zwischen sich und Anna, als sie ihre Hand erneut drückte, während sie gemeinsam aufstanden. Ihr Herz schmerzte bei der Aussicht darauf, die alte Frau enttäuschen zu müssen, und sie bemühte sich, diese düsteren Gedanken für heute zu verbannen.

Nach der Zeremonie standen Hotelgäste wie Einheimische draußen vor dem Eishotel zusammen, eingehüllt in warme Jacken, ihre Gesichter beleuchtet von den Fackeln, die im Schnee steckten. Der Himmel war wolkenlos, die Sterne funkelten über dem verschneiten Land, und Smilla atmete die klare Winterluft tief ein. Es gab Pfefferkuchen und weiche Safranbrötchen, die Anna *Lussekatter* nannte, dazu warme Getränke und sogar Sekt, in der Luft lag eine weihnachtliche Stimmung, begleitet von Lachen und Gesprächen in verschiedenen Sprachen.

Smilla fragte sich, was diesen Ort so anders machte als ihre Heimat im Schwarzwald, wo sie sich oft von den Erwartungen und Normen der Kleinstadt eingeengt gefühlt hatte. Hier empfand sie den Zusammenhalt der Menschen nicht nur als beschützend, sondern auch als befreiend. Vielleicht lag es an der Weite des Landes, an der Kälte, die die

Menschen dazu brachte, eng zusammenzurücken, aber ihren Gedanken Freiheit zu gewähren. Das Vertrauen, das sie ineinander hatten, stärkte die Sehnsucht in ihr, dazuzugehören, Teil dieser Community zu werden, die auf respektvolle Weise aufeinander achtete. Wenn sie doch nur fähig wäre, ebenso zu vertrauen.

Smilla nahm Cookie hoch und drückte sie an sich. Die Hündin war unruhig geworden und wollte nicht mehr in ihrer Transporttasche bleiben. Finn streichelte ihr über den Kopf, und ihre Blicke trafen sich. Himmel, sie würde ihn vermissen – und Cookie ebenfalls. Smilla schluckte und fragte sich zum hundertsten Mal, ob sie das Richtige tat, als eine freundliche Stimme neben ihr sagte: »Es tut mir leid, ich kann nicht aufhören, deinen süßen kleinen Hund anzustarren.« Überrascht drehte sie sich um und blickte auf ein Paar mittleren Alters.

»Oh, das macht nichts. Sie mag die Aufmerksamkeit.«

Die Frau lächelte. »Mein Mann hier ist Busfahrer, und du wirst es nicht glauben, aber dein Hund war schon öfter als blinder Passagier mit ihm unterwegs.«

Der Mann nickte. »Ja, das stimmt. Ich fand es leichtsinnig von der Besitzerin, aber man kann so ein Tier doch nicht einfach in der Kälte sitzen lassen. Da habe ich ihn eben mitfahren lassen.« Er streckte die Hand aus. Cookie knurrte, und rasch zog er sie wieder zurück. »Der wollte sich auch nicht fangen lassen.«

»Die Hündin hatte einen Unfall, seither ist sie ein bisschen scheu«, sagte Finn. »Ihre Vorbesitzerin ist in den Süden gezogen und hat die Hündin bei einer Verwandten gelassen. Da ist sie manchmal ausgebüxt, wahrscheinlich, um ihr Frauchen in Alitjávri zu suchen«, sagte Finn.

»Du lieber Himmel, dann war das arme Tier ganz allein?« Die Frau klang entsetzt.

Smilla nickte. »Sie ist eine Weile hier herumgestreunt, und wir haben sie schließlich zu uns genommen.«

»Dann bin ich froh, dass sie ein Zuhause gefunden hat.« Die Frau lächelte, und ihr Mann sagte entschuldigend: »Wenn ich das gewusst hätte, hätte ich sie im Tierheim abgegeben.«

Smilla streichelte Cookie. »Wir haben uns immer gefragt, wie sie die weite Strecke zwischen Kiruna und Alitjávri zurücklegen konnte. Jetzt kennen wir ihr kleines Geheimnis.«

Anna, die mit Julia ein wenig abseits stand und dem Gespräch zugehört hatte, trat näher. »Es ist wirklich ein Wunder, wie sich alles fügt. Diese kleine Weltenbummlerin hat scheinbar mehr Freunde, als wir alle dachten.«

Anna wirkte beinahe transparent, und das Licht der Fackeln betonte die Müdigkeit in ihrem Gesicht. Die Umstehenden und das Ehepaar gingen schließlich weiter.

»Wollen wir?« Finn warf einen beredten Blick auf seine Großmutter, und Smilla sagte betont munter: »Ich glaube, Cookie hat Hunger.«

Finn nickte. »Dann lass uns nach Hause fahren, mir ist auch kalt.«

Dort angekommen sagte Anna: »Ich muss das Essen vorbereiten!« Sie straffte sich, obwohl es offensichtlich war, dass ihre Kräfte nachließen.

»Wir kümmern uns darum.«

»Aber ihr seid doch meine Gäste«, widersprach sie, während

Smilla ihr half, die Stiefel auszuziehen. »Wartet einen Augenblick, ich bin gleich wieder in Form.«

Finn legte ihr einen Arm um die schmalen Schultern und sorgte dafür, dass sie es sich im Sessel vor dem knisternden Ofen bequem machte, und breitete eine Decke über ihr aus. »Ich war so oft dein Gast, Anna. Heute kochen wir für dich«, sagte er mit einer freundlichen Bestimmtheit, die keinen Widerspruch duldete.

»Du bist das Beste, was mir mein Leben gebracht hat, Finn.« Sie schenkte ihm ein liebevolles Lächeln und streckte die Hand nach Smilla aus. »Komm her, Mädchen! Reicht mir eure Hände.«

Als Smilla und Finn nebeneinanderstanden, nickte sie ein paarmal. »Ich erkenne wahre Liebe, wenn sie Menschen so strahlen lässt wie euch beide. Das Schicksal hat euch zusammengeführt, ihr seid füreinander geschaffen – in glücklichen und in schweren Zeiten. Vergesst das nie.«

Smillas Knie wurden weich, als sie erst Anna und dann Finn ansah. Das warme Leuchten seiner Augen verriet ihr mehr, als Worte es gekonnt hätten. Sie trat einen Schritt zurück und rieb die Hände aneinander. »Ich ziehe mir nur schnell etwas anderes an, dann können wir kochen.« Eilig floh sie die Treppe hinauf ins Gästezimmer, wo eine ihrer Reisetaschen stand. Das restliche Gepäck war bei Siri, Anna sollte keinen Verdacht schöpfen. Sie zog bequemere Sachen an, die es nicht übelnehmen würden, wenn sie einen Fleck abbekamen, und kehrte ins Erdgeschoss zurück. Die Wohnküche mit dem großen Holzofen und dem Ausblick auf die verschneite Landschaft hatte seit ihrem Einzug einen besonderen Platz in ihrem Herzen eingenommen. Sie liebte die Atmosphäre hier, das Gefühl von Wärme und Geborgenheit würde ihr fehlen.

Finn

Er ließ den Blick über den Küchentresen zu Smilla gleiten, die das noch leicht gefrorene Rentierfleisch aus der Schulter konzentriert in Streifen schnitt. Das warme Licht der Küchenlampen hob die weichen Linien ihrer Wangenknochen hervor, während sie mit ruhigen, fließenden Bewegungen arbeitete. Sie war ihm so vertraut und gleichzeitig in seinen Augen so unfassbar schön, dass sich sein Herz in einem bittersüßen Schmerz zusammenzog – ein Schmerz, der ihn an morgen erinnerte: Smilla kehrte nach Deutschland zurück – vielleicht für immer.

Er griff zum Messer und nahm eine Karotte in die Hand. Wie sollte er den Alltag ohne Smilla überstehen, wenn sie jetzt schon so tief in seinem Leben verankert war? Es kam ihm fast lächerlich vor, wie schnell sie für ihn unverzichtbar geworden war. Er hatte nie gelernt, über seine Gefühle zu sprechen. Nicht zu Hause bei seinen Eltern, die sich herzlich wenig für sein Seelenleben interessierten, und später weder in Studium und Beruf noch zuletzt in der Beziehung zu Isabelle.

»Wie weit bist du mit den Kartoffeln?« Smilla warf ein paar Butterflocken in die heiße Pfanne, und er sah zu, wie sie zu schäumen begann. Der aufsteigende Duft erinnerte ihn an dunkle Karamellbonbons, geröstete Nüsse und frischen Teig.

»Es riecht schon jetzt köstlich«, sagte sie, als hätte er es laut ausgesprochen, und stellte die Schale mit dem Fleisch neben die Pfanne. Ihre Finger streiften seine Hand, nur für einen

Moment, und doch setzte ihm die kleine Berührung stärker zu, als er zugeben wollte. Eine Mischung aus Sehnsucht und der Gewissheit erfüllte ihn, dass er sie vermissen würde – noch mehr, als er es in diesem Moment ermessen konnte.

»Hier, probier mal«, sagte er und hielt ihr einen Löffel mit Kartoffelstampf hin, nachdem er ihn mit Butter abgeschmeckt hatte. Sie schloss die Augen, um den Geschmack zu genießen. Er hatte immer Freude am Kochen gehabt. Mit Smilla machte es nicht nur Spaß, weil sie sich am Herd ohne große Absprachen verstanden, es war jedes Mal eine sinnliche Erfahrung. Als sie die Augen öffnete und ihm einen kurzen, tiefen Blick schenkte, fühlte er sich überwältigt von dem reizvollen Versprechen, das sie ihm in diesem Augenblick zu schenken schien.

Er bemühte sich, Smillas Gründe, nach Rotfelden zurückzureisen, zu akzeptieren. Und Finn wusste, dass er sie niemals von der Ernsthaftigkeit seiner Absichten überzeugen konnte, wenn er ihre Loyalität zu ihrer egoistischen Familie in Frage stellte. Die Götter allein wussten, wie gut er sich mit solchen Verwandten auskannte. Abgesehen von Anna waren die Jokinens unerträgliche Egomanen. Finn gab ein Schnaufen von sich und warf den Probierlöffel auf den Tisch.

»Schmeckt es nicht?«

»Doch. Es fehlt nur noch ein Hauch Muskat.« Er griff nach der Reibe.

»Haben wir genug Preiselbeeren?«, fragte sie und betrachtete die kleine Schale, die sie vorbereitet hatte. Sie wirkte so ruhig, so gelassen – ein Gegenpol zu der Unruhe, die ihn in diesem Moment beherrschte.

»Klar, das reicht«, sagte er und fuhr sich mit der Hand durchs Haar. Wären sie nicht gerade damit beschäftigt, Annas Luciamenü zu kochen, hätte er jetzt die Herdplatten abgedreht und Smilla geküsst, als gäbe es kein Morgen mehr. Aber das gab es – morgen reiste sie ab.

»Gut, kannst du bitte den Wein öffnen?« Sie nahm drei Gläser mit der Blaubeersuppe aus dem Kühlschrank und versah jedes mit einem Klecks Zimtschmand und griff nach der Schale mit den gerösteten Mandelblättchen, um das Dessert damit zu garnieren. Finn entzündete die Kerzen auf dem festlich gedeckten Tisch und beobachtete dabei, wie sie die von Anna geliehene Schürze abnahm, die Bänder verknotete und sie an den Haken neben der Tür zum Flur hängte. Die wichtigsten Frauen in seinem Leben – verbunden mit Schürzenbändern! Schmunzelnd füllte er die Sauciere und trug sie zum Tisch, als Smillas gellender Schrei ihn zusammenfahren ließ. Die Schale entglitt ihm, das Porzellan zersprang auf dem Fliesenboden, und dann war nur noch das gleichmäßige Ticken der alten Standuhr im Flur zu hören.

43. KAPITEL

Finn

Tu doch was!« Smilla hielt zwei Finger auf Annas Handgelenk gedrückt. »Ich kann nichts spüren, verdammt!«

»Anna, ach, Anna!« Seine Stimme war kaum mehr als ein Krächzen, als hätte der Schreck sie schockgefrostet.

Die Augen geschlossen, ein feines Lächeln auf den Lippen, saß seine Großmutter in ihrem Sessel, und er musste nicht ihren Puls fühlen, um zu wissen, dass sie gegangen war. Trotzdem tat er, was jeder Arzt tun würde. Er suchte am Hals nach ihrem Puls, vergebens.

»Mund-zu-Mund-Beatmung, Herzmassage! Tu doch was, wir müssen sie wiederbeleben!«, rief Smilla aufgebracht.

Finn nahm sie in den Arm. »Sie wollte das nicht, Smilla. Wir haben darüber gesprochen.« Er wischte sich über die Augen und hielt sie ganz fest. »Genau so hat sich Anna ihren Tod gewünscht. Egal, wie furchtbar wir die Vorstellung finden, dass sie uns verlassen hat. Wir müssen ihren Wunsch respektieren.«

Widerstrebend trat sie zurück. Was danach geschah, nahm er wie in Trance wahr. Er rief Julia an, Gemeindeschwester und beste Freundin, sie kam sofort herüber. Sie umarmten sich zu dritt. Finn besprach das weitere Vorgehen mit ihr. Sie rief das Gesundheitszentrum an, in dem Anna betreut wurde, und er informierte das Bestattungsunternehmen. Smilla sagte, sie könne nicht tatenlos herumsitzen, und räumte unterdessen die Küche auf, putzte, spülte das Geschirr und polierte verbissen die Kochtöpfe, als wäre es das Wichtigste der Welt. Derselbe Schmerz, den er empfand, stand ihr ins Gesicht geschrieben.

Später am Abend fanden sie sich zu dritt wieder in der Küche zusammen. Finn starrte in sein Glas, während die flackernden Kerzen an der Wand Schatten tanzen ließen. Der Stuhl, auf dem er saß, fühlte sich ungewohnt an – als gehöre er jemand anderem. Die Stille um ihn herum drückte schwer auf seine Schultern, und er spürte die Lücke, die Anna hinterlassen hatte, in jeder Ecke des Raumes. Julia saß ihm gegenüber, im Sessel zurückgelehnt, und schubste mit dem Zeigefinger ihr Hefeteilchen auf dem Teller hin und her. Sie verharrte in der Bewegung, als Smilla aufstand, der Stuhl scharrte viel zu laut über den Boden.

»Ich mache das Essen warm.«

Finn stand ebenfalls auf. »Ich helfe dir.«

»Im Ernst?«, fragte Julia und hob nicht mal den Kopf.

Er schluckte. »Es ist – es war Annas liebstes Luciagericht. Sie hätte es so gewollt.«

»Ja, wahrscheinlich hast du recht.« Julia stand auf. »Ich muss zurück, die Kinder ins Bett bringen.«

Smilla nahm sie in den Arm. »Danke.«

Julia nickte und drehte sich zu Finn: »Wenn du Hilfe mit der Feier brauchen solltest, gib mir Bescheid.«

Sie umarmte ihn flüchtig, warf Smilla einen merkwürdigen Blick zu und ging in den Flur, um sich ihre Jacke und die Stiefel anzuziehen. Es war nicht zu übersehen, dass seine beste Freundin sauer auf Smilla war. Sie und Siri wussten, dass sie morgen abreisen würde. Daran wollte er nicht denken. Finn gab sich einen Ruck und half, das Essen aufzuwärmen und zum Tisch zu tragen.

Zum Ticken der Uhr gesellten sich bald das Klappern und Kratzen des Bestecks auf den Tellern. War das immer schon so laut gewesen? Finn hätte nichts sagen können, ohne dass ihm die Tränen gekommen wären. Die Stampfkartoffeln waren genau so, wie Anna sie gemocht hatte, und das Rentiergeschnetzelte schmeckte angenehm würzig. Die Aromen, die in der Luft lagen, erinnerten ihn an so viele Tage mit Anna; wie sie ihm gezeigt hatte, Kräuter zu schneiden und die kleinen Details zu beachten, die das Essen so besonders machten. »Das ist es, was wir für die anderen tun«, hatte sie gesagt, als er einmal zu ungeduldig gewesen war, um sich an ihr Rezept zu halten. »Wir kochen, um zu teilen, um zu zeigen, wie viel wir uns bedeuten.«

Er nahm einen Bissen und fühlte, wie sich in seiner Kehle ein Kloß bildete. Wie oft hatte er die Momente mit ihr in der Küche als selbstverständlich betrachtet, die sanfte Art, ihm ihre Rezepte zu erklären und ihm nahezubringen, dass er sich fürs Kochen Zeit nehmen musste. Dass man Liebe mit den Dingen ausdrückt, die man kreiert.

Schließlich legte er die Gabel ab, seine Hände zitterten leicht, als die Erinnerung an Annas Lachen, ihre Geduld, ihn fast überwältigte. Er hätte sie einfach noch ein einziges Mal in der Küche sehen wollen, wie sie an ihm vorbei in die Töpfe schaute und ihn dafür lobte, dass er endlich gelernt hatte, das Fleisch genau richtig anzubraten. Nur ein einziges Mal noch. »Sie hat sich so darauf gefreut«, sagte er, kaum mehr als ein Hauch in der Stille.

Smilla nickte stumm, ihr liefen Tränen über die Wangen, und dicke Tropfen hinterließen Flecken auf ihrer Bluse. Der Schmerz in ihrem Blick rührte ihn, ließ die Enge in seiner Brust stärker werden.

Mit einem traurigen Lächeln stand sie auf, um das Geschirr in die Spüle zu stellen. Auf dem Weg zurück griff sie nach der Flasche mit selbst gemachtem Heidelbeerlikör, die seine Großmutter solange er denken konnte für besondere Momente in der Küchenanrichte aufbewahrte, und füllte zwei Gläser.

»Auf Anna«, sagte sie leise und hob ihr Glas, die Stimme belegt von Trauer.

»Auf die beste Großmutter der Welt.« Finn tat es ihr nach und spürte, wie der rote Waldbeerensud seine Kehle hinunterfloss und eine Wärme hinterließ, die fast tröstlich war. Sie saßen in schweigendem Einvernehmen beieinander, und zum ersten Mal ahnte er, dass es doch in Ordnung war, diesen Schmerz zu zeigen. Smillas Nähe machte alles erträglicher, heller.

Das Läuten seines Handys unterbrach diesen kostbaren Augenblick der gemeinsamen Stille und ließ ihn zusammenfahren.

»Das Bestattungsunternehmen«, sagte er nach einem Blick aufs Display entschuldigend.

Der Bestatter teilte ihm mit, dass eine zeitnahe Beisetzung auf dem kleinen Friedhof in Björkholmen nicht möglich sei. Damit hatte Finn gerechnet. Hier durften nur noch Alteingesessene beerdigt werden und das zu Zeiten, in denen die Erde nicht gefroren war. Über solche Dinge hatte er sich nie Gedanken gemacht, aber Anna schon. Sie hatte aufgeschrieben, was sie wollte, und er war froh, dass ihm der schmale grüne Ordner noch rechtzeitig eingefallen war, den sie in ihrem Nachttisch aufbewahrt hatte.

»Aber Ihre Großmutter hat vorgesorgt. Das sind uns die liebsten Kunden«, sagte der Mann am anderen Ende der Leitung heiter.

»Wie meinen Sie das?«

»Sie hat sich bereits vor fünfundzwanzig Jahren eine Grabstelle gesichert und da es ihr Wunsch war, kremiert zu werden, sehe ich keinen Grund, warum wir die Beisetzung nicht auf den Frühsommer verlegen sollten. Falls Sie damit einverstanden sind«, fügte der Mann höflicherweise hinzu, obwohl Anna, wie Finn inzwischen wusste, nicht nur ihre Wünsche detailliert zu Papier gebracht hatte, es war alles bereits bezahlt. Wovon, das war ihm ein Rätsel, aber der Bestatter versicherte ihm erneut, dass daraus keine weiteren Kosten entstünden. Als interessierte ihn das. Natürlich wäre er für alles aufgekommen, das sie sich gewünscht hatte. Noch lieber wäre es ihm gewesen, er hätte ihr zu Lebzeiten jeden Wunsch erfüllen können. Aber sie war ein bescheidener Mensch, und ihm war es selten gelungen, ihr wenigstens einen zu entlocken.

Smilla hatte mitgehört. »Dann gibt es keine Trauerfeier?«

»O doch!« Beinahe hätte er gelacht. »Es wird eine *Open-House-Party* im Koka Kafé geben.«

»Was ist das?«

»Jede und jeder, die und der kommen will, ist eingeladen. Getränke gehen aufs Haus.«

»Okay – das sollte man lieber sehr kurzfristig bekanntgeben, was meinst du?«

Er musste lachen. »Vielleicht eine gute Idee. Siri und ihr Bruder sind eingeweiht, und wie ich Siri kenne, wird sie dafür sorgen, dass das nicht eskaliert. Aber Anna hat noch mehr geplant. Die Enkelin einer Freundin ist Sängerin, und irgendwie haben die beiden alten Damen es geschafft, diese Künstlerin für ihre jeweilige Trauerfeier zu engagieren.«

»Das ist doch nett.«

»Absolut. Nur ist diese Sängerin inzwischen ein Weltstar.«

»Das wird spannend.« Smillas Lächeln löste sich auf. »Was wird deine Familie zu all dem sagen, wenn du es wie von Anna geplant durchziehst?«

»Sie werden es hassen.«

Und sie werden mich hassen, dachte er. Der Gedanke bereitete ihm Genugtuung.

»Wann wirst du es ihnen sagen?«

Am liebsten nie, dachte er und rieb sich mit beiden Händen übers Gesicht.

»Jetzt. Wünsch mir Glück«, bat er und griff nach dem Telefon, um die Nummer seines Vaters herauszusuchen.

Es klingelte nur zwei Mal.

»Finn!«

Schon die Art, wie der Mann seinen Namen sagte, klang in seinen Ohren wie ein Vorwurf.

»Vater. Anna ist tot.« Er hatte über die Jahre gelernt, kein Wort zu viel zu sagen. Das lange Schweigen am anderen Ende der Leitung überraschte ihn allerdings schon.

»Wann?«

»Heute Abend. Wir haben Lucia gefeiert und auf dich angestoßen …« Das war gelogen. Er hatte kaum einen Gedanken an den Geburtstag seines Vaters verschwendet.

»Wann findet die Beisetzung statt?«

»Nächstes Jahr. Es wird aber bald eine Trauerfeier geben. Ich schicke dir die Details, wenn ich sie habe.«

»Danke, Finn. Hast du Margret informiert?« Die Stimme seines Vaters klang weicher, als er erwartet hatte.

»Das mache ich als Nächstes.«

»Viel Glück.« Damit beendete er das Gespräch, und Finn suchte die Nummer seiner Tante heraus. Margret wohnte etwa zwanzig Minuten von hier entfernt. Die ältere Schwester seines Vaters war womöglich noch kälter als ihr kleiner Bruder. Finn war schockiert gewesen, als er Anna vor knapp zwei Jahren nach langer Zeit besucht hatte. Das Haus war baufällig gewesen, mit Hypotheken hoch belastet, und seine Großmutter war nur dank ihrer bemerkenswerten Fähigkeit, aus Kräutern, Pflanzen und ihrem wilden Garten eine tägliche Mahlzeit zu zaubern, so erstaunlich gesund und mit dem Leben zufrieden. Später erst fand er heraus, wie viel Hilfe sie von ihren alten Freundinnen und den Nachbarn erfahren hatte. Er war geblieben und hatte alles in Ordnung gebracht. Die übrige Familie wusste nichts davon, und er war sich sicher, dass sie überrascht sein würden.

Finn steckte das Handy ein und wandte sich Smilla zu. »Du musst morgen früh raus …«

Doch sie legte ihm eine Hand auf den Arm. »Weißt du«, sagte sie leise, »es gibt nichts, was ich dir sagen könnte, das diesen Verlust leichter macht. Aber wenn du willst – ich bleibe so lange, wie du mich brauchst.«

44. KAPITEL

Smilla

Smilla lag wach und spürte den gleichmäßigen Atem an ihrer Schulter, während sie selbst zu aufgewühlt war, um zur Ruhe zu kommen. Finn lag hinter ihr, einen Arm um sie geschlungen, als müsste er sie beschützen. Dabei war es doch genau andersherum. Mit einer Hand hielt sie ihren alten Teddy Paddington so fest, dass sie die Holzwolle unter dem weichen, abgenutzten Fell mit ihren Fingern spüren konnte. Ein bisschen Trost schien von dem kleinen Bären auszugehen, als wollte er ihr leise versichern, dass sie die richtige Entscheidung getroffen hatte.

Draußen waberten schimmernde Bänder über den pechschwarzen Nachthimmel, grün, violett und manchmal sogar rot. Die Farben wechselten und wogten, als zeichnete sie jemand mit einem unsichtbaren Pinsel.

Würde sie sich jemals sattsehen können an diesem Naturschauspiel? Anna hatte die Polarlichter nicht besonders gemocht und manchmal von einer der Überlieferungen erzählt, die sie von ihrer eigenen Großmutter kannte. Die Geister der Toten seien es, die über dem Horizont hinauf in die Welt der Lebenden kämen, um sich den nächsten Gefährten auszusuchen, der ihnen in ihr finsteres Reich folgen musste. Das klang gruselig. Besser gefiel Smilla eine andere Vorstellung der Sámi, die die Dunkelheit und die Weiten des Nordens kannten wie niemand anderer. Für sie waren die Polarlichter mehr. Sie galten als Seelenlicht der Verstorbenen, die schützend über ihre Lieben wachten, wenn sie mit ihrer Pracht die kalte Winternacht erhellten.

Heute wusste man, dass Sonnenstürme die Lichter erzeugten. Obwohl sie die Physik verstand, zog es sie immer wieder zurück zu den Mythen. Irgendwie fühlte sich das doch alles nach mehr an, als die Wissenschaft hergab.

Es ist, als ob der Himmel ein Tor aufgestoßen hätte und wir einen Blick auf etwas bekommen, das nur für uns bestimmt ist, dachte sie und genoss die Wärme, die Finns Körper ausstrahlte. *Vielleicht eine Erinnerung daran, dass wir hier oben mit der Natur leben – oder in ihr geborgen sind, wer weiß.*

Was meinst du, Paddington?, fragte sie lautlos den kleinen Bären. *Hast du dir das alles auch so vorgestellt?*

Siri hatte ihre Sachen gebracht, nachdem Smilla den Flug storniert und ihre Freundin angerufen hatte. Die Koffer standen unausgepackt im Flur, nur ein paar Kleinigkeiten hatte sie herausgenommen – und Paddington.

Was, wenn ich mich hier verliere?, fragte Smilla lautlos und sah ihn an, als könnte der Teddy ihre Sorge spüren. Sie ließ viel hinter sich, um hier bei Finn zu sein – ein Leben voller Verpflichtungen, Menschen, die sie brauchten, und die unruhige Sicherheit ihrer alten Heimat. Konnte sie einfach alles aufgeben, ohne ein Zurück?

Paddington antwortete ihr natürlich nicht, aber sie stellte sich vor, wie er sie mit einem wissenden Blick ansah, ruhig und geduldig, als wollte er sagen, dass sie immer noch die Wahl hatte. Hier in Finns Armen, mit seinem Atem an ihrem Hals und seinem sanften Griff, fühlte sie sich wie jemand, der wirklich angekommen war. Doch gleichzeitig war da das Unausgesprochene, das, was sie beide bisher nicht zu benennen gewagt hatten. Ihre Zukunft, ihr Zuhause – waren sie bereit, den Herausforderungen gemeinsam zu begegnen?

Sie drückte Paddington an ihre Brust und schloss die Augen, ließ Finns Nähe auf sich wirken, als wäre sie ein Versprechen, das er ihr ohne Worte gab. *Aber wird er es halten? Wird es hier in dieser Weite einen sicheren Platz für uns beide geben, für etwas, das wir zusammen aufbauen können?*

Sie küsste Finns schlafendes Gesicht und flüsterte dann zu ihrem Teddy: »Was meinst du, Paddington? Soll ich es wagen?«

Doch Paddington blieb ihr schweigsamer Begleiter, und sie wusste, dass sie die Antwort nur in sich selbst finden konnte.

Kaffeeduft weckte sie. Noch nicht ganz wach, blinzelte Smilla, zog die Bettdecke enger um sich und lächelte. Finn. Sie raffte sich auf, schlüpfte aus dem Bett und eilte unter die warme Dusche, ließ das Wasser über sich laufen, um den Rest der Nacht und den gestrigen Tag wegzuspülen.

Unten in der Küche stand Finn am Herd, die Stirn gerunzelt, während er Rührei zubereitete. Trotz seiner Trauer wirkte er auf eine Weise ruhig, fast gefasst, als hätte er eine Entscheidung getroffen, um weiterzumachen. Er drehte sich zu ihr um, als sie eintrat, und lächelte. »Guten Morgen«, sagte er, reichte ihr den Kaffeebecher mit den Streublümchen, den sie besonders mochte, und zog sie in seine Arme.

Für einen Moment hielt er sie fest und atmete tief durch, als wollte er Kraft aus ihrer Nähe schöpfen. »Ich bin froh, dass du da bist«, murmelte er in ihr Haar, und sie spürte, wie aufrichtig er das meinte. Der Verlust stand ihm ins Gesicht geschrieben, und doch schien es ihm Trost zu schenken, dass sie sich entschieden hatte, zu bleiben. »Ich weiß wirklich nicht, was ich ohne dich tun würde.«

»Verbrannte Eier essen?« Schnell schob sie die Pfanne beiseite und schaltete die Herdplatte aus. »Toast?«

Finn blinzelte irritiert, dann lächelte er. »Das wäre noch das geringste Übel.«

»Danke, lilla varghonan.« Kleine Wölfin. Wenn er sie so nannte, löste es ein warmes Flattern in ihrem Bauch aus. Doch zu vieles zwischen ihnen war ungeklärt, deshalb schenkte sie ihm nur ein angedeutetes Lächeln, bevor sie damit begann, den Tisch zu decken. Wie würde es weitergehen?

Smilla beobachtete aus dem Fenster, wie Finn ins Auto stieg und davonfuhr, um in Kiruna seinen Anwalt zu treffen. Sie seufzte. Was jetzt zu tun war, ließ sich nicht mehr aufschieben. Entschlossen rief sie Simons Nummer auf, ließ ihren Finger eine Sekunde über dem Display schweben und tippte dann auf *Verbinden*. Es konnte nicht öfter als zweimal geläutet haben, da meldete sich ihr Bruder.

»Endlich«, knurrte er ohne jede Begrüßung. »Wann landet deine Maschine?«

»Ich komme nicht zurück.«

»Was soll das heißen? Du …« Mit jedem Wort war Simons Stimme lauter geworden.

»Es ist etwas Schreckliches geschehen«, unterbrach sie ihn. »Finn braucht mich jetzt.« Es auszusprechen, war einfacher, als sie gedacht hatte. Stille. Dann ein verächtliches Schnauben am anderen Ende der Leitung.

»Der Schwede? Und was ist mit uns? Was ist mit der Firma, Smilla?« Simons aggressiver Ton ließ kaum Raum zum Nachdenken. Er redete sich in Rage. »Mutter hat uns sitzenlassen – sie ist einfach gegangen und hat uns in diesem Chaos zurückgelassen! Weißt du eigentlich, was ich hier leiste, um den Betrieb zusammenzuhalten, während du wochenlang Urlaub machst und einem verdammten Hilfsarbeiter hinterherläufst?«

»Das ist ungerecht, und das weißt du! In meinem *Urlaub* habe ich das Problem der Kühlung des Eishotels gelöst. Außerdem eine komplette Klimaanlage für das Rathaus in Neuhausen entwickelt, mit allen Zeichnungen, Materiallisten und einem Montageplan.« Sie dachte an das peinliche Gespräch mit dem Stadtkämmerer. »Ihr seid aus der Ausschreibung geflogen, weil deine Frau sich mit dem Kunden angelegt hat«, entgegnete sie ruhig, obwohl ihr Herz galoppierte. »Und weißt du was, ich laufe auch niemandem hinterher. Ich bin da, wo ich gebraucht werde – genauso wie du dort bist, wo du gebraucht wirst.«

»Ich hätte nie gedacht, dass du so undankbar sein würdest.« Das klang mehr enttäuscht als zornig. »Nicole braucht Zeit, um sich einzuarbeiten …«

»Mach die Augen auf. Sie hat einfach nicht das Zeug zu einer guten Chefin. Frag Barbara.« Es war, als brächen in ihr alle Dämme.

Hilfsarbeiter? Welch eine Arroganz einem Menschen gegenüber, der sich den Unterhalt mit seiner Hände Arbeit verdiente.

Sie war empört, dabei spielte es keine Rolle, dass er Finn falsch einschätzte. Alles, was sie bisher zurückgehalten, was sie so lange zu ignorieren versucht hatte, drängte auf einmal an die Oberfläche. »Du willst, dass ich in die Firma einsteige, um die Fehler deiner Frau auszubügeln?«, fragte sie scharf. »Was glaubst du denn, was los ist, wenn die Mitarbeiter nachher lieber mit mir als mit Nicole sprechen?« Bevor Simon etwas entgegnen konnte, sprach sie weiter: »Ich kann es dir sagen. Sie wird ausrasten, und ganz ehrlich? Ich habe es satt, mich ständig von ihr beleidigen zu lassen.«

»Wie meinst du das?« Er klang überrascht.

Smilla seufzte. »Das weißt du doch. Sie wirft mir vor, ich hätte es auf dich abgesehen und würde hinter ihrem Rücken gegen sie intrigieren. Seit ich hier bin, hat sie mehrfach angerufen, und Simon – sie war betrunken!«

»Ich fasse es nicht, wie bösartig du bist! So was ist überhaupt nicht ihr Stil. Sie bewundert dich und hofft auf deine Hilfe, nachdem Mama uns im Stich gelassen hat.«

»Ich wünschte, es wäre so.« Was wollte ihre Schwägerin eigentlich erreichen? Die Firma, ihre Lebensgrundlage, zu ruinieren und alle, die hätten helfen können, zu vergraulen – das führte doch zu nichts. Wieso sah Simon nicht, was vor seinen Augen passierte?

»Weißt du was? Rede mit ihr und finde heraus, warum sie das alles tut. Deine Frau, deine Firma, dein Leben.«

»Du bist echt das Letzte. Wie deine Junkie-Mutter, egoistisch bis zum Anschlag! Meine Eltern hätte dich nie aufnehmen sollen, mir wäre viel Ärger erspart geblieben.«

Viel mehr als die Worte ließ der Hass in seiner Stimme sie

zusammenfahren. »Du weißt nicht, was du redest«, sagte sie, so kühl sie konnte. »Ich hoffe, du findest einen Weg, *deine* Firma in sicheres Fahrwasser zurückzubringen.«

Den letzten Satz hatte er schon nicht mehr gehört, Simon hatte einfach aufgelegt. Sie atmete tief ein, um die aufkommende Wut und den Schmerz zu vertreiben. Dann rief sie ihre Pflegemutter an. Smilla würde ihr nicht erzählen, was Simon gesagt hatte, aber Barbara musste wissen, dass sie nicht nach Rotfelden zurückkehren würde.

»Da bist du ja, Kind. Hattest du einen guten Flug?«

»Mama, ich bin noch in Alitjávri. Es …« Sie stockte. Die Nachricht von Annas Tod würde das Gespräch in eine andere Richtung lenken. Doch sie wollte nicht verschweigen, wie betroffen sie war. »Mama, Finns Großmutter … Anna ist gestern gestorben.«

Ihre Mutter schwieg einen Moment, dann sagte sie mit weicher Stimme: »Das tut mir so leid, Smilla. Ich bin sicher, sie war ein besonderer Mensch.«

»Ich kannte sie noch nicht lange, aber das war sie wirklich«, sagte Smilla, überwältigt von den Erinnerungen, die in ihr aufstiegen, wie Anna ihr das Dorf gezeigt, Geschichten von den Rentierherden erzählt hatte, und die unzähligen Abende in ihrer Küche, als die Zeit einfach stillzustehen schien. »Finn braucht mich jetzt.«

»Natürlich«, sagte ihre Mutter leise. »Ich verstehe, dass du ihm beistehen willst. Solche Momente … man muss da sein für die Menschen, die einem wichtig sind.« Sie zögerte, dann sprach sie weiter: »Aber es ist auch hier nicht leicht. Die Firma ist ernsthaft in Gefahr.«

Smilla nickte, obwohl ihre Mutter sie nicht sehen konnte.

Barbara seufzte. »Simon ist blind für Nicoles Fehler und sucht die Schuld bei anderen. Die Leute laufen ihnen davon. Papa sagt nichts. Was soll denn nur werden?«

Smilla wusste nicht, was sie sagen sollte. Die Situation ließ sie nicht kalt, aber Finn hatte recht. Ihre Familie verließ sich viel zu sehr darauf, dass sie alles in Ordnung bringen würde. Smilla hatte in den letzten Tagen lange mit Siri, Louisa und anderen guten Freunden gesprochen und dabei verstanden, dass sie auch an ihr eigenes Leben denken musste.

»Was ist mit Papa?«, fragte sie schließlich.

»Er spricht nicht mit mir. Seit ich ausgezogen bin, zieht er sich mehr und mehr zurück. Ich glaube, er hat nicht verkraftet, dass ich jemanden gefunden habe, der mir die Liebe und Zuwendung gibt, die er …« Ihre Mutter schwieg einen Moment. »Er hat mich jahrelang mit anderen Frauen betrogen. Ich habe es immer gewusst, aber der Betrieb …« Sie holte hörbar Luft. »Es war ein Fehler. Das habe ich aber erst begriffen, als ich Johannes begegnet bin. Er sieht mich als Mensch, als Frau. Nicht als fleißige Biene, die zuverlässig dafür sorgt, dass der Laden läuft.«

»Das klingt, als wärst du endlich glücklich.« Smilla spürte einen Anflug von Erleichterung, sogar Stolz auf den Mut ihrer Pflegemutter.

»Das bin ich. Johannes ist ein toller Mensch.« Sie lachte leise. »Auch wenn wir nicht immer einer Meinung sind. Er findet, dass es falsch war, dich darum zu bitten, zurückzukommen.«

»Der Mann hat recht, Mama.«

Ihre Mutter seufzte. »Vielleicht. Ich habe lange gedacht, ich müsste mich anpassen und immer nur für die anderen da sein. Bis ich gemerkt habe, dass ich selbst auf der Strecke bleibe.«

»Siehst du! Und deshalb bleibe ich hier. Simon ist in der Lage, die Firma zu führen, wenn er nur will. Ich glaube, er braucht diesen Schubser sogar.«

»Ich möchte doch nur, dass ihr glücklich seid.«

»Das bin ich. Ich habe mir die Entscheidung wirklich nicht leicht gemacht, glaub mir.« Smilla lächelte, auch wenn ihre Augen feucht wurden. »Danke, Mama. Ich glaube, ich habe es gebraucht, von dir zu hören, dass es okay ist, auf mich selbst zu hören.«

»Ich bin stolz auf dich, Smilla. Pass gut auf dich auf, und überstürze nichts. Manchmal zeigt uns das Leben von allein, welchen Weg wir gehen müssen.«

45. KAPITEL

Smilla

Nach den beiden Telefonaten saß Smilla wie erstarrt auf dem Stuhl, bis Cookie sie anstupste und zur Tür sah.

»Du willst rausgehen, stimmt's?« Sie zog ihre warme Jacke an und band sich den Schal um, bevor sie die Haustür öffnete und Cookie an ihrer Seite mit einem fröhlichen Schwanzwedeln hinaussprang. Der Himmel zeigte ein blasses Rosa, die Sonne schaffte es nicht mehr über die Hügel hinter dem See, und die eisige Winterlandschaft glomm in einem geradezu unwirklichen Licht.

Eben bog sie auf den Weg zum See ein, als sie Julia entdeckte. Die vielbeschäftigte Gemeindeschwester und Nachbarin stand zwischen ihren Rentieren und fütterte sie. Als sie Smilla sah, hob sie die Hand zum Gruß und kam mit einem freundlichen Lächeln näher.

»Finn sagt, du bleibst hier?«

»Zuhause ist es – schwierig. Aber ich kann ihn jetzt nicht allein lassen.« Ihre Hände verkrampften sich bei dem Gedanken.

»Anna hat so friedlich ausgesehen, als sie gegangen ist«,

sagte Julia nachdenklich. »Sie wusste nicht, dass du uns verlassen wolltest, stimmt's?«

»Wir wollten es ihr ... Finn war der Meinung, sie sollte den Luciatag unbeschwert genießen. Deshalb bin ich länger geblieben.«

»Und? Wirst du bleiben?«

Smilla wusste nicht, was sie sagen sollte. »Wir haben noch nicht darüber gesprochen, wie du dir denken kannst.«

»Es geht mich wahrscheinlich nichts an, aber ich bitte dich trotzdem: Spiel nicht mit seinen Gefühlen. Er hat genug durchgemacht.«

War Finns Freundin aus Kindertagen etwa eifersüchtig? Oder war das ein normaler Beschützerinstinkt, wie ihn ältere Schwestern oder eben beste Freunde an den Tag legten?

Was zwischen ihr und Finn lief, ging Julia wirklich nichts an. Doch Smilla verzichtete auf eine passende Antwort und murmelte nur etwas Unverbindliches, bevor sie sich verabschiedete und zu Kåre fuhr.

Als sie die Tür des Geschäfts am Kirchplatz öffnete, sprang die Schneiderin auf und kam ihr entgegen, ihre Umarmung war tröstlich. »Es tut mir so leid!«

Natürlich hatte sich Annas Tod in der kleinen Gemeinde bereits herumgesprochen.

»Was kann ich für dich tun?«

»Ich brauche etwas Schwarzes.«

Kåre lächelte und nahm das Kleid vom Bügel, mit dem Smilla schon ein paarmal geliebäugelt hatte. Es war aus einem hochwertigen, weichen Wollstoff geschneidert, am Saum dezent Ton in Ton bestickt und viel zu teuer. Für Annas Trauerfeier erschien es ihr jedoch angemessen. Später würde sie es mit den passenden Accessoires zu vielen Gelegenheiten tragen können, sogar zu geschäftlichen Treffen.

Sie hielt sich das Kleid an und trat vor den Spiegel. »Findest du, dass es oberflächlich ist, in dieser Situation an so was zu denken?«

»Ob jetzt oder später, irgendwann musst du dir darüber Gedanken machen. Du kannst ja nicht in Jeans und Pulli zur Trauerfeier erscheinen. Komm, probier es an, damit ich sehe, wie es sitzt.«

Smilla ging in die kleine Umkleidekabine, zog sich aus und streifte das Kleid über.

Káre erwartete sie mit Maßband und Stecknadeln neben dem Spiegel. »Da müssen wir nichts ändern«, sagte sie und zupfte den Stoff zurecht. »Du solltest wissen, dass Anna Jokinen als Lehrerin äußerst beliebt war. Sie hat uns nicht nur Lesen und Schreiben gelehrt, sie hat uns gezeigt, dass wir als Menschen einen Wert haben. Dass wir uns unserer Herkunft nicht schämen dürfen, sondern stolz auf unsere Kultur und die außergewöhnlichen Fähigkeiten sein sollten, die wir Sámi jahrhundertelang entwickelt haben und die von den Schweden nie gesehen wurden – bis heute nicht.«

»Sie wusste so viel. Ich wünschte, ich hätte mehr Zeit gehabt, von ihr zu lernen.« Smilla spürte, wie ihre Augen feucht wurden.

»Ihr Wissen ist nicht verloren, es lebt in uns weiter.« Káre legte das Nadelkissen beiseite. »Weißt du, ich glaube, Finn unterschätzt, wie beliebt Anna war. Es werden sehr viele Menschen zu ihrer Trauerfeier kommen, und die meisten werden ihr zu Ehren die traditionelle Kleidung anlegen.«

»Die Beerdigung findet aber erst irgendwann im Frühsommer statt.«

»Wenn der Boden nicht mehr gefroren ist. Das ist hier normal.« Kåre trat einige Schritte zurück. »Die Länge passt so. Du trägst am besten blickdichte Strümpfe dazu. Winterstiefel sind okay, aber ein Tuch wäre passend.«

»Anna hat mir eins geschenkt. Es ist auch schwarz, aber mit einem silbrigen Muster und langen Fransen. Es wird mit einer Brosche zusammengehalten.«

»Tatsächlich?« Ihre Freundin legte den Kopf schräg. »Dann wollte sie, dass du es trägst. Das solltest du unbedingt tun …« Sie zupfte sich an der Nase. »Vorausgesetzt, dir ist es ernst mit Finn. Willst du immer noch zurück nach Deutschland?«

Smilla sah sie hilflos an. »Von wollen kann keine Rede sein. Meine Familie … Du weißt ja, es ist kompliziert. Jetzt bleibe ich erst mal so lange hier, wie er mich braucht«, sagte sie entschlossen. »Es ist traurig, dass ich das sagen muss, aber mir ist erst während des Seefests bewusst geworden, wie glücklich ich in den letzten Wochen war. Zum ersten Mal habe ich mich an einem Ort richtig zu Hause gefühlt. Das hat viel mit Finn zu tun – und mit Anna –, aber es hat auch etwas mit euch zu tun. Mit dir, Siri, Julia und den anderen Leuten aus Alitjávri.« Nachdenklich sah sie auf ihre Zehenspitzen, die in dicken Socken steckten. »Vielleicht liegt das an meiner Herkunft. Mein Vater ist Schwede.« Sie lachte. »Mein Großvater stammte aus Schottland, meine Oma aus dem Schwarzwald. Eine wilde Kombination, die ziemlich eigensinnige Menschen hervorbringen sollte. Aber ich war immer – ängstlich. Erst seit ich Finn kenne, bin ich das nicht mehr.«

»Weißt du was? Du bist genau richtig«, sagte Kåre und legte ihr eine Hand auf die Schulter. »Ich bin froh, dich zur Freundin zu haben.«

Wärme erfüllte sie. Smilla wusste, dass es nicht einfach war, in Schweden Kontakte zu knüpfen und Freunde zu finden. Aber hier in Alitjávri und Björkholmen war alles anders. Sie hatte großes Glück, so warmherzige Menschen kennengelernt zu haben, die sie mit offenen Armen in ihre Gemeinschaft aufnahmen. Sie umarmte Kåre. »Ich bin auch froh darüber. Sehr sogar.«

Nachdem sie das Kleid bezahlt hatte, blieb Smilla noch eine Weile, um zu erfahren, was bei Trauerfeiern hier im Norden üblich war. Als sie sich verabschiedete und das Geschäft verließ, fühlte sie sich ein Stück leichter – mit jeder freundlichen Geste und jedem Gespräch fand sie ihren Platz in dieser kleinen Gemeinschaft ein bisschen besser.

Entschlossen machte sie sich auf zum Eishotel und fragte an der Rezeption nach der Direktorin. Eine Mitarbeiterin begleitete Smilla keine Viertelstunde später in deren Büro, und sie war erleichtert, unterwegs nicht Gunilla begegnet zu sein.

Die Hotelmanagerin, eine gepflegte Frau in den Vierzigern mit einer gewissen Würde in ihrer Haltung, stand auf und reichte ihr die Hand. »Mein Beileid. Der Tod von Anna Jokinen ist für uns alle ein großer Verlust.«

Smilla bedankte sich. »Ich wollte Sie fragen, ob es möglich wäre, die Aussegnung in Ihrer Kapelle abzuhalten. Ich habe das noch nicht mit Finn besprochen«, sagte sie hastig. »Vorher wollte ich mit Ihnen reden.«

Die Direktorin atmete tief durch und wirkte einen Moment

unentschlossen. »Die Kapelle ist wahrlich ein magischer Ort – doch das ist auch das Problem.« Sie hielt kurz inne, um passende Worte zu finden. »Da wir im Hotel internationale Gäste haben, die die Kapelle besuchen, wäre es schwierig, sie für eine private Trauerfeier zu reservieren. Hochzeiten sind beliebt, aber … Vor allem in der Weihnachtszeit ist der Andrang groß.«

Enttäuscht schlug Smilla die Augen nieder, doch die Direktorin sprach rasch weiter: »Das Gemeindehaus ist eine gute Alternative. Es war früher die Grundschule, in der Anna jahrelang unterrichtet hat. Ein Ort voller Erinnerungen für viele von uns – es wäre wie eine Rückkehr zu ihren Wurzeln.«

Die Worte ließen sie aufhorchen. Annas Rolle als Lehrerin hatte das Leben vieler Menschen geprägt. Der Gedanke, dort Abschied zu nehmen, war tröstlich. »Das klingt tatsächlich schön.«

Die Direktorin nickte erleichtert. »Ich kann mit dem Gemeindevorstand reden. Der Pfarrer würde dort nicht zum ersten Mal die Aussegnung abhalten, und wir vom Hotel helfen gern bei der Planung.«

Dankbar für das Angebot verabschiedete sie sich.

Bald darauf saß sie mit Siri an ihrem Lieblingstisch im Koka Kafé. Es war inzwischen Nachmittag geworden und schon wieder dunkel. Es duftete nach Tannenzweigen und Weihnachtsgebäck, die gedämpften Gespräche der anderen Gäste schufen eine heimelige Atmosphäre. Normalerweise hätte Smilla das entspannend gefunden, doch heute lag ihr die Trauer wie eine stille Last auf den Schultern.

Siri schien ihre Gefühle zu teilen, sie hielt eine Tasse in beiden Händen und starrte gedankenverloren in den karamellfarbenen Kaffee. »Weißt du, Anna hat so viel für die Leute hier in der Region getan«, sagte sie leise. »Sie war wie ein Fels in der Brandung. Egal, was passierte, man konnte immer zu ihr gehen.«

Smilla dachte an die Abende, an denen Anna in ihrer stillen, freundlichen Art Geschichten erzählt hatte. »Sie hatte eine Art, dich zu verstehen, ohne dass du viel sagen musstest. Als hätte sie einen sechsten Sinn.«

Siri lächelte, doch ihr Blick wirkte abwesend. »Und jetzt ist sie nicht mehr da«, flüsterte sie. »Es ist, als hätte jemand eine Kerze ausgeblasen.«

Für einen Moment schwiegen sie beide, dann blickte Siri Smilla an. »Ich weiß, das ist jetzt unpassend, aber ich muss es dir erzählen. Ich kann es selbst kaum glauben. Carl hat mich zu einem Date eingeladen!«

Smilla starrte sie überrascht an. »Carl? Dein Carl?«

Siri lachte, als wäre sie selbst überrumpelt. »Ich hätte nie gedacht, dass er diesen Schritt noch einmal wagen würde.«

»Vielleicht hat er nur ewig gebraucht, um zu erkennen, dass da mehr ist.«

Siri zuckte mit den Schultern. »Seine Motive interessieren mich erstmal nicht. Wichtiger ist, was dabei herauskommt.«

»Ich drücke dir die Daumen!« Bevor sie sich weiter darüber unterhalten konnten, öffnete sich die Tür, und Finn kam herein. Ihre Blicke trafen sich, und er lächelte. Er wirkte gefasst, aber Smilla erkannte die Traurigkeit, die er unter der kühlen Oberfläche versteckte.

Sie entschuldigte sich bei Siri und stand auf, um ihm entgegenzugehen. Er umarmte sie und fragte leise: »Können wir kurz reden?«

»Natürlich, ist etwas passiert?«

»Nein, alles in Ordnung.« Er zog sie in die Garderobe, in der heute nur ein paar Jacken hingen. »Ich habe darüber nachgedacht, was nach dem Seefest passiert ist.« Er suchte nach Worten, und Smilla ließ es wortlos geschehen, dass er ihre Hände nahm, als suche er Halt. Finn schluckte, sein Adamsapfel hüpfte, und dann sagte er: »Ich habe mit dem Anwalt gesprochen. Er hat mir eine Beratungsstelle empfohlen und wird alles für eine Anzeige vorbereiten. Smilla, es kann sein, dass du eine Aussage machen musst …«

»Du meinst, wegen der Drohungen, die sie mir gegenüber ausgesprochen hat? Jederzeit!«

Erleichtert umarmte er sie. »Es wird vielleicht nichts dabei herauskommen. Wenn ihre Freundin zu ihr hält, steht Aussage gegen Aussage, aber du hast recht. So etwas darf man niemandem durchgehen lassen.«

Sie erwiderte seine Umarmung. »Wir stehen das gemeinsam durch. Du kannst dich auf mich verlassen!«

»Danke!« Er umfasste ihr Gesicht mit den Händen und küsste sie liebevoll.

»Hej, habt ihr kein Zuhause?«, hörte sie jemanden fragen. »Ach, ihr seid es.« Mihkku sah um die Ecke. »Ich wäre dann so weit. Wir wollten doch noch etwas besprechen.«

Sie folgten ihm zurück zu ihrem Tisch, und er sprach ihnen sein Beileid aus, wurde danach aber sofort geschäftsmäßig. »Das klingt jetzt hart, aber können wir trotzdem über die Trauerfeier sprechen?« Er sah auf die Uhr.

Smilla war sich nicht sicher, was sie von Siris Bruder halten sollte. Manchmal erinnerte er sie zu sehr an Simon, um ihr sympathisch zu sein. Sie verschränkte die Arme vor der Brust und lehnte sich zurück.

Finn rieb sich mit einer Hand übers Gesicht. »In Ordnung. Du weißt, was Anna wollte?«

»Sie hat letztes Jahr mit mir gesprochen. Aber ich muss dir sagen, wir sollten uns wirklich auf viele Besucher einstellen. Dir mag das nicht so klar sein, du hast ja nur die Sommer hier verbracht. Aber Anna war unsere Lehrerin.«

»Ich weiß, aber das ist schon ziemlich lange her.«

Siri mischte sich ein. »Zwanzig Jahre, aber du darfst nicht vergessen, dass sie auch eine Noiade war. Als *Weise Frau* hat sie das Leben vieler Menschen berührt und geholfen, wo sie konnte. Ich wette, dass ganz Alitjávri kommen wird, die Leute aus Björkholmen sowieso und womöglich auch einige von weiter her.«

Finn kratzte sich am Kopf und sah Smilla ratsuchend an.

»Was schlagt ihr vor?«, fragte sie.

Siri wechselte einen Blick mit ihrem Bruder. »Vielleicht sollten wir eine Art Erinnerungstafel aufstellen, wo jeder, der mag, etwas schreiben oder ein kleines Andenken hinterlassen kann.«

Finn wirkte überfordert. Smilla antwortete an seiner Stelle. »Das ist eine wunderbare Idee, meinst du nicht auch?«

Er nickte langsam. »Ich glaube, Anna hätte das gefallen. Sie hat oft Geschichten über ihre Schüler und Schülerinnen erzählt und wie jeder von ihnen eine eigene, ganz besondere Erinnerung für sie war.«

»Wir könnten auch einen Tisch aufstellen mit Dingen, die sie gern mochte. Ihre Strickarbeiten zum Beispiel, oder das Rezeptbuch mit den Kommentaren am Rand«, schlug Siri vor.

Smilla musste lächeln, als sie sich diese Szene vorstellte: Menschen, die sich in ihrer alten Grundschule versammelten, um sich an die warmherzigen kleinen Dinge zu erinnern, die Anna zu einem wichtigen Teil ihres jungen Lebens gemacht hatten. Sie erzählte, dass die Hoteldirektorin sich an der Ausrichtung der Gedenkveranstaltung beteiligen wollte. Siri und Mihkku boten an, mit ihr zu reden und den Empfang im Gemeindehaus vorzubereiten. Es schien, als ob jeder in Gedanken bereits bei dieser stillen Zusammenkunft war.

Dann gab es eine Pause in ihrem Gespräch, die plötzlich schwer in der Luft hing. Smilla hatte das Gefühl, irgendetwas Positives sagen zu müssen. »Es wird ein würdevoller Abschied, Finn.«

»Falls Tante Margret und mein Vater nicht kommen«, sagte er, und die Reaktion der Freunde weckte eine dunkle Ahnung in ihr.

46. KAPITEL

Smilla

Smilla strich den weichen Stoff ihres Kleides glatt und betrachtete sich im Spiegel. Sie schob sich eine widerspenstige Haarsträhne hinters Ohr und nahm das silberne Armband in die Hand, das Finn ihr vorhin gegeben hatte. Es war filigran gearbeitet, mit winzigen, ineinander verschlungenen Sámi-Mustern, und es gab ihr das Gefühl, etwas Kostbares an sich zu tragen, das tiefer mit diesem Land verbunden war, als sie es je sein könnte.

Seit Annas Tod war eine Woche vergangen, und sie hatten einiges zu tun gehabt. Finn packte persönliche Dinge zusammen, die Anna ihren beiden Kindern zugedacht hatte. Siri und Kåre hatten geholfen, alles Übrige zu sortieren und für die Kleiderkammer zu verpacken. Viel war es nicht, was von so einem langen Leben übriggeblieben war. Nachbarn hatten ihnen Essen gebracht, Annas Likör getrunken und ihre Hilfe angeboten. Carl hatte Finn geholfen, die Schlafzimmermöbel fortzubringen. Er wollte nichts davon behalten und überlegte, den Raum zu einem Büro umzugestalten. Julia war nur einmal vorbeigekommen, ihre Missbilligung hatte sie nicht verhehlt.

Ihr ging das alles zu schnell. Smilla stimmte ihr insgeheim zu, aber jeder musste mit seiner Trauer so umgehen, wie es richtig für ihn war. Was Anna wichtig gewesen war, wie beispielsweise die alte Standuhr im Flur, würde seinen Platz in diesem Haus behalten.

Sie waren mit Cookie spazieren gegangen, hatten Julia geholfen, die Rentiere zu füttern, und das Wichtigste: Finn hatte ihr endlich alles über den schrecklichen Tod seiner ehemaligen Verlobten erzählt und über die Schuldgefühle gesprochen, die er deswegen empfand. Smilla konnte sich kaum vorstellen, wie furchtbar dieses Erlebnis und die Zeit danach für ihn gewesen sein mussten. Ein Trauma, dessen Tentakeln bis in die Gegenwart hineinreichten. Sie war dankbar, dass er den Mut gefunden hatte, sich ihr anzuvertrauen, und Finn hatte zugegeben, dass er erleichtert war, diese Last nicht mehr allein zu tragen. In jener Nacht hatte Smilla beschlossen, ihre eigene Vergangenheit ruhen zu lassen und nicht nach ihrem Vater zu suchen. Sie wollte nach vorn sehen und ihre ganze Energie darauf verwenden, sich eine glückliche Zukunft zu schaffen. Und die Zeichen standen nicht schlecht dafür. Ihr ehemaliger Kollege Florian hatte sich aus Portugal gemeldet, um sie für den Auftrag in Tromsø in sein Team zu holen. Sie würde sicher ein paarmal dorthin fahren müssen und demnächst nach Portugal fliegen, aber hauptsächlich im Homeoffice arbeiten können.

Als sie aufsah, bemerkte sie Finn. Er stand in der Tür und beobachtete sie aufmerksam. »Komm, ich helf dir.« Er trat näher und legte ihr das Armband um. Seine Fingerspitzen berührten ihr Handgelenk, eine sanfte Geste, die viel mehr sagte, als Worte es je könnten. Sie schaute auf und fing seinen Blick ein –

einen Moment der Vertrautheit, der inmitten all der Trauer Licht in ihr Herz brachte. Er legte seine Hände auf ihre Taille und sagte: »Ich weiß nicht, wie ich das heute durchstehen soll.«

»Du bist nicht allein. Wir schaffen das gemeinsam, und deine Freunde werden alle da sein, um dich zu unterstützen.« Sie las Dankbarkeit in seinen Augen, als er sich vorbeugte, um ihr einen hauchzarten Kuss zu geben.

In diesem Augenblick läutete die Hausglocke, und gleich darauf klopfte jemand kräftig an der Tür. Finn gab einen seltsamen Laut von sich. »Ich wette, das ist Margret. Ich habe die Türschlösser ausgetauscht.« Er sah sie an. »Meine Tante kann … Sie kann anstrengend sein. Lass dich nicht von ihr einschüchtern, bitte! Am besten, du bleibst hier oben.« Er lief die Treppe hinunter.

Aber Smilla kannte sich mit schwieriger Verwandtschaft aus, und heute war nicht der Tag, um Finn mit diesen Leuten alleinzulassen. Langsam folgte sie ihm.

Margret war eine stattliche Frau mit breiten Schultern und einer aufrechten Haltung, die keinen Widerspruch duldete. Ihr kantiges Gesicht mit den strengen, dunkel betonten Augenbrauen und dem durchdringenden Blick wirkte feindselig. Das graue Haar war akkurat geschnitten, fast wie ein Helm, der lange schwarze Mantel mit dem Pelzkragen unterstrich ihre kühle Eleganz. Sie stand mitten in der Küche, musterte Smilla frostig und ließ den Blick durch den Raum gleiten, als würde sie schon eine erste Inventur vornehmen, bevor sie spitz fragte: »Wann wolltest du mir eigentlich erzählen, dass du dich in meinem Haus eingenistet hast, Finn?«

»Dir auch einen guten Tag, Margret.«

Das Knistern der Spannung in der Luft war nahezu greifbar, und Smilla ahnte, dass dies ein Gespräch werden würde, das Finn nichts als Kummer bereitete.

Es klingelte erneut, und gleich darauf stand ein Mann, ebenfalls um die sechzig, im Raum.

Finn sah sie an. »Smilla, darf ich dir meine Tante und meinen Vater vorstellen? Margret und Knut Jokinen.«

Ich wäre vielleicht doch besser oben geblieben, dachte sie ganz kurz, straffte dann aber die Schultern und rang sich ein freundliches Lächeln ab, als sie die beiden begrüßte. »Smilla Rankin. Mein aufrichtiges Beileid zu diesem schweren Verlust«, sagte sie.

Die Miene von Finns Vater wurde eine Spur weicher. Sein Gesicht war markant, mit leicht ergrauten Schläfen, die entschlossene Kieferpartie zeigte Autorität. Seine Augen, ebenso klar wie die von Finn, wirkten distanziert. Er hatte die gleiche Statur wie sein Sohn, und der schwarze Anzug, der zum Vorschein kam, als er den dicken Wintermantel nachlässig über einen Küchenstuhl legte, unterstrich die sportliche Erscheinung und wirkte maßgeschneidert.

Während Margrets Hände in den Manteltaschen vergraben blieben, reichte er ihr die Hand. »Finns Freundin, nehme ich an. Es tut mir leid, dass wir uns unter diesen Umständen kennenlernen.« Mit einem Blick auf seinen Sohn fügte er hinzu: »Aber immerhin lernen wir uns überhaupt kennen!«

»Angenehm«, sagte Smilla automatisch. Das Gegenteil war der Fall. Sie hatte keine Ahnung, was die Bemerkung bedeuten sollte, aber sie spürte, wie Finn neben ihr erstarrte. Nach einem Blick auf die Uhr sagte sie: »Es ist noch Zeit, kann ich etwas anbieten?«

»Ich will sehen, was du im Haus verändert hast«, verlangte Margret, ohne sie eines Blickes zu würdigen. »Das würde mich allerdings auch interessieren.« Knut nickte Smilla zu. »Ein Kaffee wäre schön.«

Während die beiden sich von Finn durchs Haus führen ließen, setzte sie Wasser auf. Die Küche hatte sich in den letzten Wochen zu einem vertrauten Ort entwickelt, und so dauerte es nicht lange, bis ein Tablett mit vier Tassen zusammengestellt und die Zimtschnecken aufgewärmt waren, die sie am Morgen zusammen gebacken hatten. Finn war erstaunt über ihren Vorschlag gewesen, aber sie war überzeugt davon, dass ein angenehmer Duft und etwas Süßes manchen Sturm lindern konnten.

Sie stellte das Tablett auf den Tisch und hörte Margret sagen: »Wann ziehst du aus, Finn? Das Haus gehört mir, und ich habe Pläne damit.« Sie sprach laut und bestimmt, als sei es ihr selbstverständliches Recht, die Aufmerksamkeit zu beanspruchen. Die drei kehrten in die Wohnküche zurück, Finns Miene wirkte undurchdringlich, aber sie kannte ihn inzwischen gut genug, um zu wissen, dass es in ihm brodelte.

»Zunächst einmal gehört es uns beiden«, sagte Knut, nahm einen Becher Kaffee von Smilla entgegen und setzte sich.

Margret gab ein empörtes Grunzen von sich. »Du hast doch gar keine Verwendung dafür, du hast Björkholmen damals gar nicht schnell genug verlassen können, und ich musste mich um alles kümmern. Mutter war dazu ja überhaupt nicht in der Lage.«

Finn lehnte mit verschränkten Armen am Türrahmen. »Wenn du dich um sie gekümmert hättest, wäre dir sicher nicht entgangen, in was für einem traurigen Zustand das Haus seit Jahren war.«

»Was willst du? Es ist über hundert Jahre alt, und Mutter wollte keine Veränderung.«

»Das mag sein. Aber sie hatte ganz sicher nichts gegen fließend warmes Wasser. Und die Elektrik war so marode, es hätte jederzeit abbrennen können.«

»Das kann ich bestätigen«, sagt Smilla möglichst beiläufig, bemüht, ihren Ärger nicht zu zeigen. Was für eine schreckliche Frau.

»Ach ja? Und was qualifiziert *Sie* zu so einer Feststellung, Frau … Wie war doch gleich Ihr Name?«

Smillas Mundwinkel zuckten. Es war nicht das erste Mal, dass ihr jemand mit dieser Arroganz begegnete. »Mein Beruf. Ich bin Elektroingenieurin«, sagte sie ruhig.

»Smilla ist viel mehr als das, sie hat mir beim Renovieren der gesamten oberen Etage geholfen. Sie versteht ihr Handwerk.«

Knut, der die ganze Zeit scheinbar desinteressiert aus dem Fenster gesehen hatte, drehte sich um und sah Finn scharf an. »Du hast das alles allein gemacht?« Etwas wie Anerkennung schien in seiner Stimme mitzuschwingen.

Finn stieß sich vom Türrahmen ab, schlenderte zu Smilla und legte ihr leicht einen Arm um die Taille. »Nicht allein, gemeinsam mit unseren Freunden.«

Margret verzog das Gesicht. »Na dann, vielen Dank dafür. Du musst dir aber nicht einbilden, deshalb irgendein Recht an meinem Haus zu haben.«

»Margret!«, sagte Finns Vater scharf. »Wenn wir dieses Haus erben, dann gehört jedem von uns die Hälfte. Und nachdem Finn hier so viel investiert hat, nicht nur für Mutter in der unteren Etage, sondern auch ganz offensichtlich für sich selbst, kann er meine Hälfte gern haben. Das ist nur fair, und ich brauche kein Haus am Ende der Welt.«

Finn war die Überraschung anzusehen, und es schien Smilla, als fehlten ihm für einen winzigen Augenblick die Worte, bevor er sagte: »Das ist großzügig, wirklich. Aber es gibt nichts zu erben. Das Haus gehört mir.«

»Was soll das heißen?«, fragte Margret aufgebracht.

»Ich habe es gekauft. Es war so hoch belastet, dass die Bank bereits eine Versteigerung vorbereitet hatte, als ich im letzten Winter herkam.« Seine Stimme klang weiterhin ruhig, aber Smilla wusste, wie viel ihm Anna bedeutet hatte – und dass er nicht so offen gesprochen hätte, wenn seine Tante ihn nicht dermaßen unverschämt provoziert hätte.

Margret schnappte empört nach Luft. »So eine Lüge! Sie war alt, sie wusste nicht mehr, was sie tat, und du hast das schamlos ausgenutzt, um dir alles unter den Nagel zu reißen.«

Smilla wollte etwas sagen, um Finn zu verteidigen, aber sein Griff an ihrer Taille wurde kurz fester, als würde er sie bitten, es zu lassen. Sie sah die angespannte Entschlossenheit in seinem Gesicht und schwieg. »Du kannst es gern nachprüfen«, sagte er ruhig, doch in seiner Stimme lag nun eine Härte, die Smilla nicht kannte. »Das Haus war nicht einfach ein Besitz für Anna – es war ihr Leben. Sie hätte es nicht ertragen, es aufgeben zu müssen.«

»Sie hat nie gesagt, dass sie in finanziellen Schwierigkeiten ist.« Knut klang verwundert. *Vielleicht sogar ein bisschen verletzt*, dachte Smilla.

»Weil sich keiner von euch beiden wirklich für sie interessiert hat. Anna war eure Mutter, verdammt! Wie kann es sein, dass ihr beide nicht wusstet, wie es um ihre Finanzen bestellt war?«

»Sie hat als Lehrerin gearbeitet, sicherlich …«

»Ja, und? Ihr zweiter Mann hat das Haus bis zum Anschlag belastet. Sie hat gerade mal die Mindestrente bekommen, und davon kann man ein Gebäude nicht erhalten, geschweige denn Schulden tilgen. Die Grundstücke hier sind inzwischen eine Menge wert. Das weiß die Bank natürlich auch, aber Anna wäre nie ausgezogen.«

Smilla war stolz auf ihn. Er hatte ihr erzählt, in welchem Zustand sich Annas Zuhause befunden hatte und dass ihre Situation der Grund dafür gewesen war, länger als nur ein paar Wochen in Björkholmen zu bleiben und sich hier einen Job zu suchen. Seither hatte er viel investiert, nicht nur finanziell.

Margret gab ein Schnauben von sich, und sie drehte sich um, um Smilla direkt anzusehen. »Du! Du steckst dahinter! Mit dir hat er sich gegen die Familie gestellt.«

Bevor sie antworten konnte, zeigte Finn zur Tür. »Ich denke, du hast unsere Gastfreundschaft lange genug genossen, Margret.«

Seine Tante sprang auf. »Wir werden sehen, ob du damit durchkommst.« Mit diesen Worten stürmte sie hinaus.

Als die Tür hinter ihr zufiel, erhob sich Knut. Er sah blass aus. »Wie ist sie gestorben?«

Finn zeigte auf den Sessel am Fenster. »Wir haben gekocht, sie wollte sich ausruhen und – ist eingeschlafen.«

Sein Vater presste die Lippen aufeinander und starrte einen kurzen Augenblick schweigend auf Annas Platz. Dann wandte er sich ihnen zu. »Ich wusste nichts davon«, sagte er leise. Sein Blick wanderte ins Leere, als er die Worte zu verdauen versuchte. »Sie hat nie darüber gesprochen.«

Das Gefühl, das in Finns Augen flackerte, war schwer zu fassen – Traurigkeit und Erschöpfung, die er nach den letzten Tagen verspüren musste. Er holte tief Luft. »Sie wollte es auch mir nicht erzählen. Du warst ewig nicht mehr hier, sonst hättest du es gesehen.«

»Aber Margret – sie hat sich doch um alles gekümmert.« Er wirkte ratlos.

»Einen Scheiß hat sie. Margret war nicht ein einziges Mal hier, seit ich in Björkholmen bin, und vorher hat Julia Anna unterstützt.«

»Julia? Auch eine *Freundin* von dir?«

Finn sog scharf die Luft ein. »Julia Nilsson, die Gemeindeschwester, Nachbarin und verheiratet!«

Knut hatte den Anstand, verlegen zu Boden zu sehen. »Wenn sie doch bloß etwas gesagt hätte …«

»Vergiss es. Jetzt ist es sowieso zu spät.«

»Du hast dich nicht geändert, vergreifst dich immer noch im Ton!« Knut griff nach seinem Mantel und ging hinaus. Kurz darauf hörten sie die Haustür zuschlagen.

47. KAPITEL

Smilla

Vorhin hatte nicht viel gefehlt, und Finn hätte seinen Vater ebenfalls vor die Tür gesetzt. Es war gut, dass er von selbst gegangen war. Jetzt, kurz vor Beginn der Trauerfeier in der alten Schule, hatte er sich beruhigt, aber er wirkte angegriffen. Verständlich, niemand brauchte an so einem Tag zu allem Unglück auch noch Streit mit der Familie.

Smilla blieb an seiner Seite, doch sie hielt sich im Hintergrund und beobachtete die vielen Gesichter – Nachbarn, ehemalige Schülerinnen, Menschen in typischer Sámi-Kleidung hatten sich in der alten Schule eingefunden, um Anna die letzte Ehre zu erweisen. Blumenarrangements schmückten das Foyer des Gebäudes, auf einem Tisch lagen die Kopien einer kurzen Biografie von Anna zum Mitnehmen bereit, und auf einer Leinwand liefen Bilder aus ihrem Leben. Zu verdanken war die gesamte Organisation Siri und der Hoteldirektorin.

Als es Zeit wurde, Platz zu nehmen, bestand Finn darauf, dass sich Smilla neben ihn in die erste Reihe setzte. Wie vorhergesehen, war das einstige Klassenzimmer viel zu klein, um alle Trauergäste aufzunehmen, obwohl die Stuhlreihen beklemmend dicht gestellt waren. Sie spürte die Anspannung zwischen ihm und Margret, die sich konsequent abwandte. Knut hielt die Hand seiner Schwester, ein stiller Halt in einem Moment der Erschütterung. Smilla nahm die kleinen Gesten und Blicke wahr, die all das Ungesagte ausdrückten, das offenbar auch ihnen auf den Schultern lastete, obwohl vorhin in Björkholmen zumindest bei Margret wenig davon zu spüren gewesen war.

Sie sah sich noch einmal um. Was mochte jeden Einzelnen mit Anna verbunden haben? Für einen Moment spürte Smilla, wie stark der Zusammenhalt dieser Menschen war, wie sehr sie sich trotz des Verlusts gegenseitig stützten. Finn hatte erzählt, dass sich Anna in ihrer knappen Zeit auch in der Kirche engagiert hatte, die vor einigen Jahren abgebrannt war. Einen Pfarrer gab es in Alitjávri nicht mehr, aber heute würde die Seelsorgerin den Trauergottesdienst abhalten, die Smilla bereits beim Luciafest gesehen hatte. Die Frau sprach warmherzig über Anna, und die gesamte Veranstaltung war sehr würdevoll. *Beinahe ein bisschen zu steif für Annas Geschmack*, dachte Smilla bei sich. Aber sie hätte es amüsiert, dass die Menschen im Schulflur und Foyer standen, wo sie die Andacht dank der aufgestellten Lautsprecher verfolgten.

Nach der Feier standen die Trauergäste in kleinen Gruppen zusammen, leise flüsternd, manche in stiller Umarmung. Eine ältere Frau trat zu Knut und nahm seine Hand. Smilla sah das Flimmern von Tränen in ihren Augen, als die Frau ihm einige tröstende Worte zuraunte. Margret stand allein und seltsam distanziert daneben.

Ihre Gedanken kehrten zu Anna zurück, und sie fragte sich, was Finns Großmutter für jeden Einzelnen bedeutet hatte. Anna war jemand, der den Alltag mit einem Lächeln heller gemacht hatte. In diesem Raum, der früher von kindlichen Stimmen erfüllt gewesen sein musste, spiegelte sich die Verbundenheit, die Anna mit ihrer Gemeinde gepflegt hatte.

Nachdem sich die Versammlung aufgelöst hatte, blieben Finn, Smilla, Julia, Carl und Siri beieinander. Sie standen nah zusammen, in einem stillen Moment, der sich fast wie eine Umarmung anfühlte. Julia legte ihr eine Hand auf die Schulter.

»Gut, dass du geblieben bist. Bitte entschuldige, falls ich … ich wollte nicht unfreundlich sein.«

Smilla wusste im ersten Augenblick nicht, was sie meinte, aber dann fiel ihr ein, wie seltsam Julia nach Annas Tod reagiert hatte. »Wir waren in einer Ausnahmesituation.«

»Das stimmt. Ich kann es immer noch nicht fassen«, sagte Julia traurig. »Aber im Grunde ist das die beste Art zu gehen. Einfach einschlafen. Wer wünscht sich das nicht?«

»Für uns ist es hart, wir werden sie vermissen. Aber ich bin sicher, Anna sieht uns heute zu und freut sich über die Wertschätzung, die ihr so viele Leute entgegenbringen.« Sie umarmten sich, und Julia ging weiter.

Siri stupste sie an. »Toll, dass du dich entschieden hast, das Tuch zu tragen, das Anna dir geschenkt hat.«

»Wirklich? Ich bin mir immer noch nicht sicher, ob es angemessen ist. Ich bin eine Fremde …«

»Nein! Du bist in der Fremde geboren, aber das hier ist dein Zuhause. Du gehörst nach Alitjávri – ebenso wie Finn unser weitgereister Südschwede«, sagte Siri warmherzig.

»Mit samischen Wurzeln.« Stolz schwang in seiner Stimme mit.

»Und hättest du sie nicht, würden wir dich eben adoptieren.« Carl stand neben ihnen, er hielt Siris Hand, und Smilla musste unwillkürlich lächeln. Wie es schien, hatten die beiden endlich zueinandergefunden.

Finn legte ihr einen Arm um die Schultern. Er hatte sich den ganzen Tag über beherrscht, die Fassade gewahrt, doch Smilla konnte sehen, wie erschöpft er war, als er sich zu ihr herunterbeugte und ihr leise zuraunte: »Danke! Ohne dich hätte ich das alles nicht überstanden.«

Ganz kurz schloss sie die Augen, lehnte sich an ihn und spürte der Vertrautheit nach, die sie verband. Sie würde immer für ihn da sein. Hätte sie sich nicht bereits entschieden, wäre jetzt der Moment gewesen, ihm zu sagen, dass sie bei ihm bleiben wollte.

Draußen fühlte sich die Kälte befreiend an, als könnte sie die Schwere des Abschieds lindern. Vor dem Koka Kafé trafen sich alle wieder. Warmes Licht fiel einladend aus den weihnachtlich beleuchteten Fenstern, und als sie das Gebäude betraten, staunte Smilla. Die Tische in der Bar waren mit Wintergrün geschmückt und Laternen, in denen Kerzenlicht flackerte. Freunde und Nachbarn plauderten miteinander, während sie am Büfett ihre Teller füllten. Im Hintergrund spielte ruhige Musik, auf der kleinen Bühne der Kantine waren zwei Männer damit beschäftigt, den Auftritt der Sängerin vorzubereiten, die laut Siri bereits in einem Bungalow im Resort eingecheckt hatte. Trotz der Trauer wirkte die Stimmung hier schon gelöster. Annas Wunsch, dass alle zusammenkommen und das Leben mit Musik und gutem Essen feiern, hatte die Anwesenden erreicht.

»Finn!«, rief jemand. Sie drehten sich um und sahen Káre und ihren Mann, die mit einem altmodischen Samowar in den Händen in der Koka-Bar standen.

»Was habt ihr denn da?«, fragte Finn überrascht.

»Das ist der alte Samowar, den die Lehrerinnen früher in der Schule benutzt haben. An kalten Tagen hat uns Anna immer Tee darin zubereitet.«

»Stimmt, sie hat davon gesprochen. Sie hätte ihn gern mitgenommen, als die Schule geschlossen wurde, aber da war er verschwunden. Wo habt ihr ihn ausgegraben?«

»Mein Mann hat den Keller der alten Schule aufgeräumt. Der Samowar stand direkt unter der Treppe, er war ganz verstaubt und angelaufen, aber wir haben ihn poliert. Wir dachten, ihr solltet ihn haben.«

Smilla spürte, wie ihr die Kehle eng wurde. Sie schluckte und sah, wie Finn den Samowar betrachtete, der glänzend, aber mit erkennbaren Spuren seiner Vergangenheit auf der Theke thronte.

»Das ist mehr als nur ein Gebrauchsgegenstand«, sagte Káre, und Smilla verstand, dass er ein Stück von Annas Geschichte war, ein Symbol für ihre Herzlichkeit und ihre Liebe zu Gemeinschaft und Zusammenhalt.

Mihkku kam hinter der Theke hervor. »Wow! Der sieht großartig aus. Ich erinnere mich noch an das gute Stück, da hat es aber längst nicht so geglänzt. Das Ding würde gut ins Koka passen.«

Finn räusperte sich. »Káre, wäret ihr mir böse, wenn ich ihn hier aufstellen ließe? Dann haben alle etwas davon …« Er schluckte.

»Natürlich, das ist eine wunderbare Idee und sehr großzügig von dir.«

»Finde ich auch.« Mihkku klopfte ihm auf die Schulter. »Wir werden ihn in Ehren halten – und die Erinnerung an Anna. Das muss gefeiert werden!« Er gab ein Zeichen. Wenig später ging eine seiner Mitarbeiterinnen mit einem Tablett in der Hand herum und bot eisgekühlte Gläser mit Aquavit und Heidelbeerlikör an.

»Das hätte ihr gefallen.« Finn reichte Smilla ein Glas. »Auf Anna«, sagte er laut, seine Stimme voller Wärme. »Und auf alles, was sie geliebt hat.«

Der Samowar nahm still und würdevoll seinen Platz in dieser Feier ein – wie ein letzter Gruß von Anna. Immer wieder versammelten sich Nachbarn und Freunde um ihn, erzählten Anekdoten von ihr als Ratgeberin oder Lehrerin. Smilla war beeindruckt von der Zuneigung, die die Menschen ihr entgegengebracht hatten, Finn wirkte sehr gerührt.

Margret war nicht ins Koka gekommen. Als Knut sich später verabschiedete, wechselte er vorher ein paar Worte mit Finn.

Smilla nutzte die Gelegenheit, um sich bei Siri und ihrem Bruder für das großartige Büfett zu bedanken, und stellte sich anschließend an die Bar, um sich ein Wasser zu bestellen.

»Smilla?« Carls Stimme ließ sie aufsehen.

Er stand mit einem zurückhaltenden Lächeln vor ihr, die Hände tief in den Taschen seiner dunklen Anzughose vergraben. »Kann ich kurz mit dir reden?«

»Natürlich«, antwortete sie und musterte ihn aufmerksam.

»Es geht um das Chalet«, begann er und trat einen Schritt näher. »Ich wollte mich entschuldigen. Ich dachte, es wäre eine gute Idee, dich zum Auszug zu drängen. Ich wollte, dass Finn endlich aus sich herauskommt und den ersten Schritt macht.«

Smilla hob ungläubig eine Augenbraue. »Im Ernst?«

»Ich weiß, das war eine dumme Idee. Es tut mir leid.« Carl zog die Schultern hoch. »Kannst du mir verzeihen?«

Er sah so bedrückt aus, dass sie die harschen Worte, die ihr auf der Zunge lagen, hinunterschluckte. Der Mann war unmöglich, aber er war Finns Freund. Es schien ihm ernsthaft leidzutun, und sie schätzte seine Ehrlichkeit. »Na klar verzeihe ich dir.«

Carl grinste erleichtert. »Da ist noch was …«

Bevor sie etwas sagen konnte, hob er die Hand. »Das ist aber jetzt gut, wirklich. Also jedenfalls, wenn du dich entschlossen hast, in Alitjávri zu bleiben – was wir alle hoffen«, fügte er eilig hinzu.

Smilla war sich nicht sicher, ob sie hören wollte, was er zu sagen hatte. »Raus damit, was ist es?«

»Ab Frühjahr wird bei uns eine Stelle frei. Im Eishotel, hauptsächlich Koordination und ein bisschen handwerkliche Arbeit. Es sind so etwa fünfundzwanzig bis dreißig Stunden pro Woche, aber ich dachte, vielleicht interessiert es dich. Du hättest dann auch eine schwedische Sozialversicherung.«

Daran hatte sie noch gar nicht gedacht. Die würde sie brauchen, aber ohnedies klang es nach einem interessanten Angebot.

»Danke, Carl. Das ist sehr großzügig von dir. Vielleicht kannst du mir demnächst etwas mehr darüber erzählen?«

»Auf jeden Fall. Du bist gut, und ich würde dich gern in unserem Team haben. Außerdem wäre es eine Erleichterung, jemanden hier vor Ort zu haben, der zuverlässig ist und nicht mit jedem Streit anfängt.«

»Woher willst du wissen, dass ich das nicht tun würde?«

Er lachte. »So missmutig wie Thyge kannst du gar nicht sein.« Er klopfte ihr freundschaftlich auf die Schulter. »Und – wirklich, Smilla. Es tut mir leid wegen des Chalets.«

»Ihr redet über Carls Chalet?«, fragte Siri und hakte sich bei ihm unter. »Da ziehe ich demnächst ein. Wie es aussieht, bekommen Mihkku und seine Frau bald Nachwuchs, und dann wird es in der Wohnung wirklich zu eng. Ist das nicht super?«

Sie wollte etwas sagen, als ein Raunen durchs Koka ging: »Maret ist da! Sie ist wirklich gekommen!«, hörte sie die Leute sagen.

Die Sängerin trug ein figurbetontes Kleid, das von der traditionellen Sámi-Tracht inspiriert war: ein tiefblauer Stoff, der im Licht der schimmernden Lampen beinahe schwarz wirkte. An den Säumen funkelten Stickereien in Silber und Rot, die an die Muster erinnerten, die man an alten Trachten fand. Ihre Schultern zierte ein kunstvoll gewebter Schal, wie ihn viele Frauen heute Abend trugen. Die Fransen tanzten über ihre Arme, der Silberschmuck – ein großes Bruststück mit filigranen Anhängern und ein auffälliger Gürtel – reflektierte das Licht und erinnerte Smilla an die schneebedeckten Weiten, die sie draußen umgaben.

Maret trat ans Mikrofon, und der Raum wurde still. »Der *joik,* den ich nun vortrage, ist für Anna.« In ihrer Stimme klang eine tiefe Ehrfurcht mit. »Er ist nicht nur ein Lied. Es ist eine Erinnerung, ein Stück Seele. Ihr wisst, wenn jemand einen Joik hat, dann lebt er oder sie weiter – in unseren Herzen, in der Natur, im Wind.«

Die ersten Töne füllten den Raum, und Smilla spürte, wie eine Gänsehaut ihren Rücken hinaufkroch. Es war keine Melodie im herkömmlichen Sinne, eher ein Flüstern, ein Summen, das sich in ihre Seele grub. Marets Stimme klang ursprünglich rau und klar zugleich, sie stieg an, brach ab, und die Laute erinnerten an das Rauschen des Winds in den Weiten der Tundra, an all das Leben, mit dem die Natur sie umgab.

Als sich vertraute Arme von hinten um ihren Körper legten, seufzte Smilla. *Finn.* Sein Kinn ruhte leicht auf ihrer Schulter, und sie lehnte sich gegen ihn. Ein Hauch seines männlichen Dufts hüllte sie ein – er erinnerte sie an würziges Holz, an Winter und merkwürdigerweise gleichzeitig an das schmeichelnde Licht eines langen Sommertags. Sie spürte die Wärme und Festigkeit seiner Umarmung. Sie fühlte sich geborgen, sicher, als könnte sie der Traurigkeit dieses Tages für einen Moment entkommen.

»Dieser Joik klingt berührend und wunderschön«, flüsterte sie, ohne sich zu ihm umzudrehen. Finn nickte, und sie spürte die Bewegung durch seinen Körper.

Mit einem langgezogenen Ton verklang der Joik. Für einen Moment herrschte völlige Stille. Dann brach der Applaus los – lang, begeistert, und Smilla sah, dass die Künstlerin kurz die Hand auf ihr Herz legte, bevor sie sich verbeugte.

Die nächsten Lieder waren moderner, aber sie trugen die Seele Sápmis in sich. Marets klare Stimme erzählte von den weiten Ebenen und flüsternden Wäldern, von Rentieren, die durch den Schnee zogen, und vom Fluss des Lebens, der mitunter ruhig und manchmal stürmisch war. Die Melodien waren eingängig, modern, mit leichten Anklängen von Pop, aber immer getragen von einer tiefen Verbundenheit mit der samischen Kultur.

Als ein langsames, beinahe schwebendes Lied begann, das vom Licht der Aurora Borealis und der Hoffnung handelte, fragte Finn leise: »Willst du tanzen?«

Smilla nickte und ließ sich von ihm auf die Tanzfläche führen. Er zog sie nah an sich, und sie legte ihre Hände auf seine Schultern. Sie bewegten sich langsam im Takt der Musik, ihre Bewegungen kaum mehr als ein Wiegen, aber sie spürte die Wärme, die von ihm ausging. Ihre Wangen streiften einander, und sie konnte seinen Atem an ihrem Hals fühlen.

Für diesen Moment existierten nur sie beide, als wäre die Trauer um Anna ein Teil von ihnen geworden, den sie nun miteinander teilten. Es war nicht nur ein Tanz – es war eine stumme Unterhaltung, ein gegenseitiges Versprechen, dass sie füreinander da sein würden.

Als das Lied endete, blieben sie noch einen Augenblick umschlungen stehen. Dann hob Finn ihren Kopf leicht an, sodass sie ihm in die Augen blicken musste. »Danke, dass du hier bist«, sagte er einfach.

Und Smilla wusste, dass sie nirgendwo anders sein wollte.

48. KAPITEL

Finn

Der Joik hallte in seinem Herzen nach, als er und Smilla von der Tanzfläche traten. Ihre Hand lag leicht in seiner, ihre Wangen glühten von der Bewegung und der Wärme des Raumes. Es war ein schöner Abschied gewesen, eine Erinnerung, die er weiter in sich tragen würde. Doch die Müdigkeit des Tages lastete auf ihm, und in ihrem Gesicht sah er dieselbe Erschöpfung, wenngleich ihr Lächeln etwas anderes zu sagen schien.

»Bist du bereit, nach Hause zu fahren?«, fragte er leise und neigte sich näher zu ihr, damit sich die Worte nicht in der allgemeinen Geräuschkulisse verloren.

Smilla sah ihn an. »Ja, lass uns gehen.«

Er spürte, wie eine Anspannung von ihr abfiel, als hätte sie ebenfalls den Wunsch gehabt, den Abend zu beenden, ohne es auszusprechen. Gemeinsam verabschiedeten sie sich von Siri, Káre und den anderen, die noch bei einem Glas Punsch verweilten.

Draußen war die Nacht still und klar, die Kälte biss ihnen in die Wangen, doch Finn empfand sie nicht als unangenehm. Der Schnee knirschte unter ihren Stiefeln, und ihr Atem stieg in kleinen weißen Wolken auf. Als sie zum Auto gingen, legte er seinen Arm um Smillas Schultern, zog sie näher an sich, um sie vor dem eisigen Wind zu schützen. Sie lehnte sich kurz an ihn, ein leiser, warmer Moment mitten in der frostigen Weite.

Die Fahrt war ruhig, begleitet nur vom rhythmischen Brummen des Motors und den Reflexionen des Mondlichts auf dem Schnee. Finn hielt den Blick auf die Straße gerichtet, doch er konnte Smillas Gegenwart neben sich spüren – ihre stille Nachdenklichkeit, die auch ihn erfasste.

Als sie in Björkholmen ankamen und das Auto abstellten, schien alles noch ruhiger als zuvor. Finn wollte gerade aussteigen, als Smilla ihn sanft am Arm berührte.

»Schau mal«, sagte sie leise.

Er folgte ihrem Blick und hielt inne. Über dem gefrorenen See, eingerahmt von den dunklen Silhouetten der Kiefern, begann ein Lichtertanz, wie er ihn selten gesehen hatte. Grünes Leuchten pulsierte am Himmel, schimmernde Streifen, die sich wie Schleier bewegten, durchzogen von violetten und rötlichen Akzenten. Die Farben schienen lebendig, als würden sie atmen, sich formen und auflösen, nur um im nächsten Moment neu zu entstehen.

»Die Polarlichter«, murmelte er.

»Sie tanzen heute besonders«, sagte Smilla, ihre Stimme voller Ehrfurcht. »Als hätten sie uns etwas zu sagen.«

Finns Brust zog sich zusammen. Der Anblick war erhaben und zugleich voller Melancholie. In diesem Moment dachte er an Anna, an die Legenden, von denen sie ihm früher erzählt hatte, wenn die Lichter am Himmel flackerten. Geschichten von den Seelen der Verstorbenen, die durch das Firmament zogen, um ihre Liebsten zu grüßen.

»Vielleicht ist sie dabei«, flüsterte Smilla, als hätte sie seine Gedanken gelesen.

Finn konnte nichts erwidern. Die Worte, die er sagen wollte, blieben ihm in der Kehle stecken. Stattdessen griff er nach Smillas Hand, hielt sie fest, als könnte er sich an diesem Moment und ihrer Nähe festhalten.

»Komm«, sagte er, seine Stimme rau vor unterdrückten Emotionen. »Lass uns ins Haus gehen.«

Hand in Hand liefen sie die wenigen Schritte zur Haustür. Der Schnee unter ihren Füßen knirschte wie ein leiser Abschiedsgruß, als die Polarlichter langsam verblassten und die Nacht wieder der Dunkelheit überließen.

Finn spürte, wie sich seine Kehle zuschnürte. Er wollte etwas sagen, fand aber keine Worte. Stattdessen griff er nach ihrer Hand, verschränkte ihre Finger mit seinen. Smillas Griff war warm und fest, und Finn war dankbar für die stumme Unterstützung, die sie ihm gab.

Die Farben am Himmel pulsierten, als wollten sie sich verabschieden, bevor sie langsam verblassten und der Stille des Nachthimmels Platz machten.

Smilla

Cookie begrüßte sie freudig, ließ sich von ihr streicheln und trottete anschließend zurück zu ihrem Körbchen, um sich darin zusammenzurollen. Es war das erste Mal, dass sie die kleine

Hündin so lange allein gelassen hatten, und sie war stolz auf Cookie. »Sie hat das Alleinsein gut gemeistert.«

»Daran ist sie offenbar gewöhnt«, sagte Finn. Er ging zum Kamin, nahm zwei Holzscheite aus dem geflochtenen Korb und legte sie ins Feuer. Die Flammen tauchten den Raum in ein weiches, goldenes Licht. Smilla sah aus dem Fenster. Draußen schwebten Schneeflocken langsam im warmen Schimmer der Hauslaternen zu Boden. »Was für ein Saisonstart. Ich habe beinahe nicht mehr daran geglaubt, dass das temporäre Eishotel noch vor Weihnachten fertig werden würde!«

»Das Wetter ist unzuverlässiger geworden. Aber wir haben ja gewusst, dass es so kommen wird, wir können nur noch versuchen, es aufzuhalten.« Er seufzte und stellte sich zu ihr ans Fenster. Seine Nähe ließ ihr Herz schneller schlagen. »Danke, Smilla«, sagte er mit dunkler Stimme und sah ihr in die Augen. »Du machst alles leichter. Du bist mein Zuhause. Es ist nicht ein Ort oder ein Zustand, sondern einfach das Gefühl, das ich habe, wenn du bei mir bist.« Ohne Hast beugte er sich vor, und ihre Lippen trafen sich. Der Kuss war federleicht, fast wie ein Dank, bevor er tiefer wurde. Finn zog sie an sich, und sie spürte, wie sie sich entspannte, sich ihm hingab, erfuhr seine Wärme und die Vertrautheit, die ihr ein Gefühl von Sicherheit gab.

In diesem Moment dachte sie nicht an all die Unsicherheiten oder Entscheidungen, die auf sie zukamen – nur an das Glück, das Finn in ihr auslöste. Es war das Gefühl von Abenteuer und Geborgenheit zugleich. Bei ihm fühlte sie sich frei und doch an etwas Wunderbares gebunden.

Seine Fingerspitzen glitten über ihre Wange, zärtlich strich er eine Haarsträhne hinter ihr Ohr, die sich aus ihrer Frisur gelöst hatte. »Ich liebe es, dich anzusehen«, sagte er, und seine Stimme klang rau. In seinen Augen lag ein Funkeln, das sie immer wieder überraschte – als sei jeder Moment mit ihr etwas, das er auf seine eigene, stille Weise feierte.

Smilla legte ihre Hand auf seine Brust, spürte die Stärke und Wärme darunter. Sie liebte es, wie er sie ansah, voller Aufmerksamkeit und mit einer so behutsamen Vertrautheit, als fürchtete er, irgendetwas an ihrer Zweisamkeit könnte zerbrechen.

Als er sich von ihr löste, tat er es mit einem Lächeln, das ihr Herz höherschlagen ließ. Wie hatte sie zweifeln können? Finn war der Mann ihrer Träume.

»Liebe mich!«, sagte sie leise. Das flackernde Kaminfeuer war das einzige Licht, das den Raum erhellte. Sie spürte seinen Atem an ihrem Hals, während er langsam den Reißverschluss öffnete und ihr das Kleid von den Schultern streifte. Ein Kribbeln lief ihr über die Haut, als seine Finger über ihren Rücken glitten. Jede Berührung sprach von Zuneigung und Erfahrung, von seinem Wunsch, sie glücklich zu machen. Finn hatte die Gabe, all seine Leidenschaft in seine Zärtlichkeiten zu legen und ihr zugleich den Raum zu lassen, den sie brauchte, um ganz bei ihm anzukommen.

Ihre Gedanken verstummten, und Smilla ließ sich einfach fallen, sicher in dem Wissen, dass Finn sie in jeder Hinsicht hielt.

»Deine Nähe macht mich so unglaublich lebendig – du bringst mich zum Lächeln, zum Lachen und dazu, alles um uns herum zu vergessen. Ich liebe dich«, flüsterte sie, und er antwortete mit einem leidenschaftlichen Kuss, bevor er rau sagte: »Ich liebe dich auch, Smilla. Du bist wie die Sterne, wie der Zauber des Polarlichts – mit dir ist jeder Tag ein neues Geschenk.«

Die Eishotel-Cocktails der Saison

Snowstorm Punch

4 cl Spiced Rum
(Karibischer Rum mit einem Hauch
von Sternanis, Zimt, Orange und Nelken)
2 cl Haselnusslikör
3 cl Zuckersirup
2 cl Limettensaft
8 cl Kokosmilch
Eis

Zubereitung:

Alle Zutaten in den Shaker geben und danach in ein Glas (Tumbler) mit Eis abseihen.
Dekoration: Spießchen mit gefrorenen und in Zucker gewälzten roten Beeren wie Molte- oder Moosbeeren (Cranberry)

Sápmi Coffee Martini

30 ml Espresso (abgekühlt)
25 ml Wodka
40 ml Kaffeelikör (z. B. Liquid Cocaine oder Kaluha)
10 ml Ahornsirup
Ein kleines Stück 24 Monate gereiften Parmesan (etwa 10 g)
Eiswürfel
Kaffeebohnen oder Parmesanraspeln zur Garnitur (optional)

Zubereitung:

Espresso kochen und abkühlen lassen. Martiniglas vorkühlen. Parmesan sehr fein reiben.
Shaker mit Eiswürfeln füllen. Espresso, Wodka, Kaffeelikör und Ahornsirup in den Shaker, dazu die frisch geriebenen Parmesanspäne. Kräftig schütteln.
Schaumigen Cocktail mit drei Kaffeebohnen oder wenig (!) Parmesan garnieren

Intensiver Kaffeegeschmack trifft auf eine nussige, leicht salzige Note. Die Süße von Kaffeelikör und Ahornsirup bildet das geschmackliche Gegengewicht.

Jokkmokk Mule »Red Reindeer« (alkoholfrei, vegan)

60 ml Cranberrysaft (100 % Saft, idealerweise ungesüßt), alternativ beispielsweise Tranbär (europäische Cranberrys) oder Preiselbeeren
15 ml frischer Limettensaft
200 ml alkoholfreies Ginger Beer/Ingwerbier, alternativ Ginger Ale, das ist allerdings weniger intensiv im Geschmack und süßer!
1 Limettenscheibe

Dekoration: Frische Cranberrys und ein Zweig Rosmarin

Zubereitung:

Fülle einen Kupferbecher (oder ein Collins-Glas) mit Eis. Cranberry-Saft, Ginger Beer und frisch gepressten Limettensaft hinzugeben. Vorsichtig umrühren, damit sich die Aromen vermischen. Mit einem Zweig Rosmarin, einer Limettenscheibe und ein paar Cranberrys garnieren.

Tipp: Die richtige Mischung macht's. Wenn du deinen Gästen den Jokkmokk Mule oder andere Cocktails anbieten möchtest, probiere das Rezept vorher selbst aus.